国家社科基金重大项目
《拜占庭文学的文献翻译与文学史书写》
（18ZDA287）结项成果

埃塞俄比亚传奇

The Aethiopica

［拜占庭］赫利奥多罗斯（Heliodorus） 著
刘建军 译

图书在版编目(CIP)数据

埃塞俄比亚传奇 / (拜占庭) 赫利奥多罗斯著 ;
刘建军译. -- 北京 : 北京大学出版社, 2025.2.
ISBN 978-7-301-35864-1

Ⅰ. I546.43

中国国家版本馆 CIP 数据核字第 2025WH0045 号

书　　名　埃塞俄比亚传奇
AISAIEBIYA CHUANQI
著作责任者　[拜占庭]赫利奥多罗斯(Heliodorus)　著　刘建军　译
责任编辑　朱丽娜
标准书号　ISBN 978-7-301-35864-1
出版发行　北京大学出版社
地　　址　北京市海淀区成府路 205 号　100871
网　　址　http://www.pup.cn
新浪微博　@北京大学出版社
电子邮箱　编辑部 pupwaiwen@pup.cn　总编室 zpup@pup.cn
电　　话　邮购部 010-62752015　发行部 010-62750672
编辑部 010-62759634
印 刷 者　大厂回族自治县彩虹印刷有限公司
经 销 者　新华书店
650 毫米×980 毫米　16 开本　23.25 印张　400 千字
2025 年 2 月第 1 版　2025 年 2 月第 1 次印刷
定　　价　108.00 元

目录

一、作家生平及其创作的有关情况

《埃塞俄比亚传奇》（*The Aethiopica*，又名 *Ethiopian Story of Theagenes and Charicleia*）是用希腊语写成的一部爱情浪漫传奇作品，也被认为是“2 世纪以后希腊传奇中最好的”[①] 拜占庭早期小说之一。

小说的作者是赫利奥多罗斯（Heliodorus of Emesa，约 4 世纪）。目前有关记述作者的文献材料极少，“我们对赫利奥多罗斯的了解，几乎和对荷马的了解一样缺乏”[②]。按哥伦比亚大学希腊语和拉丁语教授查尔斯·安东（Charles Anthon）等在 1853 年编撰出版的《古希腊文学指津——从最早的信史时期到拜占庭时期的结束》（*A Manual of Greek Literature: From the Earliest Authentic Periods to the Close of the Byzantine Era*）一书中的认定，赫利奥多罗斯大约在 4 世纪下半叶出生在叙利亚的埃梅萨（Emesa）。说他是叙利亚人，其主要依

---

① Thomas Underdown, *The Aethiopica*, The Athenian Society's Publications, v. 1569, p. xli.

② F. A. Wright, *Heliodorus and His Romance*, See revised and partly rewritten by F. A. Wright and M. A. Camb, *The Aethiopica*, Printed in Great Britain by F. Robinson & amp, Further corrections in the online edition by S. Rhoads 2006, p. 4.

据是在《埃塞俄比亚传奇》的结尾处有这样一句话："埃塞俄比亚的泰阿格涅斯和恰瑞克莉娅的冒险史到此就结束了。赫利奥多罗斯是一个埃梅萨的腓尼基人，狄奥多西的儿子，太阳神族的后裔。"① 由于狄奥多西大帝统治的时期是在379–395年间，而赫利奥多罗斯自称狄奥多西一世的儿子，可见他的生活离这个时代不远。同样，他自称太阳神族的后裔，似乎也"没有理由怀疑这句话的真实性"，因为当时"叙利亚城镇埃梅萨（现代名为霍姆斯）是当时太阳神（巴力，Baal）崇拜的一个中心"。② 很多历史学家指出，埃及和叙利亚等在希腊化之后成为希腊文明的又一个繁荣之地。根据材料记载，当时在这些地区，有数百个繁荣的城市涌现出来。这些城市不仅在物质财富上超过了希腊母国，而且很快就培养出了众多具有深厚古典知识储备的作家。有人统计，拜占庭前八个世纪的作家中，约有十分之九的人来自埃及、叙利亚、巴勒斯坦和小亚细亚。

说他生活在4世纪，还有学者提供了一个旁证，这见诸另一则文献，即公元5世纪有个叫苏格拉底的经院哲学家在他的一篇文章的注释中曾提到一件事：《埃塞俄比亚传奇》是作家赫利奥多罗斯年轻时期站在希腊异教的立场上创作的，后来他皈依了基督教（皈依的时间和地点都不清楚），还成了塞萨利的特里卡城的主教。然而，赫利奥多罗斯在成为该城主教之后，立即颁布了一条戒律——任何在接受了圣职之后而没有与妻子离婚的牧师都将被剥夺这一职务——据说这条戒律引起了当时人们的不满。③ 这条证据主要价值在

① Charles Aathon, *Manual of Greek Literature: From the Earliest Authentic Periods to the Close of the Byzantine Ere,* New York: Harper & Brothers, Publishers, 1853, p. 546.

② Translated by Sir Walter Lamb, *Ethiopian Story,* J. M. Dent. Orion Publishing Group Orion House, 5Upper St Main Street' s Lane, London, 1997, p. xvii.

③ Charles Aathon, *Manual of Greek Literature: From the Earliest Authentic Periods to the Close of the Byzantine Ere,* New York: Harper & Brothers, Publishers, 1853, p. 546.

于，一个5世纪的作家谈到了这部作品的作者，毫无疑问，赫利奥多罗斯一定是生活在他之前的一个作家。有趣的是，“14世纪的拜占庭历史学家尼塞弗鲁斯·卡里斯鲁斯·山德普鲁斯对这一说法进行了进一步阐述，他记载道，当时的特里卡城的教会，考虑到他们主教的作品对年轻人的道德造成的危险，于是便让他选择：或是放弃他的小说，或是辞职。结果，他理所当然地选择了后者”①。对尼塞弗鲁斯的说法，很多人认为根本不可信。“我们很难想象尼塞弗鲁斯是如何在事件发生一千年后获得准确的新信息的，他的故事可能只是一个具有启发性的虚构。”② 历史上很多著名人物如瓦卢瓦、佩托、休特以及其他评论家也曾对尼塞弗鲁斯的说法进行了质疑。他们认为，即使赫利奥多罗斯愿意查禁自己的小说，那也不可能抑制他的浪漫情感。他们还指出，《埃塞俄比亚传奇》在道德上是无可指责的，作品里根本没有什么违法的东西需要采取如此严厉的措施。③然而，不管后面这个故事是否真实，但在5世纪时人们就已经谈到了这个作家，并知道他是塞萨利的特里卡城的主教，说明赫利奥多罗斯与他们生活的时代并不遥远。

此外，也有学者从文化影响角度谈到了这个问题。他们认为，埃及的托勒密王朝和叙利亚的塞琉西王朝是希腊东方教会和拜占庭文明的诞生地。埃及和叙利亚，乃至小亚细亚上百个繁荣城市的交替存在使这里成为希腊原生态文明的延续之地，在这块活力被限制的贫困土地上，古代希腊文化找到了释放的土壤。此时这些城市不仅仅在重要价值上超过了希腊文化的母国，而且很快培植出了更高的智力产品。前文所述，在拜占庭前八个世纪出现的作家中，约有

① Translated by Sir Walter Lamb, *Ethiopian Story,* J. M. Dent. Orion Publishing Group Orion House, 5Upper St Main Street' s Lane, London, 1997, p. xviii.

② Ibid.

③ See Charles Aathon, *Manual of Greek Literature: From the Earliest Authentic Periods to the Close of the Byzantine Ere,* New York: Harper & Brothers, Publishers, 1853, p. 546.

十分之九的人来自埃及、叙利亚、巴勒斯坦和小亚细亚等地。那么，根据这些理由，赫利奥多罗斯是4世纪狄奥多希大帝统治时代的一位生活在叙利亚的作家的看法，还是可信的。

由于作家生活的具体时代难以确定，所以这部小说创作的具体时间也一直没有定论。有人认为创作于2世纪，还有人认为创作于3世纪。现在较为一致的看法是它出现在公元4世纪——拜占庭文学的初创时期。主要证据仍然是5世纪就有苏格拉底和另一个作家索佐门在自己的著作中谈到了它的作者①，这也可以初步证明这部著作的创作日期大致在4世纪后期。因此，拜占庭小说评论家J. R. 摩根才认定："这部小说写于4世纪。"② 从文学传承角度来看，也支持这一说法。著名的古典文化研究学者罗米利·J. H. 詹金斯（Romilly. J. H. Jenkins, 1907－1969）在他的《拜占庭文学的希腊起源》（*The Hellenistic Origins of Byzantine Literature, 1963*）中专门论证了这个问题，并指出希腊化之后出现的安提柯王朝、塞琉西王朝、托勒密王朝等都在很大程度上呈现出共同的希腊化倾向，如使用希腊文写作，寻找或利用古希腊神话和文学中的各种元素进行创作等——这与该小说的文化氛围相符。对此，塞维岑科（Ihor Ševčenko, 1922–2009）指出："异教的希腊文学给拜占庭提供的不仅仅是阅读的材料，而且是大多数的文学类型。"③ 同样，古典小说研究专家琼·伯顿（Joan B. Burton）指出："古代小说的扩展，大多是虚构的爱情和冒险的散文叙事，似乎出现在希腊化晚期或早期帝国时

---

① Thomas Underdown, *The Aethiopica*, The Athenian Society' s Publications, v. 1569, p. xxxvi.

② Translated by Sir Walter Lamb, *Ethiopian Story,* J. M. Dent. Orion Publishing Group Orion House, 5Upper St Main Street' s Lane, London, 1997, pxvii.

③ Ihor Ševčenko, *Three Byzantine Literatures: A Layman' s Guide,* Hellenic college Press, 1986, p. 6.

期。”[1] 在英译本《埃塞俄比亚传奇》的前言中，安德顿（Underdown）也勾勒了这一体裁从古代希腊经过古代罗马的传承发展过程。他认为：“在希腊和罗马的早期文学中，爱情和冒险的浪漫是不需要刻意寻找的。我们可以在阿提卡时期就看到这类作品的遥远的起源，可以在亚历山大时期看到它的朦胧的发展，但直到罗马时期它才开始成长和完善。”[2] 再者，在对当时出现的众多早期同类作品的比较分析中，很多国外学者也看到，5 世纪以后出现的小说都有以下的特点：“作品结构过于复杂，说明它们不属于一个遥远的时代，而风格的琐碎表现了希腊文学的衰落。因此，像《琉喀珀和克里托芬》和《达芙妮和克洛艾》一样，它几乎不可能晚于公元 5 世纪。”[3] 换言之，《埃塞俄比亚传奇》虽然也有他们所说的这些特点，但表现得还没有这样明显，因此，这也说明这部小说的创作要早于上述提到的 5 世纪出现的那些作品。

这一罗曼司文学的经典文本，并不是凭空产生的，而是古希腊乃至东地中海地区古代文化传统发展的必然产物。作品的名称之所以叫“埃塞俄比亚传奇”，既是因为“书名取自故事的开头和结尾发生在埃塞俄比亚的事件”，也是通过在这一广袤地域所发生故事的描写，揭示了古希腊文明得以广泛延续和发展的状况。在古希腊人那里，埃塞俄比亚泛指东地中海南方，即今天北非的广袤地域。在早期的一些希腊神话故事中就有关于狄俄尼索斯曾到过这一地域的传说。而现在最早能看到的关于“埃塞俄比亚”的文字是在《奥德修纪》卷一中：“这时候波塞顿到远方的埃塞俄比亚人那里去了；那个种族居住在人类最远的地区，分为两部：一部在日落之地，另一

---

① Joan B. Burton translated, Niketas Eugenianos, *Drosilla and Charikles*, Printed in the United States of America, 2004, pp. x–xi.

② Thomas Underdown, *The Aethiopica*, The Athenian Society’s Publications, v. 1569, p. v.

③ Ibid., p. xliii.

部在日出之地。"[1] 而埃斯库罗斯在悲剧《乞援女》中，则开始把埃塞俄比亚的区域扩大到印度。尽管希罗多德也在其历史著作中提到过鬈发的埃塞俄比亚人（黑人）和直头发的埃塞俄比亚人（土著印度人），但以后，埃塞俄比亚地区则开始专指埃及以南的一些地域了。[2] 作品采用这个题目，也是告诉读者，古希腊文化在此地区一直浓厚地存在着。由此也可以说，没有古代的希腊文明，就没有拜占庭文化；反之，没有东地中海的地域文化与之结合，也不会发展出最初的拜占庭文明。

二、《埃塞俄比亚传奇》故事的基本情节

故事发生在公元 4 世纪东地中海沿岸广袤的区域。主要情节如下：在希腊德尔斐城举行的涅俄普托勒摩斯祭祀盛典和皮提娅竞技比赛的盛会上，埃尼亚城邦年轻俊美的使者泰阿格涅斯见到了极度美丽的德尔斐神殿的女祭司恰瑞克莉娅，两个人一见钟情。在埃及伊希斯神殿的祭司、仁慈的老人卡拉西里斯——他是受埃塞俄比亚王后佩西娜之托来寻找她早年遗弃的女儿——的帮助下，设计躲开了恰瑞克莉娅的养父恰瑞克勒斯的阻拦，并带着这对青年男女乘一艘去腓尼基的商船前往埃塞俄比亚。没想到由于商船在海上遭遇了暴风雨，他们只好被迫停靠在爱奥尼亚海中的扎金索斯岛，并因为天气恶劣，需要在这里度过整个冬天。然而有一伙希腊海盗暗中盯上了商船的财富，海盗头目特拉基努斯也看上了美丽无比的恰瑞克莉娅，要抢她做"压寨夫人"。老祭司卡拉西里斯听到这个消息后，

---

① 荷马：《奥德修纪》，杨宪益译，上海译文出版社 1979 年版，第 2 页。

② 埃塞俄比亚在非洲是一个独特的存在。在非洲国家中，只有埃塞俄比亚和埃及可将其历史追溯到古代，希腊人认为埃塞俄比亚是最早种植小麦和橄榄树的地方。在公元一二世纪前后，埃塞俄比亚受到了仿希腊风的埃及的影响，还传入了一些仿希腊风的艺术和希腊语。

没有办法，只好设计让腓尼基商船冒险提前航行。但就在去往埃及的航路上，这伙海盗截获了船只，卡拉西里斯、泰阿格涅斯和少女恰瑞克莉娅三个人和其他船员一起，都成了希腊海盗的俘虏。这伙海盗也是时运不济，他们带着俘虏和抢来的货物回家时，也遭遇到了暴风雨，结果被吹到了埃及尼罗河口的一个叫赫拉克勒斯的海湾。下船后，强盗头子特拉基努斯要强行和恰瑞克莉娅成婚，而智慧的卡拉西里斯则成功地挑起了海盗两大头目之间的冲突——就在大摆宴席的时候，海盗们发生了内讧，开始相互残杀，最终这批海盗全都死了，只剩下了泰阿格涅斯、恰瑞克莉娅和卡拉西里斯还活着。但泰阿格涅斯在战斗中受了重伤，恰瑞克莉娅在旁照顾他，躲在旁边山坡上的卡拉西里斯刚要下山去和泰阿格涅斯与恰瑞克莉娅会合的时候，没想到又来了一伙儿强盗，这是一帮人数众多的埃及强盗，他们在头领蒂亚米斯的带领下，不仅强占了船上的全部财物，还把泰阿格涅斯和恰瑞克莉娅抓住（由于老卡拉西里斯躲在山坡上，得以逃脱），并带到了一个被尼罗河水灌满的山谷中名叫“牧场”的强盗巢穴。这伙埃及强盗头目蒂亚米斯也爱上了恰瑞克莉娅，准备与她结婚。就在被囚禁的当天晚上，泰阿格涅斯和恰瑞克莉娅结识了此前也是被抓来的希腊青年克耐蒙，三个人成了密友。但令人没有想到的是，就在第二天，又有一伙更强大的强盗来攻打他们。战斗的结果不仅捣毁了蒂亚米斯匪帮的老巢，彻底烧毁了他们盘踞的岛屿，而且还把他俘虏了。而恰瑞克莉娅由于事先被蒂亚米斯藏在了岛上的一个秘密的洞穴中，则安然无恙。泰阿格涅斯和克耐蒙在战场上逃生后，立即来到洞穴中找她。虽然他们两个人找到了恰瑞克莉娅，但同时也发现了此前被蒂亚米斯误杀的另一个女人忒斯蓓的尸体，而这个女人又是造成克耐蒙悲剧的罪魁祸首——那么，忒斯蓓是怎么来到这里并被杀死的呢？原来她是在德尔斐城陷害了克耐蒙一家后，怕受惩罚，便做了一个名叫瑙斯克拉斯的埃及商人的情妇并请求带她离开希腊。当瑙斯克拉斯带着她回埃及路过此地时，被蒂亚米斯手下的一个名叫赛穆西斯的匪徒抢走了。在战斗开始前赛穆西斯也偷偷把她藏在了这个洞穴中。战斗失败，蒂亚米斯不愿意让他心爱的女人落到敌人之手，决定杀死恰瑞克莉娅，于是他在战斗的间隙抽空匆忙返回洞穴中，在黑暗中错将忒斯蓓当成了恰瑞克莉娅把她杀死了——这时，从战场上逃出来的赛穆西斯也来到了洞穴寻找他的女人忒斯蓓，发现他的女人已经死了。他怀疑这是泰阿格涅斯和克耐蒙干的，于是决定找机会要杀了这两个人。泰阿格涅斯和克耐蒙感觉到危险，便设计假装让克耐蒙和赛穆西斯先出去打探蒂亚米斯被俘后的消息，而泰阿格涅斯和克耐蒙则偷偷约定，在外出寻找期间，克耐蒙要找个机会逃跑，然后去尼罗河边的一个叫凯米斯的小镇与他俩会合。没想到，就在外出打探的路上，赛穆西斯被一条毒蛇咬死了，克耐蒙则顺利来到了凯米斯并在河边见到了焦急万分的卡拉西里斯。卡拉西里斯将克耐蒙带回了自己所客居的房舍——这个房舍是好心的瑙斯克拉斯的家（这个瑙斯克拉斯就是忒斯蓓的情人）。再说泰阿格涅斯和恰瑞克莉娅，觉得躲在洞穴里非常不安全，于是决定冒险离开。然而，就在他们要离开这个小岛的时候，又被属于孟斐斯总督手下的波斯士兵捉到了。统领这支部队的头领是米特拉内斯上尉，他之所以来到这个刚刚被摧毁的强盗巢穴，是因为他收了商人瑙斯克拉斯的贿赂——而瑙斯克拉斯之所以贿赂上尉，又是受卡拉西里斯的请求，让他出兵来找泰阿格涅斯和恰瑞克莉娅。当然，瑙斯克拉斯也想借机寻找他的情人忒斯蓓。见到这对青年男女之后，米特拉内斯上尉虽然对恰瑞克莉娅的美貌垂涎三尺，但由于此前已经接受了瑙斯克拉斯的大量钱财，只好让瑙斯克拉斯带走了她，但却坚决不放泰阿格涅斯。因为泰阿格涅斯长得太英俊了，上尉要把他送给他的上司，即孟斐斯的总督奥罗德伦达，并想通过总督之手再把他敬奉给伟大的波斯国王，让他在宫廷中侍奉于皇家宴会，以便成为自己在宫中的死党。

于是，卡拉西里斯决定和克耐蒙、瑙斯克拉斯一起去找米特拉内斯上尉，准备拿出更多的钱来赎人。但他们在去的路上得到了消息：米特拉内斯已经被人杀死了——押送泰阿格涅斯去见国王的那群波斯士兵，在经过孟斐斯附近的贝萨村时，贝萨村的强盗村民们（这也就是攻打蒂亚米斯老巢并俘虏了他的那伙强盗）不仅把泰阿格涅斯给抢劫了，而且除了一个人受伤逃跑外，其他的波斯士兵都被杀死了。在这种情况下，米特拉内斯上尉气愤至极，率人前去报复，但没想到也受到了贝萨人的伏击，结果无一生还。同时他们还听说，蒂亚米斯已经成了这伙人的头领，并且现在他已经领着贝萨村的强盗们去攻打孟斐斯了。

听到这个消息，卡拉西里斯告诉大家，蒂亚米斯是他的儿子，所以他要和恰瑞克莉娅一起立即赶往孟斐斯去找他的儿子要人。瑙斯克拉斯因为要去经商，而克耐蒙又与瑙斯克拉斯的女儿刚刚结婚，都无法和他们一起前往。于是，老人和少女决定化装成乞丐前去，以防止发生其他的不测。当天黄昏时分，当二人来到孟斐斯附近的贝萨村的荒野时，发现这里成为刚刚经历过厮杀的战场，到处都是波斯士兵和本地人的尸体，一个老妇人正在她被杀儿子的尸体旁痛苦号哭。就在这天晚上他俩无意中偷窥了老妇人的巫术，听到死尸说卡拉西里斯的两个儿子相互间很快就要进行一场厮杀的消息。原来，卡拉西里斯曾经是孟斐斯城里伊希斯神殿中的大祭司，他因为要躲避自己对一个风骚女人的欲望，同时也因神谕告诉他两个儿子之间将要有一场血腥的厮杀，才不辞而别，自我流放，到处流浪，最后才去了希腊的德尔斐城，并在太阳神的神殿中得到了神谕：让他想办法一定要带领恰瑞克莉娅返回她的家乡埃塞俄比亚——原来恰瑞克莉娅是埃塞俄比亚国王希达斯庇斯的女儿，她的母亲就是王后佩西娜。恰瑞克莉娅之所以一出生就被遗弃了，是因为她的皮肤是白色的，而她的父母的肤色都是黑色的，她母亲害怕国王认为自己不贞洁，便谎称孩子一出生就夭折了。其实她是让一个青年修行者收养了她孩子，并给她随身携带了大量的珠宝，还写了一封信，信中讲明了这个女孩的出生、身世以及被遗弃的原因等。

话说贝萨人的队伍在蒂亚米斯的带领下来到孟斐斯城外，目的是要找陷害自己的弟弟算账，并让他归还大祭司之位。因为奥罗德伦达总督此时正好在底比斯筹备抵抗埃塞俄比亚人的进犯，城里的人便把敌人到来的消息告诉了总督的夫人，也即波斯王的妹妹阿尔赛丝。阿尔赛丝决定让蒂亚米斯和用阴谋诡计篡夺了祭司职位的他的亲弟弟进行单独的决斗，胜者担任父亲留下的祭司职位，败者将被杀死。于是，两兄弟开始了生死大战，正当蒂亚米斯将长矛枪戳至弟弟背上要刺下去的时候，他们的父亲卡拉西里斯赶到并及时制止了他们之间的手足相残。而一直跟在蒂亚米斯身边的泰阿格涅斯，也被与卡拉西里斯同来的恰瑞克莉娅认出，两个恋人在战场上紧紧地拥抱在了一起。可是，他们谁都没有想到，阿尔赛丝从一见到泰阿格涅斯那一刻起，就被他矫健的身躯、俊美的外貌迷住了，产生了强烈的肉体欲望，甚至到了夜不能寐，痛苦地折磨自己的地步。卡拉西里斯在两个儿子搀扶下，从城外回到了城中的伊希斯神殿。在敬过神祇之后，他把大祭司的桂冠戴在了大儿子的头上，并促使了两个儿子的和解。安排好一切之后，夜里他就死去了。临死前还告诉他的儿子蒂亚米斯，要好好照顾泰阿格涅斯和恰瑞克莉娅这两个年轻人，并帮助他们回到埃塞俄比亚去。按埃及的风俗，伊希斯的祭司死了，除宗教人士外，其他人在葬礼期间都不能住在神殿里，所以当泰阿格涅斯和恰瑞克莉娅两个人正从神殿里搬出来的时候，被阿尔赛丝的保姆，也是她的心腹，更是她的帮凶的库柏勒看到了，就把他俩骗到了总督府去居住。两人没想到，这下是入了虎口。阿尔赛丝在库柏勒的帮助下，软硬兼施，企图让泰阿格涅斯满足她的淫欲。但泰阿格涅斯宁死不从。库柏勒的儿子阿契美尼斯在一个偶然的机会看到了恰瑞克莉娅，还认出了泰阿格涅斯就是他在押送时被贝萨人从他手中抢走的那个人，于是便给阿尔赛丝出主意，只要总督夫人答应把恰瑞克莉娅给他为妻，他就有办法让泰阿格涅斯服从她。阿尔赛丝答应了他的请求，于是他便让阿尔赛丝把泰阿格涅斯当成奴隶对待（因为按当时的习惯，战场上被俘虏的人就是奴隶），要用酷刑使他屈服。于是泰阿格涅斯被投入了监狱，并遭受了严酷的折磨。为了制止阿契美尼斯强行要娶恰瑞克莉娅的阴谋，遭受折磨的泰阿格涅斯假意答应阿尔赛丝的要求，但条件是她必须取消婚礼。欲火中烧的阿尔赛丝为了满足自己的淫欲，便解除了这桩婚约。阿契美尼斯听到这个消息，一怒之下，便偷偷地去底比斯城找奥罗德伦达总督告状去了。在总督面前，他无中生有地说了很多阿尔赛丝与泰阿格涅斯之间的苟且之事。不仅如此，他还别有用心地讲述了恰瑞克莉娅有多么美丽，多么可人，目的一是要让总督惩罚自己的夫人，以报她出尔反尔之仇；同时也想激起总督对恰瑞克莉娅美貌的垂涎。这样，当总督一旦有了占有恰瑞克莉娅的意图，他就立刻返回孟斐斯去找恰瑞克莉娅，并以此来要挟她与自己结婚。可他没有想到的是，总督并不完全相信他说的话，只是派自己的亲信、宦官巴戈阿斯带领五十名士兵返回孟斐斯，让他把这两个人都带到底比斯来。再说阿尔赛丝几天来都没有见到阿契美尼斯，就怀疑他去面见总督了。加上泰阿格涅斯再次拒绝了她，致使阿尔赛丝既感到绝望，又感到危险的来临。在老妇人库柏勒的建议下，她们决定毒死恰瑞克莉娅，以彻底断绝泰阿格涅斯对恰瑞克莉娅的爱恋。于是，库柏勒见到了恰瑞克莉娅之后，让侍女端来了两杯饮料，一杯有毒，另一杯无毒，没想到忙中出错，库柏勒自己被毒死了。阿尔赛丝顺势嫁祸恰瑞克莉娅，说她毒杀了她的保姆，并要挟法官们将她烧死。但没想到在熊熊燃烧的大火中，恰瑞克莉娅却安然无恙——原来她妈妈给她的一颗名叫“潘塔贝”的宝石具有避开火焰的效力。就在这天深夜，巴戈阿斯和他的士兵们偷偷地把他们两人带走了。第二天高烧中的阿尔赛丝听到了他们逃走的消息，知道了自己的阴谋已经暴露，只好绝望地上吊自杀了。

在巴戈阿斯一行人回程的途中，碰见了埃塞俄比亚的侦察兵，他们都做了俘虏，被送到了国王希达斯庇斯的面前。此时，埃塞俄比亚人为了争夺菲莱城和翡翠矿，正在与波斯和埃及联军展开一场大战。结果奥罗德伦达总督统领的军队被打败，总督本人也做了俘虏。国王希达斯庇斯以仁慈为怀，不仅为他疗伤——这伤是阿契美尼斯在看到他逃跑时，趁他不备想把他杀死刺伤的——而且还释放了他。胜利后的希达斯庇斯国王班师回国后，举行了盛大的祭神仪式，按照传统，仪式要把恰瑞克莉娅和泰阿格涅斯当祭品进行活人祭，此时恰瑞克莉娅拿出了证据，说出了自己就是国王女儿的真相。同时，她的说法也被当年亲手操办此事，现在已经成为修行者头领的西西米提勒斯所证实。正当他们为泰阿格涅斯该不该被送上祭坛争论时，一直收养恰瑞克莉娅到十七岁的养父恰瑞克勒斯也赶到了。终于真相大白后，国王取消了用活人祭祀的传统，泰阿格涅斯也得到了赦免。最后，泰阿格涅斯和恰瑞克莉娅被戴上了国王和王后的冠冕，举行了盛大的婚礼。

三、《埃塞俄比亚传奇》中的主要文化要素

拜占庭文学指的是“在拜占庭帝国及其影响所及的地区以希腊语进行的创作”①。这部小说体现了公元四五世纪帝国建立前后这一特定时期和东地中海这一特定地域相当浓厚的时代文化氛围。按其

① Joseph strayer ed. *Dictionary of the Middle Ages*, vol. II, Charles Scribner' s Sons, 1989, p. 505.

重要性，《埃塞俄比亚传奇》中所包含的主要文化因素依次表现在以下几个方面：

第一，由于该部传奇作品是在古希腊文化发生的地域被创作出来的，因此，古希腊文化因素极为浓厚并占主导地位。在《埃塞俄比亚传奇》中，我们可以看到，作品中的几位主人公所经历的地域和场所，如雅典、德尔斐、克里特岛、扎金索斯岛、尼罗河出海口附近的山谷以及埃及的凯米斯小镇、孟斐斯以及底比斯等，这些都曾经是古代希腊文化的核心地域或属于希腊化后古代希腊文化流溢的地域范畴。这就说明，大约到了公元5世纪时，希腊文化一直在这个地域占据着主导地位。如前面所言，拜占庭帝国与西方拉丁世界完全不同。它从古代希腊罗马文化到中世纪文化之间没有经历过西欧那样的断裂，而是古代希腊文化自然延伸的结果。由于希腊文明是当时欧洲乃至世界上最先进的文明，按照马克思主义关于落后民族征服先进民族，最终会被先进民族的先进文化所征服的原理，亚历山大大帝虽然打败了希腊联邦，但后起的罗马民族和其他的东地中海各个民族无不受到希腊文化的影响，他们或以希腊文化为典范，或把希腊文化和自己的文化相结合，从而体现出了以希腊文明为底蕴的富于东地中海地区特色的新的文化形态。

这部小说的古希腊文化因素还表现在，当时人们信奉的主要是古希腊的神祇和命运的观念。小说的作者告诉人们，人在世间的悲欢离合、荣辱沉浮乃至平安与危险，都是由“神祇”或“命运”决定的。恰瑞克莉娅为什么一出生就是白皮肤？泰阿格涅斯与恰瑞克莉娅为什么会一见钟情？两个主人公为什么会反复遭受磨难？在这些问题上，作者给出的答案毫无疑问都是“神祇”或“命运”捉弄的结果。书中描写人们敬奉的神祇主要有宙斯、阿波罗、狄安娜、巴克斯等。同样，作品中多次出现类似这样的话语：“阿波罗，你对我们的惩罚是多么残酷啊，它远远超过了我们应受的惩罚。我们失去了父母，被海盗抓住，在海上历尽艰险，又第二次落入强盗和抢劫者的手中——还有比这更糟的吗？你什么时候才能结束我们的苦难？”（恰瑞克莉娅语）“我们还要逃避这无处不在的命运到几时呢？还是屈服于命运，不再承受随时可能袭击我们的暴力吧。除了徒劳无功的旅行和被放逐的生活，以及面对神持续不断的嘲弄，就是逃跑成功了，我们还能得到什么呢？”（泰阿格涅斯语）除此之外，作品还多次描写了德尔斐神殿中皮提娅的神谕、奥德修斯（尤利西斯）托梦等情节。据笔者的初步统计，仅作品中描写的祭祀、庆典以及审判活动等较大的场面就有六、七次之多。如埃尼亚人来德尔斐的太阳神殿纪念阿喀琉斯之子涅俄普托勒摩斯并参加这里举行的皮提娅赛会的竞技比赛，在德尔斐召开的决定追赶泰阿格涅斯等一伙人的公民大会，在雅典举行的对克耐蒙和他父亲的审判，在孟斐斯举行的公众法庭上对恰瑞克莉娅的判决，甚至在埃塞俄比亚国王胜利后举行的祭祀活动等，这些活动或仪式，也都带有强烈的古希腊文化色彩。除此之外，作品还引用或化用了大量的古希腊神话传说、荷马史诗以及悲剧等典故。如“萨图恩之眼”“福玻斯的光芒”“阿喀琉斯之踵”等。

但我们同时也要看到，希腊文学作品的那种古典的纯粹性在拜占庭文学中已经不复存在。以叙事文学作品为例，希腊化之后用新的希腊语创作的作品无不显示出新的特征。比如，从创作的目的来说，文学创作对人心灵的陶冶和净化功能被削弱，取而代之的是娱乐功能。从题材看，描写严肃的政治和社会题材的作品让位于流行的爱情和冒险故事。从小说表达手法来看，古希腊人那种对生活的直接评判和对意义的清晰显示，让位给了寓意和象征手法。总之，如果说古希腊的一切文学作品都属于原创性的话，拜占庭帝国时代出现的文学作品则是希腊语作家根据自己的时代要求来重现古代题材的作品，此时很多打着古代的旗号所写出的作品，不过是自己想象中为现实需要而“重新创造的故事”。诚然，《埃塞俄比亚传奇》也是模仿古代希腊作品写成的，但赫利奥多罗斯不满足于对荷马史诗或古代故事的一味借用，而是进行了改造：他用诸神的手段——神谕、托梦以及命运的偶然性等——插手了泰阿格涅斯和恰瑞克莉娅的全部事情。在这些改变中，反映的是小亚细亚和埃及等地希腊化之后的生活场景和风俗习惯，表达的是早期拜占庭人的思想感情。但无论怎么说，古希腊的文化影响是《埃塞俄比亚传奇》的主要文化底色。

第二，特定的地域文化（宽泛言之，罗马文化）因素也在该部小说中频频出现。当时西亚、北非等所谓的东方之地是与古希腊文化频繁交流的特定文化氛围，也是这类小说产生的土壤。“东方是这种性质故事的真实国度……在东方，我们发现了最古老的这类作品。希腊是与东方文明接触最多的国家，也就是说，在小亚细亚，希腊人第一次尝试的浪漫主义文学是在那里出现的。正是在那里，它们才得到了后来的发展。”① 从这部小说所描写的各种事件中，它虽然被命名为“埃塞俄比亚传奇”，但事件发生的地点则涉及罗马帝国东部所属的三个地域范畴，即希腊、埃及、埃塞俄比亚。按空间文化理论来说，小说中的希腊雅典、德尔斐等地方是事件起因之地，埃及的孟斐斯及其尼罗河周边是故事发展的场所，而埃塞俄比亚的麦罗埃城则是故事的结局地点。正是在这三个地域空间里，作家对各自不同风俗习惯进行了细致地描写。以祭祀活动为例，希腊的德尔斐主要是对皮托神（太阳神）的祭祀，祭祀的主要祭品以酒水为主，敬神目的是要取得神谕；而埃及的孟斐斯城主要是祭祀伊希斯女神，采用的是敬酒和奉献牛羊等牺牲为特征，目的是求得女神的保佑；而在埃塞俄比亚敬奉的是太阳神、月亮神和酒神巴克斯，他们采取

① Thomas Underdown, *The Aethiopica*, The Athenian Society's Publications, v. 1569, p. xi.

的是活人祭，表现的是较为古老陈旧的祭祀模式。除此之外，在第六卷“贝萨的女巫”中，我们还可以看到此时在埃及民间仍然保留着的让死者短暂起身说话的巫术场景。这样的描写，就把各自不同的地域祭祀风俗显示了出来，也把先进文化和较为落后的文化差异在对比中表现了出来。在这中间，对当时埃及文化风俗的描写是最令人印象深刻的。小说中对尼罗河及其周边地形风貌的交代，对渔夫、商人家庭生活的描写以及埃及普通人性格的表现，还有对波斯人占领埃及后各色人的心态的反映，尤其是对孟斐斯城神殿祭司的社会地位及其活动的展示等，都描写得极为精湛。对此，弗雷德里克就说过：“即使赫利奥多罗斯本人不是埃及人的后裔，但埃及也是他最了解、最崇敬的国家。”①

当然，《埃塞俄比亚传奇》对不同地域文化的描写，始终是在突出它们与希腊文化之间的紧密联系，并处处表现出这些地区与古希腊文化有着血缘关系的自豪感。例如书中所描写的对荷马出生地的争执，就是一个极好的例证。小说通过作品中的人物卡拉西里斯之口说道：

> 实际上荷马确实是一个埃及人，出生在他自己所说的“百门之城底比斯”。尽管人们普遍认为荷马是神祇墨丘利的祭司之一，但其实墨丘利是他的父亲。事实是，当时的祭司是另外一个人。有一天，当这位祭司的妻子在完成某些净化仪式后在圣殿里睡着的时候，墨丘利便与她躺在一起，于是生下了荷马。因此，荷马在他出生时就带上了血统不合法的痕迹。也就是说，当他出生的时候，他的一条大腿上覆盖着长长的毛发——于是他被称为荷马。虽然他从一个国家流浪到另一个国家，主要是

① *Heliodorus, An Aethiopian Romance* , F. A. Wright ed, Translated by Thomas Underdown, New York: E. P. Dutton & Co. , 2006, p. 5.

在希腊，吟唱他的诗歌，但他从来没有提到过自己的名字，也没有提到他的故乡和他的家庭。而那些知道他身上有这个记号的，才给他起了这名字。……也许他是在为自己被赶出家门的事情而感到羞愧吧。因为他父亲把他放逐了——在他刚刚长大成人的时候，他身上的记号就表明了他是一个私生子。被放逐后，由于他的精明，他始终没有说出自己的名字，也把家乡和祖国的名字隐藏了起来，这样他就可以把世界上每一座城市都当作他的出生地。①

这里，作家通过小说人物之口，表现了当时不同地域的人们对荷马的热爱——本质上是对希腊文化的热爱之情。再者，在“贝萨的女巫”中，虽然作者描写的是埃及民间的巫术场景，但许多研究者都看得出来，这一场景其实也是对《奥德修纪》中奥德修斯召唤亡灵一幕的仿写，由此也表明当时的民间文化也受到了希腊文化的深刻影响。可以说，没有古代的希腊文明，就没有东地中海地区的拜占庭文化；反之，没有东地中海的地域文化与古希腊文化结合，也不会发展出最初的拜占庭爱情传奇作品。

第三，基督教文化因素也开始进入这部作品，初步呈现出希腊文化和基督教文化合流的样貌。我们知道，托勒密的埃及和塞琉西的叙利亚是希腊-东方教会和拜占庭基督教文明的发源地。从《埃塞俄比亚传奇》中可以看到，此时基督教文化的影响虽然还不如以后那样强烈，但是，一些基督教的思想观念已经深入到小说的描写之中了。先说作品中主人公们对神的呼唤用语就可以看出，人们面对困惑与不幸的时候，常常把“诸神”（gods）与“上帝”（The God）两种称呼交替使用，这其实就是古代希腊神祇观念与基督教的上帝观念开始混合的结果。小说中还有这样一个情节：当恰瑞克莉娅在点燃的火

① 本节所引用的《埃塞俄比亚传奇》引文，均为刘建军本人所译。

堆中安然无恙脱身之后，泰阿格涅斯把她获得的恩惠归功于“上帝”的仁慈，认为是上帝把她从阿尔赛丝不公正的惩罚中拯救了出来，并告诉她“坚持虔诚的信仰甚至要比贞洁还重要”。对此说法，恰瑞克莉娅虽然也同意是“上帝”拯救了她，但也认为：“这并非来自上帝的仁慈，而是他给人的磨难。”这里可以明显地看到两点隐含的宗教意蕴：一是他俩关于得救的主张都是来自基督教观念，而不是古代的异教文化。因为在古代希腊的异教文化中，神本身更多的是以“命运”的方式，或是以“神谕”的手段来作弄人或拯救人，而不是靠自己直接出面来干涉人间事物。但在这里，他俩都认为是上帝用了自己的力量完成了这个奇迹——不管是泰阿格涅斯所认为的上帝用的是“仁慈”，还是恰瑞克莉娅所说的“磨难”。总之，这里面都已经包含了基督教“上帝拯救人”的内涵。二是从两个人的对话中，泰阿格涅斯认为上帝是用“仁慈”拯救人；而恰瑞克莉娅则认为上帝是在用“苦难对人进行考验”的方式来拯救人：“被那些超越了我们所能承受的痛苦和灾难所折磨，是一个被神所苦或被神不喜的人的标记。莫非这就是一个神圣的奥秘：神把人放置在极度危险和苦难之中，当所有的希望都过去时，才发现得到了拯救。”这里的差异也可以隐约看出对宗教得救思想理解的差别。在泰阿格涅斯的话语中，直接指向了“上帝直接救赎人”的意思，体现的是基督教徒的主张；而在恰瑞克莉娅的话语中，则更多地带有“上帝”与“命运”相互融合的含义——只不过是上帝“通过给人磨难”来让人得救，而命运则是“通过捉弄人”来让人在历经磨难中成长起来。这是对“上帝拯救”完全不同的两种理解。我们还需指出，恰恰是对“拯救”方式理解上的差异，暗含着拉丁基督教会与拜占庭希腊教会之间的巨大分歧。换言之，这是欧洲 4 世纪前后的罗马帝国东部和西部对基督教教义理解上的差异。

总而言之，这三种要素，在《埃塞俄比亚传奇》中都有着鲜明的体现。诚如塞维岑柯所指出的那样："拜占庭文明是一个复合体的存在，其中希腊传统、罗马传统和基督教意识形态以及各种来源不同的流行文化共存共生。笼统地说，它的文学社会看起来似乎是一致的，但我们可以看出其内部存在着不同的阶层。沿着拜占庭文学发展的足迹，作为帝国文化和社会的反射，它并非一个完整的整体，而是显示出多个侧面。"[①] 也正因为如此，我们才说，这部小说深刻而真实地表现了公元四五世纪拜占庭的时代特性和文化特性，是我们认识那一时代鲜活的文化样本之一。

四、《埃塞俄比亚传奇》的主要思想内容

"在赫利奥多罗斯的小说中，旅行和种族、语言和民族的差异是中心主题。"[②] 也就是说，正是在"旅行"和"差异"的描写中，表现了极有特色的思想主张。具体说来，其思想内容大致体现在以下几个方面：

第一，在对纯洁爱情讴歌中体现了新的性道德观。这部传奇作品主要描写的是一对青年男女曲折而又坚贞的爱情故事。从作品的描写中可以看出，女主人公恰瑞克莉娅和希腊青年泰阿格涅斯之间的爱情是极为纯洁的，两个人一见钟情后便把相互忠诚和保持忠贞当成最重要的契约，显示出了对性贞洁的强烈重视。例如，恰瑞克莉娅就不止一次地讲过："只要我能纯洁而无怨地死去，死亡将是受欢迎的！但是，如果有人胆敢用强力来获得甚至连泰阿格涅斯也从未得到过的贞操……我一定会勒死自己以保持自己的纯洁和忠贞。"

① Ihor Ševčenko, *Three Byzantine Literatures: A Layman' s Guide*, Hellenic college Press, 1986, p. 3.

② Joan B. Burton translated, Niketas Eugenianos *Drosilla and Charikles*, Printed in the United States of America, 2004, p. xi.

“美德将是我这个非凡处女的尊贵的裹尸布。”而男主角泰阿格涅斯，无论是在敌手的威逼利诱面前，还是在两个人单独相处激情难耐之时，都把纯洁的婚姻和身体的忠诚看得比生命还重要。应该说，在这两个人身上，寄托了作者美好的性爱道德和婚姻理想。与之相对的是克耐蒙的继母德梅内塔、女仆忒斯蓓、总督夫人阿尔赛丝等，她们都视贞操为玩物，为了满足自己可鄙的情欲，不惜采取任何卑鄙的手段，因此都是作为被否定的人物出现的。

这种爱情观或曰性爱观具有鲜明的新旧交替的时代特征。我们知道，神话时代，古希腊人在性爱上主要是遵从个人欲望的满足，在性爱关系上是比较随意和自由的，这一点在宙斯偷情、阿芙洛狄忒出轨等多个故事中，都有着深刻的表现。但这毕竟是原始社会末期的人生观和价值观。然而，当历史的车轮转动到了荷马时代后，私有观念和占有意识的出现，使得原始时期的爱情观和性爱观均发生了本质性的变化。爱情和性爱不再是个人本质的体现，欲望也成了道德束缚的对象。如在《奥德修纪》中的帕涅罗珀身上，已经看到了她对爱情的忠诚和对身体忠贞的坚守；在欧里庇得斯（Euripides，约前480–前406）的《美狄亚》(*Medea*，前431年）中，也会看到对不忠丈夫的血腥惩罚。可以说，随着社会的不断发展与进步，神话中所表现的那种对人的欲望的追求已经被希腊悲剧中所表达的带有私人占有意味的忠贞观念所取代了。人类社会尤其是希腊古典时代之后，人们的性爱观更是发生了极大的变化。换言之，经过希腊化的洗礼，到了公元4世纪以后，《埃塞俄比亚传奇》虽然还是沿着帕涅罗珀所开创的贞洁的性爱道德观的道路上前进的，但是宗教的价值要素开始进入人们的性爱观中。举例来说，作为作者理想的性爱观念的载体，传奇中的女主人公恰瑞克莉娅似乎并不完全是现实生活中的人物，而是来自作家对希腊古典时期优秀女性的仿写，是女神安德洛墨达[1]、阿尔忒弥斯和帕涅罗珀三体合一的产物。例如，她非凡的美貌就来自女神安德洛墨达；她对童贞的坚守以及携带着弓箭的形象和射箭的高超技巧等特点就类似于狩猎和处女之神阿尔忒弥斯。同样，她每次面对凶恶的求婚者时，总是靠自己的机智保护贞洁，并对自己所爱的泰阿格涅斯极为忠诚，这无疑是帕涅罗珀的翻版——以至于在作品中，作家就虚构了一个意味深长的细节，即奥德修斯曾在恰瑞克莉娅的睡梦中向她转达了自己妻子帕涅罗珀对她的赞赏和满意之情。但同时，她的那种时刻克制情欲，高贵而纯洁的精神世界，又包含着基督教圣母玛利亚的风采。

在女性难以保持贞洁的动荡不已的社会境况中，为什么“贞洁”观念强盛起来了呢？从小说中可以看出，主要来自两点。一是当时女性以“自保”来维持自己的尊严和地位，诚如《奥德修纪》中的帕涅罗珀以此“自保”一样。正是因为要“自保”，才使当时的女性产生了不屈服和不被人侮辱的强大精神力量，也才能激发出女性的自身智慧和斗争的勇气。从这个意义上说，这类浪漫传奇作品的大量出现，是女性自主意识开始觉醒的产物。二是这种对纯洁的爱情与强烈的性道德的推崇，如前所言，既是在继承着希腊荷马史诗中传统的结果，同时也与新起的基督教性爱中的“处女贞洁”的观念具有同步性。换言之，这种性爱观念也是与当时基督教的主张相符合的。例如，在《埃塞俄比亚传奇》中，已经可以隐约看到基督教道德原则的出现。当时人们已经受到《新约·马太福音》的影响，认为贞洁甚至高于婚姻。前面所言，恰瑞克莉娅时刻在意自己的处女之身的行为，其实就带有强烈的基督教处女崇拜的影子。根据这些描写，“人们从这部作品中

---

① 在古希腊神话中，安德洛墨达（Andromeda）以美丽著称，是伊索比亚国王柯甫斯（Cepheus）与王后卡西奥佩娅（Cassiopeia）之女。后与宙斯之子珀耳修斯（Perseus）结婚。

意识到了基督教婚姻的神圣性”[①]。

第二，在激烈的矛盾冲突中体现了对人智慧的肯定和推崇。在当时军官残暴、盗贼遍地、危险丛生的社会动荡环境下，弱者如何生存，如何抗拒命运的安排？这是一个非常重要的问题。《埃塞俄比亚传奇》通过艺术手段作出了回答。

以老卡拉西里斯设计带领泰阿格涅斯和恰瑞克莉娅从希腊德尔斐城出逃，以他们来到埃及孟斐斯城这段时间里出现的多个连续发生的事件为例，可以看出作家对智慧肯定的倾向。首先，他们能够逃出德尔斐城无疑是非常困难的。在这里，他们不仅人生地不熟，更因为恰瑞克莉娅的养父恰瑞克里斯对女儿疼爱有加，并希望把她嫁给自己的侄子做妻子，因此，对她“看管”得非常严。在此情况下，卡拉西里斯设计了一场假抢劫的戏码，成功地骗过了城里所有的人，包括恰瑞克莉娅的养父，从而安全脱身。接着，他又凭借智慧，不仅摆脱了富商对恰瑞克莉娅的纠缠，而且还成功地设下计谋让劫船的海盗之间发生了火拼并导致其全部死亡，使得迫在眉睫的危险得以解除。“在所有这些奇迹中，我们发现了一位埃及的牧师，……向我们展示了他是如何用这些技巧来影响简单的心灵的。卡拉西里斯假装相信这些神谕、梦境和启示，并利用迷信手段欺骗恰瑞克莉娅、瑙斯克拉斯，甚至他的同事恰瑞克利斯——德尔斐的大祭司。”[②]

再如，当泰阿格涅斯二人被埃及强盗俘获之后，羊入虎口。面对强大的强盗头子蒂亚米斯的逼婚，恰瑞克莉娅运用智慧，违心地答应了他。结果，这使泰阿格涅斯非常不解，甚至对她说出了指责的话语。然而恰瑞克莉娅则告诉她的情人：

---

① Thomas Underdown, *The Aethiopica*, The Athenian Society's Publications, v. 1569, p. xli.

② Thomas Underdown, *The Aethiopica*, The Athenian Society's Publications, v. 1587, p. xxxix.

> 你要知道，有时抗拒只会加剧某种强烈的感情，而说一些顺从的话语去迎合某些欲望，就会缓和它爆发的时间，也会以未来所能带来快乐的许诺去冲淡那欲望的锋芒。〔……〕正是出于这种考虑，我才在言语上屈服于蒂亚米斯，并把未来的问题留给从一开始就把我们的爱置于它们保护之下的诸神和精灵。〔……〕我要用我的创造性想法来推迟现在的劣势，用未来的不确定性来推迟现在的确定性。

可以说，在一个强敌面前，用缓和与拖延的手法，不让粗鲁暴躁的敌手做出过激的行动来，恰恰体现了女主人公智慧的高妙。事实证明，她的聪明做法确实为后来的形势变化争取到了宝贵的时间，最终化险为夷。还有，在孟斐斯总督府邸，当阿尔赛丝粗暴地把恰瑞克莉娅许配给奴仆阿契美尼斯为妻并马上要举行婚礼的时候，泰阿格涅斯也是用欲擒故纵的手法，迫使其取消了已经答应的婚礼，保住了恰瑞克莉娅的贞操。

众所周知，对智慧的肯定是荷马史诗《奥德修纪》中的重要主题之一。奥德修斯（尤利西斯）是智慧的化身，历来受到拜占庭人的敬奉和尊崇。在该部小说中的埃及祭司卡拉西里斯身上，我们也可以看到奥德修斯的影子。作家用象征的方式，通过两次描写“奥德修斯”这个古代史诗中人物的“出场”来暗示这一联系。其中的一次就是老卡拉西里斯带领泰阿格涅斯和恰瑞克莉娅二人从扎金索斯岛逃走的前一天晚上，在他的睡梦中：一个老人来到了他的床前。这个老人的身体虽然已经干枯，但从他的束腰外衣里露出来的大腿却显示出其年轻时是一个有力量的人。这个老人头上戴着一顶帽子，从表情来看，是一个聪明而狡猾的人。原来，这个干瘦但有力量的老人，就是大名鼎鼎的奥德修斯。作品接着写了奥德修斯对他的指责——其实是在暗示他要对古希腊的智慧思想进一步发扬。我们说，对人的聪明和智慧的肯定，恰恰是对人自身能力的肯定。在当时动荡的社会条件下，当很多人都还把自己的一切交给神灵或命运并任其摆布的时候，作家强调人的智慧的价值和作用，强调用聪明的计谋来改变命运，追求自己的幸福，无疑是作品重要的亮点之一。

第三，表现了公元四五世纪拜占庭人对命运的新看法和新态度。我们知道，在古希腊文化中，“命运”是一个非常重要的概念。与古代希腊人对命运关注相似，《埃塞俄比亚传奇》中也大量涉及对于命运的看法。但二者之间在联系中又存在着极大的差别。换言之，在这部作品中，人们对命运的态度也获得了新的发展。

何为“命运”，简单而言，就是人类无法知道和掌控自己的一切，只能听凭某种外在的、不可知的力量摆布。在古希腊的荷马史诗和赫西俄德诗歌以及其他早期希腊文学作品中，“命运”是一个不断变换着内涵的词汇。希腊神话中出现的拟人化的命运女神（诸女神）本身就称谓多变。不仅如此，在随后出现的各种文献中，也是如此。例如，《伊利昂纪》与《奥德修纪》中称埃萨（Aἶσα）为命运女神；而在《神谱》中，赫西俄德最初将命运诸女神描绘成夜神的女儿（第219行）；而后，赫西俄德又声称，命运诸女神是忒弥斯和宙斯的女儿。从这一有关命运诸女神的互相矛盾的身世叙述上看，赫西俄德并未提供一个确切的答案。[①] 其他早期希腊文学作品中，命运女神还被冠以阿南刻（'Ανάγκη）、摩伊拉（Moῖρα）或是众摩伊拉/命运诸女神（Moῖραι）等。而到了拜占庭时期出现的文学作品中，“命运”概念的内涵更是悄然发生了变化。被东正教会尊为圣徒的12世纪拜占庭主教、神学家、人文主义学者欧斯塔修斯（Eustathius of Thessalonica, 1115-1198），在其为荷马史诗《伊利昂纪》和《奥德修纪》所作的注释中，借用了早期希腊文学作品中命运三

① 赫西俄德：《神谱》，王绍辉译，张强校，上海人民出版社，2010年，第9页。

女神之一的拉刻斯（Λάχεσις）来表达“命运”，但却采用了其变化的形式“λαχμός”。[①] 这一称谓的变化，即“命运”从不可违逆的女神专称降格为一种个人遭际的日常表达，深刻地体现出拜占庭人在希腊人对命运认识基础上的新发展。

应该说，“命运观”内涵的改变是与古希腊人走出黑暗与蒙昧同步的。按其发展流变，可以看出，这些多变的称谓或不乏矛盾的内涵变化，恰恰体现出了希腊“命运观”的发展流变和不断进步的过程。例如，在早期希腊人那里，命运是难以把握和难以认识的某种神秘力量之所在，纵使强如最伟大神明、神人之父乌拉诺斯、克罗诺斯和宙斯，也无法逃脱“命运”的操控。例如，在赫西俄德的《神谱》中，就写到了强大的天父乌拉诺斯和他的儿子克罗诺斯因无法逃避“命运”的规定，以后要经历被自己所生下的孩子推翻其统治的下场，克洛诺斯和宙斯也是如此。因此，他们才不断地吞噬自己的儿子，以此逃避命运的惩罚，但结果证明，这一切努力最终都是徒劳的。由此可见，拥有无上力量的神祇们也处在被“命运”摆布之中。在荷马史诗中，阿喀琉斯虽然是古希腊人心中最伟大的英雄，但他也无法逃脱“命运”的操控，留下了那致命的“脚踵”。然而，到了公元前4世纪的“悲剧时代”，古希腊人对命运的态度发生了变化。在悲剧中，大都以主人公的自由意志与不可知的外在力量（命运）之间的激烈冲突为表现特征。不同于此前希腊人对“命运”的无可奈何以及在此基础上展现出的敬畏与服从，悲剧中开始出现不同程度的抗争。例如，在埃斯库罗斯的《被缚的普罗米修斯》里，一方面，宙斯虽贵为王者，却难以逃脱命运的摆布，无法预知自己将被下一代的哪个神祇取而代之；而普罗米修斯虽能尽知世间万物的宿命，却唯独不能把握自己的命运。另一方面，宙斯和普罗米修斯

① Eustathius: *Eustathii Commentarii Ad Homeri Iliadem. Vol. 2*, edited by J. G. Stallbaum, Cambrige UP, 1828, p. 155.

又渴望逃脱命运的束缚。至于索福克勒斯笔下的俄狄浦斯王，更不是被动地接受命运安排的弱者，而是竭力与“命运”进行抗争的英雄。尽管这种以个人意志对不可知的命运的反抗往往是徒劳的，甚至是悲剧性的，但反抗的意识已经出现。

经过了希腊化之后，尤其是到了公元四五世纪的时候，我们可以看到，拜占庭人在希腊人对命运认识的基础上又有了新的发展。在小说中，不仅到处都有着质疑和反抗命运的话语，而且命运的内涵也有了新的变化。例如，恰瑞克莉娅和泰阿格涅斯，就多次谈到自己所经历的一切磨难都是由不可知的命运造成的。他们甚至对这样的命运感到愤懑并多次发出强烈的指责。最为突出的是，他们此时已经把“命运”和“神祇”联系在一起，在谴责命运的同时，也是在谴责其中的某些神祇。小说中写道，就在朋友克耐蒙结婚的那天晚上，恰瑞克莉娅面对的则是不知道自己所爱的人目前所在何方以及是生是死的境地，因此在极度的痛苦中愤怒地喊道：“噢，神啊，天上的大能者，我祈祷祝福他们如愿以偿。神呀，我这样说只是在责怪自己的运数，而不是责备你待我不如待他们好。可你为什么要把我的悲剧拖得那么漫长，以致我们的命运完全成了你的喜怒无常心情的即兴表演呢？既然我已经知道了这些奥秘，那我为什么还要徒劳地抱怨你所降的灾祸呢，愿意的话其余的也按照你们神的旨意去实施吧。”在这段话中，我们可以明确地看出，神祇和命运完全变成了一体。她认为自己的命运就是由某个神祇造成的，神祇和命运是一个本质、两个面孔。就是说，神（命运）既能给人们带来好处，也会给人带来灾难。神和命运的一体化表明，像古代希腊人那样对神祇（命运）的无条件信奉的思维方式已经解体。

此时出现的命运观念，不仅把神和命运看成了一体，而且人们对待“命运”的态度也有了新发展。我们知道，自古以来，人们对待命运的态度趋向于两个不同的向度：一种使其命运观陷入了宿命论泥潭的向度，最终走向了对神的盲目信奉；另一种则走向了与命运抗争的积极进取的人文精神向度，从而成了后来在西方一直存在的个人主义的滥觞之一。在《埃塞俄比亚传奇》这部作品中，我们看到，在忍受和听命于“神”或“命运”的同时，利用个人智慧和能力，反抗命运摆布的精神也被弘扬和发展起来了。应该说，小说中两个男女主人公所面对的灾难是巨大的，不仅有海盗的抢劫、敌手的折磨、亲人的背叛，还有海上的风暴、荒野的遇险、洞穴中的绝望等难以预料的各种凶险。但他们并没有心甘情愿地屈从于命运的摆布，每次都依靠自己的智慧化险为夷，最后战胜了各种灾难，达到了美好的结局。这说明，此时的人在命运面前的自主性已经大大地提高了。

第四，《埃塞俄比亚传奇》也表现了作家以和为贵、仁爱为重的主张。一般而言，在贼盗蜂起、战争频繁的社会动荡时期，人们都有着强烈的渴望仁爱、希望过安宁幸福生活的美好愿望。这在拜占庭帝国初期，尤其如此。从小说中我们知道，恰瑞克莉娅是埃塞俄比亚国王希达斯庇斯和王后佩西娜的女儿，只因为她的皮肤是白色的，而不是像父母一样是黑色的，就被遗弃了。这对一个刚出生的女孩来说，本来是场悲剧，但作品却告诉我们，她幸运地遇到了几个好心人的真心救助。第一个收养她的人是埃塞俄比亚国王手下的青年密修士西西米提勒斯。他虽然是一个黑人青年，但对这个皮肤不一样的女孩没有任何偏见，还遵照王后的旨意，偷偷地把还是一个刚出生的婴儿的她抚养了起来。由于怕恰瑞克莉娅的身世暴露，在她七岁那年，他又把她带到了孟斐斯，交给了在街头偶遇的来自希腊德尔斐神殿的大祭司恰瑞克勒斯。而恰瑞克勒斯收养她后，也对她视若己出，给了她优越的成长环境和良好的教育。与她素不相识的埃及神殿祭司老卡拉西里斯更是全心全意地帮助她。从整个故事中，人们可以看到，不管是埃塞俄比亚人，还是希腊人和埃及人，都有着一颗仁爱和善良之心，都在尽力地保护着这个弱小的女孩子。他们打破了民族间的界限，冲破了宗教与文化间的隔阂，用大爱之心真诚地保护着和自己毫无关系的人。甚至连这个弱小的女孩身上所带着的价值连城的珠宝，一直被作为“信物”妥善地保存着而没有被她的几个保护人据为己有。此外，在小说的其他人物身上，也体现了作者主张仁慈博爱的思想。例如希腊青年克耐蒙对泰阿格涅斯和恰瑞克莉娅的真诚关爱，埃及商人瑙斯克拉斯的热情好客与无私帮助，扎金索斯岛上善良老渔夫蒂勒赫努斯对卡拉西里斯等人将会遇到的危险冒死进行的提醒等，都反映出了不同民族之间互相爱护，相互帮助的精神。甚至作者笔下出现的有些强盗们，有些也被作者描写为具有善良之心的人，这诚如欧美学者所说：“赫利奥多罗斯笔下的强盗都是喜剧性的强盗，他们有能力去杀人和抢劫，但也知道应该尊重女士。恰瑞克莉娅两次发现自己在他们的力量控制之下：起初，她是特拉基努斯的俘虏，虽然特拉基努斯希望娶她为妻，但却给她时间让她下定决心；另一次，她落入了也想娶她的蒂亚米斯之手，但他却召唤他的臣民——海盗为证，让她自由地做她想做的事。”① 以上这一切违背常理的书写都表明，作为一个爱情浪漫传奇，作者用自己所信奉的“仁爱”的理想主张去引领和描写现实发生的事件，目的是塑造一个理想的人际关系和乌托邦式的社会文化氛围。

不仅如此，在埃塞俄比亚国王希达斯庇斯的身上，这种仁爱之心更表现在不同民族之间如何相处上。作为一个国王，他在带领士兵与外敌作战时，就反复告诫部下尽可能不杀人或者少杀人。他虽然打败了波斯总督，俘虏了他，但不仅饶恕了他，还为他治伤。并且还对他说：“朋友啊，我真的不想要你的性命。只有在战斗中我的敌人想抵挡我的时候，那么，战胜勇猛的敌人才是我的光荣。然而，

① Thomas Underdown, *The Aethiopica*, The Athenian Society’s Publications, v. 1569, p. xl.

当他们被征服时，我就会显出自己的慷慨大度。”不仅如此，希达斯庇斯还饶恕了那些被俘的波斯士兵，而不是像以往的战争胜利者那样，或把俘虏杀掉，或割掉俘虏们的鼻子、耳朵等器官。他还在征服了被波斯人霸占的某个埃及的领土之后，免除了那里的土著赛耶尼人十年的贡赋。

在作品里，作者还把这种仁爱的思想上升到了人的内心正义和公平的高度。小说写道，当恢复了祭司职位的蒂亚米斯去找总督夫人阿尔赛丝要接回泰阿格涅斯和恰瑞克莉娅的时候，阿尔赛丝与之有一段非常深刻的对话。总督夫人不想让他接走二人，就辩解说泰阿格涅斯已经成了她的奴隶，按当时的法律，主人占有奴隶，是天经地义、公平和正义的——因为奴隶不是人，而是个人的财产。但蒂亚米斯则反驳说：“在不同的条件下，一个人可以被叫作奴隶，也可以叫作自由人。前者是出于暴君的意志，后者是来自君主的命令。总之，像战争与和平一样，正义和公平也不应根据它们的词义来简单看待，而是要通过那些使用它们的人的意图来看待其内涵和意义。”从这句话所表达的意思来看，公平和正义来自使用这一概念的那个人的人心和意图。假如出于善心，出于同情他者的善良意图，那就是公平正义的。否则就是非公正的。在这里，明显可以看出，古希腊哲学中的那种纯客观的和虚幻的正义与公平概念内涵已经发生了根本性的改变。罗素在分析古希腊时期的正义观念时曾说道：“正义的观念——无论是宇宙的，还是人间的——在希腊的宗教和哲学里所占的地位，对于一个近代人来说并不是很容易一下子能理解的。……阿那克西曼德所表现的思想似乎是这样的：世界上的火、土和水应该有一定的比例，但是每种原素（被理解为是一种神）都永远在企图扩大自己的领土。然而有一种必然性或者自然律永远在校正着这种平衡。例如只要有了火，就会有灰烬，灰烬就是土。这种正义的观念——不能逾越永恒固定的界限的观念——是一种最深刻的希腊信仰。神祇正像人一样，也要服从正义。但是这种至高无上的力量其本身是非人格的，而不是至高无上的神。”① 也就是说，正义的观念在古代希腊那里是纯客观的、非人格的东西，但到了公元 4 世纪写作这部小说的时候，正义就已经开始转向当事人自身对仁爱的把握，即当一个人从仁爱出发，认为此事是合理的，就是符合正义的。反之，就是非正义的。② 这无疑是对古代希腊正义和公平观念的巨大发展。

五、《埃塞俄比亚传奇》的人物形象分析

有学者认为，作为一部罗曼司小说的作者，“他不知道如何创造有趣的场景或生动的人物”③。其实，《埃塞俄比亚传奇》主要创作目的是以浪漫手法描述昔时异地的、在现实生活中不太可能存在的离奇人物、风土人情或冒险的故事，所以这类小说一般不是以塑造人物为主的。因此，他笔下的“大多数的角色是类型而不是个体。这些男性主要是在男子气概的勇敢美德方面过剩或不足的例子。特拉基努斯、泰阿格涅斯、蒂亚米斯、克耐蒙、卡拉西里斯，每个人的性格特征都在下降。女性也以同样的方式体现了贞节的女性美德及与其相反的性格特征，从恰瑞克莉娅下至佩西娜、忒斯蓓、德梅内塔和阿尔赛丝，个性特点越来越弱”④。诚然，就从整体上看，这种说法有一定的道理，但是，在这样的故事描写中，仍然有几个栩栩如生的人物给人以深刻的印象。

---

① 罗素：《西方哲学史》(上册)，何兆武等译，商务印书馆，1963 年，第 58—59 页。

② 这里需要补充的是，现代社会认为正义是由不同人的阶级地位、社会地位和立场所决定的。这样，纯客观的——主观的——社会立场的决定，就构成了西方正义观自古至今发展的基本脉络。

③ Thomas Underdown, *The Aethiopica*, The Athenian Society' s Publications, v. 1569, p. xli.

④ F. A. Wright ed, *Heliodorus, An Aethiopian Romance* , Translated by Thomas Underdown, New York: E. P. Dutton & Co., 2006, p. 5.

首先是恰瑞克莉娅。这一形象明显具有希腊神话中女神的影子。小说中告诉我们，恰瑞克莉娅是埃塞俄比亚国王和王后的女儿，由于雪白的皮肤与父母的黑皮肤颜色不同，她母亲害怕国王丈夫的责怪，孩子一出生就把她送给手下的人抱走抚养了。几经转手，历经磨难，直到她十七岁时才重新回到父母的身边。可以说，恰瑞克莉娅一直处在寄人篱下和颠沛流离之中，但命运并没有压垮她，而是使她变得更加坚强和成熟。

小说写道，她非常美丽，作者是按照狩猎和处女之神阿尔忒弥斯、仙女座女神安德洛墨达的形象塑造这个形象的。她的第一次出场是在强盗们发生了内讧，遍地死伤之后，故事这样写道：

> 一个非凡美貌的少女坐在一块岩石上。这个少女美丽得几乎被认为是一位女神。她虽然被眼前屠杀的情景弄得悲痛欲绝，但神态和五官却显示出一种高贵的气质。她的头上戴着月桂花冠，背着箭袋，挎在左肩的箭袋绳上系了一个蝴蝶结。她的左臂不由自主地垂下来，而把右肘支在大腿上，手托着面颊，眼睛向下，头一动也不动望着离她不远处的岸边躺着的一个年轻男人。

请看，这幅图景多么像一幅女神在战场上面对悲惨事件时的形象。围绕着她的是死亡，而她以非凡而高贵的姿态坐在中间的一块岩石上，头戴月桂花冠，斜披箭袋，神情悲戚而肃穆——简直就如同希腊神话中狩猎和处女之神的降临。

后来，作者还写了她另一次出场。这是她的另一种风格的出场。在德尔斐城举行的太阳神祭祀的过程中，她被选为太阳神庙的女祭司。当她在仪式举行的这天来到会场时，作品中写道：

> 美丽又多才多艺的恰瑞克莉娅也离开了狄安娜神殿，坐在一辆由两头肥壮的白公牛拉着的双轮车上出现在祭祀的场所。……她用金线刺绣而成的紫色披风把自己全身上下裹了起来，并在腰间系着一根腰带。这根腰带简直是一件杰作——以前从来没有人将来也不会再有人能做成这样精彩绝伦的腰带了——腰带上面绣的是两条活灵活现的蛇。当腰带系起来时，两条蛇的身子缠绕过她的背部和脖子并从她的胸脯上垂下来，形成了一个优雅的结。而两条蛇的蛇头分别从这个结的两边垂下来，就像一件精美绝伦的工艺品。你可能会说，这些绣成的蛇看起来像在爬，而且给人的感觉真的就是在爬——它们做得就是如此逼真。……她的头发既没有收束得太紧，但也没有完全散开，大部分顺着她的脖子垂下来，在她的背部和肩膀华丽地飘动着。她的头上戴着柔嫩的月桂树枝编成的花冠，花冠与她额上的发髻交织在一起，形成了一种漂亮的花环，避免了她的长发在微风吹拂中过于散乱。她右肩上挂着一个箭袋，左手拿着一张弓，右手则举着一支点燃的火把。即使火把的光辉在她明亮的眼睛面前也显得暗淡无光。

作者为什么要把女主人公的外形外貌写得如此美丽，可以说，她就是当时作者心目中理想的拜占庭女性形象。进一步说，作家就是要在她的身上，体现出古希腊女神的形象之美与拜占庭理想女性之间相类似的形象风采和意蕴。同时，也体现了作者另一个深刻的感悟：这样美丽的女性与拜占庭早期那种社会混乱、强盗横行以及各种各样灾难频发的时代是格格不入的。

其次，她又是贞洁的化身并在保持贞洁中体现出了人格觉醒和自主意识的增长。作品描写，她从小就立志把自己献给拥有处女之身的狄安娜（阿尔忒弥斯），对爱情和婚姻从来不感兴趣，甚至把劝说她结婚的人拒之门外。每当遇到危险的时候，她总是宁可选择自杀，也要保持自己的贞洁。当她和泰阿格涅斯恋爱之后，虽然有很多机会可以在一起享受二人之间的性爱快乐，但她仍旧用誓言约束着彼此的行为，从不越雷池半步。这其中体现的是她作为个体人格的觉醒，是自主意识的体现。尤其是作者把她与其他受控于情欲的女性（如忒斯蓓、德梅内塔和阿尔赛丝）对比描写的时候，她的自主意识就更显得光彩夺目。

再者，她又是一个非常富有智慧的女性。虽然在作品刚开始的时候，她的性格还有些软弱，但越到后来，她变得越成熟起来。尤其是当卡拉西里斯死去之后，她实际上成了自己与泰阿格涅斯命运的指导者。例如，在与总督夫人阿尔赛丝的斗智斗勇中以及在自己的国王父亲面前亮明自己真实身份的时机把握中，都显示出了她的卓越的聪明和智慧。从某种意义上说，她甚至比泰阿格涅斯更有担当和智慧。

尽管如此，作者并没有一味地描写她的优点，也写了她作为现实生活中的年轻女性在爱情面前的困惑与无助，还描写了她在灾难面前的恐惧和绝望。但最终她克服了这些障碍，凭借自己的能力，达到了生命的圆满——这说明这个女性形象的塑造是极其丰满的，其性格也是不断发展的。这样一个极为丰富的人物，是 4 世纪末拜占庭理想女性的形象。作家对她进行了全面的肯定和高度的赞美。可以说，这一形象是古典和中世纪欧洲文学画廊中与海伦、帕涅罗珀、安提戈涅、美狄亚、伊瑟等同样熠熠生辉的理想女性的艺术典型。

作品中另一位塑造得较为鲜明的形象是埃及孟斐斯城的祭司卡拉西里斯。这是作家按照荷马史诗《奥德修纪》中的主人公奥德修斯塑造的一个智慧人物。作品描写，卡拉西里斯是一个须发全白的睿智老人，聪明甚至狡黠是他身上最鲜明的特点。正是他在极其困难的情况下设计让泰阿格涅斯和恰瑞克利亚离开了德尔斐。在落入海盗之手，面临险境的时候，又是他凭借自己的聪明才智，适时挑起了强盗间的内讧，让他们相互残杀从而化险为夷。不仅如此，他还不断地劝慰两个年轻人，鼓励他们不断增强战胜命运的必胜信心。更为可贵的是，作家没有像传统的古典希腊文学那样突出他智慧的神秘性，而是暗示出他的智慧来自他渊博的知识和丰富的阅历。正是因为他熟知各种自然知识、社会知识以及神学奥秘——他对尼罗河现象的阐释，对爱的情感的产生机制、对宗教事务的精通等——使他能够在危机到来时很好地判断形势，并做出正确的决定。再者，在他的身上，也还有着浓烈的仁爱之心和善良的品格。本来他与恰瑞克莉娅和泰阿格涅斯并不熟悉，但凭着神谕和对埃塞俄比亚王后佩西娜发下的誓言，就一直殚精竭虑地帮助这两个人脱离苦海。他还制止了两个儿子之间的拼死打斗，化解了双方的矛盾。总之，这是一个理想的智者的形象，是拜占庭作家对奥德修斯形象的继承与发展。

作品中另一个人物是青年泰阿格涅斯。这是一个集古典英雄与现实青年于一身的艺术形象。作为一个希腊的青年，他容貌漂亮，身材健美，具有天神一般的外貌和体形。小说中描写道：

> 他的登场似乎把迄今为止出现的一切辉煌都掩盖了，就像一道明亮的闪电使天空中微弱的火焰黯然失色一样。他出场的表现实在是太精彩了。在骑兵和步兵同时护卫下，身着重甲，全副武装，手中挥舞着一支青铜尖白蜡杆的长矛。他没戴头盔而是让自己的长发随意地下垂。他披着一件紫色披风，上面用金线绣着拉庇泰和半人半马怪物之间的战斗场景；在系着披风的琥珀圆扣上，刻着帕拉斯·雅典娜的肖像——肖像上的雅典娜的盾牌上挂着蛇发女怪的头。微风轻柔地吹拂着覆盖在他脖

> 子上的卷发，好像正玩弄他的头发，并不时地把它们从前额上分开，这增添了他的魅力。微风也让他的长袍的花边飘拂在所骑战马的背上和腿上。……所有的人都带着钦佩的目光注视着这景象。这个年轻人的男子气概和美貌征服了所有人的心。女人们无法掩饰她们的感情，欢叫着把水果和鲜花扔给他，希望能得到他的欢心。简而言之，大家都认为泰阿格涅斯是世界上最英俊的男人。

同时，他又对爱情极为忠诚，这突出地表现了他为了纯洁的爱情，甘愿抛弃家园，与所爱的人投奔到异国他乡的埃塞俄比亚；还表现在当总督夫人阿尔赛丝对他软硬兼施、威胁利诱甚至严刑拷打的时候，他时时刻刻都在坚守着自己对恰瑞克莉娅爱的承诺和性的忠诚。不仅如此，在他的身上，还具备勇猛的特点。作品描写，他勇武有力，跑得飞快。在德尔斐举行的皮托娅竞技会上，他用矫健的身手、飞快的奔跑速度和高明的战术，战胜了对手，赢得了荣誉；在埃塞俄比亚举行的太阳神的祭坛上，他勇敢地制服了受惊的公牛，并打败了向他挑战的强壮对手。当然，他身上也存在着弱点，例如有时看问题容易被表面现象所迷惑，有时还容易冲动等，但这一切也恰恰反映出他内心的纯洁和天真。假如进一步深究的话，我们可以看出，这个形象身上，还体现出了古希腊神话和传说中的英雄如赫拉克勒斯、阿喀琉斯等人的影子，作者把这些古代英雄人物的特征集中赋予在了他的身上，使这些古代英雄在四五世纪拜占庭文学中发展出了新的样态。

此外，作品中塑造的其他人物也值得一提：如强盗头子蒂亚米斯“坏人”面具下的人性底蕴；女仆忒斯蓓的阴险狡诈；希腊人克耐蒙的重视友情；埃及商人瑙斯克拉斯的仗义疏财；波斯总督妻子阿尔赛丝的“情欲”张扬；养父恰瑞克勒斯对女儿的真挚感情以及埃塞俄比亚国王希达斯庇斯既仁慈又固执的性格等，都体现出了那个时代，他们各自对应社会阶层的独特表现。

六、《埃塞俄比亚传奇》的艺术成就

作为拜占庭早期的一部罗曼司作品，这部小说在艺术上也极富希腊-拜占庭文学的特色。

第一，在继承古典叙事作品浪漫风格的基础上，开创了新的"罗曼司"小说的艺术样态。"罗曼司"是英语"romance"的音译，指的是欧洲中世纪早期出现的一种特定的文学形式。主要是以浪漫手法描述昔时异地的、在现实生活中不太可能存在的离奇人物、风俗或冒险的故事，尤其是浪漫的爱情故事。首先，《埃塞俄比亚传奇》描写的一对青年男女爱情上的曲折经历，故事本身就是"罗曼司式的"，"有勇敢的人物和激动人心的事件"[1]。其次，这部小说包含了罗曼司小说一些基本的要素：如"逃亡，流浪，暴风雨，绑架，抢劫，海盗，饥饿，令人恐惧的充满黑暗的牢房，锁链的束缚，一次次不幸的分离，最后有情人终成眷属"[2]。再者，"突转"和"巧合"等艺术手法在这部小说中占据着突出的地位。从小说中所描写的恰瑞克莉娅和泰阿格涅斯相爱的整个事件来看，他们实在是遇到了太多的折磨和不幸。但每到关键的时刻，或有奇迹发生，或有贵人相帮，或是靠他们自己的聪明才智，都化险为夷了。例如，当他们落入蒂亚米斯那伙强盗之手的时候，碰巧赶上另一帮敌人来进攻，打断了蒂亚米斯占有恰瑞克莉娅的美梦；而当危急时分，蒂亚米斯去洞穴杀她的时候，又碰巧遇到了忒斯蓓这个替罪羊；更巧合的是

---

① 参见 *Longman Dictionary of Contemporary English,*（2014）的相关词条。

② Niketas Eugenianos, *Drosilla and Charikles,* Translated with an Introduction and Explanatory Notes by Joan B. Burton, Bolchazy-Carducci Publishers, Inc. Wauconda, Illinois USA. p. 1.

这个忒斯蓓又是在希腊家中和女主人一起陷害克耐蒙的人，而她又被埃及商人带出希腊，途经此地时，被另一个土匪抢走并藏到洞穴中的。再如，当阿尔赛丝判处恰瑞克莉娅被火烧死，然而她却安然无恙，原因是身上携带着能辟火的“潘塔贝”宝石。再有就是当恰瑞克莉娅父女相认遇到阻碍的时候，又恰恰是当年负责收养她的密修士西西米提勒斯和养父恰瑞克勒斯的适时出现，化解了危机等，这一切无不是情节的“突转”和“巧合”运用的结果。最后一点是，像那些经典的罗曼司作品一样，小说中充满着丰富的想象。换言之，作品中所描写的故事并不是遵循客观事物自身的发展逻辑进行的，而是按照人的情感逻辑进行的。很多时候是作者把自己的希望和情感加在了传奇的叙述中，并按照自己的愿望把他们从绝境中“用笔”解救出来，从而给了故事一个“人为”的欢乐结局。“赫利奥多罗斯所描述的纯粹的人类事件也不太可能——这是那个时期所有希腊传奇小说的通病。作家们急于引起人们的惊奇，而不是兴趣，他们试图用与现实生活不符的奇异事件来引起人们的好奇心——这些事件似乎不太可能发生——但却是当时希腊文学的主要原则之一。由于读者渴望新奇的东西，他们为了引发读者的想象，便滥用图画，把人物的岩石、悬崖，尤其是洞穴，都放置在小径上。”[①] 而正是这种想象的色彩，才使作家并不刻意追求人物性格的塑造，而是突出“行动”（或曰情节）的作用。《埃塞俄比亚传奇》正是在这些方面体现出了罗曼司文学的基本要素，构建了罗曼司作品的诗学原则，并开拓了一个新的描写样态和写作模式。

第二，具有非常成熟的叙述结构。整部小说的情节是被精心安排的，“他的大部分情节取材于悲剧和史诗”[②]。“在每一页上，我们

① Thomas Underdown, *The Aethiopica*, The Athenian Society’s Publications. v. 1569, p. xl.

② Ibid., p. xxxviii.

都能看到对荷马和欧里庇得斯的模仿，这是他的主要模式。”① 众所周知，荷马史诗《奥德修纪》的结构是极富特点的：奥德修斯返回家乡十年的经历，不是从特洛伊班师开始，而是从他被女神卡吕普索留在山洞的第七年写起，前七年发生的故事都是通过奥德修斯的讲述而展现出来的，只有到了后面故事才走向了现实性的叙述。《埃塞俄比亚传奇》完全继承了这一结构手法。按事件自身的发展逻辑，泰阿格涅斯和恰瑞克莉娅的故事应该从第三章二人相识相爱开始，但作家则把二人在尼罗河口劫后余生放在了第一章。这样，小说从一开始就留下了悬念，然后才在倒叙中加进了克耐蒙被后母和女仆陷害、被流放和俘虏后成为泰阿格涅斯二人朋友的过程，还加进了卡里西里斯、恰瑞克勒斯等人的经历以及埃塞俄比亚王后佩西娜遗弃女儿的原因等，从而使小说的情节具有了丰富性与曲折性。考虑到当时文化水平非常低下的情况，这种叙述手法是非常高超的。对此，F. A. 莱特指出：“它是第一部，至今仍是最成功的冒险故事之一。它不依赖文风的优美，也不依赖人物刻画的精妙，而是依赖丰富的事件和精心设计的情节。赫利奥多罗斯……在构思故事时的技巧也可以与荷马和维吉尔相提并论。像《奥德修纪》和《埃涅阿斯纪》一样，《埃塞俄比亚传奇》也是在故事的中间大胆开始，以解释性的叙述往回走，最后在书的中心达到高潮，再慢慢地、逐渐地到达最后的结局。”② 正是这种高超的结构技巧，“使《埃塞俄比亚传奇》从所有其他古希腊传奇中脱颖而出”。但也要看到，赫利奥多罗斯在情节上并不完全是对古代文学的单纯模仿和原样照搬，“他巧妙地设置了情节，又知道如何改变情节，并把它们与主要动作联系

---

① Thomas Underdown, *The Aethiopica*, The Athenian Society' s Publications, v. 1569, p. xxxvii.

② F. A. Wright, *Heliodorus and His Romance,* See revised and partly rewritten by F. A. Wright and M. A. Camb, *The Aethiopica* Printed in Great Britain by F. Robinson & amp. Further corrections in the online edition by S. Rhoads 2006, p. 5.

起来”。[1] 正是在对原有结构模式改造的基础上加进了许多新的要素，才使作品更贴近5世纪东地中海地区的社会生活。例如，《埃塞俄比亚传奇》中的倒叙并不是像荷马史诗的作者那样自己回头去讲，而是让小说中的人物克耐蒙、卡里西里斯来讲述自己的故事。正是在讲述中，他们不仅交代了各自的命运沉浮，还引出了作品其他人物的种种事件的来龙去脉。这又使作品具有了创新性。与之相关的，作家还丰富和发展了古代史诗的叙述视角，常常使视角的不断改变来增加作品的可读性。在《埃塞俄比亚传奇》中，至少有四个叙述视角相互交织：一个是作者本人的叙述视角，他的叙述起到交代和连接故事发展的作用，类似于我们常说的全知全能的叙事者。第二个叙述人是卡里西里斯，作者通过他的讲述，不仅交代了他自己逃离家乡四处漫游的经历，更为重要的是交代了泰阿格涅斯和恰瑞克莉娅一见钟情的过程以及逃亡路上所发生的种种事件。第三个叙述者是克耐蒙，他对自己经历的讲述串联起了几个重要人物，如希腊女仆忒斯蓓、埃及商人瑙斯克拉斯等。第四个讲述者是恰瑞克勒斯，他的讲述交代了其养女恰瑞克莉娅的生平和身世，并为后面的情节发展（两个青年男女去埃塞俄比亚的原因）提供了铺垫。应该说，作者的叙述是贯穿始终的，而其他三个人的讲述都是作者讲述的补充、丰富与发展。

同样，“他的大部分情节取材于悲剧和史诗。但他修改了其中人物的名字，增添了许多细节，并在描写中撒播了自己的柔弱和略带阴郁的色彩”[2]。很多学者都已经看出，在“克耐蒙与德马尼塔”这一情节中，明显是以费德拉和希波吕图斯的故事为蓝本的；而作品中佩托西里斯和蒂亚米斯兄弟俩之间的矛盾和争斗，又明显具有厄

① F. A. Wright, *Heliodorus and His Romance,* See revised and partly rewritten by F. A. Wright and M. A. Camb, *The Aethiopica* Printed in Great Britain by F. Robinson & amp. Further corrections in the online edition by S. Rhoads 2006, p. 5.

② Thomas Underdown, *The Aethiopica*, The Athenian Society' s Publications. v. 1587, p. xxxviii.

忒俄克勒斯和波吕尼克斯的影子；埃塞俄比亚国王希达斯庇斯和女儿恰瑞克莉娅的事件，与阿伽门农准备牺牲自己的女儿伊菲革涅亚的故事大致相同。然而，赫利奥多罗斯不满足于从史诗中借用，而是进行了改造：他用诸神的手段——神谕、托梦以及命运的偶然性等手段——插手了泰阿格涅斯和恰瑞克莉娅的事情。在这些改变中，"他的文风虽然零零碎碎，却很优美，令人愉快"①。的确，比起荷马史诗来，《埃塞俄比亚传奇》确实在结构上更为精巧，情节与线索之间的连接和转换也更符合读者的心理期待。这都反映了文人创作的精致性。

第三，像古代希腊作品一样，小说中也包含着较为丰富的时代性和地方性知识，反映了在当时的历史条件下人们掌握自然和认识世界所达到的水平。其中包括自然知识、社会知识、宗教知识以及风俗知识等。"很明显，赫利奥多罗斯和希罗多德一样，也很喜欢这类事情：自然科学，军事战术，陌生部落的风俗习惯，异国他乡的奇特产物。"② 首先，书中有关于尼罗河知识的描写。如作者通过卡拉西里斯之口说道："尼罗河发源于埃塞俄比亚的高耸的山区，即靠近利比亚东南端的最遥远的边界。换言之，从气候学上说，是在非洲东部气流的尽头和南面气流的开始处发源的。尼罗河在夏天泛滥的原因，并不像人们所说的那样，是由于地中海的风吹向南方，把尼罗河的河水吹得倒流了的结果。相反，这些来自地中海的季风在夏至的时候，把它们前面的云从北吹到南，一直吹到埃及的热带地区，而这些地区的高温则把大量的云阻挡住了，冷热交替，导致以前积聚在云中的所有水蒸气都逐渐凝结，分解成水，并形成倾盆大雨。于是，尼罗河的水涨了起来，它轻蔑地漫过两岸。此时的尼罗

---

① Thomas Underdown, *The Aethiopica*, The Athenian Society' s Publications. v. 1587, p. xli.

② F. A. Wright and M. A. Camb, *Heliodorus and His Romance*, See revised and partly re-written by F. A. Wright, *The Aethiopica* Printed in Great Britain by F. Robinson & amp, Further corrections in the online edition by S. Rhoads 2006, p. 4.

河已经不再是一条河，而是一片大海，它漫过整个埃及，滋养着它流经的平原并使其变得非常肥沃，从而生长出丰富的果实。因为河水是由天上的雨水组成的，所以摸起来很温柔，这就是它如此甘甜的原因。再者，埃及这里的河水不像它们的源头那么热，只是温的，这就解释了为什么尼罗河是唯一不散发蒸汽的河流。”再如，小说中还写了“尼罗河”一词的希腊词源“Neilos”中每个字母所代表的数字加到一起正好等于一年的天数，等等。应该说，这种认识，在当时的历史条件下，是很科学的。其次，小说在对古典文化知识的表现上也是极为丰富的，不仅有大量的关于古代神话传说、史诗和悲剧典故的引用和化用，还有对一些文化问题的深入探讨，例如对荷马的出生地以及荷马为什么被称为世界各民族的诗人；希腊大英雄阿喀琉斯一脉的传承与发展线索等，作家也都做出了自己的解说。可以说，这些材料是我们认识希腊文化在5世纪前后传承的形象材料。在小说中，也包含着很多原始宗教的知识，尤其是祭祀的程序、供奉牺牲的演变以及祭司的地位和职责等。在社会风俗方面，从小说中也可以看出当时人们多样化的生活状态，如强盗的日常生活和抢掠生活，渔民或牧民的谋生样态，商人的家庭布置和冒险逐利场景，贵族的任性行为以及宫廷的奢华状况等；此外还包括希腊人、波斯人、埃及人和埃塞俄比亚人等不同地位和等级状况的多种风俗性知识。再有，作者对当时军事知识的熟悉程度，尤其是冷兵器时代两军对垒的情况，在“王者的舞台”一卷中，也表现得非常精细。笔者认为，作为一部经典作品，其文本自身的一个重要因素是，看其是否包容着丰富的地域性和时代性的知识。正是这些具有独特的地方性的和富于时代感的知识，才使读者能够通过这部小说去认识和感受当时的历史和时代的复杂性以及独特的文化氛围。

在语言上，《埃塞俄比亚传奇》也有自己的特点。应该说，这部作品的语言是较为刻板的，尤其是叙述语言多于描写性的语言，在这方面它远逊于《奥德修纪》或《埃涅阿斯纪》。所以，有人认为："读赫利奥多罗斯的小说是为了读故事本身，而不是为了读优美的表达方式。"① 但不可否认的是，这种语言的刻板性也恰恰造成了一种平实的效果。造成这种状况的原因，一是由于作家是"用自我想象出的柏拉图式的阿提卡语言，而不是事实上的阿提卡的规则写作的"②。二是在于它"吸收了很多野蛮的语言（不规范的语言）"③的要素，"是马其顿国王菲利普（Philipp）和亚历山大大帝统一后的希腊（直到古代末期）以及自亚历山大占领以来希腊化的东方（埃及、利比亚、小亚细亚、波斯）主要使用的语言"④，这些情况导致这种语言还不太成熟。三是此时作家所面对的阅读对象已经不是纯粹的希腊本土的具有较高文化修养的读者，而是小亚细亚和北非等地的新的读者群。但无论如何，这种语言在整体上对当时的社会风情、人际关系和审美指向等都"把握住了真实"⑤。如作者不是与时俱进，而是一味严格模仿古典希腊时期的语言形式，这可能会造成阻碍个人风格发展和远离读者的结果。从这个意义上也可以说，"拜占庭文学以远远超越古典希腊的方式依然存在着"⑥。

---

① F. A. Wright, *Heliodorus and His Romance,* See revised and partly rewritten by F. A. Wright and M. A. Camb, *The Aethiopica* Printed in Great Britain by F. Robinson & amp, Further corrections in the online edition by S. Rhoads 2006, p. 6.

② Ihor Ševčenko, *Three Byzantine Literatures: A Layman' s Guide,* Hellenic college Press, 1986, pp. 8–9.

③ Ibid., p. 19.

④ 克拉夫特：《古典语文学常谈》，丰卫平译，华夏出版社 2012 年版，第 133 页。

⑤ Ihor Ševčenko, *Three Byzantine Literatures: A Layman' s Guide,* Hellenic college Press, 1986, p. 4.

⑥ Ibid., p. 1.

七、关于《埃塞俄比亚传奇》影响与翻译

在拜占庭帝国时期，这本小说就已经被读者所珍视。据一则材料记载：一个叫作乌斯塔修斯·沃拉斯（Eustathios Voilas）的拜占庭贵族在他的遗嘱中就提到了这部小说。根据这份日期为1059年的遗嘱显示，他把几本书遗赠给了他所建立的西奥多科斯（Theotokos）修道院，其中就包括《埃塞俄比亚传奇》。《埃塞俄比亚传奇》较为完整的抄本最早是在文艺复兴时期的欧洲被发现的，1526年人们首次在布达的萨卡（现于布达佩斯的西部）马提亚斯·科维努斯图书馆发现了一份手稿。经过整理，1534年在巴塞尔被印刷。后来又发现了其他零散的抄本片段。1547年由著名的学者雅克·艾米·奥特第一次将其翻译成法语。在1556年、1560年、1586年，一位名叫加布里埃莱·乔利托·德·法拉利的学者曾数次将其节选从希腊文翻译成意大利文并发表在《威尼斯人》杂志上。1587年，查尔斯·安德顿（Thomas Underdown）在1551年史坦尼斯劳·华斯泽维奇整理创作的拉丁文本《埃塞俄比亚历史故事》的基础上首次将其翻译成英文。同样，赫利奥多罗斯的小说一直有着深远的影响，希腊、法国、意大利和西班牙的很多作家都模仿过他的作品进行写作。例如17世纪上半叶的欧洲冒险小说的结构、事件和主题都可以从赫利奥多罗斯小说中找到影子，马琳·勒·罗伊·德·冈贝维尔的作品，米格尔·德·塞万提斯的《风险故事集》（*Persilesy Sigismunda*）等就是如此。而阿芙拉·本的《奥鲁诺克》（*Oroonoko*）更是直接模仿赫利奥多罗斯的作品。英国剧作家约翰·高夫出版于1640年的悲喜剧《奇异的发现》也是在《埃塞俄比亚传奇》的基础上写成的。托尔夸托·塔索的《耶路撒冷陷落》（第十二章）中女主人公克罗琳达的早期生活几乎与恰瑞克莉娅的故事完全相同。18世纪的小说中，

他的影响仍然能够持续被感受到（特别是在那些有“故事中的故事”结构的小说中）。进入20世纪之后，拜占庭小说研究家和翻译家F. A. 赖特用英文重新修改并翻译了它，并纠正了19世纪之前译本中的较多错误。1997年，瓦尔特·拉姆比爵士出版了此部小说新的英文译本。

就《埃塞俄比亚传奇》影响而言，诸多国外学者几乎都认为这部文学作品是希腊同类作品中的杰作。“赫利奥多罗斯的罗曼司在当时和整个拜占庭时期享有盛誉，并且这种盛誉从未丧失。”① 它的出现，不仅影响了12世纪拜占庭罗曼司作品的产生，如尼克塔斯·尤金尼亚斯在他的小说《荻萝西拉和卡里克勒斯》中，就引用了这个作品中的故事。② 以后多位在欧洲文学史上享有威望的人物，在不同的历史时期都对它赞美有加。例如阿米奥特就翻译了它，法国古典主义作家拉辛在年轻的时候就喜欢读这本书。此外还有古典主义理论家布瓦洛，也给予了它很高的赞美，并且把它和弗莱蒙的特勒马库的创作做了比较研究，并认为这部小说是罗曼司体裁的古代典范。

在国内学术界，长期以来，由于各种条件的限制，拜占庭纯文学作品的译介基本处于空白状态。2017年10月，笔者从英文版本翻译过来的著名史诗《狄吉尼斯·阿克里特：混血的边境之王》由北京大学出版社出版发行。此次，这部《埃塞俄比亚传奇》可以被看作又一部拜占庭文学经典性作品的翻译尝试。笔者之所以不揣浅陋，目的是尽快引进一些经典的文本，以适应当前拜占庭文学乃至外国文学的研究和教学的需求。

在这里，汉译者必须申明两点：其一，关于小说名称的翻译。在希腊文本或英译本中，这部小说的标题有《埃塞俄比亚故事》（*An Ae-*

① Thomas Underdown, *The Aethiopica*, The Athenian Society ’s Publications, v. 1587, p. xxxvii.

② Niketas Eugenianos, *Drosilla and Charikles*, Printed in the United States of America, 2004, pp. 128–129.

thiopian Story）、《埃塞俄比亚罗曼司》（*An Aethiopian Romance*）、《泰阿格涅斯与恰瑞克莉娅》（*Theagenes and Chariclea*）等。笔者在翻译的过程中，决定将小说的标题翻译为《埃塞俄比亚传奇》。主要理由在于，“罗曼司”本身就是“传奇”的意思。如我们所熟知的《亚瑟王传奇》就是如此。这样翻译可以与国内现有的同类翻译作品保持一致性，不增加读者理解的难度。还有一点考虑就是翻译成这样的名称，与作品所描写的故事内容更为符合。其二，这部小说的翻译不是直接来自希腊的原始文本，而是以雅典出版的由私人印刷的托马斯·安德顿 1569 年的英译本《埃塞俄比亚故事》为底本，并结合其他两个英文译本翻译成汉语的。安德顿的译本是最早的英文译本，在国外学术界有较大的影响。但由于出版较早，其中有些情节不太连贯，有些地方用词不太准确，还有就是段落划分也不太合理。本汉译本正是在基本遵循雅典文本的基础上，结合了其他两个英文文本的优长，在仔细辨析的基础上，对其中情节上的矛盾、段落上不当的划分以及用语上的不妥之处进行了调整和改动，使之上下情节更加合理，表达更为顺畅。严格来说，这个译本不是遵循某一个英文文本自始至终逐字逐句翻译的，而是一个集合了其他文本的转译或改造之作。

翻译这样一部难度较大的拜占庭早期的文学作品，是我力所不逮的。翻译的错误和不当之处一定很多，我期望着读者的批评。

刘建军

2020 年 5 月 1 日

第一卷

埃及强盗

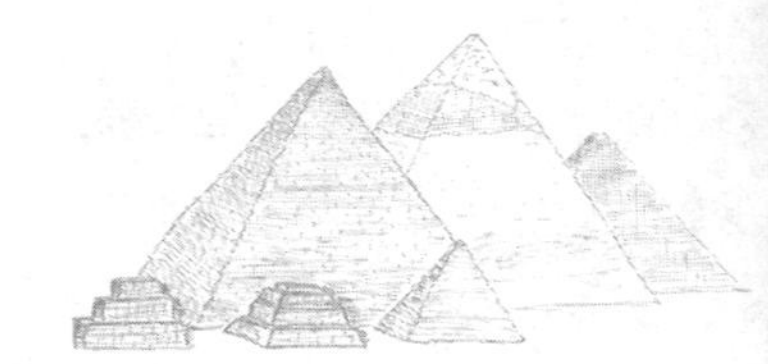

VOLUME ONE

太阳刚开始露出笑容，阳光才照亮了山脊，一些全副武装的人员——他们的装束表明这是一伙强盗——出现在悬在尼罗河的出口处一个叫作赫拉克勒斯海口[①]的海角顶端。他们在那里站了一会儿，小心翼翼地打量着脚下广阔的大海，先是把目光投向开阔的海面，没有看到任何有可能被掠夺的船只，于是便把目光转向海滩，看到了下面的景象：

一艘抛锚的商船搁浅在那里，船上虽然看不到人，但却可以看出它载着很重的货物。这即使是在远处的人也能猜到，因为它的重量已经使船下沉到船身标着吃水线的第三层了。整个海滩上到处都是被砍杀过的人，其中有些人已经死了，有些人还活着——说他们还活着，是因为他们的四肢还在颤抖。种种迹象表明，这里刚刚发生过一场激烈的打斗。然而这些迹象也说明这并不是一场正规的战斗，因为在死者和那些垂死的人中间，还混杂着一场不幸的宴会的残余物，这是一件多么糟糕、多么灾难性的事情啊！餐桌上仍然乱七八糟地摆满了食物，还有一些盘子和桌椅的残木握在死者的手里，他们好像是在战斗突然爆发的时候仓促地拿起这些东西当作武器使用的，还有些人把桌椅下面当成了躲藏的地方。盛酒的器皿散落在地上——有些是从宴会的桌子上滚下来的，有些是喝酒人刚把酒杯送到嘴边就被杀死的时候掉下来的，更有一些装酒的罐子是被当作

① 这个河口处在尼罗河七个主要河口的最西端。

石头扔出去的——突然到来的袭击为它们发明了新的用途，人们在战斗中学会了用罐子代替武器。躺在地上的人，其中有一个是被斧头砍伤的，另一个的脑浆被从海滩上捡来的大贝壳砸了出来——这种大贝壳到处都是。有的人骨头被棍棒打得粉碎，还有一些人被熊熊燃烧的火烤焦了，而绝大多数人都是被箭射穿的——死神以各种方式袭击了他们。总之，不幸的命运把无数的残暴打击聚集在这么一个小小的空间里，用鲜血代替葡萄酒，把战争和宴会揉合在一起，随性的饮酒和冷漠的屠杀相混杂。这就是这群埃及强盗眼中所见的情景。

站在山顶上的这些埃及强盗，看不懂这一幕究竟是怎么回事。他们只看到数量众多的被毁灭者，但却看不见征服者在哪里。所有这一切都是袭击者辉煌胜利的迹象，可船上又都是未被卸载的战利品。这是一艘没有船员的商船，船体完好无损，好像一直受到了严密的保护，正在悄悄地停靠在宁静的港湾里。尽管不知道究竟发生了什么事，但贪得无厌的本性使他们兴奋不已，仿佛自己就是征服者，于是他们便开始往海边走，以便下手掠夺船上的物品。

当他们来到离那艘船和那些尸体很近的地方时，另一个更加令人迷惑不解的景象吸引了他们的目光。这些强盗看见一个美貌非凡的少女坐在一块岩石上。这个少女美丽得几乎被认为是一位女神。她虽然被眼前屠杀的情景弄得悲痛欲绝，但神态和五官却显示出一种高贵的气质。她的头上戴着月桂花冠，背着箭袋，挎在左肩的箭袋绳上系了一个蝴蝶结。她的左臂不由自主地垂下来，而把右肘支在大腿上，手托着面颊，眼睛向下，头一动也不动地望着离她不远处的岸边躺着的一个年轻男人。这个男人身负重伤，好像快要死了。过了一会儿，这个年轻人似乎从昏迷中清醒了一点，费了好大的力气才把他的头抬了起来。然而，即使在这种情况下，他的脸上仍然闪耀着一种男子汉气概的美。红色的血顺着他的双颊流下，更增强了他那白皙皮肤的魅力。尽管做了种种努力，但疼痛和悲伤还是使他垂下了眼睑。就在此刻，姑娘的身影吸引住了他的目光。这些强盗们看到，青年男子一看到她，眼睛就将她紧紧盯住了。最后他努力恢复了常态，深深地叹了口气，用微弱的声音喊道："我亲爱的姑娘，你还好吗？是活着呢，还是像其他人一样也被杀死了？假如死了，难道你是不能忍受与我的分离，还愿意让你的影子和灵魂来陪伴我吗？"年轻的姑娘回答说："不，我没死！我的命运，也即我的生死，都与你的命运息息相关。你若活着，我便活着。你看这个，"——她给他看了看放在膝盖上的一把匕首——"如果说它现在还闲置着，那也只是因为被你内在显示的生命迹象所阻止了。"她一边说着，一边从岩石上跳了下来。这一突然的举动，让那些在山上观看的强盗们，或感到惊奇，或感到惧怕，就像被闪电击中一样，吓得拔腿就跑，一窝蜂似的跑到灌木丛里面躲了起来。这是因为，当她站起来的时候，她显得更高贵，更圣洁。她箭袋里装着的箭矢，由于她突然的动作而咯咯作响①；她穿的那用黄金片装饰的长裙在阳光照耀下发出了刺眼的光芒；她在花环下的长发，被风吹拂着轻轻摆动，遮住了大半个后背。看到这样的情景，这些强盗非常恐惧。再加上他们又不知道此前这里究竟发生了什么事，换言之，他们根本不知道那些躺在地上的人是不是被这个少女杀死的，这更让他们感到害怕。"她是一位女神，"有些人脱口喊道，"要么是阿耳忒弥斯，要么是埃及的守护神伊希斯②。"而另一些人则说，她是一位愤

① 此处仿拟了《伊利亚特》开篇（1.45-47）中"远射之神"阿波罗从奥林波斯山降临一幕。

② 弓和箭袋象征着狩猎女神阿尔忒弥斯，更重要的是象征着贞洁；同样，她的姿势也让人联想起埃及女神伊希斯照看丈夫奥西里斯尸体的情形。因此，强盗们才会有这样的猜测。伊希斯（古希腊语：Ἶσις；英文 Isis）是古埃及信仰中的主神之一。传说她是奥西里斯的妻子，被敬奉为理想的母亲和妻子、自然和魔法的守护神。她是奴隶、罪人、手工业者和受压迫者的朋友，她也听取富人、少女、贵族和统治者的祷告。希腊化后对她的崇拜传遍了整个希腊-罗马世界。

怒的女祭司，正是她的愤怒才造成了这样残酷的屠杀。这就是当时他们各自的猜测——因为他们此时还不知道事情的真相。

年轻的姑娘急忙跑到年轻人身边，搂着他，哭着，吻着，不时地擦他身上的血，并大声地悲叹着。她尽管把他紧紧地搂在怀里，却似乎不敢相信自己真的在抱着他。那些埃及人看到她做了这些事，开始改变原来的想法。“她怎么会做这样的事儿呢？”他们嘀咕着，“这怎么会是一位女神所做的行为呢？女神会这样怜悯和亲吻一具毫无生气的尸体吗？”于是，这些强盗的勇气恢复了，互相鼓励着，决定走上前去看个究竟。他们走下山坡后，发现年轻的姑娘还在给这个男孩子包扎伤口。这些家伙怕有什么危险，来到女孩附近就一动不动地站在她的后面，既不敢说话也不敢有任何贸然的举动。姑娘听到他们的脚步声，看到他们落在地上的影子，便回过头来看了他们一眼。她一点也不为他们奇怪的肤色①感到惊慌，也没有因为被那些骑着马全副武装的强盗注视而感到羞愧，便又弯下腰，垂下眼睛，把全部的注意力都集中在包扎那个倒在地上的青年的伤口上。这简直就是热切愿望和真爱力量的显现！热切的愿望使人藐视一切外在的机会，不管它们是好的还是不好的；而真爱的力量只专注于它所爱的东西，并把全部的注意力投到它的上面——此刻少女就是处在这种状态之中。

当两个强盗从她身边试探地走过来，站在她的面前，似乎想要有所行动的时候，她站起身来，看着他们的黑乎乎的脏脸和丑恶的外貌，便用希腊语对他们说：“如果你们是在这里被杀死的那些人的灵魂，你们这样打扰我们是不对的。因为你们大多数人是死于自己的人之手的，即使那些被我们杀死的人，他们也是罪有应得，我们只不过是行使了自卫的权利来击退别人对我贞洁的占有罢了。如果你们是活着的人，是强盗，那么，你们来得正是时候，快点儿把我们杀死，以便让我们摆脱现在的苦难，不要让我们今后再去目睹这样不幸的悲

① 在希腊人的传统观念中，幽灵的脸是黑色的，故而引人惧怕。

剧。”这就是她此时发出的悲惨的呻吟和愤怒的话语。这几个家伙根本听不懂她说些什么，就不再搭理他俩了，还认为他们太虚弱了，留下一个人看着就足够了，然后大队人马急匆匆地爬到船上。他们几乎都先去抢夺那些值钱东西，而不去关注其他的货物，并尽可能多地往身上塞着金银、宝石和缠裹着丝绸。当每个人的贪欲得到了初步满足后，他们又把数量可观的各种各样的货物搬到岸上进行平分。他们分赃的标准并非依据财物的价值，而在意的是物品的重量是否相等。至于那两个少男和少女，他们要等到最后才会进行处置。

就在此时，突然间又来了一伙强盗，两个骑马首领走在前头。前一伙人看见他们来了，不敢冒险去打，也不敢再拿刚才抢夺的财物，就急急忙忙地逃跑了。因为他们只有十几个人，而新来的强盗却是他们的三倍之多。这样，女孩和她的同伴发现自己又一次不幸地落入强盗之手，刚成为囚犯的他们又成了新来强盗的俘虏。这伙新来的强盗虽然一心要抢劫，但也迟疑了一会儿。一方面是他们也被眼前的景象吓了一跳，另一方面也不知道这究竟是怎么回事儿。他们猜想一定是那些刚刚逃离的人进行了这场大屠杀。他们发现那个穿着漂亮外国服装的少女并没有在意将要到来的新的危险，仿佛这些危险根本不存在似的。她只把自己所有的关心都用在照顾年轻人的伤口上，并且似乎感觉到了他的痛苦，好像这些痛苦是她自己的一样。他们被她的美貌和勇敢的精神所折服，同时也对那个受伤的年轻人的相貌和身材感到惊讶——此刻，他的精神已经好了一点儿，他的身体也恢复得与此前一样健美了。在盯着他俩看了好一会儿之后，他们用手拉着女孩，把她带到了强盗的大头领面前。大头领命令她站起来跟着他走——尽管她听不懂他说的话，但猜出了他的意思——她立即拉住那个年轻人的手，并紧紧地抱住他，还拿出匕首对准自己的胸部，威胁说如果不把他一同带走，她就用刀杀死自己。大头领从她的手势而不是语言中明白了她的意思。加之这个大头领看到这男孩长得非常漂亮，希望这个年轻人康复后会对他有用处，于是下了马，命令他的侍从也下马，亲自把两个俘虏扶上马背，又吩咐其他人把掳来的财物收起来跟在他后面。然后，这个大头领像个仆人一样走在被抓住的这两个人旁边，还不时地扶着他们，免得他们因虚弱而跌下马背。的确，对这两个年轻男女而言，这样的对待是很荣耀的，因为主人好像是奴仆，而那被掳掠的人则成了主人。同样，也说明，高贵的外表和美丽的力量既能征服强盗的心灵，也能征服最残酷的人的本性。

这伙强盗们沿着海岸走了一段路之后，就离开了他们右侧的大海，转向另一边，朝着一座山的方向走去。他们费了好大的劲才爬上那座山，来到了一个被整个埃及人称为“乐园”① 的地方。这是被群山围绕着的一个山谷，山谷已经被尼罗河水淹没，变成了一个深水湖泊。山谷中间的水很深，而周边则是浅滩和沼泽。湖泊的水就像大海的水一样，离陆地越近就越浅。在水面上有一块较大的陆地和几个小岛，在这里生活着众多的埃及盗贼团伙。不管他们各自团伙的人数有多少，现在都结成了联盟，服从大统领的领导。有些团伙的人住在他们建在水面上的茅草屋里，而其他的人则住在船上——他们的船既可以用来居住，也可以用于运输。被抢来的女人们就在船上服侍这些强盗，如果需要也会不时地被带到床上。他们的孩子出生后最初是靠母亲的乳汁喂养，后来是靠在湖里打捞上的、并在烈日下晒干的鱼虾喂养长大。孩子刚会爬，母亲就把绳子系在孩子的脚踝上，绳子可以一直延伸到船边或小屋的门外，可以说他们人生的第一课就是通过一条绳子完成的。因此，那些出生在湖上的牧人强盗把这里看作是自己的故乡，看作是像他们一样的

① 希腊语作 βουκολιά，意为“众聚之地”。既可指“畜群”，也可指“人群”。与之相关的另一希腊语词 βουκόλοι（意为“牧民”），其生活状况在赫利奥多罗斯的作品中也时有描写。但是，从历史上看，尼罗河三角洲平原因河渠纵横、地势平坦成为强盗与响马们趋之若鹜的避难所，汉译“乐园”乃取其通义。

强盗们的安全之地，以至于他们成群结队地涌向那里。在这个地方，河水成为他们的墙垣，加之湖中的芦苇和水草长得非常茂盛，好像坚固的篱笆墙正在守护着城堡一样。在这些芦苇和水草丛中，他们开辟了几条蜿蜒曲折极其复杂的航行通道，他们自己很容易到达想要去的地方，而外边的人想进来就很困难了。因此这些通道也成了强大的防御屏障，以保证他们的家园不会突然遭到外人的入侵而被毁灭。这就是此时这个小小的理想国和它的居民的生存样态。

当大头领和他的随从们到达湖边时，正是太阳落山时分。他让囚犯下了船，把抢来的财物分放在几条船上，还把那对年轻人带走了。而那些大量的没有参加外出抢劫的人从沼泽的不同方向蜂拥而来，急忙去迎接他们的头领，就像尊敬国王一样恭迎他。一看到那丰富的战利品，尤其是看到那个美丽且神圣的少女，在他们乡巴佬式的质朴想象中，认为一定是某个寺庙或神殿被他们的同伴洗劫一空，而他们带回来的一定是某位神祇的女祭司，或更加确切地说是某个有呼吸功能的女神的画像。他们高声赞扬和祝贺大头领的行为以及所取得的胜利，并护送着大头领回到了他自己的住所。大头领所住的地方离众人的住地较远。这是一个小岛，他把这个小岛与其他地方隔离开来供自己使用。除了侍奉他的人外，他只和几个最亲密的朋友居住在一起。他一到达驻地，就吩咐众人都先回家去，并要大家第二天早晨到他面前集合。然后，他与几个等着他的亲密朋友一起吃了顿简单的晚餐，并把这对年轻人交给一个年轻的希腊人看管——这个希腊人也是不久前被他们俘虏的——用他看管还可以兼做翻译。大头领让这对青年男女分别住在他自己住所中的一个处于隐秘角落的地方，并嘱咐那个希腊人要仔细照料这个受伤的年轻人和殷勤地侍奉这个少女。并强调，他不想看到这位年轻的小姐受到任何人的侮辱。布置完这一切后，由于被旅途的疲劳和指挥的焦虑弄得疲惫不堪，他很快就趴在床上睡着了。

大约在夜里第一次值夜时分，当整个沼地一片寂静的时候，这个姑娘就利用没有人来打扰她的这一片孤寂时光来发泄她的悲伤。更确切地说，安静的夜晚只会增加她的悲伤，因为没有什么事情能使她痛苦的思绪转移和排解。她独自一个人躺在一张简陋的床上——根据大头领的命令，她与男伴是分床住的——哭得非常伤心，不断地叹着气，流着痛苦的眼泪："阿波罗，你对我们的惩罚是多么残酷啊，它远远超过了我们应受的惩罚。我们失去了父母，被海盗抓住，在海上历尽艰险，又一次落入强盗的手中——还有比这更糟的吗？你什么时候才能结束我们的苦难？现在，只要我能纯洁而无怨地死去，死亡将是受欢迎的！但是，如果有人胆敢用武力来获得甚至连泰阿格涅斯也从未得到过的贞操，如果我预料到会受到别人的侮辱，我一定会勒死自己以保持纯洁和忠贞，就像我以前发誓所做的那样。直到死亡的时刻，美德本身应该成为我这个非凡处女的尊贵的裹尸布。阿波罗，没有一个法官会比你更残忍！"她还想继续哭诉下去，但年轻的男孩泰阿格涅斯打断了她的话，并让她平静一些："嘘，我的生命，我最亲爱的恰瑞克莉娅，我知道你有正当的理由抱怨，但它所激起的诸神的愤怒比你想象的要多。我们不应该责备神，而应该用祷告来请求他的帮助。因为有能力的人，必须用祷告而不是用责备，才能获得安慰。""你的确给了我很好的建议。"她回答道，"可是，我求求你告诉我，你好些了吗？"泰阿格涅斯回答："好多了。晚上，那个年轻人帮助我包扎了伤口，使我的发热症状得到了减轻。"听到这话，看守他们的那个希腊人答道："明天早晨你会发现自己病情会更加好转，因为我给你的伤口敷上了一种草药，三天就能治好你的伤。我凭经验知道这种草药的灵验之处。自从我在战争中被俘以来，每当大头领的部下从远征中负伤归来时，我就用这种草药给他们治疗，他们很快都能被治愈。我同情你们，请不要惊讶。这不仅是因为你们的命运似乎和我的命运一样糟糕，更何况我自己也是一个希腊人，所以难免也会可怜和同情希腊人。”“你原来是一个希腊人啊，我的天哪!”这对年轻的情侣高兴得叫了起来。这个年轻的看守进一步说道：“是的，千真万确，我是希腊人，无论是从语言上还是国籍上我都是希腊人。”泰阿格涅斯问：“知道你是希腊人，这也许会让我们能从灾祸中得到一些喘息的机会。那么我们该怎么称呼你呢?”他回答道：“我的名字叫克耐蒙。”泰阿格涅斯又问：“你来自希腊什么地方?”他回答：“雅典。”“你都经历过什么样的事儿?”“安静点儿吧，请别问这个了。”克耐蒙说道，“你们为什么要试图唤起我痛苦的回忆?还是让我把它留给悲剧作家们吧。我不希望用我的故事再加重你们的痛苦。再说，讲述我的故事，晚上剩余的这点儿时间也不够。大半夜已经过去了，尤其是你们二人已经劳累了一天，现在必须去休息和睡觉了。”但是，当他俩强烈请求克耐蒙一定要讲讲自己的故事时，克耐蒙认为，听到同样的不幸也可能会给他们带来一些安慰。于是他开始讲述自己的故事：

“我是贵族阿里斯蒂普斯的儿子。阿里斯蒂普斯住在雅典，家境殷实，是战神山议事会①的成员。我母亲死后，父亲又结婚了——因为我是他唯一的儿子，他不愿在年老时独自依靠我的照顾——娶了一位叫德梅内塔的女人。德梅内塔是一个非常迷人的女子，但这女人却是我所有不幸的原因。她自从走进我的家门起，就竭力使自己成为一个具有绝对权力的女主人。凭着她的美貌和她对老人的谄媚殷勤，很容易就让我的父亲拜倒在她的石榴裙下，允许她去做她想做的任何事。她比我所认识的任何女人都更懂得激发情欲的艺术和

① 在相当长的历史时期中，战神山议事会一直是古代雅典城邦中的最高决策机关、最高监察和审判机关，其成员均为曾经手握国家最高权力的执政官们组成。克耐蒙的父亲阿里斯蒂普斯一度位列执政官之尊位，可见其社会与政治地位之高。

吸引异性的绝妙技巧。例如，每当我父亲要出门的时候，她就哭泣，表示舍不得他走。而当他回来时，她一定边跑上前去迎接他，边抱怨他让她独守空房时间太长了，还虚张声势地说，如果他再耽搁一会儿，她就会丧命。她常常一边滔滔不绝地说着甜言蜜语并紧紧地拥抱着他，一边哭着亲吻他。可以说，我的父亲完全被她给迷住了，他的眼中再也没有了别人，除非随时能看到她或者把她抱在怀里他才感到开心。起初，她也曾把我当作她自己亲生的儿子一样高看一眼，因为这样做使她能更牢牢地抓住了我父亲的心。有时她也会吻我，希望我能和她一起娱乐来消磨时间。我开始的时候还允许她爱抚我，丝毫没有怀疑她的用意，唯一感到惊讶的是她怎么能对我表现出如此慈母般的喜爱。后来，当她变得肆无忌惮，她的亲吻变得比体面所允许的程度更加炽热，她的面容变得很淫邪，目光变得更加放肆时，这就引起了我的怀疑，我开始回避和排斥她花言巧语的挑逗。其余的我略去不提了，为什么我要把它回忆得那么仔细使你们感到厌烦呢？总之，她用各种不同的方式诱惑我，也作出了很多承诺。有的时候她叫我‘她的漂亮男孩’，有时叫‘她的小宝贝’‘她的继承人’以及‘她的生命’，等等。她在我的称呼前面总是加上各种最温柔的形容词，她用这些称呼的目的是最大限度地赢得我的喜爱。在一些公开的场合或严肃的事情上，她还能扮演一个母亲的角色。但在私下里，她明显地开始调戏我，清楚地表明她已经深陷在了不伦的爱欲之中了。

“最后，她终于向我直接表明了欲望和热情。那是在雅典人举行城邦雅典娜节[①]期间的事。按照惯例，每当举行庆典时，雅典人通常要在陆地上抬着一艘船穿过街道以纪念本城的保护神雅典娜。因为我还不到十六岁，所以我得到一个游行领唱人的角色。在典礼游行

① 每年夏天，古代雅典人都会举行庆典，以纪念城邦守护神雅典娜的生日。而每隔四年，这一仪式更加隆重，是为泛雅典娜大庆。

时，按惯例走在队伍最前面，并唱了一首歌颂女神的赞美诗。仪式结束我回到家里，仍然穿着节庆的礼服，头上戴着花环。德梅内塔一看见我，就失去了理智，再也掩饰不住她的欲望，向我跑来并把我抱在怀里，对我说：'噢，我年轻的希波吕托斯，我亲爱的忒修斯。'[①]我现在都不好意思和你们说当时的情形，但你们可以判断我当时的心情，只要一想起这个场景，我现在还会脸红。那天晚上，我的父亲在城市公共会堂吃晚饭，并像惯常一样在那里过夜。因为在这样的庆典和公开举行的宴会上，都会安排他们这些有地位的人在那儿过几夜。然而就在那天晚上，德梅内塔走进我的房间，竭力想让我和她做爱，以满足她那邪恶的欲望。当我全力抗拒她所有的爱抚、承诺和威胁后，她深深地叹了口气，只好离开了我。随后的两天夜里她都来纠缠我，在被我多次拒绝后，这个邪恶的女人策划了对我的报复。

"第一步，在我父亲回来的那天早上，她躺在床上不起来。我父亲问她怎么回事时，她装出不舒服的样子，说她病了。当他再三追问想知道她到底怎么了的时候，她说道：'你的儿子可真是个出色的年轻人呀！我一直将他视为己出——这一点上帝可以作证，可以说我对他付出的爱比对你付出的都要多——当我与这个孩子在一起的时候，通过某些迹象我观察到他身上有一些毛病。是的，我开始时没敢告诉你，因为我不能确定这是否是真的。直到我确认后，便想利用你不在家的时机，劝告他一下——就像我此前一直做的那样——告诉他行为要适度，不要去和那些下流的女人们一起饮酒鬼混——我早就知道了他身上的这些不雅和违规的行为，但我不能透露给你，因为害怕你会怀疑我这是出于继母的嫉妒——当我为了不让他感到尴尬羞愧，要和他两个人单独谈一谈这个问题时，他不仅

① 典出欧里庇得斯的悲剧《希波吕托斯》（*Hippolytos*）。雅典国王忒修斯之子希波吕托斯是他继母淮德拉（Phaidra）所倾慕的对象。淮德拉在向希波吕托斯示爱遭拒后自杀，但却在临死前留书反诬儿子试图强暴她。忒修斯对妻子的话深信不疑，求神给儿子降下诅咒并最终导致了希波吕托斯的身亡。

不认账，还把咱们俩都骂得体无完肤。现在我真不好意思把他的话再对你重复一遍。然后，他还用脚踢伤了我的肚子，把我变成你现在看到的样子。’我的父亲一听到这些话，既没有和我说什么，也没问我究竟是怎么回事儿，更没有给我时间为自己辩解，便得出这样的结论：一个对我怀有这种感情的人是不会错怪或诬陷我的。所以，当他在屋里一看见我，就挥手给了我一拳，还叫来他的奴隶们，命令他们用藤条鞭打我。尽管我莫名其妙——仆人们也是如此——不知道为什么我会受到这样残酷的惩罚，而且这样重的惩罚通常是最严重的罪犯才“享有”的待遇。后来，我看到他怒气平息了一些，就对他说：‘我的父亲，虽然你以前不肯告诉我，但至少你现在应该让我知道，我是犯了什么罪过才会遭到如此的鞭打。’这些话显然更加激怒了他。‘卑劣的家伙！’他叫道，‘难道你还想从我这里知道你的丑行吗？’骂完后，他转身离开了我，又急忙回到了德梅内塔那里去了。但德梅内塔那个女人的愤怒还没有平息，接着又策划了第二场毁灭我的阴谋。

“她有一个女仆，名叫忒斯蓓，竖琴弹得非常好，除此之外，她的容貌也很美，而且还是个正经的乡下姑娘。德梅内塔派忒斯蓓来找我，并告诉她一定要勾引上我，并且想办法让我也爱上她。不久后忒斯蓓真的达到目的了。因为在此之前，我曾经多次向她求过爱，但却常常被她拒绝，而现在她则竭力用眼神、姿态和手势来勾引我。这让我的虚荣心得到了极大的满足，我甚至相信自己突然变成了一个漂亮的阿多尼斯[1]了。终于，在一天晚上，她来到我的床前，我把她抱到我的床上。她非常喜欢这种娱乐，随后她来到我这里二次、三次乃至多次。但是，当我劝她一定要小心谨慎一点儿，不要让她

---

① 阿多尼斯，古希腊神话中的美男子，身高九尺（190cm 以上），有着俊美精致的五官和健硕的身体。据神话传说，维纳斯爱上身高九尺的花样美少年阿多尼斯，阿多尼斯被野猪咬伤致死，维纳斯求得冥后允准，让阿多尼斯每年春天复活，与维纳斯欢聚，到秋天再归冥府。阿多尼斯的原型是西亚的植物神或谷物神，谷物神死而复活是各国类似神话的共同特征。从西亚到希腊，都有庆祝阿多尼斯阳春四月复活节的习俗。

的女主人发现和我在一起时，她说：‘哦，克耐蒙，你真单纯。我是你们花钱买来的奴隶，即使我和你在一起时被抓住了，你认为还会有什么危险呢？若是这样，那你想我的女主人该受什么样的刑罚呢？她虽夸口是出身高贵的妇人，法律也赋予她一个丈夫。尽管她也很清楚死亡是对配偶不忠的惩罚，但她现在不也正在勾引别的男人，犯下通奸的罪过吗？’‘住口，’我回答她说，‘我不相信你说的这些话。’‘别不相信我，’她说，‘如果你愿意，我就让你在他们正在通奸时抓到那个奸夫。’‘如果你愿意这样做，’我说，‘我会很开心的。’她回答道：‘我会尽心去做这件事儿的，这不仅是为了你这个曾经被她伤害过的人，也是为了我这个遭受着她的嫉妒，又被她无情利用的人。如果你还是一个男人的话，你就要去捉住她的那个奸夫。’我答应她我会去做的，于是她就走开了。

“大约三天后的一个晚上，她把我从睡梦中叫醒，告诉我说与德梅内塔通奸的那个男人来了。又说因当晚我的父亲突然被叫到乡下出差了，所以那个不要脸的人已经按事先的约定，偷偷地溜进了德梅内塔的房间并躺在了她的床上。忒斯蓓还说，作为儿子，我有责任去为父亲雪耻，现在应赶快拿起剑去捉拿他，以防止那个流氓逃走。我立即跃身而起，照她所说的手中抓起一把剑，跟在手拿火把的忒斯蓓后面匆忙地向我父亲的房间走去。当我走到卧室的门口时，透过门缝看到里面点着灯，房门也从里面锁上了。我气得发狂，破门冲了进去，并大喊着：‘卑鄙的家伙，那贞洁女人的好情人在哪里？’说完这句话，我一步上前，打算用我的剑把他们俩刺穿。可是，天哪，没想到从床上跳下来的却是我的父亲。面对着突如其来的情况，吓得他双膝跪在我面前，叫道：‘啊，我的儿呀，怜悯你的父亲吧！你要冷静点儿，请对这个把你养大的白发老人手下留情吧。是我错待了你，不该毒打你，但是你用死亡来复仇实在是太残酷了。不要让你的愤怒支配你的理智，也不要让你父亲的鲜血沾染你的手呀。’就这样，我父亲双膝跪地，说了很多，请求我能饶他一命。可是我却像遭到了晴天霹雳似的，目瞪口呆地站在那里，一句话也说不出来。我四处张望寻找着忒斯蓓，可她不知道什么时候已经偷偷地溜走了。我盯着床，环视着房间，不知道该说什么，也不知道该做什么。我的剑从手中掉在地上，这时德梅内塔立刻从床上跳起来，拿起了它。我父亲看到自己脱离了危险，就一把抓住我，命令人把我捆了起来。在此期间，德梅内塔一边走动，一边继续激怒他，不停地说着：‘我不是警告过你吗？我不是说过要提防这个年轻人吗？我不是早就告诫过你，他一有机会就会攻击的你吗。因为我早就从他的脸上看出了他的这种意图。’我父亲回答说：‘确实，你是警告过我，可我却没有相信你的话呀！’我就这样一直被绑着，父亲根本不让我说话，不让我解释这件事发生的来龙去脉和说明真相的机会。

“天刚一亮，父亲就把一直被捆绑着的我带到了众人面前。他把草木灰撒到头上，对众人说：‘雅典人哪，我将我的儿子养大，并不是期望他走到这一步，出现这样弑父的结果。我希望他能在我年老时孝顺我，为我养老送终。所以，他一出生，我就想把他培养成有教养的人。我把他送进最好的学校，还把他介绍给我的家族成员，并在已成年的人的名册上登记了他的名字，使他在符合法律的情况下成为城邦公民。总之，我一生的希望都寄托在他身上。然而他忘了这一切恩德，竟变着法儿凌辱我，还打了被我们法律所承认的我的第二任妻子。更可恨的是，昨天夜里，他竟然拿着一把出鞘的剑冲进了我的房间，要杀死我。如果说他现在还没有获得杀害自己父亲的罪名，那只能感谢命运了。因为命运在他行凶的时刻使他感到了恐惧，让他手中的剑突然掉在了地上。因此，我现在找到并求助于你们，向你们正式告发他。因为按照律法，我本来是可以亲手杀死他的。但我却不愿意这样行事。我很乐意把这个事情的决定权交给你们，因为我深信，我的儿子公开接受法律裁决的惩罚，比在判决前就被私下处死要好得多。’他一边说着，一边流着眼泪。德梅内塔也在旁边抹着眼泪，假装对我的遭遇感到非常悲伤。她还说：‘这是个不幸的人！他被判处死刑虽然是公正的，但在他还没有高寿之前就让他死去，还是为时过早了——可能是有一个复仇的神祇驱使他举起刀剑来攻击他的父母。’不过，她的假意的悲叹和哭泣，对我来说，与其说是一种悲哀的表示，还不如说是为这一指控真实性提供了一个新的证明。他们都说完了，我请求允许我说话。但一个办事员走上前来，只问了我一个简单的问题：‘你是手里拿着剑去见的你的父亲吗？’对此，我只能回答说：‘是的！但请你们听我说一下到底是怎么回事儿。’然而所有在场的人都叫喊了起来：有人说我没有权利要求别人听我为自己辩护，有些人要求用石头砸死我，有些人主张吊死我，有些人要求把我交给刽子手去砍头，还有一些人说我应该被扔下岩壁[①]摔死。在这些人嘈杂混乱地决定我应该受到什么样的惩罚时，我只能不停地哭喊着：‘啊，可恨的继母！我被继母毁了！一个继母为了达到她的目的，未经审判就夺走了我的性命！’我的话引起了一些法官的注意，使他们开始怀疑事情的真相到底是什么。但是在那样的人群吵闹和场面骚动的情形下，我根本无法得到听证的机会。结果在没有举行听证的情况下，就进行了关系到我生死的投票。计票时，有1700人同意将我处死，但其中有些人认为我应该立即被用石头打死，而另一些人则认为我应该被直接抛下岩壁。剩下的大约1000人则主张判处我流放——毫无疑问，是他们对我继母的怀疑使他们倾向于怜悯——到最后，判我永远流放的意见占了上风。因为尽管那些主张判处我死刑的人加在一起，实际上占了大

① 希腊语作 βάραθρον，特指雅典卫城西侧的陡峭岩壁，是处决危害城邦罪犯的刑场。但在雅典历史上，对罪犯施以石刑的做法却未有记载。这样的描写反映出四五世纪时东方或北非文化的因素已经与希腊文化融合的特点。

多数票，但是由于他们对如何处死我的惩罚方式意见不一，结果主张流放的1000多人倒成了相对多数。就这样，我被赶出了我父亲的家和我的祖国。尽管如此，诸神还是公正的，无论德梅内塔有多邪恶，都不能逍遥法外，后来还是受到了惩罚。好了，我以后会告诉你们她发生了什么事儿。现在你们必须要去睡一会儿了，因为夜已深了，你们需要好好休息一下。"

泰阿格涅斯马上说："我们是不会去休息的！你要知道，如果你在告诉我们这个最卑鄙的女人是如何受到惩罚之前，就停止你的讲述，那只会让我们更加烦恼。"克耐蒙说："那好吧，既然这让你们开心，就请继续往下听吧。"

"判决我流放的结果出来后，在当时的情况下，我只好去了比雷埃夫斯港。在那里我碰巧遇见要开往埃伊纳岛[1]的一艘商船。于是我便上了这艘船。因为我记得我母亲的一些亲戚们就住在埃伊纳岛。我一到那儿，就找到了我母亲的亲戚们。起初我在那里过得很愉快。大约三个星期后的一天，我像往常那样外出东游西逛，又来到了港口。就在此时，一艘船正驶向海岸。我站在那儿等了一会儿，想看看它是从哪儿来的，又有什么人在船上。结果船舷边的梯子还没有完全放下，就有人跳到岸上，向我冲过来，拥抱了我。原来是查里亚斯——我的一个青年朋友——他对我说：'我有好消息要告诉你，克耐蒙。现在你已经报仇雪恨了。德梅内塔死了。''欢迎你，查理亚斯。可是你为什么把这个好消息说得那么少，好像你说的是个坏消息似的？请你再说一遍，快让我知道更多细节。因为我很怕她像一般人那样是自然死亡，从而逃脱了她应得的惩罚。'查里亚斯说：'套用一句赫西俄德的话说，正义女神并没有完全抛弃我们。虽然她有时似乎对有人所犯下的罪行视而不见，推迟了惩罚的日子，但最终还是会把复仇的目光投向了这些罪犯。就是正义女神刚刚惩罚了

① 爱琴海中一希腊岛屿名，位于雷埃夫斯港西南侧。

那个害人的德梅内塔。这个消息并不是别人和我说的，而是忒斯蓓——我们是老相识了——把德梅内塔的一切事情亲口告诉我的。忒斯蓓和我说，在你受到不公正的判决并被流放之后，你那不幸的父亲非常后悔自己的所作所为，就退隐到乡下，住到一所偏僻的别墅里，远离了人们的视野，在那里去折磨他自己的心了——就像谚语说的那样'吞食自己的心灵，躲避人间的道路'①。至于德梅内塔，随着你的离开，复仇女神们也立刻开始折磨她了：你的离开更加深了她对你感情的狂热，从你走后她就没有停止过哭泣和哀伤。表面上她是为你的不幸而哭泣，实际上却是对自己欲望不能实现感到悲哀。她日日夜夜地哭叫着你的名字：'噢，克耐蒙，我亲爱的小宝贝啊，我深爱的人！'并称你是她的生命和灵魂的化身。当她所认识的女人来看她和安慰她的时候，大家都很疑惑，作为一个继母，她竟然对你怀着这样慈母般的感情。而她则告诉她们，说'她对你怀着这样慈母般的感情'这类的话比任何安慰的话都更能减轻她的悲痛。于是她的朋友们都尽力安慰她，力图恢复她的生活勇气。但是她却回答说，她的悲伤是无法安慰的——因为她们当中很少有人知道，你的流放对她的心是一种多么残酷的刺痛。不仅如此，每当她清醒的时候，她还总是痛苦地、变本加厉地责备忒斯蓓，责骂她没有好好地侍奉你。她总是说：'忒斯蓓，你还准备怎么样伤害我。你不仅没有帮助我实现爱情，而且还在转瞬间让我失去了最快乐的东西！甚至都没有给我留一点点时间来掩饰或改变我的想法。'从这些话中，很明显可以看出，她心里有了打算，要去报复和伤害忒斯蓓了。

"而忒斯蓓看到她的女主人暴跳如雷，如此愤怒，已经察觉到女主人准备去伤害她了，这让她在心里产生了反击的意识，因此决定要给她的女主人设下一个圈套，以保证自己的安全。于是，一天，她走进屋子里对女主人说：'夫人啊，你是怎么了？为什么要无缘无

① 语出《伊利亚特》卷6第202行。

故地责备你的侍女呢？就我而言，无论是现在还是过去，我一直都是在按你的吩咐行事，如果事情发生了与它们相反的结果，你也必须把它归于坏运气而不是埋怨我。即使是当下，如果你愿意的话，我仍然渴望帮助你，为你目前的痛苦找到一个补救办法。你将看到你永远不会缺少我的善意。'‘可你又能有什么办法去补救呢，我亲爱的姑娘？'她问道，‘现在只有克耐蒙本人才能拯救我，而此刻他却被放逐到很远的地方。法官们出乎意料的宽宏大量其实是毁了我。如果他当时就被石头打死了，或者被刀剑杀死了，那么我的欲望之火也就会随他的灵魂消失而熄灭，我也就会跟随他死去了。若是我死了，也就不可能指望将来还会发生什么事了。这虽然使人悲伤，但会让我的忧愁也同时消逝，并让我的心死去。可现在我好像随时能看见他就在我的旁边活动，我好像能听得见他一直在责备我不公正和背信弃义的声音。甚至我一想到他说的话就会脸红；有时我幻想着他会回来，我会占有他。还有的时候，我打定主意要去寻找他，无论他在哪里，我想我都能搜寻到他的踪迹。现在，这样的想法充斥着我的头脑，简直使我发疯了。哦，众神呀！我确实应该受到这样的惩罚。我好后悔，为什么我当初不用善意来赢得他的好感，反而要密谋对付他呢？为什么我没有恳求他，反而怀着仇恨去追求他呢？现在想来，起初他拒绝了我的求爱，这是很自然的事情——因为我已经是另一个人的妻子。最重要的是，他羞于玷污他父亲的眠床——如果我再耐心一点，也许时间会让他变得更听话。那样的话，通过劝说就可能使他屈服了。但是我却像一个残忍而野蛮的野兽，对待他更像一个暴君而不是一个情妇，最后还对他做了那么一件残忍的事情。可反过来说，由于他一开始就不服从我，并且轻视在美貌上远远胜过其他女人的德梅内塔，这不是一种令人发指的罪行吗？难道我就没有权力去强迫他吗？好了，不说这些了。现在，亲爱的忒斯蓓请告诉我，你说的那个简单的补救办法是什么？'‘夫人啊，'

忒斯蓓回答道，‘人们普遍认为，克耐蒙服从了对他的放逐判决，已经离开了雅典城和阿提卡这个地方。可是出于对你的关心，我仔细打听了一下，发现他根本没有离开，就藏在这城市附近的某个地方。你肯定听说过那个会吹长笛的姑娘阿尔希诺吧，他俩以前就认识并且关系亲密。在他遭遇不幸之后，她收留了他，并答应和他一起去流亡。现在他就躲藏在阿尔希诺的家里，等她为这次旅行做好了准备后就会一起离开。’‘噢，快乐的阿尔希诺啊，’德梅内塔喊道，‘我多么羡慕你跟他的关系，我多么羡慕你要跟他一起流亡的举动。可忒斯蓓，这一切又跟我有什么关系呢？’忒斯蓓马上说道：‘关系太大了，我的女主人。由于职业的关系，我和阿尔希诺非常熟悉，并且来往亲密。好了，现在就把我的计划告诉你吧。我要去找阿尔希诺，假装说我爱上了克耐蒙，请求她在某一个晚上允许我代替她，与他睡一觉。如果她同意了，我就装扮成阿尔希诺，代替她站在克耐蒙的旁边，亲自照顾他吃饭，直到他喝得酩酊大醉才让他上床去睡觉。那时候你再进来替换我，这样他会认为你就是阿尔希诺，你也就可以和他共度良宵了。如果你得到了你想要的东西，很可能你的激情会被治愈。有很多女人在第一次尝到她们极度渴望的东西之后，常常会熄灭欲望的火焰，因为一次充分的性爱会带来饱足感。一旦你得到了想要的，欲望也就满足了。然而，如果你的激情还在继续（这是上天也不能阻挡的），那么，用句谚语的话说，我们必须再次扬帆起航，去尝试一些其他的计划。现在，还是让我们把当前的机会先充分地利用起来吧。’

“德梅内塔急切地接受了这个建议，并请求忒斯蓓立即去实施。忒斯蓓请求她的女主人给她一天时间做些必要的安排，然后她急忙跑到阿尔希诺那里，询问她是否认识一个叫泰莱迪摩斯的公民。当阿尔希诺回答说她认识后，忒斯蓓说道：‘今晚你能让我们到你的家里去吗？因为我答应过他今晚与他在你这里约会。我告诉他，让他先来，等我在家把我的女主人先安顿好，侍奉她上床睡觉之后，我也会马上过来的。’阿尔希诺答应了她的请求。随后，忒斯蓓又急忙跑到乡下去找她的男主人，即我的父亲阿里斯蒂普斯去了，并对他说：“主人，我来到你面前是为了控告我自己，你就按你认为合适的方式惩罚我吧。是我帮助德梅内塔毁了你的儿子，我是一个帮凶。这确实违背了我的意愿。其实我早就知道了我的女主人过着放荡的生活，是她把你的床弄脏了。我担心万一有人发现了这些事情后，自己也会跟着遭遇不幸；但更重要的是，看到你对妻子的爱没有得到应有的回报，我也感到很难过。不过，我一直不敢把她这种淫乱的情形泄露给你，是怕你不相信我说的话。于是就把这件事告诉了我的年轻的主人——你的儿子。为了避免有人知道这件事情，我是夜里到他那儿去的。我告诉他，我的女主人常常和一个酒鬼睡觉。如你所知，你的儿子其实早就已经怨恨她了。当时他听到我说的话，以为我的意思是说，此刻她的房间里就有一个情人，便气得无法控制，才抓起一把剑发疯似的冲进你的房间去的。我曾想尽力把他拉住，并向他保证当时你的房间里没有别人。但他没有听我说的话，也许他认为我已经后悔和改变了主意。其余的事你都已经知道了，我就不再多嘴了。今天有一个机会，如果你愿意的话，可以替你的儿子洗脱罪名，至少也可以清楚地知道你儿子的品性——尽管他现在流亡在外。你还可以惩罚那个让你受到这么多伤害的女人。就在今天晚上，我要带你去看看德梅内塔和她的情人在城外一所陌生的房子里一起睡在床上的情形。’阿里斯蒂普斯立即对她说：‘倘若你真的能让我亲眼看到这个事实，给你自由将是对你的奖赏。除非我惩罚了我家庭里的这个敌人，否则生活将永远无法忍受。因为长期以来，我就饱受着关于她不贞洁传闻的折磨。不过，尽管我怀疑她，但毕竟还缺乏确凿的证据，所以现在我还是保持沉默为好。但接下来我该怎么办呢？’忒斯蓓立刻说：‘你知道伊壁鸠鲁纪念碑所在的

那个花园吗？晚上去那儿等我。’

“说完这些后，她回到城里的家中，去找德梅内塔。‘来吧，’她说，‘仔细地挑选你的服装，你必须要穿着优雅的衣服去赴约。我已经把我答应你的一切都安排好了。’德梅内塔按照忒斯蓓的要求穿好了衣服。到了晚上的时候，忒斯蓓领着她去了约会的地方。当她们走到离房子很近的地方，忒斯蓓叫她等一会儿，然后她去找阿尔希诺，并请她到另一个房间去，不要打扰他们约会。她还欺骗阿尔希诺说，让她躲开是因为这个男孩情窦初开，最近才开始对性爱的奥秘有所了解，她不希望让那个年轻人看见她这个不熟悉的人而感到脸红。在她毫不费力地说服了阿尔希诺后，就出去把德梅内塔叫来并把她带到屋里，让她先躺到了床上。随即忒斯蓓把灯拿开，并告诉她不要让克耐蒙把她认出来——那时你其实已经在埃伊纳岛了。总之，忒斯蓓告诉德梅内塔这期间什么话都不要说，只管满足自己的情欲就好。然后，她说：‘我现在就去找那少年，他此刻正在附近某个地方喝酒，马上领他到你这里来。’她一出门，却跑到约定好的地方去找你的父亲阿里斯蒂普斯，催促他不要耽搁，赶快去把奸夫抓起来。你的父亲跟在她后面来到了那所房子的时候，他冲进房间，借着昏暗的月光，尽他所能地找到了上床的路，并叫道：‘现在我抓住你了，噢，你这被诸神深恶痛绝的女人！’他说这话的时候，忒斯蓓则跑到门边，用力把后门撞得咯咯响，造成好像有人从后门逃跑的假象，然后大叫起来：‘多么奇怪啊！她的狡猾的奸夫逃走了。阿里斯蒂普斯，你要注意不能再失败了。’‘你放心吧！’他回答，‘我已经把这个邪恶的害人的女人控制在我的手中了，这是我现在最想得到的。’说着，他死死地抓住德梅内塔，并把她拖到了城里去。与此同时，德梅内塔毫无疑问地想到了她当下的可怕处境——她的希望破灭了，她将受到法律的惩罚——同时她又对自己被欺骗而意外中招而感到极其愤怒和羞耻。因此，当经过柏拉图学院附近的那个深不可测的沟壑时——你知道那是将军们常常在那里向英雄们的阴魂献祭的地方——她突然抓住了这个机会，挣脱了老人的手，纵身一跃，跳了进去。就这样，这个可怜的女人悲惨地死去了。看到她自杀了，阿里斯蒂普斯喊道：‘你死了更好，这样我已经从你那里得到了满足，而不必再诉诸法律了。’第二天，他把所发生的一切都告诉了大家，经过反复解释和说明，好不容易才得到大家的原谅。随即他便来到了他的朋友和熟人中间，跟他们商量，看让你回来的最好办法是什么。我不能告诉你他们现在是否已经做了什么决定。如你所见，我是因私事到这里来的。讨论的结果还没有最终决定前，我就起航了。不过，可以肯定，人们是会同意你回来的，而你的父亲不久就会来接你回家，他已经公开宣布了他要这样做的意图。

“这就是查理亚斯告诉我的全部内容。至于我的故事的其余部分，例如，我是怎样来到这里的，我在这期间都经历了些什么，要讲出来就太费时间了。”说着，他流下了眼泪。这两个陌生人也是泪水涟涟，显然是被他的不幸遭遇所感动，但实际上更是为了哀悼他们自己的不幸命运——因为他们的悲恸从未停止过。极度的悲痛始终让他们不得安宁，若不是此时睡意涌上来，他们的眼泪会一直流下去。他们就在这样的情形下睡着了。

与此同时，夜间大部分时间都安静熟睡的蒂亚米斯——这是强盗大头领的名字——突然被自己做的一个梦所惊醒，他不知道该如何解释这个梦，便一直躺在床上，思索着他所做的这个梦的意义。他做这个梦的时间大约是在公鸡开始啼叫的时刻——据人们说，无论在夜晚何时，当太阳离我们越来越近的时候，这些公鸡就会很自然地感觉到太阳的变化，或者是为了向天神致敬，或者是由于感受逐渐增多的热量需要起来活动，或者是对食物的渴望，总之，它们通过啼叫给予了那些与他们同住的人一个预告，让他们起来工作——正是在这样的时刻，在半睡半醒中，众神给了蒂亚米斯一个奇异的景象：那好像是在自己的家乡孟斐斯，他走进了女神伊希斯的神殿。神殿里到处是燃烧的火，祭坛上摆满了各种各样的牺牲，鲜血淋漓；神殿的前厅和空地上挤满了喧闹不安的人群。他走进圣殿一个私密的角落后，伊希斯女神走上前来迎接他，并把恰瑞克莉娅介绍给他，然后说道："蒂亚米斯啊，我把这少女托付给你照管。你会得到她，但却不能得着她；你将会犯罪，会用血覆盖这个外邦人，但她不会死。"这个异象使他十分苦恼，他把这些话在脑子里翻来覆去地想了大半夜，最终还是放弃了这种努力，开始按照自己的愿望去解释"你会得到她却不能得着她"的意思，他认为，这是说他将得到一个妻子，而不能再把她看成一个女俘。[①]"你要用血遮盖这个外邦人，但她不会死"，他认为这血指的是他在夺走她的贞操时流出的血，而这血不会让她命丧黄泉。也就是说，女神暗示他，他将得到一个美丽的外邦处女作为妻子。他用这种方式解释了他的梦，并欣然接受了这位神祇激情的暗示。

天刚亮，他就命令他手下的主要头目来见他，并吩咐他们把那些抢掠物也一并带来——他还给这些抢掠品起了一个听起来很夸张的名称叫"战利品"。他派人去叫来那个希腊人克耐蒙，并让他把托付给他看管的两个囚犯也带来。当这两个人被带往大头领那里去的时候，相互说着："噢，不知道会有什么样的结局等待着我们。"并请求克耐蒙一定要尽一切可能帮助他们。克耐蒙答应了，叫他们打起精神来，还向他们保证说，这个强盗头领并不是一个十足的野蛮人，而是一个和蔼可亲的人。他本属于一个显赫的家庭，只是迫不得已，才从事了这一行当。

当众人来到蒂亚米斯跟前时，都自动聚集在一起并围成一圈。蒂亚米斯把他的座椅放在那海岛的众人约定的相会之处的一个高处坐下，便命令克耐蒙把他对这两个囚犯说的话翻译出来——尽管他

---

① 意思为："得到一个妻子，但会失去一个女俘。"

对希腊语懂得一些，但并不熟练，而克耐蒙现在已经学会说埃及语了——然后，蒂亚米斯在聚会上做了如下发言：“我的伙伴们，你们已经感受到了一直以来我对你们的感情。你们可以为我证明，我是孟斐斯城大祭司的儿子，但却被剥夺了我理应继任这个职位的权力和荣誉。我的一个弟弟，违反律法，用诡计欺骗了人们，抢夺了我的财产和职位。为了报复，我只好流亡在外，躲藏自己，目的是有朝一日恢复我的尊严。是你们认为我配做你的大头领，所以从那以后，我就和你们住在了一起。你们更知道，我从来没有为自己要求过任何特权。每当我们分钱财的时候，我与你们每个人分的都是一样的，并认为这就很满足了。当你们抓到的囚犯被卖出去的时候，我还把卖他们的钱还给你们。我总是认为，一个好的头领就应该有能力去承担自己的责任，要最大程度地率先从事危险的工作和满足于分到同等份额的战利品。至于在对待俘虏方面，我也是把那些从体力上看可能对我们有用的人编入了咱们的队伍，只有那些身体较弱的人和胆小鬼才会被卖掉。我也从来没有对妇女实施过暴力犯罪，对那些出身高贵的人，或者是让他们的家人用钱赎回去，或者干脆放了他们，这主要是因为怜悯他们的命运。我将那些地位较低，因习俗而不是因为战争被俘获而定罪为奴隶的人，已经全部都分给了你们做了奴仆。但今天，我要和你们要求一点儿特权，就是在这次所获得的战利品中，我只想得到这个少女。除了这个陌生的姑娘，我再别无所求。虽然我有权强行得到她，不过，我还是认为经过你们的同意后我再把她接来为好。因为利用特权强行占有这个姑娘是愚蠢的，似乎也违背了朋友们的快乐意愿。再说，我渴望从你们的手里得到这一好处，也不是无条件的，而是以下述的方式回报你们，即在这次所有的战利品分配中，我将完全放弃我应得的份额。你们知道，作为祭司阶层出身的男人是很轻视普通的女人的，我决定要娶这个姑娘，并不是为了在她身上满足我的肉欲，而是为了让她为我繁衍后代。我乐意再讲一下我这样做的原因。首先，我从她身上找到的钱财推测，她出身很好，意志坚强，并且自己也没有被这一连串的不幸所压倒，而是从一开始就勇敢地面对它们。其次，我推断她也有着温顺和善良的性格。她不仅在美貌方面胜过一切女人，而且她谦虚的眼神也使所有看到她的人都肃然起敬，这样的女人怎能不会看重自己的心智和修养呢？最后，这也是更重要的，在我看来，她是某个神祇的女祭司，因为即使在遭遇不幸的时候，她也认为把她的花环和圣衣脱下来是对宗教的一种亵渎和巨大的罪过，所以她从没有脱下过自身穿的圣衣。你们这些在这里的人呐，想一想吧，还有什么比一个男祭司和女祭司的结合更合适的呢？在我看来，她的出现就是为我而准备的。”

在场所有的人都为他的话拍手叫好，并祈求诸神赐给他婚姻的喜悦。看到大家这样热烈的反应，蒂亚米斯接着说：“我感谢你们，我的朋友们。不过现在我还得问问这位姑娘对这件事情的看法，我不想一意孤行。倘若我打算去行使权威赋予我的权力，只要我有这个愿望就够了。因为当一个人可以约束别人的时候，向其表达善意是不需要的。但是，既然我想明媒正娶，希望有一个合法的婚姻，在这种情况下，取得双方的同意是非常必要的。”然后，他对恰瑞克莉娅说：“你觉得我们俩应该结婚的这个提议怎么样？你还要告诉我，你们两个究竟是谁，你们的父母又是谁呢？”恰瑞克莉娅久久地站在那儿，眼睛盯着地面，不时地摇着头，似乎在回答之前先整理一下思绪。当她终于抬起眼睛望向蒂亚米斯时，她的美貌比以前更使他眼花缭乱——因为她的思想活跃起来，她的脸比往常更红了，她那双炯炯有神的眼睛充满了热情——随后，由克耐蒙充当翻译，她这样对蒂亚米斯说道：“这些问题由我的哥哥泰阿格涅斯来回答应该更得体些。因为我认为‘女人少言便是德’①，男人

① 希腊悲剧中常见的俗语，语出索福克勒斯的《埃阿斯》（293）。

有责任对男人提出的问题做出回答。但是既然你允许我来说话，并以此表示您对我的特殊礼遇。尤其是你说的那句‘用说服的方法来解决总是比用武力强迫更符合人性’的话，触动了我，使我不得不放弃我的惯例，不再顾及我的性别，在出现如此之多的男性观众的场合来回答你的问题。那么，就请你听下面关于我们的叙述：

“我们是爱奥尼亚人，我们的家族在以弗所是最显赫的家族之一。按律法规定，当我十四岁的时候，便奉命去担任祭司的职位。我是阿耳忒弥斯神庙的祭司，我的哥哥则是阿波罗的祭司。我们这些职责任期是一年，任期结束后，我们必须按照既定的习俗卸下祭司职位，准备好神圣的衣装前往提洛岛[①]，去参加体育活动和音乐比赛，然后按祖先流传下来的规矩，在那里把我们的祭司职位交出来。为此，我们在船上装满了黄金、白银、漂亮的衣服和各种各样必需的物品，以便能在那里体面地举行公共宴会和娱乐活动。我们启航时，由于我们的父母年事已高，害怕航行的危险，便留在家里。但是有许多公民陪着我们，有的上了我们的船，有的上了别人的船。就在这次航行快要结束时，海上突然起了风暴。一阵猛烈的飓风，伴随着雷鸣和闪电，在大海上掀起了巨浪，狂风把我们的船吹离了航道。船上的舵手们不得不屈服于狂风暴雨的威力，只好放弃了舵柄，让船随波逐流，听从命运的摆布。我们被飓风吹赶了七天七夜，从未停息，直到最后我们被抛到一个海岸上，我们就是在那里被你们发现的，你们也是在那里看到了那场大屠杀的痕迹。现在我必须解释一下这件事是怎么发生的：当我们正在岸边举行庆祝感恩宴会的时候，那些水手们开始密谋反对我们，并决定杀死我们，以夺取我们的财产。紧接着就发生了一场可怕的搏斗。我们所有的同伴都在这场搏斗中丧生了，而那些造反的水手们也被杀死了——这是诸

① 基克拉泽斯群岛中一小岛名，因阿波罗和阿耳忒弥斯降生于此而闻名，是阿波罗的圣地。

神不希望发生的——只有我们俩在灾难中存活了下来。我们是仅存的幸存者，也是两个悲惨的胜利者。即便如此，我们在患难中唯一的安慰，就是某一位神祇把我俩交到你们手中。就在我们为自己的性命担心时，现在却要讨论我的婚姻问题，我当然不愿意拒绝。我认为，作为一个俘虏，居然配得上能够上胜利者的床，这真是太幸福了！进一步说，我这个将被献给神的处女，能够与祭司的儿子结合，如果没有神的恩惠和非凡的远见，是不可能做到的，这显然是天意的安排。但是，蒂亚米斯啊，我只想求你一件事，先让我去任何一座城市或任何一个地方，只要那里有阿波罗的祭坛或神殿就行，我要在那里废除我祭司的职务，交出我职位的信物。当然，这事儿最好是等到你回到孟斐斯，在你恢复了祭司的职位以后进行。这样我们就可以同时既完成各自的事情，也可以结婚了。这样一来，在庆祝了好运之后，我们的婚姻会更加快乐。不过，虽然这么说，我还是把我们什么时候结婚这件事留给你来决定，只是我必须要先按照我们国家的习俗进行完神圣的仪式。我知道你会答应我的请求的，因为正如你所说的，你从小就致力于为神服务，对与神祇有关的一切都充满着敬意。”恰瑞克莉娅说到这里就停住了，开始哭泣。所有在场的人都表示赞成她的想法，并敦促他按照她的意见去做，并说他们已经准备好了支持她的决定。蒂亚米斯也认为她说得有道理，但心里既愿意又不愿意，因为他对恰瑞克莉娅的爱使他觉得耽搁一小时都像永远那样漫长。但是，另一方面，她的话又像塞壬[1]的歌声一样，迷住了他，迫使他同意。此外，他也看出这与他在晚上做的梦有某种联系，并相信他的婚礼将会在孟斐斯举行。于是，他把抢来的财物都分给众人，而他自己也得到了一些最有价值的物品——

① 塞壬（Siren）源自古老的希腊神话传说，是人面鸟身的海妖，飞翔在大海上，拥有天籁般的歌喉，常用歌声诱惑过路的航海者而使航船触礁沉没，船员则成为塞壬的腹中餐。

这是他的同伴们自愿赠送的。他还命令做好准备，要在十天之内动身前往孟斐斯。做完这一切后，就叫大家散去了。

蒂亚米斯还像以前一样，把同样的房间分配给了这两个年轻的希腊人，并命令克耐蒙陪伴他们，只是他的身份不再是他们的监管人，而是他们的朋友和伙伴。蒂亚米斯给他们提供的食物甚至比自己的还要丰盛，有时甚至还邀请泰阿格涅斯到他的餐桌上来一起吃饭。他还决定自己只能偶尔去看看恰瑞克莉娅，因为他害怕见到她的机会越多越会激起他更强烈的感情，以致让他做出一些违背已经达成协议的事来。出于这样的原因，甚至在她出现的场合蒂亚米斯也有意识地避开。他认为一个男人既要看漂亮的姑娘，又要约束自己，这实在是太难了。克耐蒙则在大家都分散回到沼泽地里的几个角落的家中之后，就到离湖不远的地方去找他前一天答应送给泰阿格涅斯的药草去了。

看到四处无人，泰阿格涅斯终于得到了合适的机会，开始呜咽和哭泣起来。他与恰瑞克莉娅一句话也不说，而是不停地向众神祈祷。于是姑娘问他，他是像惯常那样在为他们共同的不幸感到惋惜呢，还是有什么新的不幸的事儿发生在他的身上了。听到姑娘这样一问，泰阿格涅斯立刻气哄哄地回答说："还有什么比违背誓言更不幸的事情呢？也就是说，还有什么比恰瑞克莉娅忘记了我，同意嫁给另一个男人更违背誓言的呢？""嘘，快别胡说了！"姑娘立即打断了他的话，"我祈求你不要在我已经遭受的痛苦上面再让我更加痛苦。在我过去多次证明了我对你的忠诚之后，不要因为我在紧急的情况下说的一些话，而且是为了达到某种目的所说的一些话就去怀疑我。否则，你将表明是你改变了自己，而不是你在我身上发现了所谓的任何变化。我愿意去忍受不幸，因为世界上没有任何力量能说服我去做那些美德所禁止的事情。我知道我只有一件事是不能节制的，那就是我对你的激情。但这种激情是合法的，是荣耀的。作为一个情人，我不是在向你屈服，而是我从一开始就把自己完全地交给了你，把你作为我的丈夫了。这是我跟你订立的一个庄严的契约。直到如今，我一直保持着自己的贞洁之身，甚至总是拒绝你带有性欲的求爱，从没与你做一切不合道德的事情。因为我在等待着一个机会，使我们从一开始就承诺要建立的、并已被最庄严的誓约所证实的结合合法化和神圣化。再说，你也不至于傻到以为我宁愿嫁一个野蛮人，也不愿意嫁一个希腊人；宁愿嫁一个强盗，也不愿意嫁一个我所爱的人吧。”泰阿格涅斯问她道：“那么，你对蒂亚米斯说的那番动听的话又是什么意思呢？难道你就是想要欺骗他吗？你把我称为你的兄弟，确实这是一个非常明智的预防措施，它防止了蒂亚米斯嫉妒我们彼此之间的爱恋，也使我们可以毫无担心地自由交往。现在我明白了你所说的关于我们在爱奥尼亚和提洛岛附近游荡的一切，都是些虚构的故事，目的是来掩盖真相，误导你的听众。”

停顿了一下，泰阿格涅斯又说道：“但是，当你表现出如此乐意接受蒂亚米斯的求婚，并明确答应嫁给他，甚至还确定了结婚的日子，我既不能够，也不愿意去理解这究竟意味着什么。假如最终没有逃脱他的魔掌，我倒希望在我活着看到你所做的努力化为泡影之前，大地已经裂开并把我吞噬。并希望你懂得我是为了你才这样做的。”听到这些话，恰瑞克莉娅拥抱了泰阿格涅斯，吻了他足有一千次，并用眼泪润湿了他的脸。“你因为我的缘故感到担心和恐惧，我多么高兴啊！这一切证明你对我的爱没有动摇，也没有退缩。泰阿格涅斯，请你放心，如果我没有对你做出这样的许诺，我们现在就不会在一起谈话了。你知道，有时抗拒只会加剧某种强烈的感情，而说一些顺从的话语，去迎合某些欲望，就会缓和它爆发的时间，也会以未来所能带来快乐的许诺去冲淡那欲望的锋芒。那些粗鲁的恋人第一轮的尝试就得到同意的结果，便认为自己取得了胜利，就意味着随后会有更积极的进展。这样，他们怀揣的希望就会让他们变得更加冷静。正是出于这种考虑，使我在言语上屈服于蒂亚米斯，并把未来的问题留给从一开始就把我们的爱置于它们保护之下的诸神和精灵。一两天的休息往往是最有益健康的，而幸运之神能带来人的智慧所无法设计的快乐。因此，在确定与不确定之间权衡，我更喜欢我发明的这个办法。我要用我的创造性的想法来推迟现在的劣势，用未来的不确定性来推迟现在的确定性。因此，我最亲爱的泰阿格涅斯，我们必须把这个虚构的故事当作搏斗者的把戏，不仅要瞒着别人，还要瞒着克耐蒙。他虽然是希腊人，也很和蔼地对待我们，但他毕竟是一个像我们一样的囚犯。如果机会来了，他更有可能出卖我们，转而去赢得强盗头领的欢心。因为无论是我们相识的时间，还是我们同族的关系，都不能令人信服地保证他对我们的忠诚。所以，无论他在任何时候触及真相，你必须要断然否认。有时说谎是被许可的，甚至是可称赞的。例如此刻我们所说的谎话，就既有利于说的人，也不会伤害到听的人。”

正当恰瑞克莉娅向泰阿格涅斯建议最好的行事方式时，克耐蒙匆忙地跑了进来，眼睛里流露出非常惊慌的神色。“啊，泰阿格涅斯，”他说，“这是我答应过你的药草，我请求你把它敷在你的伤口上。但是，我们必须为另一场——就像你们曾经目睹过的——屠杀所带来的更重的创伤做好准备。”泰阿格涅斯问他究竟是怎么回事儿，并恳求他把刚才的话解释得更清楚些。“时间已经不允许我多说了，”他回答道，“恐怕我还没有来得及把情况说完，我们就已经被打死了。你和恰瑞克莉娅，快点儿跟我来，别再耽搁了。”于是他领着二人飞快地跑到蒂亚米斯那里，见他正在擦拭头盔和刀枪，就对蒂亚米斯说：“主人呀，你的工作确实做得很合时宜，赶快带上你的武器，并命令你的同伴们也这样做。我从来没有见过这么多的敌人，他们离我们已经很近了。我在采药草时看见他们正从山顶上冲过来，所以便尽可能快地跑回来告诉大家，敌人来了。凡我在路上所遇见的人，我都已经告诉他们快点儿准备好，马上就要开战了。”

听到了这样的消息，蒂亚米斯惊跳起来，立即询问恰瑞克莉娅在哪里，似乎他更担心她的安危，而不是自己的处境。当克耐蒙让蒂亚米斯看到她正安静地站在屋子的门口时，蒂亚米斯对着克耐蒙耳语说：“你只把她一个人快点儿带到我们储存所有财宝的那个地下洞穴里去。当她下到洞穴后，你要按惯常的做法封死洞口，然后赶快回来。至于战斗，还是让我独自面对吧。”接着，他又吩咐给他拿兵器的人去给他带一个俘虏来，要将他做祭祀用的牺牲，以便在没有开战之前献给那地方的神祇，这样他们才可以开始进行战斗。克耐蒙听从命令，带着恰瑞克莉娅离开了。恰瑞克莉娅不断地唉声叹气，又不停地回头看着泰阿格涅斯，就这样，她被带到了秘密洞穴的入口前。

这个洞穴不像许多其他洞穴那样是天然形成的大自然的杰作，而是在地底下挖出来的。强盗们艺术地模仿了自然，巧妙地把山底下挖空，作为他们掠夺财物的储藏地。洞穴的结构是这样的：它的入口在一座小房子的密室里面。进门的通道又窄又暗，在这间密室的门下面还藏着另一扇暗门，这扇门很容易关上和打开，必要时可以作为下降的通道。进了门后往里面走，就是在大山的肚腹中开出的许多弯弯曲曲的小路，而且有很多小路都是被随意切断或堵上的。这些小径或巷道，每条都蜿蜒曲折，有时分开，有时又像树根一样有意地缠绕在一起，最后全都汇聚在洞穴底部的一块空地上。有一些微弱的光线从地上的池塘边上开的一个小洞口透进来。看来，克耐蒙对这里很熟悉，他带着恰瑞克莉娅下到了洞穴，并拉着她的手，沿着他熟悉的蜿蜒的通道，来到了洞穴的深处。在此过程中，他还用各种办法安慰她，尤其是向她保证，他晚上一定会把泰阿格涅斯也带进来，还说他将不允许泰阿格涅斯在即将到来的战斗中轻举妄动，届时一定要让他偷偷地走开。恰瑞克莉娅一句话也说不出来，因为缺少了泰阿格涅斯，她悲痛欲绝，似乎被死神打中了一样失去了生命和灵魂。他还叮嘱她要屏住气息，不要出声。然后克耐蒙从洞穴里走了出来并关上了最外面的门。他站在门边哭了一会儿，他的哭泣不仅是为她的不幸命运而悲哀，而且还是因为他不得不把她像活埋了一样隐藏起来，把最美丽的恰瑞克莉娅送给了黑暗和阴郁而难过。

做完这些之后，他急忙跑回蒂亚米斯的身边。他发现蒂亚米斯已经装备完毕，正热切地渴望着进行战斗。全副武装的泰阿格涅斯也站在他的身边。为了激起他周围战友们的好战精神，蒂亚米斯站在队伍中间，向他们发表了激情澎湃的演说："伙伴们，我知道不需要最后再劝说你们什么了。你们根本不需要鼓励，因为你们总是把战争看作是生命的气息和最愉快的生活。此外，敌人的突然逼近也打断了所有冗长的演说可能。看到敌人现在正对我们进行疯狂的暴力攻击，如果我们不以同样的勇气回击他们的进攻，就会显得智穷力竭，胆小如鼠。你们应该知道，这不仅仅是一个保卫你们的妻子和孩子的问题——当然，在许多情况下，仅凭这一点就足以使你们振作精神去战斗。但我们不应太重视这些和其他类似的考虑——我们的目的是要彻底战胜他们。如果我们彻底战胜了这些敌人，胜利所带来的一切将永远属于我们。因此，这场战斗关乎我们的生死存亡。我们不能只满足打退敌人，打退敌人只不过是四分之一的胜利，彻底消灭他们才是我们全部的目的。与盗贼的战争永远不会以和解告终，也不会以休战结束，赢者幸存，败者被杀。所以，让我们现在就用全身心的忿怒，去对付我们所恨恶的残暴的仇敌。"

说完，他环顾四周，寻找给他拿盾牌的侍从赛穆西斯，并连着喊叫了几次他的名字。当他发现这家伙根本没在跟前的时候，便发出了凶狠的怒骂和威胁。随后便急忙赶到渡口。因为那里是敌人的登陆点，战斗已经在那儿打响。此刻，即使从很远的地方也能看到那些住在沼泽地外边的人们已经落入了敌人的手中。敌人放火烧毁了那些在逃亡中被杀死或已经寻找到安全之地的人的船和茅屋。火焰蔓延到邻近的沼泽，烧着了生长在那里的大量繁茂的芦苇。大火燃烧得非常猛烈，腾起了难以忍受的烈焰。人们的眼睛也被火焰所发出的炽热的光刺激得睁不开，火焰借助风，燃烧所发出尖锐的噼啪声和呼啸声也都快把人们的耳朵震聋了。放眼望去，到处都是嘈杂和骚乱。

战斗的各种冲突形式和打斗样式都被人们看到和听到了。居住在这里的人们尽一切可能，用全部的勇气和精力持续抵抗着。但是，由于敌人的人数众多，再加上进攻的突然，致使有些抵抗的人在陆地上被打得头破肢残，而另外一些人则在沼泽中的小船上和茅屋里被扔到水中淹死了。那些在陆地上和湖泊中战斗的敌对双方，互相残杀。武器的碰撞声和人们的嘶喊声响彻云霄，在陆地上和水上进行着的交战双方仿佛也在空中进行着。双方参战的人不断被杀死，湖水都被鲜血染红了，所有的东西都混杂在火焰中和湖水里。蒂亚米斯见了这光景，又听见这些可怕的声音，忽然想起夜里他做梦时所显示的异象来。在梦中，他曾看到过伊希斯的神殿里到处是燃烧的火焰，躺满了献祭者的尸体。他认为现在所看到的场景是他曾在伊希斯神殿里看到的景象的再现，并对伊希斯的神谕做出了与先前截然不同的解释。他现在才知道，“你将得到她，但不能得着她”这句话意味着你若不占有她，恰瑞克莉娅就会被战争中的敌人抢走；而“你要用血遮盖她这个外邦人，但她不会死”这句话指的是你应该用自己的剑逼迫女孩就范，而她是不会死的。就是说女神告诉他要用武力解决问题，而不能只从肉体交媾的意义上去理解神谕。因此，他责备女神，仿佛是女神欺骗了他。一想到另一个人将拥有美丽的恰瑞克莉娅，他就恼怒不已。为此，他命令他的同伴们坚守阵地，并要求他们从岛上和沼泽地里偷偷地四处出击，以此来抵抗更多的敌人，要尽可能长时间地维持战斗状态。而他自己却假装去寻找赛穆西斯，并说他还要给他私人的神进行献祭——不允许任何人跟他一起去——然后像个疯子一样匆匆地去了恰瑞克莉娅藏身的洞穴。毫无疑问，强盗的野蛮本性是不可能轻易地从他曾经决定的事情上退缩或改变的。野蛮人有一种习惯，如果他们对自己的安全感到绝望了，那就会杀死那些他们非常珍视的人和为他们付出很多的人。因为他们渴望死后有人陪伴，或者怕他们活着遭受敌人暴力的迫害。出于同样的原因，蒂亚米斯也忘记了被敌军包围时他应该做的一切，好像他被一个用爱情、嫉妒和愤怒编成的罗网缠住了。

蒂亚米斯匆忙进入洞穴后，他用埃及语不断地大声喊叫着，很快他就听见了在洞口处有一个女人用希腊语呼应他。黑暗中女人的声音把他引导到了她身边。见面后，不由分说，他立刻便用左手抓住她的头发，右手把短剑刺进她的胸膛。那个不幸的女人发出一声惨叫，就倒在地上死了。蒂亚米斯快速地关闭洞穴的入口，并抓了一小块上面还带着泪水的石头扔在门上，然后说："这就算你把结婚的婚书交给我了！"然后他走出洞穴去找船，在那里他发现自己的同伴们正准备逃跑，因为可以看到敌人已经近在咫尺。就在此时，赛穆西斯带着一名俘虏前来，准备用于祭奠。蒂亚米斯狠狠地斥责了他，并告诉他说，他自己已经先献上了一个最美丽的祭品。然后，蒂亚米斯上了船，陪伴他进入这艘船是赛穆西斯和一个划桨手——强盗们在湖中使用的这些船，都是由一根粗木头被粗糙地挖空中间的部分制造成的，这样的船每艘最多只能乘载三个人——与此同时，泰阿格涅斯和克耐蒙也上了另一条船，其他幸存的人也上了另外的一些船。大家都上船以后，他们离开了小岛，但没有到外海去，而是划着船绕着小岛航行。不久，他们停止了划桨，把船排成一行，仿佛要面对面地准备迎接敌人的进攻。

但是，蒂亚米斯带领的这些强盗们一看见对面的敌人出现就惊慌起来，开始逃跑了。他们甚至看不了敌人船只航行时溅起的水花，更忍受不了战斗中发出的喧嚣呐喊。克耐蒙和泰阿格涅斯也渐渐地后退了，和其他人不同，他俩的撤退并不是出于恐惧。现在这里只有蒂亚米斯一条船没有逃跑，也许是因为他认为这样做是可耻的，也许是因为他无法忍受失去恰瑞克莉娅的痛苦，不想独自一人再活下去了。总之，他勇敢地冲进了密集的敌人中间。正在他与敌人拼死搏斗的时候，有人大声喊道："那是蒂亚米斯！不要让他跑了。"敌船立刻把他四面围住，像铁桶一样把他圈在中间。他却毫不胆怯，一直英勇战斗，打伤了一些敌人，也杀死了一些。但最令人吃惊的是这样一个值得一看的景象：敌人虽然众多，但却没有一人举刀砍他，也没有一人拿枪刺他，更没有人用飞镖打他。每个人都想尽办法要活捉他。尽管蒂亚米斯用尽全力，抵挡了许久。但最后仍有一群人向他扑了过来，从他手中夺走了长矛。此时，他也失去了那个曾勇敢地帮助他拿兵器的赛穆西斯——因为在刚才的战斗中，赛穆西斯受了较重的伤——在彻底绝望中纵身跳入湖中，向远处游去了。赛穆西斯虽然耗费了很大的力气，最后还是安全到达了陆地上。他之所以能逃命，是敌人认为不值得追击他，众人的焦点都集中在活捉蒂亚米斯上。最后，他们抓住了蒂亚米斯。入侵者们认为这是一个彻底的胜利。这些外来的强盗虽然在战斗中失去了许多同伴，但比起活捉了对方的大头领，他们感到的欢乐远远大于悲痛。的确，所有的强盗的本性都是把钱看得比生命还宝贵，而友谊和亲情常常在对金钱财物的贪婪中所牺牲。这个道理在这些人身上又一次得到了验证。

那么，攻打湖上的岛屿又取得这场胜利的这伙强盗是谁呢？原来他们就是此前在尼罗河那个叫赫拉克利特河口，看到蒂亚米斯和他的同伴来了，不敢抵抗而逃跑的那一批人。① 因为他们对到嘴边的肥肉没有吃到一直感到愤愤不平——尽管这些东西根本不属于他们——就好像是它们自己的财产被掠夺了一样。于是这些强盗们决定去洗劫海岛。他们把留在家里的同伴们召集起来，并向邻近的村

① 根据后面的情节，这些人就是住在孟斐斯附近贝萨村的人。

庄求助，许诺将把得到的战利品平均分给他们，并让他们担任这次行动的统帅和指挥官。还有，他们为什么要活捉蒂亚米斯呢？因为蒂亚米斯有一个弟弟，名叫佩托西里斯，住在孟斐斯。佩托西里斯曾经用阴谋诡计剥夺了哥哥蒂亚米斯首席祭司的身份并把他赶出了家园，这违反了当地的习俗——因为他是弟弟，没有继承权——佩托西里斯听说他的哥哥已经落草为寇，成为一个强盗团伙的大头目，害怕如果得到机会，哥哥就会带人回到孟斐斯报仇。同时，他也害怕随着时间的推移，自己背信弃义的行为会暴露在世人面前——因为现在已经有些风声在流传，说他害死了自己的哥哥。没有办法，他只好打发使者来到这些强盗所居住的村庄，向他们宣布，谁若能够活捉蒂亚米斯并把他带到自己那里，将会得到许多银子和牲畜作为奖赏。强盗们被这些许诺所诱惑，因此，即使在战斗最激烈的时候，他们也没有忘记获得利益的欲望。一旦他们认出了蒂亚米斯，便要活捉他。为了活捉他，强盗们毫不犹豫地牺牲了许多同伴。当他们抓住他的时候，给他戴上镣铐，并划船把他送到陆地上。为了保证他的安全，一半多的人去看守并保护他。但蒂亚米斯却毫不领情，还因为这种表面上的仁慈而狠狠地责骂了他们，说与其让他戴上这些可恶的镣铐，还不如让他去死。[①] 同时，另外的一些人则又都返回了岛上，希望能够搜寻到蒂亚米斯藏起来的珍宝和财物。他们虽然在岛上翻了个底朝天，没有留下任何一处未翻到的地方。但是，除了很少几件稍有价值的东西外——这些东西还是战斗前它们的主人忘记藏在地下的洞穴里的——其他什么东西也没找到。看到天快黑了，他们怕落在那些从战场上逃出来的敌人手里，或怕遭到伏击，不敢在岛上再待下去，于是放火烧毁了岛上的一切建筑物，然后就回到自己的同伴们那里去了。

---

① 根据后面第五章等情节的暗示，蒂亚米斯被押送到了孟斐斯城管辖的贝萨村，并重新成为强盗牧民的头领。

第二卷

逃离沼泽

VOLUME TWO

这样，岛上的一切都被大火烧毁了。但是，只要太阳还高高悬挂在大地之上，泰阿格涅斯和克耐蒙还感觉不到这一场灾祸的厉害。因为火焰的颜色在白天里，在神的光亮的照耀下变得并不那么明显。但是，当太阳落山，夜幕降临的时候，从远处就可以清楚地看到熊熊燃烧的火焰的那不可抗拒的光辉。泰阿格涅斯和克耐蒙看到整个岛上都在燃烧，确信黑夜里会更加恐怖和危险，于是便离开了沼泽。此时，泰阿格涅斯用双手拍打着他自己的头，撕扯着头发，大声地哭喊道："让我今天就跟生命说再见吧！恐惧、危险、焦虑、希望和爱，都已经结束了。恰瑞克莉娅死了，我泰阿格涅斯也就不再活了。我知道，我的懦弱毫无用处，我从战场上逃跑也是徒劳的，我真的不配做一个男人。可你知道吗？我逃跑救自己的目的是寻找你呀，我亲爱的恰瑞克莉娅！我快乐的源泉呀，现在你既然已经被大火烧死了，你不是根据自然的法则走向的正常死亡，也没有在你的所爱的人的怀里呼吸你的最后一口气，我也就不想再活下去了。嗨呀呀，哀哉！那吞没我的火焰将是某个残忍的神祇用来代替你成为新娘的灯火。你的美貌已从人间绝迹，被火烧过的尸体也不能再保存你纯粹的魅力。啊，难以言表的神的残忍，无法形容的神的愤怒，甚至剥夺了我给她的最后一次拥抱以及和她最后一次没有生命气息的亲吻。"说完这些话，他伸手去抓剑，想把它插入自己的胸膛，克耐蒙看到他的举动，立刻把他的手往后一挡，喊道："你这是什么意思，泰阿格涅斯？为什么你要为还活着的恰瑞克莉娅哭泣哀悼？你快振作起来吧，她是安全的！”泰阿格涅斯回答说：“你说的这些话只适合给傻瓜和孩子们听，你的目的不过是想让我的痛苦得以消减，使我死得快乐点儿而已。”对此，克耐蒙发誓他的话是真的，并把整个故事讲了出来：包括蒂亚米斯是如何给他的指示，他是如何带着恰瑞克莉娅进入洞穴，以及洞穴的结构形状等。还说这种洞穴结构的形状会防止火势蔓延到洞底，因为火焰会受到无数弯弯曲曲的通道的阻碍。听到这些话，泰阿格涅斯松了一口气，立即要和克耐蒙向岛上去。在他的脑海里，似乎已经看见了恰瑞克莉娅，并在想象中把那个洞穴当作自己新婚的洞房——然而他却不知道那里等待着他们的将是什么样的悲伤。

他们不得不亲自划着船，急急忙忙地向前航行。因为他们的船夫在交战之初就被敌人的利箭射中，好像被一根赶猪棒打到水里去了。他们两人都不太会划船，再加上逆风而行，所以他们的船总是要偏离航线。尽管如此，他们的热切希望克服了技巧的缺乏，在费了很大的劲之后，终于到达了那个岛上。他们飞快地跑向下面有洞穴入口处的小茅屋，发现它已经被大火烧毁了——他俩只能通过建筑的遗存痕迹辨认小屋的地点所在——这里到处是断壁残垣。小屋被烧毁的原因是狂风把其他地方燃烧的火苗吹到了它的茅草顶上，而茅屋顶又是用细密的芦苇和纸莎草编织而成的，火借风势，风助火威，无情地几乎把这里烧成了一片平地。现在火焰虽然熄灭了，只留下一堆堆的灰烬，其中还有很大一部分都被风刮走了。由于风吹得猛烈，剩下的几个灰堆虽然有的还在冒烟，但大多都已经冷却得很好，可以让人通过了。洞口前的那块大石头还在，这让他们可以辨认出洞穴口的位置。二人找来了一些半截的木头，绑上一些干燥的芦苇叶子，制成了火把。点燃后，打开洞口急忙往下走，克耐蒙走在前面，泰阿格涅斯紧紧跟随着他。可是，他们刚走了一小段路之后，就发现了地上躺着一具女尸。克耐蒙突然喊起来："哎呀！宙斯，这是什么意思？我们白忙活了，恰瑞克莉娅已经被杀死了！"说着，火把从他手中掉下来，然后熄灭了。他把自己双手紧握在眼前，跪倒在地，开始放声痛哭。此时，泰阿格涅斯像是受到某种不可抗拒的力量猛然一击，立即扑倒在那个躺在地上的女人的尸体上，一动不动地紧紧地拥抱了许久。克耐蒙看到泰阿格涅斯完全被悲伤淹没，沉浸在巨大的悲痛之中，害怕他会自杀，就偷偷地从泰阿格涅斯的剑鞘里抽出他的剑，让他一个人待着，然后跑出去重新点燃火把。

泰阿格涅斯悲痛欲绝，在洞穴里发出了巨大的悲鸣："啊，我的悲伤无法忍受！啊，诸神已经把灾祸从天上降在了我身上！什么样贪得无厌的愤怒使我们遭到如此的毁灭，不仅把我们赶出自己的家园，使我们在海上处于危险之中，又让我们遭受海盗的袭击。天神啊，你为什么要常常把我们交在强盗手中，夺去我们所有的财产呢？最终我只剩下一个安慰，现在连这点安慰也被夺走了。恰瑞克莉娅对我来说比一切都珍贵，可现在她也被敌人的手毁灭了。死亡无疑保护了她的贞操，也为我保存了贞操。是的，这个不幸的女人的死去，再没有人能从她的美貌中得到任何好处，而我自己也不能再享受到她的天仙般的容颜。啊，我亲爱的人呀，你若还有生命的气息，请向我作最后的告别，求你将你最后的命令赐给我。哎呀！你不发一语，你那属于天神的和先知的嘴唇，一直在寂静中沉寂。正如同浓重的黑暗覆盖了火炬的光芒，浓乱的阴影笼罩了众神的女祭司。你那美丽的迷住了所有人的眼睛永远闭上了，我确信谋杀你的凶手从未见过你的美丽，否则他们也舍不得杀死你。现在，我该怎么称呼你呢？叫未婚妻吗？可你从来没有和我订过婚。叫我的妻子吗？但你从来不知道这个词的意思。那么，我该用什么称呼你呢？我该怎么呼唤你呢？难道就用你最甜美的名字，一直叫你恰瑞克莉娅？

噢，恰瑞克莉娅，你也别过于悲观，因为你有我这样一个忠实的爱人，不久你就会再见到我，我要用我自己的死亡来庆祝你的葬礼，并献上我自己的血——这血曾经得到过你极度的珍视。这个洞穴将是我们临时的婚房，我们死后至少会在里面团聚——尽管在我们的有生之年，由于上帝不允许，团聚这一目标一直没有实现。”他边说着，边伸出手去拔自己的剑，但却发现剑鞘里面是空的。于是他叫喊着：“噢，克耐蒙啊，你毁了我，又一次委屈了恰瑞克莉娅。是你第二次剥夺了她和她最喜欢的人在一起的权利。”然而，就在此时，一个声音从山洞的最深处传来，喊着：“泰阿格涅斯!”他听到了，一点也不迟疑地回答：“我最亲爱的女人，我一定会来陪你的。我确信你的灵魂还在大地上飘荡，或者是因为你的灵魂不愿意离开你那被杀死的身体，或者因为你还没有被埋葬，所以你拒绝与下面的阴影为伴。”这时，克耐蒙也拿着火把返了回来。他们又听到同样的声音在叫着“泰阿格涅斯”。“天哪!”克耐蒙叫道，“我们听到的难道不是恰瑞克莉娅的声音吗？我相信她还活着。泰阿格涅斯，因为刚才在我耳边响起的声音是从山洞最深处传来的，我记得我就是在那儿离开她的。”“哦，克耐蒙，”泰阿格涅斯，“难道你还不想停止对我的欺骗吗？你说的是真的吗？”克耐蒙回答说：“真的没骗你。如果我骗了你，那是因为我自己也受了骗。现在还是让我们先看看这具尸体是不是恰瑞克莉娅吧。”说着，他把尸体翻了个身，让她脸朝上，然后仔细地看了她一眼，突然惊叫道：“哎呀，天哪，你们这些创造一切奇迹的神祇呀，怎么这么奇怪？这张脸怎么是忒斯蓓的呀!”说着他猛地往后一跳，然后一动不动地站在那里，吓得浑身颤抖，就像一尊目瞪口呆的雕像。

泰阿格涅斯现在又能够顺畅地呼吸了，他的希望复活了。但此时克耐蒙似乎快要晕倒了。泰阿格涅斯连忙喊叫着克耐蒙，并恳求克耐蒙赶快醒来好把他带到恰瑞克莉娅待的地方去。过了一会儿，克耐蒙才清醒过来。他又检查了一下尸体，发现这人确实是忒斯蓓。在她的尸体的伤口上插着一把匕首——这是蒂亚米斯在愤怒和匆忙中留下来的——从手柄上，克耐蒙认出来这是蒂亚米斯的匕首。他还在忒斯蓓的怀里发现了一块蜡板[①]，就把它拿了出来想要看看上面写了些什么。但是泰阿格涅斯不允许他这样做，并恳切地催促他说："让我们先找到亲爱的恰瑞克莉娅吧，谁知道现在是不是有什么神祇在嘲笑我们的拖延呢？等我们找到了恰瑞克莉娅后，再读那些文字也不迟。"克耐蒙答应了。于是，他们拿起了那封信和匕首，急忙地向恰瑞克莉娅喊叫的洞穴深处走去。

恰瑞克莉娅一看见他们，就手脚并用地连滚带爬地朝着火炬光亮的方向奔了过来。刚到泰阿格涅斯身边，她就用双臂紧紧地搂住了所爱的人的脖子，喊叫着："噢，泰阿格涅斯，我是真的把你抱在怀里吗？"泰阿格涅斯也不停地喊叫着："哎呀，我亲爱的恰瑞克莉娅，你真的还活着！"他们不停地重复着这两句话。最后，二人又一次猛地伸出双臂，像被绳子绑起来一样紧紧地拥抱在一起，突然地倒在地上，然后就一句话也不说了。他们毫无气息，仿佛已经不幸地同时死去了。大家都知道，过度的高兴常常带来极大的悲伤，无节制的快乐往往引出强烈的痛苦，这都是当事人放纵情绪造成的。在此刻，这两个恋人的情形就是如此，他们完全沉浸在超出他们所能承受的希望中，由喜而悲仿佛到了地狱的边缘。直到克耐蒙从洞里岩石的痕迹上，发现了一条小水流。他捧住双手，接了一些落下的水滴，并不停地拍水在他们的脸上，还用水湿润他们的鼻孔，才渐渐地使这两个人苏醒过来。

泰阿格涅斯和恰瑞克莉娅苏醒过来后，发现彼此正紧紧拥抱在

---

① 作为书写材质的蜡板由泥板演变而来，由希腊人发明（在荷马史诗《伊利亚特》中已有提及）。数百年后的罗马社会，蜡板书写日臻完善。经典的罗马蜡板由两块铰接板组成，其内侧为木质结构的蜡片，可用尖笔在蜡层上写字。当外层木板闭合后，刻写文字的蜡层便不会被磨损，且便于携带。

一起。一想到他们在克耐蒙面前的这样纵情失态，便羞得满脸通红——尤其是恰瑞克莉娅，更是感到窘迫。于是，二人恳求克耐蒙原谅他们的过分行为。克耐蒙温和地笑了笑，想使他们快乐起来，就说道：“不，在我看来，你们的行为是值得称赞的。每一个曾经在爱情的竞技场上被征服的人也都会认为你们的行为值得称赞，尤其是在不可避免的意外灾难中两个人相知相爱之后，更值得称赞。但另一件事情，泰阿格涅斯，我绝对不能赞同你。那就是我确实很羞愧地看见你拥抱着一个陌生的女人，而且还是一个和你毫无关系的女人在哭泣，也就是说，是在为一个奴隶的尸体而哭泣。尤其是当我向你明白地说你所追求的恋人安然无恙时，你还不相信我的话。”

“啊，克耐蒙，”泰阿格涅斯羞赧地回答说，“别再当着恰瑞克莉娅的面嘲笑我了。我确实在另一个女人身上哭过，但那时我以为她就是恰瑞克莉娅，我以为我是在为恰瑞克莉娅的死亡而流泪。但是，由于某位仁慈的神让我睁开了眼睛，最终还是让我知道我被迷惑了。但请想想你自己的勇气吧。一开始你也认错了人，还很同情我。但当你突然认出地上躺着的女人是谁时，你这个自诩勇敢的、手里握着出鞘的利剑的雅典战士，不是也吓得从一个女人——而且还是一个死去的女人——面前逃跑了吗？就像舞台上从魔鬼身边逃跑的演员一样。”听了这话，他们带着泪水，各自微微一笑，就像遭遇巨大不幸的人常常表现的那样相互调笑了对方一样。过了一会儿，恰瑞克莉娅用手轻轻地抚摸自己的脸颊，仿佛在沉思，然后说道：“我认为她是幸福的！不管她是谁，泰阿格涅斯曾经为她悲叹，甚至亲吻过她。我这样说，别以为我是在嫉妒。但克耐蒙，你要告诉我，那个幸福的女人是谁？或者说那位被泰阿格涅斯的眼泪所祭奠的女人是谁？我还希望泰阿格涅斯，你也能告诉我，为什么你竟会受到欺骗，还去亲吻她，对她做的就好像是你对我过去做的一样。”泰阿格涅斯回答说：“确实，说出她的名字，你会感到非常惊奇，因为克耐蒙刚才在这里告诉我，她就是狡猾的竖琴手忒斯蓓。就是她策划了针对德梅内塔和他的阴谋。”恰瑞克莉娅听了这话，大吃一惊，害怕地问克耐蒙：“但她怎么可能像中了魔法一样，从希腊中部地区跑到这么远的埃及边界来的呢？而此前我们来到这地方的时候，怎么没看见过她呢？”“详细的情况我也无法告诉你。”克耐蒙回答说，“我只知道，德梅内塔发现自己中了圈套，就跳进了矿坑里自杀了。我父亲把所发生的事情告诉了人们，人们知道真相后就立刻把他无罪释放了。在那之后，他竭尽全力为我不再被放逐而奔走，并准备外出去寻找我。与此同时，忒斯蓓则利用她的主人提供给她的职业上的便利，经常参加各种宴会活动，并在这些宴会上，她无耻地滥用自己的身体和情欲艺术去勾搭别人。有一天，她发现阿尔希诺的长笛演奏得稍微差一些，节奏有点松散，于是她便很快地拨动琴弦，唱出一首愉快的曲子。在快速的指法和甜美的竖琴歌唱中，她不知不觉地把一个高级妓女所具有的一切嫉妒和仇恨都利用起来了。最重要的是，她得了一个从瑙克拉提斯[1]来的名叫瑙希克勒斯的富商的宠爱，他接受了忒斯蓓的拥抱。尽管阿尔希诺以前是这个商人的情妇，但现在却被他无情地抛弃了。因为阿尔希诺在演唱和吹奏的时候，他看到了她的鼓胀的双颊和丑陋的脸庞。结果她越是用力吹，就越突显她那与脸最不相称的大鼻子，而她的眼睛似乎已经翻到她的头顶上去了。阿尔希诺发现自己的情人被忒斯蓓夺走，气得暴跳如雷，妒火中烧，立刻跑去找到德梅内塔的亲戚们，告诉他们忒斯蓓是如何设计陷害她的女主人的。并说，其中有几件事儿是她自己以前就曾经怀疑过的，其他的事情都是在她们俩亲密无间的时候，忒斯蓓亲口告诉她的。阿尔希诺的这一通话，使得德梅内塔的亲戚

① 古希腊人在埃及的尼罗河三角洲地区建立的殖民城市，也是当时重要的工商业中心，经济繁荣，在埃及与希腊的经济文化交流中起过很大作用。公元前 4 世纪末，该城随着亚历山大城的兴起和尼罗河改道而逐渐衰落。

们开始大闹起来。他们背叛了我的父亲，并用大笔金钱贿赂了最著名的演说家来指控他。德梅内塔的亲戚们断言她是在没有受到审判或定罪的情况下就被杀死的，而我父亲所说的德梅内塔的通奸只不过是他在为自己所犯下的谋杀罪寻找的一个开脱的借口而已，目的是要掩盖自己杀害无辜人的罪行。他们要求我父亲把那个通奸者交出来，不管他是死是活，至少要给他定个罪名。最后，他们还声称应该把忒斯蓓交给他们，这样她就可以被施以酷刑。我父亲答应了，但却没能提供出关于德梅内塔犯罪的证据。因为忒斯蓓甚至在这个指控还没有开始之前，就已经预见将会发生的事儿，提前就和那个商人一起逃走了。虽然此时百姓们不再认定我父亲是杀害他妻子的凶手——因为他把所发生的一切事都告诉了他们——但却咬定他是针对德梅内塔阴谋的同谋者，并把他从城里赶了出去，还以不公正的判决对他进行了放逐，并没收了他的全部财产。这就是我父亲第二次婚姻的结果，这也是为什么忒斯蓓这个最卑劣的女人要离开雅典的原因。现在，正如我们所看到的，忒斯蓓也为她的罪行付出了代价。这些都是我在埃伊纳岛时，从一个名叫安提克利斯的人那里听到的事实。我曾想和他一起坐船往埃及来，看看能不能在瑙克拉提斯这个地方再找到忒斯蓓。若找到了，就把她带回雅典，这样就可以消除人们对我父亲的怀疑和指责，同时可以报复这个女人对我们所有人的背叛。然而现在我却和你们在一起。以后你们将会知道我被掳去的原因和经过，包括在这期间我所遭受的祸患。但是这个女人是怎么来到这个洞穴的，又是被谁杀死的，我们可能需要某个神灵才能告诉我们真相。现在让我们来看看在她胸前发现的那块蜡板，这很可能会给我们提供更多的信息。”

克耐蒙的建议得到了大家的同意。于是他打开蜡板，读了如下文字：

献给我的主人克耐蒙，来自他的敌人和复仇者忒斯蓓。

首先，让我向你宣布德梅内塔去世的喜讯。确实，是我设计陷害了她并为你报仇的。如果你愿意见我，我将亲自告诉你她死的详情。其次，我被一个自称是酋长的强盗俘虏了，并且在这个岛上已经待了十天。他把我关起来，甚至不让我从门缝往外看，他说这样做是出于对我的友谊和为我安全的考虑，但我怀疑他是怕我被别的匪徒抢走。然而，凭神的保佑，昨天我却看见你——我的主人——你从我的门前走过，我认出了你。我的主啊，感谢上帝的仁慈！现在我想借着一个和我同住的老妇人的手，偷偷地让她把这封信转送给你。我曾把你指给她看，告诉她把这封信交给那个酋长的朋友、英俊的希腊人。克耐蒙，我求你拯救我脱离强盗的魔掌，带你的婢女走出苦海。如果你愿意，就请救我一命。你要知道，当初我伤害你的时候，实在是迫不得已才这样做的。但是，当我为你报仇的时候，我则是凭自己的冲动自愿行事的。不过，如果你对我的怨气太大，无法平息，那就随你的便吧。只要能死在你的怀里，我甚至现在就愿意去死。我认为，死在你的手中，按照希腊的习俗，我就获得了被埋葬的权利，这远比忍受比死亡更可怕的苟且偷生要好。换言之，一个野蛮人的爱比一个雅典人的恨更令我厌恶。

这就是忒斯蓓蜡板上的全部内容。看完后，克耐蒙说：“哦，忒斯蓓！你死得真是罪有应得。现在你倒成了自己不幸命运的使者，用你的死把这封信送到我们手中，并在这封信里讲述了你的故事。现在看来，似乎是某种复仇的愤怒，驱使你从一个国家到另一个国家，直到把你带到我——被你深深伤害的主人——面前。可以说，你从未停止过被正义鞭笞，尽管我身在埃及，还是做了你受惩罚的见证者。可是，这事儿也很蹊跷：在你还没有死的时候，你就写了这封信，难道这又是想用什么新的计策来对付我吗？现在，即使你已经死了，我也禁不住怀疑你的用意。所以，我非常担心德梅内塔的死亡也可能是虚构的，那些告诉我这个消息的人也可能欺骗了我。我怎么知道你是不是漂洋过海来到这埃及的舞台上，要上演一出类似于你在雅典曾经演出过的悲剧呢？”泰阿格涅斯立即打断他的话：“你这是在说些什么呀！克耐蒙，你不是一直那么勇敢和执着吗？难道现在你倒怕起鬼魂的阴影了吗？你知道，我与这出已经结束了的戏剧毫无关系，你总不能说她把我的视力也迷住了吧。相信我，这个忒斯蓓真的死了，你再也不用怕她了。但是究竟是谁向你行了这慈惠，是谁的手杀了她，而她是怎样来到这里的，什么时候来的，这却使我感到困惑和惊讶。”克耐蒙说：“我和你一样，对此也一无所知。假如我们从留在受害者忒斯蓓身上的那把匕首来推测的话，杀死她的必定是蒂亚米斯。因为这把匕首的把柄上用象牙雕刻着一只雄鹰，我能认出这就是他随身携带的武器。”泰阿格涅斯马上问他：“但你能否告诉我，他是什么时候杀死她的，怎么杀的，他为什么要犯下这种罪行？”克耐蒙说立刻喊了起来：“我怎么会知道呢？这个洞穴并没有赋予我占卜的天赋，而不像在德尔斐的阿波罗神殿或特洛芬尼乌斯洞穴那样，据说进入那些地方的人会被狂热激发出预言的灵感。”听到这些话，泰阿格涅斯和恰瑞克莉娅突然哭着喊了起来：“噢，皮托[①]！哦，德尔斐！”克耐蒙大吃一惊，他无法想象皮托或德尔斐和他们俩有什么关系。

这就是克耐蒙、泰阿格涅斯和恰瑞克莉娅当时在洞穴中的情景。当他们在洞里正忙着弄清真相的时候，那个先前专门给蒂亚米斯拿盾牌的兵器手赛穆西斯也来到了洞穴。这个家伙由于在水上的交战中受了伤，被迫逃离了战场。随后他设法游到岸上躲了起来。夜幕

① 皮托为德尔斐城的古名，一说得名于被阿波罗杀死的巨蟒。

降临后，他发现一条无主的树皮船在沼泽地里漂来漂去，便独自划着它沿着航道向那个燃烧的小岛去了。他之所以现在要去这个岛屿，是要去找他藏在小岛上的女人忒斯蓓——因为就在几天前，当那个瑙克拉提斯商人带着忒斯蓓穿过山脚下的一条狭窄通道时，他突然袭击了他们，不仅打跑了商人，还把忒斯蓓抢来藏在了自己的房间里——这场战斗开始时，在敌人逼近所造成的混乱中，他利用蒂亚米斯让他去寻找一个祭祀用的牺牲者的机会，便偷偷地把忒斯蓓放到这个洞穴里藏了起来，目的是自己要留住她，不让她在战斗开始后受到伤害。但是，当把她带进洞穴时，他由于匆忙和慌乱，加上时间紧迫，只是把她放在了洞口并让她待在那里。由于害怕，加之危险迫在眉睫，同时又不熟悉通向洞底深处的弯弯曲曲的通道，所以，忒斯蓓只好待在原地不动，被动地等待赛穆西斯回来。而正是在这里，强盗头目蒂亚米斯发现了她，并误认为她是恰瑞克莉娅而将她杀死了。赛穆西斯这时要匆匆赶到小岛上来，正是为了寻找她，要带她远走高飞——因为他以为自己已经逃过了战争的危险。所以，一到岛上，他就急忙向小屋走去，在那儿他发现小屋已经被烧成一堆灰烬。费了好大的劲他才从遍地灰烬的旁边石头上认出了洞穴入口，于是便点燃了剩下的几根芦苇照亮，急忙下到了洞穴里，一边下还一边用希腊语叫着忒斯蓓的名字。当他看到忒斯蓓躺在地上的尸体时，便呆呆地站在那里，久久说不出话来。最后，他听到了从洞穴深处传来的声响和一阵阵的喃喃低语——因为泰阿格涅斯和克耐蒙还在一起谈话——他立即断定这些人就是杀害忒斯蓓的凶手。但他此时的困惑也是巨大的，他不知道该怎么做：强盗天生的凶残和野蛮人因爱的欲望破灭而一时灌顶的愤怒，促使他想立刻就朝那些他认为是凶手的人猛扑过去；但是，另一方面，由于既无盔甲，也无其他武器，加之自己又受了伤，他又不得不克制自己的冲动——尽管这与他的意志有很大的抵触。因此，在他看来，最好是去见他们，先不要表现出任何敌对的意图。待以后，如果他能弄到武器，再把他们当作敌人进行攻击。想好了这一点后，他皱着眉头，弯着腰朝泰阿格涅斯等人走去，并向四周投去凶猛的目光——在他的目光中透露出了他灵魂中隐藏的暴力目的。当这个几乎全身赤裸，受了伤，脸上还蒙着带血的纱布的陌生人突然出现时，恰瑞克莉娅立即往后退到洞穴里面，部分原因是出于害怕，但是也有一部分原因是看到这个赤身裸体的陌生人的丑恶形象而产生的一种羞怯的感觉。克耐蒙认出了赛穆西斯，但对他的突然出现也感到惊讶，便悄悄地后退了一步。他很了解他的残暴，担心赛穆西斯会做一些野蛮绝望的事情来。但泰阿格涅斯看到他后，非但没有惊慌，反而勃然大怒，立即用剑指着他，做出只要这个人显出敌对的迹象就会马上刺向他的动作。随即大喊一声："站住！不然你会吃苦头的。如果说我宽恕了你，那是因为我认识你。但我还不能确定你来此处的目的是什么。"然而，赛穆西斯迫于需要，而不是出自他的自然本性，立即装成了一个哀求者，他俯伏在泰阿格涅斯脚前，请求他宽恕。与此同时，他呼唤克耐蒙快来帮助他，并唠叨地说他应该得到他的帮助，说他从来没有伤害过他，说他前一天还和他在一起战斗过，还说他现在仍然像对待朋友一样对待他们，等等。克耐蒙被他的哀求感动了。他走到仍然紧抱着泰阿格涅斯膝盖的赛穆西斯跟前，把他拉了起来，急切地问他蒂亚米斯在哪里。赛姆西斯把他所知道的关于蒂亚米斯的一切都告诉了他：蒂亚米斯是怎样向敌人发起进攻的，怎样不顾惜自己的生命，也不在意敌人的生命，全力投身到最激烈的战斗中；还说了他是怎样杀死了所有挡住他去路的人，以及他受到敌方首领命令的保护最终被活捉的情形。最后，他说："我也不知道现在蒂亚米斯的命运如何，因为我在战斗中也受了重伤。而现在之所以游到岛上来，是为了寻找忒斯蓓。"当他们问他为什么对忒斯蓓这样感兴趣，为什么要找她，以及他是怎样得到她的时候，他把事情的经过都告诉了他们：他是如何从埃及商人那里把她抢走的，他如何强烈地爱上了她并如何先把她藏在自己的房子里，而且在敌人逼近的时候，他又是如何带着她下到洞穴里的全部过程，还讲了他刚刚发现了忒斯蓓躺在地上的尸体，并说她不知道被什么人杀死了。最后，他还补充说，他非常迫切地想查明是谁犯了谋杀她的罪行，以及这人杀她的动机是什么。为了不让自己受到任何怀疑，克耐蒙急切地告诉他："蒂亚米斯就是凶手。"为了证明这一点，他给他看了在尸体上发现的那把匕首。赛穆西斯看到这把匕首的上面还沾着血迹，刀锋上一直保持着与新近被刺伤口的热度。当他认出了这就是蒂亚米斯随身佩戴的匕首后，发出一声低沉的叹息，他想不通这究竟是怎么回事儿。他在极度悲伤的麻木状态下来到了洞穴入口处忒斯蓓的尸体前，把头靠在她的胸前，持续不断地重复叨念着忒斯蓓的名字——起初他还能把她的名字完整地说出来，然后就只能慢慢地一个音节跟着一个音节地往外蹦，最后他竟睡着了。

泰阿格涅斯、恰瑞克莉娅和克耐蒙回想起所发生的一切，开始考虑他们怎样做才是最好的选择。然而，他们过去所经历的种种灾难，现在正遭受的痛苦和伤害，以及未来的不确定性，都模糊了他们的推理能力。他们几乎每时每刻都在对视，每个人都在等待着对方提出什么建议来。失望之余，他们把目光投向地面，又抬起头来，靠深深地叹气来减轻他们的悲痛。过了一会儿，克耐蒙疲倦地躺在了地上，泰阿格涅斯也挣扎地坐靠在一块岩石旁，恰瑞克莉娅则弯下身子靠在了他的胸前。这段时间里，他们与睡眠的侵袭展开顽强的斗争，都盼望能立即想出下一步的行动计划。但是最后，他们都被疲劳和精力衰竭所征服——尽管这违背了他们自己的意愿——总之不管是由于极度悲伤也好，还是听从了大自然的召唤也好，三人很快进入了一场令人重新振奋精神的梦乡——因为灵魂的理智部分有时不得不屈服于肉体的疲劳。

就在他们刚刚合上眼睛进入梦乡不久，躺在泰阿格涅斯的怀里的恰瑞克莉娅做了一个梦：一个头发乱蓬蓬的男人，带着一副凶狠阴沉的样子和一双血淋淋的手，似乎用一把剑把她的右眼刺了出来。她在梦中立刻叫了起来，说她的眼睛被挖出来了，并向泰阿格涅斯求救。听到她的呼唤，他立刻抱紧了她，并为她所受的伤害哭了起来，仿佛在他睡着的时候，也有了一种和她同样的感觉。处在朦胧中的恰瑞克莉娅把手举到脸上，去寻找她在梦境中失去的那只眼睛。随后，她突然明白过来了，这原来只是一场梦，于是便叫了起来："原来我是在做梦，我的眼睛是安全的。别担心了，泰阿格涅斯。"听到这些话，他松了一口气："你的眼睛像太阳一样闪闪发光，并没有受到伤害，这是件好事。可是，告诉我究竟发生了什么事儿，是什么让你突然感到如此的惊惶失措？"恰瑞克莉娅说："当我靠着你睡着的时候，一个凶狠野蛮的人，甚至不惧怕你那不可战胜的力量，用剑攻击了我，而且，还挖出了我的右眼。我向上帝祈祷，但愿这是真的，而不仅仅是个梦。""上帝不会容许这样的事情发生！"泰阿格涅斯对她说道，"你为什么这么希望呢？"恰瑞克莉娅说："与其让我为你担心，还不如让我失去一只眼睛。我很害怕这个梦与你有关——我是把你当作我的眼睛，我的生命，我的一切。"这时，克耐蒙突然打断他们的对话："别这么说！"——他早就被恰瑞克莉娅的哭喊声惊醒了，并听到了他俩所说的一切——"我可以给你的梦做另一种解释，请你告诉我，你父母还活着吗？""是的，都还活着。"她回答道，"如果他们真的是我的父母的话……"克耐蒙随即打断她的话，说道："那就相信你父亲不会活多久了。我推测的理由如下：父母是我们生命的缔造者，我们能见到天日的光，全因他们的赐予。因此，若把父亲和母亲看作是我们的两只眼睛——作为一种能够让我们感受光的窗口，以及我们辨别可见事物的器官——这种比喻在我看来是很自然的。”恰瑞克莉娅说：“你宣布了一件很不幸的事。一方面我愿你的这种解释比前一种解释更能证明是真的，但我更愿意你的预言被验证是错的，以证明我现在见到的你是一个假的先知。”“毫无疑问，这些事情一定会发生的。”克耐蒙说，“到那时你就可以知道我的预言是正确的。但我认为我们现在真的在做梦，尤其是当这个埃及人——指的是赛穆西斯——离开我们去哀悼他死去的情妇时，我们却没有充分利用这个机会去好好想一想下一步该怎么办。”

泰阿格涅斯把他拉起来，并对他说：“啊，克耐蒙！既然某一位神祇把你和我们结合在一起，使你成为我们一切不幸中的一个伴侣，加上你熟悉这个国家周围的环境，了解这个国家的语言，你还是先给我们出个主意吧。此外，我们也不懂得哪些是必须要去做的，因为我们已经被淹没在了更大的麻烦之海中。”沉默了一会儿，克耐蒙说：“我不知道咱们之间谁的痛苦最大，但我相信老天爷把足够的灾难加在我的背上了。不过，既然我年纪比你们稍大些，你们希望我先出个主意，以便让我有机会在目前的情况下变得更加坚强，那我就照你说的去做。我的想法是，如你们所见，这个小岛是荒芜的，我们是岛上唯一的居民。它虽然储存着丰富的金、银和其他物品，当然也有蒂亚米斯从你和许多别人那里夺来的宝物，但是，至于谷物和其他可以维持我们生命的东西，却一点儿都没有。我们若在这里多住些日子，必然会遭到危险，或者因为没有食物而被饿死，或者被返回来的敌人杀死，还有可能就是那些我们自己熟悉的强盗同伴们，他们不可能不知道珍宝存在的下落，如果他们为了宝藏聚集起来返回岛上，也是我们的威胁。要知道，我们的同伴也是强盗，他们回来，我们根本无法逃脱死亡命运。即使他们对我们更宽容一些，我们也会受到侮辱和遭遇暴行。这些人根本不值得信任，尤其是在当前没有首领可以约束和制止他们暴力行为的时候。因此，我们必须尽快离开这个小岛，要像躲避监狱或罗网一样躲开它。但在离开这个岛之前，我们还须先摆脱赛穆西斯。这样吧，我们就借口派他出去打听和寻找蒂亚米斯，让他先离开我们。如果没有他，我们几个单独在一起，就会更安全，也能更从容地考虑问题，还能更容易地执行我们所做的决定。再说，不管怎样，最好还是把这个人撵走，因为他生性好斗和野蛮，反复无常。尤其是现在，他还在怀疑我们是杀害忒斯蓓的凶手，一直企图谋害我们。如果遇到合适的机会的话，他是不会不动手的。”

大家都同意了克耐蒙的建议后，决定按照他的想法去做。看到天已经亮了，他们就急忙跑到洞口处，叫醒了正在熟睡中的赛穆西斯，并把他们的计划告诉了他——但是只告诉了他需要知道的一些事情——因为他生性轻信别人，所以很容易就相信他们所说的话。然后，他们挖了一个坑，把忒斯蓓的尸身放在这个小坑里，用泥土把它埋上，并在被烧毁的小屋废墟的地面上，在他们力所能及的范围内和在时间允许的情况下，用泪水代替酒浆浇洒了坟墓，为她举行了最后的仪式。做完这些之后，他们就派遣赛穆西斯去执行他已经同意的任务去了。但他只走了几步，就转过身来宣布，除非克耐蒙同意陪他一起去，否则他不会独自一人冒着巨大的危险去寻找蒂亚米斯。泰阿格涅斯看到克耐蒙害怕了——因为当埃及人赛穆西斯的请求被解释给他听时，他显然非常惊慌和恐惧——便用希腊语说道：“你怎么了，克耐蒙！你谋略如此高明，但执行起来却如此软弱！这一点，我似乎以前就感觉到了，你现在的行为恰恰证实了我以前对你的看法。来吧，鼓起你的勇气，振作起精神来。你得先答应他，同意陪他去，免得他怀疑我们要存心逃跑。再说你全副武装，手持利剑，对一个手无寸铁的人有什么可害怕的？还有，在路上，当你一遇到有利的机会，就可以偷偷地离开他，然后到我们商定的某个富裕的居民友好村镇跟我们会合。”克耐蒙同意了这个建议，并提到了一个名叫凯米斯的小镇，说它就坐落在距离此湖 11 英里左右的尼罗河岸边的一座小山上。小镇繁荣昌盛，人口众多，此外还建筑了能够抵御强盗袭扰的城墙。于是大家都同意分头去凯米斯小镇，并在那里会合。“这将是一段艰难的路程，”泰阿格涅斯回答说，“至少对不习惯长途旅行的恰瑞克莉娅来说是这样。不过，我们还是要坚定不移地往凯米斯去，我们俩就假扮成乞丐或杂耍人前往——因为这小镇中有些人就是做乞丐的和耍杂耍的，主要靠公众给他们的施舍过生活。”“哈哈哈，太好了，赫拉克勒斯保佑！”克耐蒙说，“你们的脸看起来真恐怖，尤其是恰瑞克莉娅，她皱起眉来就像刚刚被人挖掉了一只眼睛一样。但照我说，你们身上的气质，根本就不像是去要剩饭的乞丐，倒像是要等人送上刀叉盘鼎的客人。”① 听了这些话，泰阿格涅斯微微一笑，但却是一种勉强的微笑，笑意都没有超出嘴角。最后，他们彼此发出了誓言，确认了他们的协议，并请众神作证：他们永远不会抛弃彼此。于是就开始去实施他们的计划了。

清晨，克耐蒙和赛穆西斯一起出发了。他们穿过湖泊，来到一片茂密的树林，那里的路很难走。克耐蒙假装自己不认识路，就恭维赛穆西斯更熟悉这里的环境，所以最好请他当向导。在克耐蒙的建议下，赛穆西斯走在前面，实际上，克耐蒙这样建议是在考虑自己的安全，怕赛穆西斯在背后攻击他，并伺机寻找逃跑的机会。他们往前走的时候，偶然遇见一群羊，羊的主人看见他们俩人的可怕打扮，就逃到树林的深处藏了起来。他们抓住一只最肥的公羊，割断它的喉咙，在牧羊人点的火上烤着羊肉。他俩饿得要命，不等羊肉烤熟了，就狼吞虎咽地吃起来。他们像狼和豺狗一样，撕下大块

① 克耐蒙在这里反用《奥德赛》第 17 卷第 222 行中的典故，直言泰阿格涅斯和恰瑞克莉娅的装扮不像乞丐。而在荷马史诗中，奥德修斯所扮成的那个时乖运蹇的老乞丐不仅骗过了所有的求婚者，还差点骗过了自己的妻子与家仆。

的还没有熟透的肉就吞了下去——根本来不及咀嚼，半生不熟的肉上的血不断地顺着他们的嘴角流了下来。为了解渴他俩还喝了许多羊奶。吃饱喝足后，二人继续赶路。到了晚上，他们爬上了一座小山。赛穆西斯告诉克耐蒙说，山脚下有一个村庄，如果蒂亚米斯没有被杀死的话，很可能就被关在那里。这时，克耐蒙开始假装肚子疼，说他吃得太多了，那些半生不熟的肉和羊奶使他产生强烈的腹泻。他恳求赛穆西斯在前面先走，说他一会儿就赶上来。就这样，克耐蒙反复做了两三次，赛穆西斯并没发现什么破绽。他也相信了一个不断泻肚子的克耐蒙要赶上他，确实有很大的困难。当最后一次克耐蒙让这个埃及人走在前面，自己落在他后面很远之后，又等了相当长的时间，便一头扎进森林最茂密的地方，并以最快的速度向山下跑去。赛穆西斯到达山顶后，坐在一块岩石上，等待夜幕降临。因为他们俩已经约定好，要等到天快黑的时候，才进村去打听蒂亚米斯的事情。与此同时，他环顾四周，想看看克耐蒙是否已经赶上来了——因为他一直对克耐蒙怀有恶意，仍然怀疑是他杀死了忒斯蓓——所以他想现在找个机会以同样的方式对待他。后来，他越想越气，甚至也想到一定要杀死泰阿格涅斯。然而，等了好久，克耐蒙并没有出现。这时，夜已深了，等得无聊的赛穆西斯睡着了——对他来说，这是致命的最后一觉，因为一条埃及毒蛇[①]——毫无疑问是受命运的指引——咬了他一口，结束了他的生命。

克耐蒙自从离开了赛穆西斯的那一刻起，就一直在山林里憋足一口气快速地奔跑着，直到浓重的夜色和无边的黑暗才迫使他停下脚步，并在令人恐惧的黑夜中力图把自己藏了起来。他尽可能地收集许多树叶，用它们盖住自己，好不让赛穆西斯发现。但就是这样，

---

① 古代埃及人将各种蛇统称为“赛穆西斯”（*thermouthis*）。他们还相信，只有恶人会被蛇咬死。由此可见，赛穆西斯被毒蛇咬死可谓是“适得其所”。

他这一夜也几乎都没睡着，因为他也是人类恐惧的牺牲品。只要周边有一点儿响动，哪怕是有一阵风吹过，甚至树叶沙沙作响，他都觉得好像是赛穆西斯来了。虽然有时疲惫能使他昏昏沉沉地眯上一会儿，但在迷迷糊糊的睡梦中，他也好像正在逃跑，并每时每刻都在回头张望，似乎有一个根本看不见的敌人在追赶他。尽管他想睡觉，但又抗拒睡意的到来，为的是逃避比现实更可怕的梦境。最后，他似乎生气起来，认为这一夜比其他的夜晚都漫长。终于，令他大为高兴的是，天亮了。起初他为了不让碰见的人麻烦他，或者引起他们的怀疑，于是就把自己的头发用随身携带的刀子割掉了很多，至少让自己看起来不再像个强盗——当时的强盗，有一个共同的喜好，除了具备让自己看起来可怕的打扮外，还常常把头发顺着眉毛梳下来，并让它搭到肩膀上。因为这些人清楚地知道，一头飘逸的头发会给所爱的人增添优雅，但也会让做强盗的人看起来更可怕。

当他按照一般人的样式弄完头发，使他看起来更整洁，不再容易被人们看成一个强盗后，便急忙向凯米斯小镇走去，那是他和泰阿格涅斯约定好的见面地点。当他到达尼罗河畔，正准备过河到凯米斯时，他看到一个老人正在河岸上匆忙地来来回回地走来走去，好像在与河水交流。他的头发像祭司一样长，像雪一样白，那又长又厚的胡子给了他一种可敬的气质。他的外袍和身上穿的其他衣服，类似于希腊人的服装。克耐蒙停下脚步，站了一会儿，这期间老人不停地在他面前来回踱步，好像根本没有注意到这里有人似的。可以说，他全神贯注于自己的思绪里，处在沉思状态中。随后，克耐蒙来到他的面前，与他打招呼：“祝您一切如意！先生。”老人回答说：“这是不可能的，我再也没有如意的事儿了。因为命运已定。”克耐蒙惊讶地问：“你是希腊人还是外乡人？你的祖国在哪里？”老人说：“我不是希腊人，也不是外国人。我是埃及人，就是这个国家的本地人。”“那么，你为什么要穿这件希腊服装呢?”老人答道：“是我的悲惨境遇给我穿上了这件华丽的衣服。”克耐蒙无法理解，不幸的境遇怎么能让一个人的着装如此整洁，因此，他很想听听老人的故事。结果，老人引用诗人荷马的诗句说道：“‘你从特洛伊将我带走，挑起了一大堆的麻烦和没完没了的事情。目前一群恶魔正在搅扰着特洛伊的安宁，它们会以无休止的嗡嗡声来攻击你们。’年轻人，你这是从哪里来，要到哪里去?你在埃及怎么会说希腊语呢?”“老人家，你的要求很不合理呀。”克耐蒙接着说道，“关于你自己，还什么都没有告诉我，那可是我先问的你，但现在你却想先知道我的事儿了。”“那好吧，”老人说，“我不拒绝。因为在我看来，你是一个希腊人——尽管命运的反复无常使你改变了外表。此外，既然你这么渴望了解我的历史，而我自己也非常想去对人讲述它。如果我没有遇见你，也许我应该像传说中的弥达斯①那样，把它告诉这些芦苇。但现在还是让我们离开尼罗河的堤岸吧，因为一个被正午太阳烤焦的地方是不适合听长篇大论的。除非你有更重要的事要办，否则还是让我们先到对面的那个小镇去。在那里，我可以接待你们，但不是在我自己家里，而是在一位接待过我的可敬的人的家里。如果你愿意，可以在那儿听到我的不幸遭遇。作为回报，你也要把你的遭遇告诉我。”“那好，我们走吧。”克耐蒙说，“事实上，我自己也要到这个镇上去等几个朋友，因为我和他们在那里有个约会。”

他们迅速上了停泊在岸边的众多船只中的一艘，付了船资。小船载他们过了河，然后向镇子走去。当他们到达老人避难中临时所住的房子时，房子的主人并没在家。但是房主的女儿，一个高挑的，

① 在希腊神话中，弗里吉亚国王弥达斯受邀担任阿波罗与牧神潘音乐竞赛的仲裁者。因裁定潘神获胜，弥达斯受到阿波罗的责罚，长出一对驴耳朵。获知内情的理发师将国王的秘密吐露到地洞中掩埋起来。不料，地洞中长出了芦苇，每当有风拂过，芦苇就会将国王的秘密传播到四面八方。

发育良好的女孩和家里的仆人们，给了他们热情的欢迎。这些人对待老人就像他是自己的父亲一样——我想，很可能这是他们的主人命令他们这样做的。一个仆人为他洗了脚，掸去了覆盖在老人腿上的灰尘；另一个用柔软的被单为老人铺床；还有一个仆人拿来了水，生着了火，并把饼和当季的水果都摆在桌子上。克耐蒙对这一切感到十分惊讶，便惊叹地叫道："在我看来，老人家，我们似乎已经进入了'好客之神'宙斯的居所，他们对我们的重视是如此的毫不迟疑，他们对我们的款待也是如此的友善。"老人回答说："这不是宙斯的居所，而是一个敬奉'好客之神'和'乐施之神'宙斯的好人家，也可以说是一个悲苦人保护者的家。我的孩子呀，这家的主人虽然是一个商人，但却过着漫游的生活，他用自己的眼睛观察了许多城市，了解了许多人的礼仪和思想。这无疑就是为什么他会在家里接待那么多像我这样不幸的人的原因。你要知道，就在几天前，我也是一个无家可归的流浪汉。"克耐蒙问道："那么，你怎么会流浪呢？"老人回答说："一伙强盗抢走了我的孩子。尽管我知道那些掳掠他们的人是谁，但却不能惩治他们。所以我只能在这个地方游荡，以我的愁苦来倾泻我的不幸。这就像一只鸟儿一样，当一条大蛇攻击它的巢穴，并在它眼前吞食它的孩子时，鸟儿的父母害怕接近，但它们又不能轻易抛下自己的幼雏逃开。在它们身上，爱与恐惧两种感情彼此交替斗争。所以，它们只能围绕着自己的巢穴周围发出悲哀的叫声，只能把它母性的哀鸣和无用的恳求，都倾注到那些对所有的怜悯之情都充耳不闻的耳朵里。"①"那么，告诉我，"克耐蒙说，"你是怎样以及什么时候不得不去经历这种痛苦和挣扎的。""我过会儿再说吧。我想，此刻我们必须要去照顾好我们的胃。荷马把肚子叫作'破坏性的'，因为造物主把胃放在一切事物的前面，与它相比，其他一切都显得微不足道。但在吃饭之前，

① 这里化用了荷马史诗《伊利亚特》（2. 310-318）中大蛇吃幼鸟的描写。

还是按照埃及圣贤的习俗，让我们向不朽的神先献上祭品。没有什么能让我忽视这一礼仪，即使再大的不幸也不能使我忘记我欠诸神的恩情。”

当老人这么说的时候，他从一个瓶子里倒出一些洁净的水——这是他唯一喝的饮料——在杯子里，然后大声说道：“我把这饮品献祭给本地的和希腊的诸神，啊，尤其是德尔斐神殿的阿波罗。还有你们——泰阿格涅斯和恰瑞克莉娅，我的善良贤惠的孩子们，我认为你们也应该被算在诸神之中。”在说这些话时，他又流泪了，这好像是又一次的祭奠。克耐蒙听到泰阿格涅斯和恰瑞克莉娅这两个名字，大吃一惊，从头到脚打量着老人。“你说什么？”他叫道，“泰阿格涅斯和恰瑞克莉娅是你的孩子？”“哦，陌生人，他们是我的孩子，虽然不是他们的母亲给我的，但命运和诸神的旨意则使他们成为我真正的孩子。他们是从我灵魂的劳苦中分娩的，我对他们的爱已经取代了生育之情。感谢这种爱的感情，他们也把我当作自己的父亲，并叫我爸爸。但是，快告诉我，你是怎么认识他们的？”“我不仅认识他们，”克耐蒙回答说，“我还要告诉你一个好消息，他俩都还活着。”“啊，感谢阿波罗，还有所有其他的神！”这个老人大声喊道，“他们在哪儿？说出来，我就把你看作是和诸神一样的我的保护者。”克耐蒙问道：“那我的报酬是什么呢？”老人立即回答：“就当下而言，是我的感激之情，在一个睿智人的眼中，这是全部奖赏中最好的报偿。我知道有许多人把这当作宝贝放在心里。以后，当我们回到我的家乡时——像神所预言的那样，这不会太久——那时你可以从我的仓库里取出你想要的任何财富。”然而，克耐蒙却说：“你说的这些都是含糊的和不确定的承诺。其实你现在就有能力当场奖赏我。”“说吧，如果你看中我现在就能给你的任何东西，我马上就拿给你。甚至我愿意牺牲我的一条腿。”克耐蒙说道：“你根本没必要做出这么大的牺牲。如果你告诉我，他们是从哪里来的，他们的父母都是谁，他们又是怎么到这儿来的，他们曾经有过什么样的遭遇和命运，那我就认为我已经得到了你完全的报答。”老人说道：“即使你要求得到宇宙的全部财富，你也会再额外得到这一份无与伦比的奖赏。但是，首先，还是让我们先吃点东西吧。因为你要听的故事很长，我会有许多话要说给你听。”

随后，他们吃了一些坚果、无花果、新鲜的枣子以及其他一些水果。这就是老人的日常食物，因为他从来没有剥夺过动物的生命来养活自己。即使喝东西，他也是喝水。在这个饭桌上，他仍然喝着水，而克耐蒙则喝的是酒。饭后，只过了一小会儿，克耐蒙就说：“老人家，你知道酒神狄奥尼索斯喜欢听快乐的故事和欢乐的歌曲。因为他今天受到了我的款待，所以他在我心里面激起了一种想听你说话的欲望，并敦促我马上要得到你所应许的奖赏。现在是时候了，就像俗话说的那样，该把你的作品搬上舞台了。”“那就接着听吧，”老人说，“但愿老天让那个精力充沛的瑙希克勒斯也在这儿，因为他常常恳求我把这个故事讲给他听，可我不愿提及这些痛苦的往事，总是找这样或那样的借口往后推”。

“现在他在什么地方呢?”一听到老人提到瑙希克勒斯这个名字，克耐蒙就问。“他正走在去打猎的路上。”老人回答说。克耐蒙又问：“他所进行的是一场什么类型的狩猎?”“去抓野兽。这些野兽是世界上最野蛮的动物——他们虽然被称为男人和牧羊人，但实际上，他们都是职业强盗，是最难抓的野兽。因为他们住在沼泽里，而不是住在洞穴中。”克耐蒙又问道：“这些强盗对他做出了什么样的伤害?”老人回答道：“他们从他那里抢走了一个他所爱的名叫忒斯蓓的雅典姑娘。”“哎呀，天哪!”克耐蒙不由自主地喊了出来，然后好像意识到了什么，立刻停了下来。老人问他怎么了，为了不让老人起疑心，克耐蒙扭转话题说：“我感到惊奇的是瑙斯克拉斯怎么有那么大的胆量，敢独自一人向强盗们发动攻击。”老人回答说：“伟大的波斯王刚刚任命奥罗德伦达为埃及的总督[1]，根据他的命令，看守长米特拉内斯上尉被任命为本城的总管。于是，瑙希克勒斯就花了一大笔钱聘请米特拉内斯带领步兵和骑兵去征讨这些强盗。瑙希克勒斯宁愿承担一切费用寻找这个女人，因为他对失去这个希腊女人感到特别生气，不仅因为他真的喜爱她的美丽，而且她也是一个技艺高超的音乐家，因此他要带她去见埃塞俄比亚国王。根据希腊人的流行习惯，可以让她成为王后宴饮娱乐活动的陪伴者和闲聊者。他原指望从她身上获得可观的利益，现在却是空忙一场，失望透顶，于是就要想尽办法把她弄回来。我也鼓励他去做这件事，之所以这样，我想他也许能在什么地方遇见我的孩子们，能把他们解救出来并还给我。”克耐蒙打断了他，说道：“牧人、总督和国王已经说得够多了，你几乎转移了我的注意力，让我去想别的事情。你说的这些只是一个顺便提一下的故事，与酒神狄奥尼索斯无关，正如谚语所说的那样。现在你就把你答应过的故事再谈回来吧。你就像法罗斯岛善变的普罗透斯[2]。不同之处在于，你不是把自己变成虚假的、转瞬即逝的样子，而是试图让我从故事的主题中偏离。”

“那么，好吧，你听我往下说。”老人继续说道，“不过，我先要快速简洁地向你介绍一下我自己，这样做并不像你想象的那样，是为了把灰尘撒到你的眼睛里，而是为了让你对后来发生的事情有一个连贯的、安排得很好的叙述做准备。我出生在埃及的孟斐斯。我父亲的名字，就像我自己的名字一样，也叫卡拉西里斯。虽然我现在过着流浪的生活，但不久前我还担任着孟斐斯城伊希斯神殿大祭司的职务。我按照当地的风俗曾娶过一个妻子。但根据自然定律，她死了，我失去了她。当她从现实生活的桎梏中解脱出来并进入另

---

① 公元前 525 年，波斯王冈比西斯征服埃及，埃及成为波斯帝国的一个行省，受国王派出的总督管辖。

② 希腊神话中一位能够随心所欲变形的海神。

一个世界后，我暂时摆脱了不幸的打击，高兴地和两个儿子生活在了一起。但是，几年后，天运的毁灭性进程打乱了我的命运轨迹，'萨图恩之眼'① 击中了我的房子，使我的命运变得更糟。虽然智慧使我提前感到了这些弊病的出现，却没有给我指明摆脱它们的方法。因为一个人可以预见命运不变的法令，但试图避免它们是没有用的。然而，预知是一种优势，至少相对而言是这样的，因为它削弱了灾难的尖锐边缘。克耐蒙，我的孩子啊，一桩意外的不幸是难以忍受的，但对那些我们预先知道的不幸则可以更容易忍受些。一般而言，这个过程要经过两个阶段：在第一阶段，头脑被恐惧占据，导致情绪低落。在第二阶段，头脑中的反思也可以使它变得逐渐熟悉起来。这样的情况就发生在我身上。

"我的遭遇是这样的。一个来自色雷斯的名叫洛多佩丝的女人——一个正当韶华，美貌仅次于恰瑞克莉娅的漂亮女子——来到了我们的城市。我不知道她是从哪里来的，也不知道她的情人遭遇了怎样的不幸。总之是在埃及各处游荡之后，最终她定居在了孟斐斯。她拥有众多的房舍，都布置和装饰得富丽堂皇，还有一大群女仆和下人伺候她。她完全懂得阿芙洛狄忒的种种诱惑和放荡的行为，从来没有一个交际花比她更懂得如何用她那不可抗拒的魅力吸引男人。因此，凡是看到她的人都不可能不被她彻底地迷住，从她的眼睛里流露出来的淫荡的魅力，有一种不可抗拒的力量。她不时地去伊希斯的神殿——我是那里的大祭司——向女神供奉奢华的牺牲和祭品。最后——这让我脸红，但我也必须得说实话——她的频繁出现使我对她产生了难以克制的欲望，她战胜了我一生刻苦学习所具备的自制。在长久抗拒她的肉体和心灵的诱惑之后，我终于屈服了，

① 宙斯之父克洛诺斯在古罗马神话传统中被称为萨图恩（Saturn），在天体学中用于指称太阳系中的"土星"。"萨图恩之眼"虽然听起来颇富诗意，但占星学家们普遍认为，它会给人带来厄运。

被爱欲的重担压垮了。虽说如此，但我从这个女人身上看到了诸神为我所预备的不幸的开端，也预见了我命中注定的悲剧命运。我明白她就是那个邪恶精灵的面具，可我当时就是被控制在她的力量之下不能自拔了。但我又清醒地知道，我从小就肩负着神圣的职责，我害怕玷污了这一职责，下决心不去亵渎神殿和众神的圣所，所以我决定离家出走。我要让理智作为我的审判者，并对我所犯的错误来进行自我惩罚——不是在行为上（但愿不是!），而是在欲望上——我强迫自己接受流放的漂泊。虽然这样我很不快乐，但我仍然毅然地离开了我的家乡。我要屈服于命运那不可抗拒的力量，把自己交给它，让它任意处置我。我也要逃离那该死的洛多佩丝，因为我害怕在我眼前那颗邪恶的'明星'的影响下，我可能会被拖入更可耻的行为中去。除此之外，最终让我下定决心逃走的还有另一件事：我占卜的卦象曾多次向我预言，我的儿子们注定要拔剑相向。我真想把我的眼睛从这可怕的景象中移开，因为在这可怕的景象面前，连太阳也要用乌云把自己遮住，不去看这残忍的情景。我也不想作为一个父亲去亲眼看见自己的孩子们相互杀害。为了躲避这一天的到来，我便设计要把自己从我的国家，从我父亲的房子里放逐出去。但我并没有把自己的设计告诉任何人。于是某一天，我假装告诉大家我要前往埃及的底比斯去看望我的大儿子——因为他正在那里探望他的祖父——于是我就离开了家门。噢，陌生人，我大儿子的名字叫蒂亚米斯。"

克耐蒙又吃了一惊，仿佛他也突然想起了强盗头子蒂亚米斯的名字。但他克制住自己，保持着沉默，以便继续听下去。卡拉西里斯接着说："在我去底比斯路上的这段时间没有发生什么事情，我想也就不必和你多说了。但在途中，我听说在希腊有一座城市，名叫德尔斐，是阿波罗的圣地，也是所有其他神的圣地，对智者来说，它是远离喧嚣的隐居之所。于是，我便向那里走去。因为在我看来，这也是一个完全献身于宗教和祭祀的城市，是最适合祭司避难的地方。我穿过了克里萨湾，在基尔哈亚下了船后，便急忙往城里去。当我走近它的时候，就似乎有一种神圣的声音在我耳边回响。可以说，这座城市在各方面都给我留下了深刻的印象，尤其是从它的自然环境来看，这就是一个不平凡的地方：帕纳索斯山高高耸立在城市的背后，就像一座自然形成的要塞，也像一座天然的城堡；山的两边分别有两条山岭蔓延出去，把山脚下面的城市围起来，就像把它抱在怀中一样。”“你的描述非常准确，”克耐蒙说，“它似乎是由一个真正受到德尔斐的阿波罗神影响的人建造的。这与我父亲跟我所说的是一致的，当时他曾经作为雅典公民的代表被派到此处参加德尔斐近邻同盟会议①。”“这么说你是雅典人了，我的孩子？”“是的。”“你叫什么名字？”“克耐蒙。”“你都经历过什么事情？”克耐蒙回答说：“以后你会听到的。现在，还是请你继续讲吧。”老人说：“那好吧。我进了城，欣赏了赛马场、市场和喷泉——尤其是卡斯塔里亚圣泉，我在那里也和其他的人一样往自己身上洒了水——之后，便加快脚步向圣殿走去。圣殿里有一个声音宣布，此时正是女祭司与神沟通的时刻，她将会回答人们提出的问题。这使我非常兴奋。我进了神殿，匍匐在地，默默祷告，于是，女祭司皮提娅向我传达的神谕如次：

为了逃避必然命运的指令，
你承担了这一切的劳苦，
离开了肥沃的尼罗河海岸。
因此要有善心，我将使
埃及的平原和黑黝黝的犁沟都归你，
到那时，我的朋友，你会回来的。

① “德尔斐近邻同盟”为阿波罗神庙的监管机构和监督四年一度举办的皮提娅赛会。

“我一听见这神谕，就立即俯伏在祭坛前，祈求神在凡事上赐福予我。所有的旁观者都赞美阿波罗，因为在我第一次参观圣殿时他就赐予了我神谕。他们不但祝贺我，而且对我特别尊敬，说我是除了斯巴达的来库古①之外唯一被神称呼为朋友的人。在我的请求下，他们允许我住进圣殿的区域，并且安排我由公费供养。简而言之，我的处境没有什么令人不满意的。在这里，我经常参加各种神圣的仪式，每天都研究由当地人和外乡人虔诚地供奉给神祇的各种各样的祭品，我还参加了哲学家们的谈话，这些人每天都成群结队地涌向在德尔斐的阿波罗神殿。其实这座城市也是缪斯女神的圣地，因为缪斯认为太阳神是她们的头儿，她们的天赋都是在这个神的启示下出现的。

“刚住在这里的时候，我经常被问到许多不同的问题：例如有人就问我，在埃及人们怎样敬拜自己的神。还有个人问为什么在埃及某些动物受到崇拜，并想知道不同的地方对每一种动物的崇拜情况。其他人也向我提出过有关金字塔和国王地下墓穴的建造问题。总之，埃及的古物和风俗等没有一件被遗忘。因为对希腊人来说，与埃及国家有关的一切都有一种特殊的魅力。最后，他们当中最有学问的一个人问起我有关尼罗河的情况，包括它的源头，它与其他河流的不同之处以及为什么它是夏天唯一泛滥的河流等。我告诉了他我所知道的一切。当然，这些知识都是我从圣书中收集来的，而这些书籍又只有祭司才可以查阅。我和他说，尼罗河发源于埃塞俄比亚的高耸的山区，即靠近利比亚东南端的最遥远的边界。换言之，从气候学上说，是在非洲东部气流的尽头和南面气流的开始处。它在夏天泛滥的原因，并不像人们所说的那样，是由于地中海的风向南吹，把尼罗河的河水吹得倒流了的结果。相反，这些来自地中海的季风

① 传说中的斯巴达立法者。据信，他遵照阿波罗神谕的指引，设计出一套全新而独特的斯巴达社会制度。

在夏至的时候，把它们前面的云从北吹到南，直吹到埃及的热带地区，而这些地区的高温则把大量的云阻挡住了，冷热交替，导致以前积聚在云中的所有水蒸气逐渐凝结，分解成水，并形成倾盆大雨。于是，尼罗河水涨了起来，它轻蔑地漫过河的两岸。此时的尼罗河已经不再是一条河，而是一片大海，它漫过整个埃及，滋养着它流经的平原并使其变得非常肥沃，从而生长出丰富的果实。因为河水是由天上的雨水组成的，所以摸起来很温柔，这就是它如此甘甜的原因。再者，埃及这里的尼罗河水不像它们的源头那么热，只是温的，这就解释了为什么尼罗河是唯一不散发蒸汽的河流。然而，若像希腊的一些学者所断言的那样，它的兴起是雪融化的结果——如果这是真的，它肯定会在埃及这么炎热的地方散发出水蒸气。

"在我解释这些知识的时候，有一个阿波罗的祭司，是我的一个密友，名叫恰瑞克勒斯。他对我说：'你说得完全正确，这与我从尼罗河畔的卡塔杜帕城①认识的一个祭司那里听到的说法，完全一致。我愿意和你分享你的观点。''什么，'我对他说，'你去过埃及？''是的。'他回答道。'你为什么要到那儿去呢？'他回答说：'一桩家庭不幸，但却成了我幸福的原因。'当我表示惊讶时，他说：'当你听完事情是怎么发生的，你就不会感到惊讶了。我愿意随时把这一切都告诉你。'我回答他道：'你可以现在就说，我也愿意听你说。'恰瑞克勒斯遣散了人群后说：'那么，听着，因为出于讲述的兴趣，我早就想把我的冒险故事告诉您了。'"

接下来是恰瑞克勒斯讲述的故事："我结婚以后，有很长一段时间没有孩子。后来，在我年纪已经很大的时候，那长期以来一直为我的祈求所累的神，允许我成为一个女孩的父亲，但同时也预言我

① 这个城市的字面意思为"坠落"，实指尼罗河第一大瀑布区，也即现代的阿斯旺（Aswān）一带。而赫利奥多罗斯却是唯一一个将它用作，也是错用为城镇名的古典作家。

没有理由为她的出生而高兴。当她长大到可以结婚的时候，我把她嫁给了众多追求者中的一个，我认为他是最配得上她的。但是，就在她结婚的那天晚上，当她和丈夫睡在床上时却被烧死了。这个不幸的女人不是死于雷电，而是由于用火的疏忽。总之，婚姻之歌的曲调还没有停止，哀歌就登场了，照亮婚礼的火把点燃的却是焚尸的柴堆。可以说，她是从婚房直接走向了坟墓。祸不单行，在这一悲惨事件之外，众神还给我增添了一件新的不幸：我妻子因悲痛过度也死去了。我无法抗拒神意给我带来的如此不幸的打击，然而，我不会对自己施以暴力去自杀，以免违背神的律法，因为律法的解释者教导我们，自杀是被禁止的。为此，我毅然离开自己的家乡，逃离了我那充满孤独和凄凉的房子。因为在这样的情形下，没有什么比让我忘记自己的不幸，不让我看到那些能重新唤醒灵魂痛苦的东西更好的办法了。在游历了许多国家之后，我到了你们的埃及的卡塔杜帕城，并参观了尼罗河瀑布。”

说完这些话后，这个名字叫作恰瑞克勒斯的老人，深深地叹了一口气。又说道：“我已经向你们解释了我到埃及去的原因，现在我必须离题了，实际上前面这些是我要讲的下面的故事的前提。有一天，我走在卡塔杜帕城里的大街上，一方面为的是消磨时间，另一方面也想买一些在希腊无法买到的东西以便带回国。由于时间有缓解过度悲伤的作用，漫游了这么长时间后，那时，我已经渴望返回自己的国家了。正在这时候，有一个已经不再年轻、神情严肃的人向我搭讪。这个人看起来很精明，只是皮肤完全是黑色的。他主动向我打了招呼，尽管他用希腊语表达自己的意思有点儿困难，但好像要让我明白，他有话对我说。我欣然答应了他的请求，和他一起去了附近的一座神殿。然后他对我说：‘我看见你买了印第安人、埃塞俄比亚人、埃及人的根茎和草药。如果你愿意从我这里买一些其他更好的东西，我很乐意提供给你。我的价格绝对公道，货物绝对不作假。’‘好吧。’我说，‘先让我看看你的东西。’‘你一定会满意的，不过不要在价钱上对我太苛刻。’‘那你也不能要价过高。’然后他从腋下拿出一个小袋子，给我看了里面装着的东西，那是许多价值连城的宝石。有些钻石像坚果一样大，非常圆，切割得也非常完美，纯净而闪闪发光。一颗祖母绿宝石像春天的玉米一样翠绿，带着明亮的橄榄色泽；另一个蓝宝石，有着大海的颜色，当它被微微晃动时，在它表面上的一块凸出石皮的庇护下，宝石的下部分就会染上紫色。总之，这些宝石有各种各样的光泽，吸引人们的目光，让人着迷。我看着它们，便对他说：‘你最好为这些宝物找其他的买主。至于我，就是拿出我的全部家底，连一个也买不起。’这个人回答我：‘你买不起没关系，至少我可以把它们当作礼物送给你。’我立即用揶揄的语气回答他说：‘当然，我已经完全准备好了作为你赠送的礼物去接受它们，但我不明白你为什么要和我开这样的玩笑。’‘我不是在开玩笑，’他回答道，‘我是认真的。我指着主宰这神殿的那个神起誓，如果你愿意再接受一份更有价值的礼物，我一定会把这些宝石全都送给你。’听到这些话，我笑了起来。当他问我为什么笑时，我回答说：‘我觉得荒谬可笑的是，为了让我接受这些珍贵的礼物，你竟然还要送给我一件更有价值的礼物作为诱饵。’‘你可以相信我的话，’他说，‘不过你得发誓，你一定要好好利用这份礼物，并听从我的指令。’我惊异于他的想法，然而，为了得到更大的回报，我按他的意愿发了誓。

“随后，他把我带到了他的住处，给我看了一个非常漂亮的小姑娘，她优雅的容貌使她的身材显得格外高挑。他说她只有七岁，但我以为她几乎到了该出嫁的年龄。我惊讶地站在那里，一方面是因为我不明白他究竟是什么意思，另一方面是因为我对这个女孩产生了一种难以遏制的亲近愿望。接着，我的朋友对我这样说道：‘哦，陌生人，你现在所看到的这个小姑娘，在她出生不久就被遗弃了，她妈妈出于不能解释的原因，把她交给了命运的摆布。当然，具体原因你以后会知道的。是我在她被遗弃的地点发现并收养了她。我这样做，一是不允许自己放弃一个孤苦无告的灵魂，因为灵魂是人体一部分，这是密修者教义的训诫之一——我曾经有幸聆听了一段时间这样的训诫课程——再者是我被孩子的目光所吸引。在我看来，那婴孩一直以锐利的、同时又带着迷人的目光注视着我，眼睛里射出了神圣的光芒。当时和她放在一起的是一条宝石项链，就是用我刚才给你看的那些宝石串成的。然后，在一块柔软的鱼皮做成的带子上，用她的祖国的语言和文字写着这个孩子的故事。毫无疑问，孩子的母亲是在焦急中把这封信和物品与她放置在一起的，这也是她以后能与之相认的记号。布带子的上面写着她是谁，她父母的名字。抱起了这个女婴后，我把她带到离这个城市很远的一座乡下房子里，吩咐我的牧人们一定要把她养大，并且嘱咐他们不可外泄关于这个孩子的任何消息。我自己也谨慎地保存着那些能够暴露她身份的东西，生怕它们的出现会给她带来生命危险。开始的时候，她一直在乡下过着隐居的生活。但是，随着时间的推移，年龄的逐渐增长和身材的不断变化，她变得越来越漂亮。我知道，即使我把她藏在地底下，她的魅力也不可能再长久地被隐瞒住了——我一直担心她的生命秘密可能会传得满城风雨。如果不幸发生在她身上，那结果对我来说将是灾难性的。为此，我必须要想办法让她离开我的祖国，到一个完全陌生的地方去。于是，就在前些天，我设法说服了我的主人，确保自己被任命为驻埃及的使节。就这样，当我来到这里上任的时候，便把这个抚养了七年的女孩也带来了。我想在这里为她的安全做下一步的必要安排。现在，我要去总督府，与总督讨论我这次带来的使命——因为今天他给了我一个接见的机会。在这种情况下，我只能按照神的旨意把这个年轻的姑娘托付给你照顾，也把我们之间约定的条件告诉你。也就是说，你要永远使她自由，就像你从我手中，或者更确切地说从遗弃她的母亲手中接受她一样。除非是一个自由的人，否则你永远不要把她嫁出去。我相信你会忠实地履行我们的协议。我不但相信你所起的誓，也相信你的品格。因为你在城里的这些日子里，我曾仔细研究过你的品性。我知道自己所看见的是一个真正的希腊人。'

"说完这些话，这个黑皮肤的使节又说道：'今天我只能简要地告诉你这些了，因为我还有使者事务需要马上去处理。如果明天你能到伊希斯神殿去见我，我会把关于那个年轻姑娘的全部信息和准确的细节都告诉你。'按照他的意思，我把这个只有七岁的小姑娘，蒙上面纱，带到了我的住所里。我一整天都沉浸在对她的喜悦和爱抚中。我感谢神灵，因为我已经把她看作是老天送我的一个女儿，并用'女儿'来称呼她。第二天早晨，天刚亮，我就急匆匆地赶到伊希斯神殿，按照安排好的计划去那里会见那位陌生的使者。我来回踱着步，等了他好长一段时间。但到最后，他根本就没有来。于是我便去了总督的府邸，问那里的人有没有谁见过埃塞俄比亚人的使者。他们告诉我，他已经离开了，或者更确切地说，已经被总督赶出了这座城市。因为总督威胁说，如果他在昨天的日落之前没有越过边境，就把他处死。当我询问原因时，有人告诉我，他的任务是禁止埃及总督开采翡翠矿，并声称翡翠矿是埃塞俄比亚的财产。听到这个消息，我怀着巨大的忧愁离开了，好像有人重重地打了我一拳，让我感到非常失望。"

卡拉西里斯转述到这里时，深深地叹了一口气，说道："其实我也感到非常失望，因为我也不知道这个年轻的女孩到底是谁，她的家乡在何处和她的父母的名字是什么。""别遗憾了，"克耐蒙说，"因为没有听到这个男人去哪了的下文，其实我也感到很苦恼，不过也许我以后会知道的。""你会的，"卡拉西里斯说道，"此刻，还是让我继续讲恰瑞克勒斯的故事吧。"

于是，卡拉西里斯接着讲了下去：“恰瑞克勒斯告诉我说，当他从总督府回到家里时，这个孩子出来迎接了他。因为她不懂希腊语，所以不能和他说话，但却拉着他的手表示欢迎。恰瑞克勒斯继续和我说道：‘一看到这个女孩的模样我就感到自己的灵魂快乐无比。我非常惊奇的是她怎么会如此懂事儿，就像良种的幼犬会不由自主地讨好那些她虽然知之不多但对她好的人。也就是说，她从一开始就理解了我对她的友好感情，也把我当作了她的父亲。我决定不在卡塔杜帕城停留，担心某些人有嫉妒的想法和情绪会夺走我的第二个女儿。我立即带着她来到海边，在那里找到了一条船，顺流而下，一起回到了我的祖国。这个女孩子现在和我在一起，她就是我的女儿，并以我的姓氏冠名。她也是我现在唯一的精神支撑。可以说，她在各方面的发展都超过了我的期望：她学习希腊语的速度非常快；她就像一棵茂盛的植物，美丽达到了极致。可以说，她的美貌超过了其他漂亮的女孩，吸引了所有希腊人的注意和外来人的赞赏。无论她出现在哪里——寺庙里，人行道上，或公共场所——就像一个完成得很精美的雕像，所有人的目光和注意力都会聚焦在她的身上。然而，尽管一切都这样完美，但她却给我带来了无法治愈的悲伤。那就是她拒绝所有关于爱情和婚姻的想法，宣布她将终生保持处女身份，要全身心地投入对处女神阿耳忒弥斯的敬奉中去。除了打猎和射箭，她对什么都不感兴趣。我曾希望把她嫁给我的外甥，那可是个和蔼可亲的年轻人，以他的性格和能力而闻名。但她的残忍决定挫败了我的希望。我无论是从关心的角度，还是从其他方面，或是劝告，或是辩论来说服她，都不能使她改变主意。最残酷的是，她还用我教给她的武器反过来对付我。因为在她成长的过程中，我在她头脑里灌输了各种各样的知识，但这些知识都被她用来证明她所采用的生活方式是最好的。例如她敬神时，便向上天赞美童真，还把贞操展示给坐在不朽众神之旁的阿耳忒弥斯看，自诩她的纯洁无瑕，没有堕落，没有耻辱。甚至到后来，她还拒绝了订婚、结婚、敬奉爱神阿芙洛狄忒以及所有与爱相关的华丽仪式。为此，我请求你们提供帮助。正因为这个原因，我才抓住了你们让我讲这个故事的机会，尽可能讲得详细一点。因此，善良的卡拉西里斯，请赐我这个恩惠吧。请你用埃及所有的智慧和魔法说服她，从言语和行为上让她感受性别的差异性，让她明白自己是一个女人。如果你愿意帮助我的话，做这些对你来说很容易——她从不反对和男人交谈，因为她从小就在男人们的陪伴下长大。现在她住的地方离你很近，就在圣殿的附近。求你千万不要推辞我的乞求，不要让我度过一个没有女儿，也没有后嗣的忧郁的晚年。我以阿波罗本人和贵国众神的名义恳求你。'他的眼泪和他的恳求言辞混合在一起。克耐蒙，当我听到这些时，我也哭了。我答应尽我所能帮助他。

"就在我和恰瑞克勒斯的谈话快要结束的时候，一个信差急急忙忙地跑来，说埃尼亚使馆的使节已经在门口等待好一会儿了。现在他很不耐烦，要求祭司抓紧开始进行仪式。于是，我就询问恰瑞克勒斯，那个埃尼亚人圣使团的使节是谁，圣使团的使命是什么以及他们能提供多大数量的祭祀牺牲。他回答说：'埃尼亚人是色萨利人中最尊贵的一部分，他们是名副其实的希腊人[①]，因为他们是丢卡利翁[②]之子赫伦的后裔。他们居住在马利斯湾沿岸，为拥有海帕塔城而自豪。这个城市之所以这样命名，是因为他们声称'海帕塔'有'他邦统治者'之义；而人们一般认为，其得名仅仅是因为它建于奥埃塔山山麓。至于祭品和圣使团的情况是，埃尼亚人每四年派一艘船来德尔斐神庙祭奠阿喀琉斯之子涅俄普托勒摩斯——你们也知道——那时适逢皮提娅赛会举办之际，因为涅俄普托勒摩斯被阿伽

① 这里英文译本用的词是 Hellenes 。"赫拉斯人"（Hellenes）即我们通常所说的希腊人。但其名最初只用来指称色萨利南部的一个部落，而并非像后来那样成为整个希腊民族的通称。其名祖为赫伦（Hellen），也是在稍晚的传统中出现的。

② 丢卡利翁夫妇是希腊大洪水神话中唯一的一对幸存者。

门农之子俄瑞斯忒斯杀死的地方也刚好在阿波罗的祭坛之下，所以今年圣使团的供奉尤为奢华。他们的使节自诩阿喀琉斯的后裔。我昨天已经遇见了这个使节，他身上似乎依稀显现出某种阿喀琉斯后裔的气质。他的俊美，他的健硕，无不勾勒出他先祖的样貌。’我惊讶地询问恰瑞克勒斯，作为一个色萨利人，这个使者怎么能自称是阿喀琉斯的后裔呢？因为来自埃及的诗人荷马早已言之凿凿地宣称，阿喀琉斯来自弗提亚。恰瑞克勒斯则回答道：‘这个年轻人辩称，阿喀琉斯是一个不折不扣的埃尼亚人。他宣称，当海洋女神忒提斯离开马利斯湾后便嫁给了佩琉斯。而马利斯湾所流经之地，远古之前便被称作弗提亚。而其他民族，为阿喀琉斯的盛名所诱惑，才讹称有关他身世的诸多说法。此外，这个年轻的使者还以另一种形式证明他是埃阿科斯①的后裔。他说，自己的先祖墨涅斯提奥斯是斯佩耳刻俄斯和佩琉斯的女儿波吕多拉所生的儿子；墨涅斯提奥斯还曾作为阿喀琉斯的得力干将与他一同征战特洛伊；并且，因为他们是姻亲之故，墨涅斯提奥斯也幸运地成为密耳弥多涅人的主将。最后，为了证明阿喀琉斯的确是埃尼亚人，他还说，那些进献给涅俄普托勒摩斯的祭品也是铁证：因为所有的色萨利人众口一词地指责埃尼亚人是为一己之私。所以，埃尼亚人与阿喀琉斯的亲缘关系要比色萨利人更胜一筹。’‘我并不嫉妒他这么说，’我说，‘不管这话是真的，还是出于自吹自擂。现在你快去请那个使节来，因为我急着要见他。’

“恰瑞克勒斯同意了，于是那个年轻人走了进来。他身上确实有某种东西让我想起了阿喀琉斯。他骄傲地看着我，昂首挺胸，头发随意地披在前额上，坚挺的鼻子显露出一种冲动的性格，张开的鼻孔自由地呼吸着空气；他那对深蓝色的眼睛既骄傲又温柔，就像暴风雨过后平静的海面一样。他像往常一样向我们敬礼，我们也向他

---

① 埃阿科斯为阿喀琉斯的祖父。

还礼。然后他告诉我们，现在是向诸神献祭的时候了，这样他就有时间来完成对诸神的赎罪祭，并能准时安排送祭的队伍。恰瑞克勒斯一边答应着一边站起身来，并轻声地对我说道：‘就这样吧。如果你还不认识我的女儿恰瑞克莉娅，你今天就会见到她。因为按照惯例，她必须出席为涅俄普托勒摩斯举行的游行和祭礼仪式。’”

卡拉西里斯讲到这里，中断了叙述，感慨地说道：“我亲爱的克耐蒙啊，其实我早就认识了那个年轻的姑娘，而且经常见到她。我们曾经一同敬献过祭物，有时候她还会来问我一些问题，并向我阐述她对神圣论题的看法。但是，当时我并没有去接恰瑞克勒斯的话茬，因为我很想看看接下来会发生什么。于是，我们立刻向神殿走去，在那里，色萨利人已经做好了献祭的一切准备。我们走到祭坛前，当祭司念完祷文后，年轻人开始了神圣的祭奠仪式。然后皮提娅这个德尔斐神殿的女先知，从她所住的最深处的圣殿里，对他发出了这样的神谕：

歌唱吧，噢，德尔斐，
他们开始于优雅，结束于荣耀。
歌唱的女神之子啊，
当他们离开我的圣殿后，
伴随着福玻斯[①]耀眼的光芒。
将劈波斩浪，到达被太阳晒黑的国度。
在那里她罕见的美德将得到高尚的生活的奖赏，
她暗淡的眉毛上面会戴上一顶雪白的冠冕。

听到神谕这样说，旁边站着的人们，都感到十分困惑和不解，

① 福玻斯（Phoebus）是太阳神阿波罗的别称。这里是福玻斯而不是福波斯（Phobos），后者是古希腊神话中象征战争带来的恐惧的神。二者不能混淆。

相互询问神谕是什么意思，每个人又都以自己的方式理解这些话语，并以符合自己意愿的方式去解释它们。然而，没有人看出神谕的真正意图——因为神谕就像梦一样，只有在事情发生后才能知道它到底说的是什么。再说，德尔斐的居民们都带着羡慕的神情，对这支规模宏大的神圣的献祭队伍赞叹不已，他们迫不及待地想一睹究竟，没有谁费心真的要去准确理解神谕的含义。”

第三卷

德尔斐的节日

VOLUME THREE

“当仪式结束，游行队伍匆匆而过——”卡拉西里斯还想继续说下去的时候，克耐蒙打断了他的话：“但是，对我来说，一切还没有结束，你的叙述还没有让我了解这场仪式的盛况。当我焦急地想要听到整个故事，尤其想作为一个观众目睹典礼上发生了什么精彩的事情的时候，你却把它省略了。如同谚语所说，就像对待一个上剧场的人一样，你刚一打开剧院的门，就又把它关上了。”卡拉西里斯解释道：“我不想把这些跟我们的话题不相干的细节讲得使你厌烦。我之所以要急于讲完我叙述的主要部分，因为这些都是你在过去曾经问我的。但是，既然你想成为一个极其严肃的观众 ——就像雅典人一样——我就向你简要介绍一下这次盛会，可以说，这是为数不多的几次著名的盛会之一。这不仅是因为它本身众人皆知，也因为它与故事随之而来的结果密切相关。

“游行队伍的最前面走着一群来自色萨利的献祭执行者，他们是由一些刚担任圣职不久，穿着埃尼亚本土服装的青年男子组成的。这些人都身着白色的束腰外衣，外衣从右臂一直斜着裸露出肩膀和胸部。每个人手中又都挥舞着一把长柄的双刃斧头。和他们在一起的是一群浑身漆黑的公牛，公牛昂首挺胸威风凛凛地向前走着。每头公牛的额头上都长着两只一模一样的直直的牛角，牛角上有的镀着金箔，有的插着花束。这些牛的腿又宽又短，公牛脖子下的皮肉一直垂到膝盖上。它们的数量之多，真的要好好数一数才行。这一百来个青年人组成了一支雄壮的献祭队伍。在他们走过之后，又有许多其他的奉献品，如各种各样的兽类，有的被单独牵引着，有的在音乐的指令下按顺序排着队行走。在这些动物和人群的后面，走来了由很多年轻的色萨利女孩组成的队伍。这些女孩美丽动人，系着紧紧的腰带，拂动着蓬松飘逸的头发。她们分成两列，第一队列的女人带着装满鲜花和水果的篮子；第二队列则拿着装满蛋糕和饮料的容器。空气中弥漫着糖果和糕点浓烈的香味。这些供品都被她们顶在头上，这就不妨碍她们手的活动了。她们排成一长溜，有的走得笔直，有的身子摇摆着，相互手挽着手，向前行进。忽然，乐器奏出一种神秘的曲调，预示着献祭的开始。少女们立即开始唱歌和跳舞。第一队列唱出了祭祀歌的基调，她们唯一的职责就是唱这首神圣的赞美诗，其主题是对忒提斯和佩琉斯的赞美，然后是对他们儿子阿喀琉斯的赞美，最后又是对忒提斯的赞美。在她们之后，我亲爱的克耐蒙——”克耐蒙马上说：“先别叫‘亲爱的克耐蒙’，看来你是不想让我非常荣幸地听那首赞美诗呀，又在欺骗我。看来现在你只是想让我成为仪式的旁观者，而不是参与者。”“那好吧，”卡拉西里斯回答说，“如果你愿意，你会听到的。就我记忆所及，这首赞美诗的歌词大致如下：

我要为你歌唱，
啊，忒提斯，金发的女神，
海神涅柔斯的不朽女儿！
你奉宙斯的意旨①下嫁佩琉斯，
海浪上闪烁的星星，是我们的爱神阿芙洛狄忒，

---

① 忒提斯（又译西蒂斯）是宙斯钟爱的海洋女神。但一则预言显示，他们的结合会生出一个比宙斯更强大的后代。于是，担心自己统治被推翻的宙斯便把她嫁给了埃阿科斯之子佩琉斯为妻。忒提斯后来生出了希腊大英雄阿喀琉斯。

海洋中孕育的，是我们高贵的英雄阿喀琉斯。
战场上的阿喀琉斯，如战神般骁勇、怒吼，
他的长矛疾如闪电，
他的令名万世流芳。
他摧毁了特洛伊城，
捍卫了希腊人荣光。
皮拉[①]为他生下的孩子，
名唤涅俄普托勒摩斯。
英雄的涅俄普托勒摩斯，阿喀琉斯之子啊，
我们祈盼你的仁恕，
愿长眠于德尔斐圣地的你赐予我们福祉，
愿你悦纳我们的祭奉，
愿你驱散我们城中所有的苦难。
忒提斯，金发的女神，我要为你歌唱！

"我亲爱的克耐蒙，如果我的记忆没有欺骗我的话，这就是那首赞美诗里的诗句。和着歌曲的旋律，姑娘们翩翩起舞，舞蹈动作是如此的优雅和整齐，她们每一个动作都和歌曲的旋律欢快地结合在一起。有时候观众们忘记了自己是在观看，而完全沉浸在了倾听的乐趣中。当姑娘们从他们面前走过的时候，所有的观众都不由自主地跟在那些年轻色萨利女孩们的后面，陶醉在这美妙的音乐里。但是，当一群骑着马的年轻人簇拥着一位穿着华丽的指挥官随后出场的时候，这种新的壮观的场面很快就冲淡了观看者们倾听音乐和观看跳舞的兴致。这支队伍一共有五十人，分成两个二十五人的小队。他们所穿的护脚腕的套靴都是用紫色的皮革精心编织成的，用绳系

① 人们通常认为，涅俄普托勒摩斯系阿喀琉斯与黛达墨娅（Deidameia）所生。而这里的皮拉（Pyrrha）暗指英雄的另一个名字皮洛斯（Pyrrhos）。

在脚踝之上；他们的白色披风，底部有紫色的镶边，并用金色的扣子扣在胸前。他们所有的坐骑都是来自色萨利的骏马——在它们炽热的眼神中，可以看出它们不断回忆起在家乡平原奔驰的自由。这些马桀骜不驯，紧咬着牙，口边满是嘴里流出的泡沫，好像在嘲笑自己的主人。但它们最终还是听从了骑士们的指挥，无论让它们转向哪个方向，它们都照做。这些马匹也都是被精心打扮的，披盖着用金银打造的华丽的马服和额饰，它的制作如此奇特，以致看起来，好像这些年轻人在通过它们的装饰进行互相竞争似的。但是，尽管这支队伍十分辉煌壮观，但看热闹的人的眼睛却轻蔑地从队伍旁边掠过，他们的目光都集中在中间的那位年轻的指挥官身上了——他就是埃尼亚的使节泰阿格涅斯。

“泰阿格涅斯的登场似乎把迄今为止出现的一切辉煌都掩盖了，就像一道明亮的闪电使天空中微弱的火焰黯然失色一样。他出场的表现实在是太精彩了。在骑兵和步兵同时护卫下，他身着重甲，全副武装，手中挥舞着一支青铜尖白蜡杆的长矛，没戴头盔而是让自己的长发随意地下垂着。他披着一件紫色披风，上面用金线绣着拉庇泰人和马人之间的战斗场景；[①] 在系着披风的琥珀圆扣上，刻着雅典娜的肖像——雅典娜胸甲上的护符是女蛇怪戈尔贡[②]。微风轻柔地吹拂着覆盖在他脖子上的卷发，好像正玩弄他的头发，并不时地把它们从前额上分开，这增添了他的魅力。微风也让他的长袍的花边飘拂在所骑的战马背上和腿上。看起来他的坐骑也精神百倍，马的脖子像波浪一样不停地拱起和落下，它昂着头并竖起的耳朵，充满

---

① 希腊神话中拉庇泰人是色萨利地区的有名种族，是凶猛粗犷的山民，也是最先驯服马匹的人类。肯陶洛斯人是半人半马的怪物，又称“马人”。传说他们性格野蛮，嗜酒如命。在拉庇泰人的国王庇里托俄斯的婚礼上，肯陶洛斯人欧律提翁心情迷乱，要抢走新娘。于是发生了一场恶战。最后在大英雄忒休斯的帮助下，拉庇泰人完全征服了肯陶洛斯人。米开朗琪罗早期曾以此题材作画。

② 在希腊神话中，戈尔贡（Gorgon）是三个长有尖牙，头生毒蛇的恐怖女妖，她们当中最有代表性的就是最小的那个美杜莎。

炽烈渴望的眼睛不时飞快地向外瞥一眼，仿佛这只动物也意识到了他的主人的俊美，感觉到了它的主人是人群中最高贵的骑士，并为自己所驮载的人而感到自豪。缰绳已经被放开，它自由自在地向前走着，蹄子轻轻地掠过地面，身体交替地在两边保持平衡，有规律地、轻柔地摇动着他的骑手。所有的人都带着钦佩的目光注视着这景象。这个年轻人的男子气概和美貌征服了所有人的心。女人们无法掩饰她们的感情，欢叫着把苹果①和鲜花扔给他，希望能得到他的欢心。简而言之，大家都认为泰阿格涅斯是世界上最英俊的男人。

“但是，正如荷马所说，当曙光女神奥雷拉用玫瑰色的手指戳破黑暗天际，早晨到来的时候，美丽而多才多艺的恰瑞克莉娅也离开了阿耳忒弥斯神殿，坐在一辆由两头肥壮的白公牛拉着的双轮车上，出现在了祭祀的场所。我们看到，即使是泰阿格涅斯的美也可能被超越，这只是因为最完全的美在男性身上总是不如在女性身上那么优雅和迷人。她用金线刺绣而成的紫色披风把自己全身上下裹了起来，并在腰间系着一根腰带。这根腰带简直就是一件杰作——以前从来没有人，将来也不会再有人能做成这样精彩绝伦的腰带了——腰带上面绣的是两条活灵活现的蛇。当腰带系起来时，两条蛇的身子缠绕过她的背部和脖子并从她挺拔的胸脯上垂下来，形成了一个优雅的结。而两条蛇的蛇头分别从这个结的两边垂下来，就像一个无与伦比的工艺品。你可能会说，这些绣成的蛇看起来像是在爬，而且给人的感觉就是真的蛇在爬——它们做的就是如此逼真。这两条蛇的样子既不可怕，也不吓人，它们似乎正怡然自得地躺在女孩的怀里，并享受着这种惬意。它们的身体是用深颜色的金子做成的，为了表现鳞片的粗糙和不断变化的外观，有些金片被人为地锻造成了蓝黑色。这样，金色和蓝黑色交织在一起，使鳞片看起来非常生

① 苹果是爱神阿芙洛狄忒的象征，也是情欲的象征。

动——这就是少女腰带的样子。她的头发既没有收束得太紧，但也没有完全散开，大部分顺着她的脖子垂下来，在她的背部和肩膀华丽地飘动着。她的头上戴着柔嫩的月桂树枝编成的花冠，花冠与她额上的发髻交织在一起，形成了一种漂亮的花环，这避免了她的长发在微风吹拂中过于散乱。她右肩上挂着一个箭袋，左手拿着一张弓，右手则举着一支点燃的火把。即使火把的光辉在她明亮的眼睛面前也显得暗淡无光。”

听到这里，克耐蒙突然叫了起来：“这两人就是泰阿格涅斯和恰瑞克莉娅。”卡拉西里斯误以为克耐蒙是说他俩进来了，便问道：“他们在哪儿？看在诸神的份上，快指给我看看。”“我想，父亲啊，你误会了，”克耐蒙说，“现在他们还没来到这里。但看在老天的份上，虽然现在他们不在这儿，可你把他们描述得这样生动，就像我有一次看到的那样。”“我不能再说了，”卡拉西里斯说，“不管你是否见过他们那天的模样，反正那天在场的全体希腊人和天上的太阳都看见了他们在宇宙间的无与伦比的美貌。可以说，在那时他俩就是全场眼神聚集的目标：所有男人在欲望中都想娶她为妻，而泰阿格涅斯则占有了所有女人的结婚欲望。但同时他们更认为他俩的结合才是最恰当的，是不朽的。这么说吧，尽管当时在场的人们都赞美这个年轻人，但对女孩的美丽感到更加惊奇——因为一张鲜少露面的新面孔，比我们平日所熟悉的面孔更能打动人心。但是，噢，他们没在这里，我说这些干什么，这是多么甜蜜的幻想，多么水中捞月式的令人安慰的谎言啊！克耐蒙，此前你不是说，你能把我的可爱的孩子带给我吗，你的这个许诺使我的心里充满了希望。可现在看来，是你彻底欺骗了我！我们刚开始谈话的时候，你就跟我说过，他们马上就会来这里。正是为了这个，你才要我讲这个故事作为报酬。可现在夜幕已经降临，晚上已经到来了，他们根本没有出现。你也根本没有能力把他们带来给我看。”“老人家，别着急，”他回答，“打起精神来，他们一定会来的。我们已经商定好了，他们一到就会过来的。至于为什么他们现在还没到，毫无疑问，一定是有什么事情阻止了他们的行程。此外，即使我现在还没有让你看到他们，但我也没有得着你答应给我的全额赏赐呀，因为你的故事也才只讲了一半。那么，如果你急着想见他们，就得先履行你的诺言，把你的故事讲完。”“我对讲最后一部分有些障碍，”卡拉西里斯说，“既是因为我自己，也是因为你，因为我害怕我那没完没了的故事使你厌烦。然而，你看起来像一个忠诚的倾听者，渴望听到完整故事，那么，我将在我停下的地方继续往下讲。但是，首先还是让我们点亮灯，献上晚上祭祀给诸神的祭品。在履行完这一神圣的职责后，我们可以一整夜地安稳地继续讲下去。”

他说了这些话之后，一个女仆在老人卡拉西里斯吩咐下，拿来了一盏油灯。他马上开始倒酒，祈求诸神保佑，首先是敬给赫耳墨斯，他恳求赫耳墨斯别让他再继续做噩梦了，并希望能让他在睡梦中见到他深爱的孩子们。做完这些之后，他继续讲了起来：“游行的队伍来到涅俄普托勒摩斯的坟墓前，年轻的男人们绕着坟墓走了三圈，女人们发出悲哀的哭叫，男人们发出战争般的呼喊。在发出一个特定的信号之后，人们立刻开始宰杀公牛、公绵羊、公山羊。宰杀的动作之快，似乎这些祭物都是被一只手在刹那间杀死的。一个巨大的祭坛上覆盖着一堆已经劈好的木柴，当受难者的祭物即那些牛羊肉被放在上面后，他们请求阿波罗的祭司开始倾洒奠酒，并点燃祭坛下面的火。作为神殿的祭司，恰瑞克勒斯说，奠酒的确是他的职责。但按照惯例，埃尼亚神圣的使节应该用德尔斐女祭司交给他的火炬点燃祭祀之火。他说，他倒完了酒后，就该泰阿格涅斯从恰瑞克莉娅手中接过火炬的程序了。然而，我亲爱的克耐蒙，这时所发生的一切让我们相信，心灵是一个神圣的东西，与更高的本性有密切的关系。因为这两个年轻人一见面，就同时爱上了对方，仿佛各自的灵魂已经认识到他们是同类，仿佛意识到他们之间有着某种高贵的联系，所以他们的灵魂都急急忙忙地要奔向它的终点。起初，他俩一见面，就都目瞪口呆，一动不动地僵在了那里，好一会儿都保持着她举着火炬，他伸手去接的状态。他们的两眼紧盯着对方，仿佛这不是他们第一次见面，而是以前就相识，而且还在努力回忆着在什么地方见过似的。随之，他们微微一笑，但只是偷偷地笑了一下，别人很难察觉到。然后，他俩都似乎为自己的所作所为感到羞愧，脸一下子涨得通红，但当激情到达他们的内心时，两人的脸色几乎又同时变得苍白。一句话，顷刻之间，他们的脸色千变万化，而千变万化的五官色彩透露出他们内心的激动。可以想象，所有这一切都逃过了当时在场的人们的注意，因为人们都把注意力集中在其他事情上了。甚至正在做着惯常祈祷和忙着背诵祈祷词的恰瑞克勒斯，也没看见。但对我来说则恰恰相反，我的全部注意力都集中在观察这个年轻人身上——因为此前我听见过泰阿格涅斯在神殿献祭的时候神祇给过他神谕。加之，他的名字使我对将要发生的事产生了一些疑问，我不知道神谕的后半部分文字究竟是什么意思。最后，泰阿格涅斯像被某种力量强迫了一样把他从少女的身边猛地拉开了。他接过火炬并点燃那堆木柴。

“仪式结束后，队伍散去了。色萨利人回去设宴欢庆，其他的人则在散场后回到了自己的家里。恰瑞克莉娅披着白袍，与她几个同伴也一起回到了她所住的地方。她居住的地方就在神殿附近，没有和她名义上的父亲恰瑞克勒斯住在一起。她认为只有分开住，才能全身心地保持贞洁，并全神贯注地投入为众神服务的工作中去。祭祀仪式上的所见所闻，使我更加感到好奇了。因此，我特意去拜访了恰瑞克勒斯。一见面，他就说：‘你看见恰瑞克莉娅了吧？她是我的骄傲，也是德尔斐的骄傲。’‘是的，我见过她，而且不止一次了。’我回答说，‘我以前已经在神殿里多次遇见过她了。我说这句话的意思是，不只是路上点头相见，而是她经常和我一起去献祭。当遇到令她困惑的事情时，她也总是问我一些有关人性或关于神圣事物的问题，我很乐意帮助她。’恰瑞克勒斯又问我：‘你觉得她今天表现得怎么样？给祭祀活动增添光彩了吗？’‘嘘，恰瑞克勒斯先生，你这么问，莫不如说你是在问我月亮是否比星星更亮。虽然也有人赞扬了那位色萨利青年。是的，他的确也很出色，但只能得第二或第三的名次，大家都认为你的女儿才是祭祀队伍中最值得骄傲和最光荣的人。’恰瑞克勒斯对我的回答显然很满意。说真心话，当我说这些话的时候，也达到了我的目的，那就是让他对我充满信心。他微笑着对我说：‘我现在要到她那儿去，看看人群的喧嚣是否让她感到疲倦了。如果你愿意，不要犹豫，请跟我来吧。’我高兴地答应了，目的是让他明白，我心里只有一个愿望，那就是满足他的要求。

“当我们走进恰瑞克莉娅的房间时，却发现她神情沮丧，无精打采地躺在沙发上，眼睛被泪水湿润了。她像往常一样拥抱了父亲之后，父亲问她哪里不舒服。她抱怨说自己头痛得很厉害，还说她想休息一下。随后，恰瑞克勒斯和我一起离开了她的房间，并命令仆人们保持安静。当我们来到他住的房子门前时，他对我说：‘这是怎么回事儿，我亲爱的卡拉西里斯？我女儿是病了吗，怎么无精打采的？’我回答说：‘别惊讶，也许是她在这么一大群人中间露面的时候，被什么邪恶的东西盯上了，这没有什么好奇怪的。’听到这些话，他讽刺地笑了：‘难道你也像那些俗人一样，相信恶眼巫术吗？’我回答他说：‘是的，我深信这一点。”于是我对他解释道：“我们四周的空气，通过我们的眼睛、鼻孔、嘴巴和其他的毛孔进入我们体内。虽然空气本身是纯净无害的，但它会与各种外部的杂质结合从而具有了新的外表特征，所以对吸进了它的人来说，不仅会受到这些杂质的伤害，而且还会从那些受到感染的人身上移植一种类似传染病的东西。根据这个原理，任何人只要用嫉妒的眼光看着一个美丽的物体，他的嫉妒就足以向周围的空气传达这种有害的物质。由于这种嫉妒的物质极为微小，就可以很容易地渗透到人的骨头里，甚至骨髓里。因此，这种经常被人们称为迷恋的嫉妒，就会影响被它攻击的人的健康。为了让你们相信这一点，恰瑞克勒斯，我想请你记住一个例子：我们经常会遇到这样的情况，即一个健康的人受到了眼膜炎或其他传染性疾病的袭击，但他却从来没有接触过受其折磨的那些病人，既没有靠近过他们的床，也没有和他们在同一张桌子上吃过饭，就是因为我们呼吸了同样的空气，才得了同样的病。还请你记住——没有比这更明显的证据了——爱的诞生方式。一个人被视觉感知产生了爱的感情，这种感情在自己周围散开，使那种本应存在于灵魂中的激情，穿透了眼睛的通道，形成一种轻雾。他从所见之物开始，然后他的激情像风一样，就会从眼睛射进所爱的人的心脏。对此，我们不难看出其中的原因：视觉是我们所有感官中最炽热、最活跃的东西。正因为如此，它也最容易受到周围事物的影响。而且，由于它燃烧了精神，从而引起了爱的情感的散发。若你还嫌不够，还想要一个自然史的例子，我就从关于动物的圣书中给你找一个。例如，环颈鸻拥有预测黄疸的能力，当任何一个被这种疾病折磨的人看它时，它就会转过身，闭上眼睛迅速跑开。这并不是像人们所说的那样，是它不愿意伸出援手，而是因为带着此种疾病的人从看到它的那一刻起，它就等于自然而然地吸来了这种疾病的潮流，从而被感染。正因为这个原因，它才像躲避飞镖一样避开对方的眼睛。你毫无疑问听说过，蛇精也是如此，由于它仅用呼吸和目光，就能把它经过的地方弄得干枯一片，用呼吸感染和摧毁它所接触的一切。那么，有些人令他们最亲密的朋友着迷，并把爱的疾病传导给他，我们会感到惊讶吗？这就不难理解，为什么有些人会蛊惑那些他们最珍爱、最希望得到的人。尽管有时他们不愿意去做这样的事，但由于天生的嫉妒心理，他们的本性会迫使他们去做。’沉默了片刻之后，恰瑞克勒斯回答道：‘你以一种合理而令人信服的方式讲清了这个问题。我愿神灵让恰瑞克莉娅最终明白爱和被爱的含义。这样的话，我就不会认为她病了，反而认为她非常健康。你知道我已经请求过你的帮助了。但就目前而言，似乎没有理由认为她已经有了改变。她仍然宣称爱情和婚姻是她的敌人。因此，我们必须相信她的病确实是由邪恶的眼睛引起的。我相信你是会帮助她解除这种巫术的——因为你拥有非凡的智慧和我们之间的友谊。’我当时就答应他，如果我能觉察到她悲伤的原因，会尽我所能去帮助她。

“就在我们还在谈论这件事的时候，一个信使急急忙忙地跑来了。‘我的好朋友们，’他说，‘你们怎么还在耽搁呀！人们会以为你们这是准备去参加战斗，而不是去参加宴会的。你们忘了这是俊美的泰阿格涅斯早就准备好的宴席吗？那可是为最伟大的英雄涅俄普托勒摩斯主祭的宴席呀。快来吧，不要只为了等你们而让我们也等到晚上。’恰瑞克勒斯低声对我说：‘这个人手里拿着一根棒子，发出的邀请有点粗鲁，看来他已经喝得相当畅快，浑身上下都湿透了，这样子还真的与酒神狄奥尼索斯有点相像呢。但还是让我们现在就出发吧，因为我担心再耽误一会儿，他会用棍子把我们赶去的。’‘你真能开玩笑！’我说，‘不过，我们还是现在就过去吧。’我们一到宴会的场所，泰阿格涅斯就热情地邀请恰瑞克勒斯坐在他旁边，并且因他的缘故，也给了我很大的尊重。不过，我何必还要用冗长细节的讲述来烦你呢？比如宴席的丰盛、少女的舞蹈、悦耳的音乐、穿盔甲的年轻人跳的皮洛士舞的精彩以及其他的娱乐活动。总之，泰阿格涅斯把各种美味佳肴和欢乐的歌舞混在一起，把他的祭祀宴席安排得像一场欢乐的庆典。谁知道是哪一种因素使这顿饭吃得更可口、更使人愉快呢？不过，我还是要把你必须知道的事情告诉你，我也很乐意把这些重要的事情讲给你听。当时泰阿格涅斯虽然装出了一副高兴的样子，强迫自己去逗乐大家，但我能从他情绪的变化中看出来他的心里正在想着什么。他不停地翻动眼神，有时会无缘无故地长叹一声，垂头丧气，深陷沉思之中；但突然间又会变得非常快活，仿佛他意识到了自己的失态，希望恢复常态。简而言之，他的情绪迅速地从一个极端转向另一个极端。我知道，情人的头脑就像醉汉的头脑一样，是灵动和变化无常的，不能一直停留在某一种状态中。可以说，昂扬和低沉两种情绪似乎都被抛在激情的浪花上。所以恋爱的人容易喝醉，而醉酒的人则容易陷入恋爱。到了宴席的最后，当他显得无精打采、局促不安时，所有的客人都以为他身体不舒服了。此时，恰瑞克勒斯也注意到他脸色的变化，便低声对我说：'是不是也有一股嫉妒的目光在看着他呢？在我看来，他现在和恰瑞克莉娅处于相同的境地。'我回答道：'凭着伊希斯女神起誓，完全一样。这并非没有理由。因为在整个人群里，他是仅次于她的第二个引人注目的人物。'到了大家相互敬酒的时候，泰阿格涅斯尽管不情愿，还是首先提议为所有宾客的健康干杯。当轮到给我敬酒的时候，我说感谢他的好意，但告诉他我不能喝酒。他以为我瞧不起他，就用燃烧着愤怒的眼光看着我，认为受到了轻视。恰瑞克勒斯看出了这一点，便立刻解释说：'这个人不喝酒，也不吃任何动物的肉，只吃素食。'当泰阿格涅斯问起原因时，他说：'他是来自孟斐斯的埃及人，是伊希斯神殿的祭司。'泰阿格涅斯听到这些话，心中突然充满了巨大的喜悦，就像一个偶然发现宝藏的人，高兴得伸直了身子，并要来了一杯水递给我，还向我保证说：'噢，最聪明的人，至少把这杯水从我这儿拿走吧，它就是你最喜欢的酒，也让这张桌子作为缔结我们之间友谊的见证吧。'我回答道：'谨奉遵命，高贵的泰阿格涅斯。其实，我早就对你有好感了，也有同样的愿望。'说着，我从他手里接过杯子，把水喝了下去。

“宴会结束了，我们每个人都准备回到自己的住处。我在退出去时，泰阿格涅斯跟我做了告别，这时他对我的热情劲儿比对出席宴会的其他人都热烈得多。我回到自己的住处后，根本无法入睡。除了想着泰阿格涅斯和恰瑞克莉娅外，就是努力思索着神谕的后半部分究竟是什么意思。午夜时分，我认为我看到了阿波罗和阿耳忒弥斯——如果这不是事实的话，那也确实是我的真实想法——他们把泰阿格涅斯和恰瑞克莉娅交到了我的手上，并指名道姓地对我说：‘卡拉西里斯，你该返回你的故乡去了，这是命中注定的。带上这两个年轻人离开这个国家。你要待他们如待自己的孩子一样。然后再把他们从埃及领出去，带到神所喜悦的地方去。’说完这些话，他们就消失了。但我确信这不是幻觉，而是真实发生的，我毫不怀疑我所看到的是一个真实的形象。但我不知道我应该把他们带到哪里去，交给哪个国家或哪个民族。”克耐蒙说：“这些你可以以后再告诉我。但要先回答，你怎么能断言，这是神真的出现在你面前，而不是一个梦呢？”卡拉西里斯马上回答道：“就像圣人荷马在一个谜语中告诉我们的一样——这个谜语已经被许多人忽视了。他在某处①曾说过：‘认识神明很容易：因为我从后面根据他离去时的脚步和膝弯辨认出来。’”“我承认，”克耐蒙说，“我自己就是忽略这个谜语的人中的一个。但也许你引用这段话的目的只是为了说服我。卡拉西里斯，你提到了这些诗句，这些话我从第一次学起时就记得很清楚，但我从来没有看出它更深的含义，我不知道其中包含了什么样的神学意蕴。”卡拉西里斯沉默了一会儿，思忖怎么告诉他这个奥秘的意思，然后才说道：“克耐蒙，众神和其他神灵经常在我们之间来来去去，常以人的形状来到我们身边或离开我们，很少以其他动物的形状出现，这样我们就可以想象它们是我们自己的模样。虽然世俗的人认

① 语出荷马史诗《伊利亚特》（13.71-72）。史诗中描写，埃阿斯（Ajax）一眼就认出了海神波塞冬。

不出他们，但却逃不过智慧人的眼睛。你记住，神的眼睛和眼睑是固定不动的，不像人那样会眨眼，这就很容易辨别出来。但更容易看出的是他们走路的姿势。神不像我们人那样靠双脚交替运动的姿势行进，它们似乎在空气中滑翔或快速飞行，是劈开空气而不是走过空气。就是由于这个原因，你可以看出，那些埃及神像的脚都是连在一起的。伟大的荷马是埃及人，像埃及人一样精通宗教知识。他深知这一点，并将其象征性地表达出来，以留给那些有能力理解的人去明白其中的深意。例如，关于雅典娜，荷马就说过‘她的双眼闪烁着可怕的亮光’[①] 这句话。至于波塞冬，荷马说过的‘认识神明很容易：因为我从后面根据他离去时的脚步和膝弯辨认出来’的话，我是这样理解的：他走起路来很轻松，指的是海神离去时的‘流水的动作’，他的脚印意味着他以一种游泳般的步态走路，而不是像有些人错误地想象他们像人一样走路。”

“哦，最神圣的卡拉西里斯，”克耐蒙说，“你给我解开了一个新的迷惑。我还注意到，你有两三次称荷马为埃及人，你的话使我大为惊奇。因为这种说法也许从来没有人说过，我也不完全相信这种说法。现在我请求你也来讨论一下这个问题，但愿你不要把它变得无法解释。”卡拉西里斯立刻回答说：“尽管这件事儿跟我讲的故事不相干，但我还是要尽力用几句话使你满意。我很希望其他国家也能声称自己是荷马的诞生地，因为智者的祖国是整个世界。我告诉你，实际上荷马确实是一个埃及人，他的故乡在底比斯。用他自己的话说是‘百门之城底比斯’[②]。表面看来，荷马是某一个神庙的高级祭司之子，但事实上，赫耳墨斯[③]才是他的生身之父。而那个所谓

① 语出《伊利亚特》（1. 200）。

② 语出《伊利亚特》（9. 383），但事实上，卡拉西里斯混淆了埃及的底比斯与希腊中部同名的底比斯城。

③ 赫耳墨斯（Hermes）又称墨丘利，是宙斯最为信赖的一个儿子。他在奥林匹斯山上担任信使，负责传递信息。腿上有毛发，形容行走之快。

的高级祭司只是他名义上的父亲罢了。真相是：有一天，当这位高级祭司的妻子在完成了某些净化仪式后在圣殿里睡着的时候，赫耳墨斯便与她躺在一起，于是生下了荷马。因此，荷马在出生时就带上了血统不合法的痕迹。也就是说，当他出生的时候，他的一条大腿上覆盖着长长的毛发——于是他被称为荷马。虽然他从一个国家流浪到另一个国家，主要是在希腊吟唱他的诗歌。但他从来没有提到过自己的名字，也没有提到他的故乡和他的家庭。而那些知道他身上有这个记号的，才给他起了这名字。"克耐蒙问道："可是，我的老爹，他为什么对自己的祖国只字未提呢？"卡拉西里斯回答道："也许他是为被赶出家门的事情而感到羞愧吧。因为他父亲把他放逐了——在他刚刚长大成人的时候，他身上的记号就表明了他是一个私生子。被放逐后，由于他的精明，他始终没有说出自己的名字，也把家乡和祖国的名字隐藏起来了，这样他就可以把世界上每一座城市都当作他的出生地了。""你说的似乎很有可能。"克耐蒙说。卡拉西里斯接着说："当我想到他的诗歌的时候，就发现其中包含着埃及的崇高智慧和魅力，其在风格上也是卓越的。如果这些诗歌不是建立在一个神圣的基础上，它们肯定不会超过其他所有人的诗作。"克耐蒙接着问："但是，当你根据荷马的指示发现了神谕中诸神旨意之后，告诉我你接下来做了些什么。"卡拉西里斯回答说："我像以前一样醒着，在寂静的夜里沉思，这黑夜是多么有利于沉思啊。我感到高兴的是，我很快就要回到我的祖国了，我的成功超出了我的期望。但又一想到我们走了，那恰瑞克勒斯的女儿将被我带走，那就等于我从他手中抢走了她。对此，我又深感悲痛。同样，我也不知道该怎样告诉这两个年轻人叫他们做好离开的准备，以便把他俩带走。我也不知道怎样才能保守这次出走的秘密，更不知道我该用什么方法来指引我走的方式：是走陆路还是走海路。总之，我被一阵焦虑的思绪所震撼，根本无法闭上眼睛。"

“天还没亮，我就听到有人在敲我住所前厅的门，一个年轻的声音在喊我。当我的仆人问敲门的是谁，想要干什么时，他回答说：‘就告诉你的主人说是色萨利人泰阿格涅斯前来拜访。’当我听说是那个年轻人的时候，高兴极了。我命令让他进来，因为我感到，命运本身给了我实现计划的机会。他一定是在宴会上得知我是埃及人，又是祭司后，来请求我帮助处理他的爱情困惑。克耐蒙呀，大多数人都有同样的想法，他们错误地相信所有的埃及人都一样博学，但却不知道有一种人的知识是粗鄙的，可以说是匍匐在地上的。例如婢女们的偶像总是或忙于研究死尸，或专注于草药的研究，或热衷于咒语。这些知识对他自己和咨询他的人不仅没有用处，而且在许多方面还是自相矛盾的，所以在此基础上所获得的成功也是卑鄙和肮脏的，是幻想而不是现实的，是失望而不是希望。简而言之，这些人是可憎行为的创造者，是无耻的耽于享乐的祭司。我的孩子啊，而另一种人才真正拥有智慧。如果说前者是骗子的私生女的话，那么这些人才是真正的智者。这样的智者从最初的时日起，就受智慧的祭司和哲人的训练，让其仰望天空，与神交谈，参与更高的自然，研究天体的运动，从而获得对未来的认识。他们远离人类固有的一切弊病，研究如何安排好每一件事儿，以期对人类有益。可以说，也正是这种智慧让我自愿从我的国家流放，因为我看懂了神预示给我的罪孽和我的儿子之间将要发生的相互残杀。为此，我把自己的生命交给神祇和命运来决定，我知道问题的解决最终取决于他们的意志。现在，我更相信，他们把我驱逐出我的祖国，与其说是为了让我的眼睛避开那可怕的景象，还不如说是为了让我发现恰瑞克莉娅，这一点你将在我后面的讲述中听到。

“当泰阿格涅斯走进我的房间，互相问候之后，我让他在我的床上坐下，问他有什么要紧的事儿这么早就来找我。他用手在脸上擦了几下，回答说：‘我现在很痛苦，因为我的幸福危在旦夕。但我又不好意思告诉你原因。’然后就沉默了。我意识到，现在该是我扮演巫师并假装通过占卜说神已经告诉过我一切真相的时候了。于是，我慈祥地看着他说：‘虽然你害怕说话，但没有什么能瞒过神和我的智慧。’我稍稍抬起身子，把自己的头发披散在耳朵上，做出了一个预言者的样子。又伸出手掌，仿佛要用手指掐算一下，然后像那些被预言狂热附体的人一样摇了摇头，说道：‘我的孩子，你恋爱了。’听了这句话，他吃了一惊，当我又说出恰瑞克莉娅的名字时，他以为我的预言是来自神赐，立即跪倒在了我的脚下，开始敬拜我。在我阻止他的过程中，他又拥抱了我好几次。同时还感谢苍天说他自己的愿望没有被欺骗，并恳求我救他。他说如果没有我的帮助，他是活不下去的。我知道，他那颗从来没有感受过爱的火焰的心，正在他的胸膛中激烈燃烧，需要及时地治疗。他发誓说，他从来没有爱过一个女人，不仅总是鄙视她们，也鄙视爱情和婚姻的观念。直到看到了恰瑞克莉娅的美貌，他才知道自己其实是天生愚蠢和软弱的。这也说明在此之前，他从未见过一个值得他爱的女人。在说这些话的同时，他还流下了眼泪，表示违背了自己的意志，被一个女人彻底征服了。我试图安慰和缓和他的情绪，便对他说：‘不要绝望，既然你已经求助于我了，我必定帮助你，即使她也无法战胜我的智慧。的确，她的道德是严苛的，要使她去恋爱可能是一项艰巨的任务，因为她甚至连阿芙洛狄忒的名字和有关婚姻的言辞都讨厌。但为了你的缘故，我将尽我所能帮助你达到目的。爱情的艺术可以征服自然本性，只要你不丧失胆量和勇气，无条件地顺服我的命令，就能达到有情人终成眷属的结果。’他答应听从我的指令，并说即使我叫他上刀山下火海也不会推辞。

“正当他这样祈祷和恳求我，并许诺把他的全部财产都给我作为酬谢时，一个信使从恰瑞克勒斯那里来了，通知我：‘恰瑞克勒斯恳求你现在就去见他。’信使还说，‘他现在就在这附近的阿波罗神殿里。当他正在吟唱一首赞美诗来愉悦神的时候，被一场梦惊着了。’我立刻站起身来，打发走了泰阿格涅斯，便匆匆向神殿里走去。在那里，我看见恰瑞克勒斯坐在椅子上，正在悲痛难过，唉声叹气。我走到他面前，问他为什么这样忧郁和悲伤。他回答说：‘我怎么能不这样呢？我做了一个可怕的噩梦，说我女儿病了，她整夜都不曾合眼。更让我感到难过的是，她病得太不是时候了。由于她是阿耳忒弥斯的女祭司，根据律法，明天是阿耳忒弥斯女祭司必须向重装赛跑者赠送火炬并授予他们胜利奖品的日子。因此，这就必须会导致两种结果：要么恰瑞克莉娅违反惯例缺席这个仪式，这是对神的亵渎；或者她不顾自己的身体不适去出席这个仪式，那将会加重她的病情。因此，先把以前我委托你的事儿暂时放一下，现在你要去帮助她，给她一些补救措施。正义、友谊和对神的尊重都要求你这样做。我知道，就像你自己说的，如果你愿意，要治好一只邪恶眼睛的魔力是很容易的。你还说过这对你们埃及的祭司来说，是没有什么困难的。’听了恰瑞克勒斯的话，我承认我以前是有些不负责任地乱说了，但为了安慰他，我请他给我一天时间为她准备一些治疗用的药物。然后我说：‘现在，让我们先去看看你的女儿吧，了解一下她的情况，以便尽我所能安慰她。同时，我希望你能对那姑娘说些关于我的事儿，也使她更好地了解我。这样，她越发亲近我，就越会相信我有能力救治她。’‘好的，就这样吧，’他回答说，‘我们现在就去。’

“我不需要过多描述我们看到恰瑞克莉娅的情况。总之，她此刻已经被淹没在极度的痛苦之中，玫瑰红的面颊已经变得苍白，眼睛中的火焰也被不断涌出的泪水浇灭了。不过，当她看到我们的时候，还想努力镇静下来，竭力要装出她平常的声音和惯有的表情。恰瑞克勒斯不断地亲吻她，爱抚她，但恰瑞克莉娅却没有说一句令人感到宽心的话。为此，恰瑞克勒斯说道：‘噢，我的女儿，难道不想告诉爸爸你究竟得了什么病吗？现在你被一只邪恶的眼睛盯住了，但你却还要保持沉默，仿佛是你做错了什么，仿佛你没有从那双曾经如此执着地看着你的眼睛中受到伤害。现在，你要高兴起来。因为我已经恳求聪明的卡拉西里斯想办法治好你。他能做到这一点，因为他是一位祭司，而且是我们特别好的朋友，在占卜等神圣的知识方面胜过所有的人。所以你应当很热情地、满怀信心地对待他，把你自己完全交给他，不管他是要念咒语，还是要用别的方法来医治你，你都不要拒绝。再说，你不是不反对与有学问的人交往吗？'恰瑞克莉娅没有回答，只是点点头，表示愿意听我的劝告。然后我们便离开了她。路上，恰瑞克勒斯提醒我不要忘记我的诺言，我也下决心要尽自己最大的努力在恰瑞克莉娅心中唤起她对男人和婚姻的兴趣。同时，我也再次向恰瑞克勒斯保证，他让女儿结婚的愿望很快就会实现的。然后，愉快地送他回去了。"

第四卷

奇怪的出生

VOLUME FOUR

“第二天，当庆祝阿波罗盛典的比赛部分接近尾声的时候，这对年轻恋人之间的比赛却达到了高潮。在我看来，丘比特[①]是这场游戏的评判人和仲裁者，他是下定决心要把两个冠军撮合在一起进行一场竞赛，从而使这场比赛变得更伟大。当时现场的情景是这样的：所有的希腊人都在旁观，而邻近的同盟国来宾则坐下来当裁判官。在所有其他的比赛如赛跑、摔跤和拳击等项目都大张旗鼓地结束后，传令官宣布，穿重装盔甲进行跑步比赛的人开始入场。与此同时，作为女祭司的恰瑞克莉娅也华丽地出现在了比赛的终点，准备给优胜者颁奖。尽管带病出席让她的身体更加不舒服，但她仍然出现在了赛场上。根据我的判断，部分原因是出于她的习惯和责任感，但更多的是她希望能在这个地方再次看见泰阿格涅斯。她出场时，左手拿着一支燃烧着的火把，另一只手拿着一根棕榈枝[②]。她一出现，就吸引了全场的目光，场上的每个男人都扭过头来看她。即使如此，可能也没有人的眼光比泰阿格涅斯更快地看到了她——因为一个情人是非常愿意第一个用目光去拥抱他所爱的人的。此外，在他不知

① 丘比特（拉丁语：*Cupid*）罗马神话中的小爱神，相当于希腊神话中身为爱与美神阿芙洛狄特之子厄洛斯，他的形象大多是一个手拿弓箭的裸体小男孩，尽管有时他被蒙着眼睛，但没有任何人或神，包括朱庇特在内，能逃避他的恶作剧。他的金箭射入人心会引发爱情走向婚姻，他的铅箭射入人心会使相爱的人产生憎恶，以分手告终。他有一对闪闪发光的金色翅膀，带着弓箭漫游，经常无目的地瞎射。

② 在古希腊时代，“棕榈枝”为胜利的象征。皮提娅赛会优胜者的锦标通常为月桂花冠。

道下一步该怎么办之前，当下就一心只想看着她了。此刻，他再也保守不住自己的秘密了——因为他有意坐在我旁边——悄悄地对我说：‘那就是可爱的恰瑞克莉娅。’看到他那急切的样子，我恳求他保持安静。

“入场的号令刚宣布完毕，一名代表临近同盟国参加比赛的选手就跑出来了。这是个傲慢的家伙，他装备精良，目空一切，认为自己在荣誉上已经超过了在场所有的人，因为在之前的许多比赛科目中，他都赢得了桂冠。看到他这个样子，好一会儿都没有人愿意前来挑战他。我想，这是因为大家都感觉自己没有战胜他的把握。因此，裁判们计划安排他退场。因为按照比赛规则，如果没有对手同他对决，就要取消比赛，他也就不可能赢得胜利的桂冠。可是此时他却鲁莽地对所有人提出了挑战。看到这种情况，裁判们只好吩咐传令官再次呼吁和询问在场的人，是否有谁想与他竞争。泰阿格涅斯闻听此言，立即说：‘这个人是在向我挑战。’‘你说这话是什么意思？’我问他。‘是这样的，父亲，’他说：‘我既然在现场，要亲眼看见别人从恰瑞克莉娅手中得到胜利的奖赏，那是绝不能容忍的。’我反问道：‘你难道不担心也不在意你被打败后所带来的耻辱吗？’他回答说：‘我不会被打败的。当我正在看着恰瑞克莉娅的时候，怎么会允许有别的男人比我先跑近她呢？还有谁比我更渴望证明，在她目光注视下，像我一样脚不着地地向她飞奔而去？难道你不知道，画家们给爱神平添的双翼，恰恰是为爱情的魔力所折服的象征吗？除了这些以外，我还必须自夸，迄今为止在我参加的所有比赛中，还没有人能跑得过我。’① 说完这些话，他从座位上一跃而下跳到了比赛场中，高声报出了自己的名字和所来自的国家，并为自己在比赛中的位置抽了签。然后他穿上盔甲，站在起跑点上，心脏激烈地

---

① 泰阿格涅斯无与伦比的奔跑能力源于他的先祖，即在荷马史诗中以“捷足”而著称的阿喀琉斯。

跳动着，此刻他非常想去奔跑以至于几乎等不及出发号角的吹响。这是一个美丽的景象，非常值得一看，就像荷马描绘的阿喀琉斯冲向河神斯卡曼德洛斯的情景一样。[1] 这一突然的行为也出乎了希腊众人的意料，他们都很感动，所有的人都像自己去参加赛跑一样，衷心地祝愿泰阿格涅斯取得胜利。因为漂亮俊美的外貌，是赢得人们好感的巨大力量。恰瑞克莉娅也被感动得无法形容——因为我已经注视她很长一会儿了，我看到了她的脸色由红变白，又由白变红的整个变化过程。随即，发令官宣布了参加赛跑人的名字：一个叫俄耳墨诺斯[2]的阿卡迪亚人和一个叫泰阿格涅斯的色萨利人。一声'开始'的令下之后，他们就冲出了各自所站的位置，开始赛跑，其速度之快，人们几乎看不清他们是如何移动的。这时，这个少女再也不能保持安静了，她的双臂随着身子的摆动挥舞起来，双脚不断地跳动着，好像她的心也在帮助泰阿格涅斯加劲奔跑。所有观看的人也都非常焦急地等待着比赛的结局。特别是我，现在我已下决心要像关心我的儿子一样关注他。”“这不奇怪，”克耐蒙说，“如果在场的人都急着要看到他的胜利的话，那现在我自己也在为泰阿格涅斯担心。所以，他是否得了头奖，请你赶快告诉我。”

“他们跑到比赛路程的一半多之后，”卡拉西里斯接着说，“泰阿格涅斯在奔跑中稍微转了转身，皱着眉看了一眼那举着盾牌、伸出脖子并用眼睛一直盯着恰瑞克莉娅奔跑的俄耳墨诺斯。于是，他更加急速地向她飞跑而去，就好像一支飞箭射向靶心，以至于阿卡迪亚人被他抛在后面许多码远的地方。然后，他冲向恰瑞克莉娅，好像不能控制住似的故意扑倒在她的膝前。当他从她手里接过花环时，

① 荷马史诗《伊利亚特》（21.203-384）中所描绘的阿喀琉斯面对一种比他自己更强大的自然力量时奋勇前行的情景，恰是此刻泰阿格涅斯的写照。

② 有“飞速行进”之意。

我看得很清楚，他亲吻了她的手。”克耐蒙叫道：“啊，多么有趣的反转！他不仅赢得了胜利，还亲吻了她的手。但接下来又发生了什么事情？”“你不仅听不够，”卡拉西里斯回答说，“而且你也很难被睡眠所征服。夜晚的大部分时间已经过去了，而你还不想睡，还在不厌倦地听这么长的故事。”克耐蒙说：“我想是荷马错了。他说万事万物都有满足的时候，甚至爱情也不例外。[①] 但我看来，一个人永远不会厌倦爱情，无论是他自己恋爱，还是听别人的恋爱故事。如果一个人在讲述泰阿格涅斯和恰瑞克莉娅之间的爱情，那么，即使听了一年，谁又会如此铁石心肠、冷酷无情地不听下去呢？所以，还是继续讲你的故事吧。”

“那就接着听吧，克耐蒙！”卡拉西里斯说，“裁判宣布泰阿格涅斯获得了胜利，他被戴上了桂冠，并受到了所有人喜悦的祝贺。到此时，恰瑞克莉娅完全被征服了，甚至比以前更加受到了爱情的奴役。因为这已经是她第二次见到泰阿格涅斯了。爱人的相互凝视是爱的象征，就像火放在任何干燥的物质上会燃烧一样，眼睛的凝视也会像火一样点燃人的思想。回到家里后，她和其他人一样度过了一个相似但更糟的夜晚。我也几乎没有睡着，因为我一直在考虑我们的秘密出逃要到什么地方去，以及诸神要把这对年轻夫妇引导到哪个国家。我推测我们一定要乘船走海路，因为神谕曾经说过——

> 当他们离开我的圣殿后，
> 伴随着福玻斯耀眼的光芒。
> 将劈波斩浪，到达被太阳晒黑的国度。

---

① 语出《伊利亚特》（13.636-37）：“人们对事物都有餍足的时候，甚至如睡眠、爱情、甜蜜的音乐和完美的圆舞。”

“但是，我只有一个办法知道他们应该被送到什么地方去，那就是我无论如何要弄到恰瑞克莉娅随身携带的包裹里的那封书信。因为我好像在什么地方听到她的养父恰瑞克勒斯说过，在这封信里有这个女孩来历的记载。我想我很可能要从这封信里了解到这位姑娘的父母和她的国家等一直困惑我的问题，也许还能找到命运女神要把她送到哪里去的答案。

“于是，第二天的早晨，天刚放亮我就去找了恰瑞克莉娅。当我来到她家时，发现她家的人都在哭，恰瑞克勒斯和其他人一样也哭得很厉害。‘出什么事了？’我问。他回答说：‘我女儿病得越来越重了。她今晚比以往任何时候都更糟了。’我说：‘你快走开吧，其余的人也都离开这儿。你让人给我在这儿放一个三足器，再放一棵带火和乳香的小月桂树。在我没有叫你们之前，不要让任何人进来搅扰我。’听到这话，恰瑞克勒斯下了命令，大家都出去了。现在我有了一个好机会，去开始进行我的表演，就好像我站在舞台上表演一样。我点燃了乳香，嘴里不停地嘟囔着，同时把月桂树树枝在她身上从头到脚地拂弄了一番。我还像个睡眼惺忪的老婆子似的张大了嘴打了个哈欠①。在这个少女面前装神弄鬼半天之后，我终于结束了。在我这样做的过程中，她频频摇头，最终，她微笑着告诉我，我完全搞错了，因为我并不了解她的悲伤。随后，我坐得离她更近些，低声对她说：‘我的女儿，振作起来。你的悲伤是常见的，也很容易被治愈。毫无疑问，你是在祭祀典礼上被人迷住了，或者更确切地说，当你第一次见到他，即当你把祭祀的火炬交给他的时候，你就被迷住了。这迷住你的人，我想，就是泰阿格涅斯。因为我看得很清楚，他的眼睛总是盯在你的身上，常常放肆地望着你。’‘不

① 此类通常由老妪作法禳除恶眼的符咒在希腊一直存在。打哈欠是这一法事中尤为重要的一环，旨在由施法者将恶眼所蕴藏之怨毒从受害者身上吸入自身，然后以哈欠的形式排出。

管他这样做了或没做，’她说，‘祝他好运。但他是哪国人，是哪个种族的后裔呢？因为我在他身上看到了许多奇迹。’‘你已经听说过了，’我说，‘他是一个色萨利人，传令官曾宣布过他的名字叫泰阿格涅斯，并且从阿喀琉斯那里得到了血统。在我看来，他这样说是有充分理由的，考虑到他高大和清秀的身材，这显然证实了他的身上流淌着阿喀琉斯的血液。只是他不像英雄阿喀琉斯那样傲慢和自大①，而是用值得称赞的礼貌来节制和缓和他的傲慢与激烈的思想。正因为如此，他虽然用嫉妒的眼神盯着你以及想用漂亮的外貌吸引你，但你要知道他自己受的苦倒比你所受的还要多。’‘啊，父亲呀，’她说，‘我感谢你能设身处地地为我着想，可是你为何又要凭空诋毁一个行事无妄的男子呢？你也清楚，让我苦恼的并不是什么恶眼，在我看来，恰恰是因为一些别的原因。’‘那么，女儿呀，’我说，‘你为什么要对我隐瞒着自己的想法，而不坦白说出来，好让我更容易地找到补救的办法呢？难道我不是在年龄，在巨大的善意上和你的父亲一样的吗？你父亲不也是跟我很熟吗？我们老哥俩不还是同行吗？所以，请把你的病因告诉我，我一定遵守你的忠告。是的，如果你愿意，我就向你发誓一定要保守你的秘密。快大胆地说出来吧，不要让你的虚弱随着沉默而加剧。只要你说出来，疾病的原因很快就会被我知道，你的病也会被轻易治愈。但若长时间憋在心里不说出来，它就会形成强大的破坏力量，到那时就几乎不能医治了。不要让沉默增加你的虚弱。因为沉默对任何疾病都没有什么帮助，而说出来则可以得到安慰并容易治愈。’听到我说的话，她沉思了一会儿，此时从她脸色上可以看出她已经改变了许多想法。然而，她却说：‘今天就让我一个人先待着吧，以后你就会知道原因了。你既说自己是预言家，谁知道你先前竟然不知道这事儿。’我只

---

① 狄奥墨得斯（Diomedes）在《伊利亚特》（9.699）曾经这样评价阿喀琉斯：“他本来高傲。你现在更加激起了他高傲的心情。”

好起身离开了，也好给她一个缓和她内心羞怯的机会。一出门，就遇见了恰瑞克勒斯。他立刻问道：‘你有什么好消息要告诉我吗？’‘一切都会好起来的，’我说，‘可能明天她的病就会被治好了。到那时可能还会有一些别的事情发生，而且是件愉快的事情。在这段时间里，你可以请一个医生来给她看一看，这是没关系的。’我说了这话，就急忙走了，免得他再问我什么。

“我离开那所房子走了一小段路之后，看见泰阿格涅斯正在神殿的院子里走来走去，边走边自言自语地说着话，仿佛他只要看看恰瑞克莉娅所住的地方就足够了。我好像没有看见他似的转过身去，想从他身边走过。但他喊道：‘上帝保佑你，卡拉西里斯。我请求你留下来，因为我在等你。’我装作刚看到他似的突然转过身来，对他说：‘啊，漂亮的泰阿格涅斯，我刚才没有瞧见你。’‘既然我那么漂亮，’他说，‘可为什么却讨不到恰瑞克莉娅的欢心？’我板着脸，仿佛生气地对他说道：‘你难道还在继续毁谤我和怀疑我说服人的技巧吗？她现在是深陷在了不由自主爱上你的情绪之中，而且渴望见到你这个比她更强大的人。’他立刻喊道：‘你在说什么？我的父亲。恰瑞克莉娅想见我吗？那你为什么还不把我带到她身边去呢？’说完他就要跑去见她。我马上拉住他的外衣，对他说：‘你站在这里先别动，虽然你的脚很轻盈快捷，但这可不是一件可以掠夺的东西，也不是每个人都能轻易得到的东西。这件事必须经过周密的计划，而且需要精心地做好实施的准备。难道你不知道这姑娘的父亲是德尔斐城里最高贵的男人吗？偷偷和她约会这样违背道德的事，你难道不记得律法是将其定为死罪吗？’他马上说：‘只要我能获得了恰瑞克莉娅的同意，即使我死了也没关系。你若以为合适，我们现在就可以到她父亲那里去，求他同意我娶她为妻，因为我是配得上作恰瑞克勒斯的骨肉之亲的。’‘我们说服不了恰瑞克勒斯。’我对他说，‘倒不是说他能挑出你什么毛病来，而是他早已把她许配给了他姐姐的儿子为妻了。’‘他会后悔的！’泰阿格涅斯说，“不管他是谁，只要我活着，就没有人会娶到恰瑞克莉娅。我的手还没有麻木，我的剑也没有失去锋芒。’听了这样的话，我对他说道：‘你放心吧。我们现在还用不着这么做。只要你听我的话，照我所吩咐的去做就行。现在，你暂且回去吧，要小心不要被人看见你经常和我说话。以后当你来找我的时候，也要独自悄悄地来，不要让其他人看到。’听了这话，他难过地走了。

“第二天，恰瑞克勒斯遇见了我，一看见我，他仍像平时经常做的那样，跑到我跟前吻我的脸颊，还不停地流着泪说：‘你的智慧和友谊就是这样的有力量，你给她带来了一个大改变。她心中魔障已经被带走，这是多么艰难的胜利呀！以前所向无敌的她现在被征服了。恰瑞克莉娅开始恋爱了。’我听了这话，晃了晃头，耸了耸肩，边走边得意洋洋地对他说，毫无疑问，她是忍受不了我的第一次攻击的。我还跟他说，到目前为止，我还没有对她使用过什么更大的手段呢。‘可是快告诉我，恰瑞克勒斯，’我问他，‘你是怎么知道她恋爱了呢？’他回答说：‘我是照着你出的主意去做了。我找了几个信得过的医生，把他们带来见她，并对他们说，如果能治好她的病，我就把所有的财产都给他们。他们一到她跟前，就问她是怎么样的难受，哪里疼。她转脸不看他们，一句话也不回答，而是大声背诵荷马的这句诗——“佩琉斯之子阿喀琉斯，我们最勇敢的人”[①]。医生阿克希诺斯[②]是一个聪明人——也许你认识他——尽管违背了她的意愿，还是把她的手腕握在手里，似乎是要通过她的脉搏跳动来判断她的病情。我猜想，也可能是脉搏的跳动节奏透露了她的心情。他摸了她的脉搏，仔细地上下打量了她一番，然后说：‘恰瑞克勒斯

① 语出荷马史诗《伊利亚特》（16. 21）。其时，帕特罗克洛斯（Patroklos）正向阿喀琉斯进言，力陈他退出战斗将会给希腊联军带来可怕后果。

② 这一名词所对应的希腊语动词形为ἀκέομαι，意为“治愈”“康复”。

啊，你把我们带到这里来是徒劳的，药物对她没有任何用处。’‘噢，神啊，’我叫道，‘你为什么这么说，难道我的女儿没有了任何痊愈的希望，一定会死吗？’他说道：‘别这么大惊小怪的。现在跟我来，听我说。’随后，我们来到了一个角落里——在这里少女和其他人都不能听到我们之间的谈话。他说：‘从理论上讲，我们的医术只能针对病人身体的症患施治，而对精神的缺失无能为力，除非精神缺失的诱因在于身体的症患。唯其如此，当身体的症患消失之后，精神状态也恢复如常。这姑娘确实是病了，但不是身体上的，而是因为精神上没有获得满足感的充盈。所以她头并不痛，身上也不发热，身体的其他部分也不感到难受痛苦。你可以把这件事看作是真的。除此之外别无其他。’我恳切地请求他，如果他在她身上看出了别的什么病痛，就告诉我。他说：‘你还不如一个孩子，连孩子都知道爱情是一种发自内心的感情，这难道是疾病吗？她的内心若没有什么烦恼的话，难道她会哭肿了眼睛，会心烦意乱，脸色苍白吗？此外，她总是胡言乱语，心里想什么就说什么，还无缘无故地躺着，有时还会突然失去四肢的平衡与协调，这不都是精神上的问题吗？所以，恰瑞克勒斯，你必须找到她所渴望的那个男人，他是唯一能治好她的人。’说完这些话，医生就走了。我的救主，我的上帝啊，我和她都知道，唯有你能帮助我们。所以我才急忙要到你那里去找你。还因为每当我要求她告诉我她的病情时，她总是这样回答我，说她也不知道自己得了什么病，她深信只有卡拉西里斯才能治好她。所以她也恳求我让你快到她那儿去。我由此猜想是你的智慧使她走入了实际。我对恰瑞克勒斯说：‘你能告诉我，她爱的人是谁，是为谁而陷入了爱情罗网吗？’他说：‘以阿波罗名义，我不能。我怎么能知道和用什么方法去知道她爱的是谁呢？说到结婚，我愿她爱我妹妹的儿子阿尔卡米涅斯胜过一切。不说谎话，其实在我的心里，我已经指定他是她的丈夫了。’‘你可以试一试，’我说，‘你把他带进来，让她看看。’他很喜欢我的建议，高兴地走了。

“大约中午时分，他又来见我了，对我说：‘你将听到一件悲伤而可怜的事情。我女儿似乎是疯了，她做出了一种疯狂的表现。我照你吩咐把阿尔卡米涅斯带来，并让他穿了新衣服给她看。但她就像看到了蛇发女妖戈尔贡丑陋的头或其他更可怕的东西一样，大声地喊叫着并把她的脸转向屋子的另一边，同时她还用手使劲地掐住自己的喉咙，并发誓威胁说，如果我们不赶快离开房间的话，她就自杀。还没等她把话说完，我们吓得马上离开了她。看见这样可怕的景象，我们还能做什么呢？所以，我现在又来求你了，请你想个办法，既不要让我的女儿受到痛苦和走向死亡，也不要叫我的心愿遭受折磨。’‘啊，恰瑞克勒斯，’我说，‘你确实说过你的女儿心烦意乱。她也确实被我所说的那些不平凡的力量弄得意乱神迷，看起来强迫她去做与她天性和决心相违背的事情是她所憎恶的。在我看来，一定是有某位神祇专权拦阻这件事，并反抗我们的人选。所以，现在该是你给我看那封信的时候了。你曾跟我说过在她身边找到了和其他的东西在一起的鱼皮带子。我担心它被施了魔法，造成了现在这样的迹象，使她心烦意乱。可能有些敌人在一开始就设下了这个陷阱，使她与所有的爱疏远，让她毫无结果地死去。’他同意了我的话，不一会儿就给我拿来了那个带子。我请求他让我单独到一个地方去看，他同意了。于是我就把它拿到了我的住处，毫不耽搁地开始读上面写的内容。

“布带子上的文字是用埃塞俄比亚文写成的，不是普通的文字，而是他们的首领们专用的那种，也就是埃及人所说的僧侣所用的文字①。以下的内容就是我在信中读到的：

---

① 据希罗多德《历史》（2.36）所述，埃及人有两种文字，“僧侣体”和“世俗体”。狄奥多罗斯（Diodoros）《历史》（3.3）补述称，在埃及，只有祭司才能读懂的圣书，在埃塞俄比亚却是人尽皆知。而且，埃塞俄比亚的麦罗埃人实际上使用了两种文字：一种是由埃及的象形文字改编而来，另一种则是一种对埃及人来说难以辨认的草书体，但草书体也并非某一阶层独有，也没有固定的使用场景。

埃塞俄比亚王后佩西娜，给她因难产而生的女儿——无论是谁给她起了什么名字——匆忙写下这首哀歌，作为她最后的礼物。

“克耐蒙，当我看到佩西娜的名字时，我很惊讶。但接下来我读到的文字，是这样——

我的女儿呀，我们种族的创造者太阳神可以为我作证，我把你遗弃，把你藏起来不让你的父亲希达斯庇斯看见，并不是由于我犯下了什么恶行。是的，我的女儿，如果你以后还能活着的话，如果上帝愿意给你这样的安排，我愿意向你，向那找到你的人，请求原谅，也向所有的人为自己申辩。因此，我现在就要把你被遗弃的原因写下来。我们的祖先，是诸神之中的太阳神和狄奥尼索斯神；在我们的英雄族谱中，有英仙座的宙斯之子珀耳修斯、仙女座的安德洛墨达①和门农②。那些在不同季节建造我们王宫的人，用他们各种功绩的绘画装饰着墙壁，用诸神和英雄们的雕像装饰着客房和门廊，而国王的新房则装饰着绘有珀耳修斯和安德洛墨达爱情的图画。就在这间豪华的

① 在古希腊神话中，安德洛墨达（Andromeda）是伊索比亚国王刻甫斯（Cepheus）与王后卡西奥佩娅（Cassiopeia）之女，其母因不断炫耀女儿的美丽而得罪了海神波塞冬之妻安菲特里忒。安菲特里忒要波塞冬替她报仇，波塞冬遂派海怪刻托（Ceto）蹂躏埃塞俄比亚，刻甫斯请求神谕，神谕揭示解救的唯一方法是献上安德洛墨达。于是她被父母用铁索锁在刻托经过路上的一块礁石上，后来宙斯之子珀耳修斯（Perseus）刚巧路过瞥见惨剧。安德洛墨达的父母求珀耳修斯营救他们的女儿，作为条件他可以娶安德洛墨达为妻并成为埃塞俄比亚的国王。于是珀耳修斯力战并杀死了刻托，救出安德洛墨达并如约与其结婚。在喜筵上安德洛墨达的叔叔菲纽斯（Phineus）突然带兵到来。菲纽斯过去曾向安德洛墨达求婚，这次他来劫新娘。由于敌人众多，珀耳修斯虽然英勇终究不敌。于是他拿出美杜莎的头使所有的敌人变成石头。安德洛墨达与珀耳修斯诞下七子二女。

② 在古希腊神话中说，埃塞俄比亚国王门农系黎明女神埃奥斯（Eos）与蒂索诺斯（Tithonos）所生。埃塞俄比亚人源出东方一说源远流长，因其居所毗邻太阳，故而皮肤黝黑。埃塞俄比亚一词意谓“面若焦炭”。

屋子里，国王希达斯庇斯跟我结婚已经十年了，但我们还没有自己的孩子。一年夏日的某一天，我们碰巧在休息，因为天气太热，我们都快睡着了。但突然间你的父亲却要与我做爱，他起誓说，这是神在梦中吩咐他这样做的。这之后不久，我就发现自己怀孕了。从那以后，一直到我分娩，所有的日子都被作为了公共的节日，以便把感恩的祭物献给诸神，因为国王希望有个孩子来继承他的王位。但你一生下来，皮肤却是白色的，这在埃塞俄比亚人的黑皮肤中是很奇怪的颜色。我知道其中的原因，那是因为当我丈夫和我在一起做爱的时候，我眼睛一直看着仙女座女神安德洛墨达的画像，这幅画像画的是珀耳修斯正赤身裸体把她从岩石上抱下来。就是这样的情形造成了目前不幸的事情发生①——你的皮肤像安德洛墨达。你的肤色将使我确信我会被指控犯了通奸罪。即使我告诉他们原因，也没有人会相信我的解释。所以，我决心摆脱可耻的死亡，把你交给不确定的命运。这样做也远比你现在就死了或者活着被称为杂种要好得多。于是，我便把你送走了。我还告诉自己的国王丈夫说，你一出生就死了。为此，我偷偷地将你安排好②，还将我的大量财物和你放在一起，目的是用这些财宝答谢那个发现你和抚养你长大的人。除此之外，我还要用这个带子把你包起来，其中包含我们两个人悲惨命运的故事。那是我痛苦地用流出的泪水和鲜血为你写下的，因为我生下了你，而同时又为你陷入悲伤。但是，啊，我可爱的孩子，在我身边仅待了短短一会儿

---

① 这是一种古代的“母性印记”理论（Maternal Impression）——母亲看到的图像将会投射到她行将出生的孩子身上。这一理论曾得到了希腊（以及后来的）医学著作的广泛认同。故而，身为埃塞俄比亚公主的恰瑞克莉娅被描绘成白皮肤的形象也就不足为奇了。

② 因为某些难言之隐或身体缺陷而弃婴（多为女婴）的做法在古代世界比较普遍；而留下相关信物作为拯救弃婴的犒赏或是日后相认的凭据也是新喜剧（较之于阿里斯托芬的“旧喜剧”）中情节设置的习见操作。

的女儿，如果你还活着，请记住你高贵的出身，热爱贞操，这是女人的美德和高贵精神的确实标志，你要像你的父母一样保持贞洁。最重要的是，你要在我给你的珠宝中寻找一枚戒指，那是你父亲在我们订婚时送给我的。在这枚镶嵌宝石的戒指内箍里，刻有国王的秘密记号，那块宝石是一枚具有秘密美德的宝石潘塔贝①。我写下这些话，就是要告诉你，要让这文字成为我的使者，因为神已将说这些话的权力从我手中拿走了，使我不能当面告诉你。也许这一切都是徒劳无益的，但也许将来会有用处，因为没有人知道不确定的命运会带来什么。简而言之，我那徒然有着美丽容颜，而这美丽又给我带来了耻辱的女儿啊，如果你还活着，我所写的这一切将成为你出生的证明。但如果你死去了——但愿诸神永远不要让我听到这个消息——这封信就是妈妈在你墓前所唱的哀歌。

“读了这篇文字之后，克耐蒙，我终于知道了她是谁，并对众神的支配力量感到非常惊奇，我心里既充满了快乐也满含悲伤，甚至莫名其妙地又想哭又想笑。我心里很高兴，是因为知道了我以前所不知道的事情，又知道了神谕的意思是要我们去埃塞俄比亚。悲伤在于，那些将来要发生的事情，让我心里很是不安，并且让我对人的性命产生了深深的怜悯与同情。人的生命轨迹就像一个非常不稳定的、软弱的和弯曲的东西，曲曲折折，跌宕起伏，这一点，我当时就知道了，尤其是通过恰瑞克莉娅的命运，让我感触更深。我思绪绵绵，想到了许多事情。我想她的父母现在该是什么模样，想她为什么会是个白皮肤的孩子，想她离她的祖国该有多么遥远，想现在用一个假名叫她少女的，原来是失去了埃塞俄比亚自然土地和王

① 潘塔贝（Pantarbe）是一种传说中的宝石，不同的作家赋予其不同的魔力。据传，此石产自地下深处，大如拇指，色如火炭，夜放光芒。

室血统的孩子，其命运又多么离奇。简而言之，我花了很长一段时间用在思考研究上，因为我有充分的理由同情她过去的遭遇，为她悲叹，但又不敢和人去说即将到来的一切。最后，我把思绪拉回清醒的事实上来。我得出结论，现在拖延这件事是不好的，我应该迅速地把我已经开始的事情做下去。

“然后我去找了少女恰瑞克莉娅，发现她独自一人躺在床上，整个人被爱情搞得疲惫不堪，但还在竭力地抵抗着婚姻对自己的诱惑。她的身体由于屈服于精神的虚弱而感到很痛苦，已经没有任何能力来承受爱情的暴力。我把和她在一起的人都打发走了，并嘱咐他们不要出声，因为我要为那姑娘祈祷和呼唤神灵的帮助。一切安排好之后，我对她说：‘现在是时候了，恰瑞克莉娅——你昨天答应过我的——要把你的悲伤告诉我，不要再瞒着它了。因为一个深爱着你的人，即使你不说，他也会知道的。’她拉着我的手，吻了吻，哭着说：‘聪明的卡拉西里斯，既然你似乎已经知道我得的是什么病，就请你帮我一个忙吧。让我保持沉默，保持不开心吧。至少在这样的状态下我会隐藏起我的羞耻。虽然隐藏我的痛苦是邪恶的，但说出来更邪恶。虽然我的病情越来越重，使我很难受。但更使我难过的是，起初我就没有战胜爱情，而是屈服于它了。我认为，爱情这件事，只要一提起，就玷污了贞洁这光荣的字眼。’我安慰她说：‘我的女儿啊，你做得很好，有两个原因可以掩盖你的状况。我不需要别人告诉那些我已经知道的事情。你说这话也不无道理，女人保守秘密是应该的。但是，因为你曾经尝过爱的滋味，而泰阿格涅斯也曾使你屈服——我是受到神的启示知道的——所以你要明白，既不是只有你一个人，你也不是第一个受到这种影响的人。有许多尊贵的妇女和贞洁的少女，也都和你一样尝过爱情的滋味。因为爱神是诸神中最伟大的，据说她有时甚至能战胜诸神。现在你必须考虑怎样才能最好地安排你的生活。当然，不爱也是一种幸福。但当你被爱神选中时，适度地使用爱情也是非常明智的。如果你愿意相信我，你最好做一件事，那就是摒弃欲望的污秽之名，拥抱合法的婚姻，把你的疾病变成婚姻的幸福。'

"当我说这些话的时候，克耐蒙呀，她大汗淋漓。很明显，她对自己听到的这些话感到很高兴，但对自己所希望的又感到非常恐惧和烦恼。而且，她想到自己过去对待爱情的态度，又不禁涨红了脸。过了好一会儿，她说：'爸爸，你说到婚姻，并叫我接受它，这好像是很明显的，或者是为了要让我的父亲满意，或者就是我的敌人想要得到我。'我回答说：'假如你要结婚的对象是你心中的那个年轻人呢，你还拒绝吗？毫无疑问，泰阿格涅斯已经比你更深地陷入了恋爱之中。原因是一样的，因为你们两个人似乎第一眼就在各自的头脑里认识到了对方的优点，产生了同样的感情，而我则使他的爱心更加增长，使你也更加高兴。但那个所谓是你父亲的人却给你确定了另一个丈夫阿尔卡米涅斯——你对那人不是已经有了很足够的了解了吗？'她说：'与其让我嫁给阿尔卡米涅斯，还不如把他埋在坟墓里。现在不是泰阿格涅斯要我，就是我在众人中寻找我能接受的人。但我现在请求你，请先告诉我，你是怎么知道恰瑞克勒斯并不是我真正的父亲，而只是可能是。'我说：'是这样的。'于是我给她看了写在腰带布上的文字。'这东西你是从哪儿弄来的，又是怎么弄来的？'她问我，随即又说道：'养父在埃及从我的委托人那里收养了我之后，我真的记不得他是怎么把我带到这里来的。而这封信确实是他从我这里拿走的，并放在了一个箱子中保存着，唯恐时间久了被弄坏。''至于我是怎么得到它的，'我说，'以后你会知道的。不过，如果可能的话，现在就告诉我你知道里面写的是什么内容吗？'当她告诉我她不知道的时候，我对她说：'这里面包含着你的父母，你的国家，还有你所有命运的信息。'然后她恳求我把所知道的讲给她。于是，我便把一切都告诉了她，并把上面写的话逐字逐句地解释给她听。

“当她获悉自己的身世后，潜藏在她心底的那种与自己身份相称的自豪感油然而生。她问我：‘接下来我们该怎么办呢?’于是，我就把我的全部计划都清楚地告诉了她，尤其是强调了行动的每个要点。我还和她说：‘女儿呀，我过去曾经到埃塞俄比亚去学习过他们的智慧，学习的地点就在王宫里，因此和你的母亲佩西娜很熟。在那里，因为我把埃及和埃塞俄比亚的智慧结合在了一起①，这使我获得了更多的信任。当她知道我要回国时，首先要我发誓保守秘密，然后她把你所有的事都告诉了我。又说，她不敢找本国的预言家和智者询问你的下落，因此，她要我先问问诸神，在被遗弃之后你是否还活着。如果还活着，那你现在生活在哪个国家?虽然她过去的十多年里总是派人在埃塞俄比亚各地频频打听，但却没有人听说过有像你这样命运的孩子。为此，我占卜询问了所有的神祇，主要是问诸神，你是否还活着和你当前在哪里。你妈妈恳求我一定要把你找到，并让我劝说你回自己的国家去。因为她说，她自你以后，没再生养，一直过着没有孩子的生活，并且总是为你而悲伤。她还说不管你在任何时候出现在她的面前，她都准备向你父亲坦白地说明这一切。她知道你的父亲是一定会被说服的，这既是因为他们夫妻已经在一起生活了半辈子，有着长时间的了解，同时你的回来会出乎他的预料——因为终于有人来接替他的王位，这反而会给他带来莫大的希望和喜悦。你的母亲说完这些话后，还让我指着太阳发誓，一定要照着她说的话去做。我们知道，这种誓言凡是有智慧的人都是不可违背的。为了履行我的誓言，我来到这里。尽管我这次远航并不仅仅是为了这个目的，然而诸神的旨意却使我在漫长的旅途中得到了很多好处。我为找你这件事忙了很长时间，但却不想因为我

① 据非洛斯特拉托斯（Philostratos）（《阿波罗尼奥斯生平》6.6）所言，埃塞俄比亚的圣人的智慧虽然依然不及印度人，但在埃及人之上。

的行动给你带来任何不便。我此前之所以没有把这件事的真相告诉你，是因为我正在等待一个正当的理由和合适的机会找到那个布腰带，以便对我的说法有充分的证据。现在，你既然已经知道了真相，因此，如果你同意，在你遭受来自恰瑞克勒斯强加给你所不愿遭受的暴力之前——他现在正忙着撮合阿尔卡米涅斯做你的丈夫——你可以和我们一起走了。这样，你就可以回到你的亲人身边，回到你的国家和你的亲生父母那里去，并能和愿意跟着我们到任何国家去的泰阿格涅斯住在一起。如果我们可以相信诸神，尤其是阿波罗的神谕的话，我们将离开外国低劣的环境，去过一种自然而高贵的生活，并作为王后和你所爱的人一起统治国家。'与此同时，我还提示她回忆起神谕的话来，并告诉她其中的意味。其实她以前就已经知道了神谕的内容，因为当时几乎每个人嘴里都在激烈地谈论着神谕到底是在说些什么。听了这话，她很受感动，立即说道：'父亲啊，既然您说众神让我这样做，我也同样相信。那么下一步我们该怎么办呢？''你必须这样做，'我说，'答应恰瑞克勒斯，就好像你很愿意嫁给阿尔卡米涅斯似的。'对此，她回答说：'这是一件很难做的事情，令我难堪。除了泰阿格涅斯，甚至在口头上我也难以对其他任何男人说出这样的话来。父亲啊，我既然将自己交在诸神和你的手中，那就请求你告诉我，你让我这样做的目的是什么。还有，当我同意和他结婚的消息被人知道以后，我又该怎么去废除这婚约。''这个问题我以后会教你的。'我说，'但现在不能说，因为提前告诉女人们的事儿，会使她们放弃当前很多必须要做的事情。所以，只要你现在和以后都听从我的劝告，按我的要求去做就可以了。当下，你就是要假装满足于恰瑞克勒斯为你提供的婚姻。你不要担心，因为没有我的劝告和指导，恰瑞克勒斯是什么也做不成的。'在恰瑞克莉娅答应按我的要求去做后，我就走了，留下她独自默默地哭泣。

“我刚走出她的房间，就看见了恰瑞克勒斯。他满面忧愁，心中充满了悲伤。‘好先生，’我对他说，‘你应该高兴和快乐才对，应该敬奉和感谢诸神。你已经得到了你长久以来一直想得到的东西，恰瑞克莉娅在我高超的技巧和各种各样智慧的说服下已经愿意嫁人了。但是你看起来却很伤心，很沉重，几乎控制不住眼泪，我不知道这是为什么。’‘我怎么能不悲伤呢？’他说，‘我最亲爱的女儿将在结婚之前被带到另一个国家去，正如你所说的，如果我们俩都相信梦的话，尤其是今晚我所做的梦就是预兆。我在梦中似乎看见一只老鹰从阿波罗的手中飞了下来，把我的女儿从我的怀里抢走，带到一个我不知道的遥远的国家去了，那里漆黑一片，到处都是丑陋的影子。我不知道它对她做了什么，因为它飞得非常快，距离越来越远，很快就从我的视线中消失了。’当他刚说出这句话，我就知道他的梦把他引向哪里去了。但是为了使他从这种绝望的情绪中解脱出来，使他不再怀疑将要发生的事情，于是我说：‘祭司先生，虽然你是希腊众神的祭司中最有先见之明的人，但在我看来，你对梦中这异象的判断并不正确。其实它是在向你预言着你女儿的婚事，并暗中用鹰表示，有一个丈夫将要娶她，阿波罗会亲自把她带到他的身边。然而，你却似乎很生气，并把你的梦解释得比实际情况更糟。因此，恰瑞克勒斯，还是让我们满足于众神的旨意，竭尽全力用各种办法去说服这个少女吧。’他问我现在最好该怎么办，才能让女孩更听话。我说：‘你若保存着贵重之物，如用金线绣成的衣服，或是极有价值的珠宝，那就拿出来送给她，作为她未婚夫给她的信物。你要用礼物去安慰她，因为金子和宝石对女人好像有一种魔力。还有，你必须尽快为婚礼准备好一切东西，并抓紧举行婚礼，使她对婚姻的愿望——虽然这是违背她意愿的行为——保持稳定和不变。’‘我想凡是我能做的事，都不会疏忽的。’恰瑞克勒斯说完，就兴高采烈地回家了，并急忙地把我说的话付诸了行动。后来我才知道，他确实照我所吩咐的去做了，还把属于恰瑞克莉娅的那些贵重的服装和那些珍贵的埃塞俄比亚的珠宝也带来了——那是佩西娜亲手放在恰瑞克莉娅身上，目的是以后好让她知道自己是谁的信物——而恰瑞克勒斯却把这些东西说成是阿尔卡米涅斯送给她的结婚礼物。

"就我而言，我立刻去找了泰阿格涅斯，问他那些和他一起参加这场盛典的朋友现在在哪里。他说：'少女们已经结伴走了，这样她们可以走得容易些。那些小伙子们也不会在这里长待了，他们忙活完手头的事儿后，就准备返回自己的国家去。'我听了他说的这话，就告诉他应当去对他的朋友们说什么，他自己要去做什么，并嘱咐他一定要等到我告诉他时间和场合才能行动。一切布置完后，我离开了他，去了阿波罗神殿，想向神祈祷，希望神能教导我如何与这对年轻恋人一起逃走。谁知这位神祇的动作比任何人想象得都要快，凡按照他的旨意行事的，他必然要帮助他们。即使他还没有被呼求和祷告，也会以他良好的意愿帮助他们。就像当时发生的那样，我还没有向他提问，神就给了我答案，并且赐予了我确定的帮助和指导。也就是说，在我刚靠近神殿要去找女先知，想请她帮助我向神询问何时行动为好的当口，就听到一个声音在叫我：'嗨，快过来，好朋友。快来加入我们，是我们这些素不相识的人在邀请你。'我扭头一看，原来是一群人正在神殿旁边为赫拉克勒斯举行祭祀音乐宴会。我听到这些话后，便停下脚步。因为我认为，这是神在召唤我，我不能无视神的存在，就走了过去。之后，我拿起乳香并用清水当作奠酒给赫拉克勒斯献上了。他们见我的祭品如此'丰厚'[1]，虽然感到非常稀奇，然而却要求我参加他们的酒筵。我按照他们的意愿，在他们为陌生人铺上桃金娘和月桂树枝的长凳上坐了下来，像往常一样吃了一些东西。然后对他们说：'好伙计们，我谢谢你们的美味

① 此为反语，祭祀应该用牺牲与酒，而他的祭品只是乳香和水，"简朴"乃至"寒酸"不难想见。

佳肴。然而我还不知道你们的身份，现在请告诉我，你们是谁，从哪里来的。因为和不熟悉的人一同献祭，一同宴乐，而又在彼此都不了解的情况下就离开了，这是非常不合适的，也是非常粗鲁的。’于是，他们告诉我，他们是腓尼基的提尔商人，要航行前往利比亚的迦太基[①]去，船上装满了从印度、埃塞俄比亚和腓尼基来的货物。他们此时所设的宴席，是为刚刚在皮提娅赛会中取得优胜的一个提尔小伙子庆祝，并感谢提尔的赫拉克勒斯神[②]的保佑。‘就是这个年轻人。’他们指着坐在我旁边的一个人说，‘他获得了摔跤比赛的奖品，这证明了一个提尔人在与希腊人比赛中也会赢得胜利。’他们还说：‘那是在过了马里亚海岬[③]以后，因为遇上了暴风雨，在狂风的迫使下，我们只好在凯法莱尼亚岛上登陆。就是那里，他指着我国的神祇向我们发誓，说在他睡觉的时候，有人告诉他，他将在皮提娅赛会中获胜。因此，他说服我们改变了航向，在这里着陆。果然，他用行动证明了他的预言是真的，以至于现在他不仅被认为是一个著名的胜利者，而且也是一个后起的优秀商人。所以，他把这祭品献给了引导他走向胜利的神，这既是对神预言他胜利的感恩，也是对这一次成功航行的祈祷。还有，如果明天起风，我们就会离开这个海岸。’我问：‘你们真的已经决定明天就起航吗？’‘不错，是真的。’他们回答说。‘那么，如果你们同意，’我说，‘我想和你们一起走。我正要到西西里岛去办一件事情，因为你们要去往非洲，就必须经过那里。’他们说：‘你能和我们一起走，那没有比这更好的了。我们认为，若有一个富于智慧的人，同时又是一个希腊人与我们同在，那就一无所缺了。而这人又被经验证明是深受众神喜爱的

① 迦太基最初是一个由提尔人建立的腓尼基贸易殖民地，历史上一直与提尔有着密切的联系。

② 腓尼基神梅尔卡特（Melkart）被提尔人视为希腊的赫拉克勒斯神。

③ 此海岬位居伯罗奔尼撒半岛东南，以风向多变而闻名。因无法继续西进，腓尼基人只能顺其海岸直达科林斯湾口的凯法莱尼亚岛，进抵德尔斐。

一个人。’‘我想，’我接着说，‘你总要给我一天的时间准备些食物等必需品。’他们说：‘你有明天一天的时间作准备，条件是明天晚上夜半时分我们必须要开船。我们通常要在夜间航行，因为只有在晚上从陆地吹来的风才能平静地吹满我们的船帆。’我反复地向他们保证，一定按他们的要求去做。但同时我也用誓言约束了他们，强调在约定的时间到来之前他们的船不能离开。做完这一切后，我就离开了。他们继续在那里像亚述人一样吹着笛子，跳着舞，有时跳得很高，有时弯着腰，扭动着身子，仿佛他们被某个神祇附了体一样。接着我去找了恰瑞克莉娅，发现她把养父恰瑞克勒斯送给她的珠宝放在膝上，正呆呆地看着它们。然后我又去找了泰阿格涅斯。我告诉他们两个该怎么办之后，就回到了自己的住处，等待下一步的行动。

“第二天晚上就发生了这样的事：大约在午夜时分，整个城市的人都睡熟了，一队全副武装的狂欢者冲进了恰瑞克莉娅家中。这场爱情争夺战的始作俑者正是泰阿格涅斯。他将游行队伍中的青年男子扮成了一队士兵。这伙人在恰瑞克莉娅的住所发出了令人胆怯的喧闹声和敲打盾牌的碰撞声，好像他们是拿着火把闯进屋里去的一样。这使当时听见声响的人都感到非常惊惶。这些所谓的士兵很容易就把门打开了——因为按照事先的约定，屋门不能锁得很结实——于是他们把恰瑞克莉娅‘抢’了出去。其实她早已经准备好了，因为她以前就知道这件事，而且已经做好了受‘袭击’的准备了。就像少女所吩咐的那样，他们还随手带走了很多东西。当他们离开她的住所在城市穿过的时候，又发出了好战的叫喊和用甲胄武器等制造出了嘈杂的声响，给居民们造成了更大的恐慌——实际上他们选择了夜深人静的时候做这样的事情，也是出于这个目的，就是要让居民们害怕。可以说，夜半三更时分，帕纳索斯山[1]一直回荡着青铜武器碰撞的声音。他们就这样走过了德尔斐城，并边走边此

① 希腊中部山名，最高点海拔 2458 米，得名于海神波塞冬之子帕纳索斯。

起彼伏地呼喊着‘恰瑞克莉娅’的名字。

“当他们出了城之后，便骑上马以最快的速度进入了洛克里斯的奥埃塔山。而泰阿格涅斯和恰瑞克莉娅则按事先的安排，离开了他们的这些同伴，偷偷地回到我身边。他们战栗地倒在我脚边，抱住我的膝盖，哭个不停，并说：‘爸爸，救救我们。’除此之外，恰瑞克莉娅没有多说什么，只是低下了头，似乎对自己的所作所为感到羞愧。而泰阿格涅斯则继续说道：‘救救我们吧，卡拉西里斯。因为我们是陌生人，是无家可归的乞讨者，失去了一切我们可以拯救自己的身体与生命的东西。现在我们就把自己交托给你，又用纯洁的爱作奴仆，请你拯救我们这些为自己的幸福而自愿被放逐的人，求你允许我们将得救的唯一希望寄托在你的身上。’我被感动了，在我为这对年轻的一对儿哭过之后——与其说我是用眼睛在哭，不如说是用心在哭，好让他们看不出来。这减轻了我的悲痛——我安慰他们，鼓励他们，希望他们有一个幸福的结局，并告诉他们这件事是由神的旨意和忠告开始的。然后，我告诉他们：‘现在我必须要去处理剩下的事情。你俩要在这地方等着我，并且要留神谨慎，千万不要让别的人看见你们。’说完这番话，我刚要走，恰瑞克莉娅却一把拉住我的外套并紧紧地抓住我说：‘不，爸爸，这是不公平的。或者更确切地说，这是不忠的开始。你走了，让我和泰阿格涅斯单独在一起，你怎么不想想，安置一个情人做监护人是多么不适合啊。如果他在这期间用蛮力去骚扰我，那可是没有人能阻止他并叫他感到羞愧的。我认为，当他看到自己想要的东西而她又没有防卫能力时，他的欲火会燃烧得更加猛烈。因此，在我得到他的保证之前，我是不会让你离开的。我要让泰阿格涅斯发誓，无论是现在还是将来，在我回到我的国家和见到我的父母之前，他必须保证不和我有任何肉体上的接触。假如诸神不允许我做得这样绝对，那至少在我自愿同意他娶我之前，一直要和我的身体保持距离。’我很欣赏她的话，决定照她说的去做。我在祭坛上点着了火，焚烧了乳香。泰阿格涅斯觉得他被冤枉了，因为他认为决心要遵守的绝不强迫恰瑞克莉娅做她不喜欢的事儿的信念被这个誓言剥夺了。他还说他现在之所以不愿意发这个誓言，是因为他感到似乎是被一种更强大的力量所驱使的结果。但即使这样，他还是对德尔斐的阿波罗、阿耳忒弥斯、阿芙洛狄忒以及小爱神①发了誓：今后无论做什么事，他都要按照恰瑞克莉娅的意愿和命令去做。

"在他们彼此间都定下了协议，并请众神做了证之后，我以最快的速度去了恰瑞克勒斯的家，发现他的家里一片混乱和嘈杂——因为此前他的仆人报告说，有人把他的女儿抢走了——众多的人正成群地站在他周围，他自己正悲伤不已。总而言之，他们既不知道究竟发生了什么事，也不知道现在该怎么办，已经束手无策了。看到这种情形，我开始用打雷般的洪亮声音说：'你们这些不幸的人哪，为什么此时还静坐不动，像木头一样哑口无言，好像你们的智慧也被坏运气夺走了。你们为什么还不马上拿起武器去追击敌人？对做出这样恶行的人，难道不要去审判他们，去惩治他们吗？''也许，'恰瑞克勒斯说，'与当下的命运作斗争是徒劳的。我很清楚，我之所以受到这样的惩罚，是众神愤怒的缘故，这是我所预料到的。因为前几天我很倒霉地无意识地误入了一个异教的私人小教堂，并在那里看到了不合我们神法的东西。作为惩罚，我立即被告知我一定会失去最珍惜的东西。但此刻，正如谚语所说，只要我们知道该追赶谁或是谁给我们造成了这样的伤害，即使是与神作战②，也没有任何

① 爱神人格化身，多为孩童形象，如希腊神话中的厄洛斯、罗马神话中的丘比特。此处提及的诸多神明都与爱情有关：阿波罗是德尔斐和皮提娅赛会的守护神，也是神谕的发布者；阿耳忒弥斯是恰瑞克莉娅的守护神和贞女保护神，阿芙洛狄忒则是敦促泰阿格涅斯给恰瑞克莉娅带去痛苦的一种欲望化的力量。

② 典出《伊利亚特》（17.103-4），其时，希腊将领墨涅拉俄斯意欲夺回战友的尸体，但在受到阿波罗庇佑的特洛伊主将赫克托尔面前，只能抱憾退却。

障碍。然而我们总要先知道究竟是谁惹起了这场灾祸啊。’‘这个人就是色萨利的泰阿格涅斯。’我说，‘你那么称赞他，还让他以及和他在一起的那些年轻人成为我的朋友。现在，你若抓紧行动，也许可以在城里找到他们当中的某个一直待到今天晚上的人。所以，你要快站起来，赶紧招聚百姓们前来议会厅，共同商议一下怎么办。’他按我说的，立即任命了一个会议首领，然后在城中同时吹起号角，宣告了开会的事。人们听到号角声，很快聚集到了一起，城里的剧院在夜间变成了一个法庭。恰瑞克勒斯走上前来，他身穿黑色的长袍，把尘土洒倒在他的头上，把柴灰抹擦在脸上。众人一看到他那副模样，立刻悲叹起来。他站在人前，说道：‘德尔斐的人们，也许你们正在猜想，或思考着我所承担着的巨大痛苦。因此，我召集了这么多的人前来，好像就是为了要向你们讲述我的不幸遭遇。但事实并非如此。诚然，我所受到的痛苦，确实可以和死亡相比。就在此时此刻，我的家已经被诸神毁坏，变得冷寂孤独，我最心爱的东西也被夺走了。然而，大家共同的挫折感和徒劳的希望却给了我一点儿安慰。同样，你们的建议也给了我一些勇气，让我想到我还可以找回我的女儿。我们的城市更让我感动，因为大家是这样的同仇敌忾。现在我所盼望的就是立即向那些抢掠她的人报仇。除非这些色萨利青年确实已经剥夺了我们崇高的勇气和正义的愤慨，否则我们一定会为我们的国家和我们国家的神而献身。因为这样的行为是完全不能容忍的，就那么几个跳舞的男孩——有人送来了一个神圣的信息告诉我——在消费了这个希腊最高贵的城市之后将要离开，临走前还盗取了阿波罗神殿最珍贵的宝石——恰瑞克莉娅。要知道，她是我的生命呀。噢，我是如此的悲惨！神向我所发泄的怒气是不能止息的，也是难以控制的。首先，就像你们已经知道的，我自己的亲生女儿在结婚那天就被烧死了，接着她的母亲也因为过度悲伤而身亡，他们还把我驱逐出了我的祖国。但在得到恰瑞克莉娅之后，我的生活重新恢复了生机。所以，恰瑞克莉娅就是我的生命，我的希望，我的支柱。恰瑞克莉娅也是我唯一的安慰，更可以说是维系我生命的锚索。现在这狂风暴雨或邪恶的命运——不管降临到我身上的是什么——却又把她从我身边夺走了。它这样做既不是单纯的，也不是偶然的，而是像它习惯的那样，是用它的最大的残忍力量打击了我——因为它几乎是把她从婚床上夺走的——她结婚的日子已经在你们中间传开了。’

“当他这样痛苦欲绝地悲戚地述说着的时候，一个叫赫格西亚斯[①]的首领吩咐他离开这里并叫他放心。他说：‘尊敬的恰瑞克勒斯，你以后会有足够的时间来哀悼的。而我们这些站在这里的人们，不要被他的悲哀淹没，勇气也不要被他的像洪流一样的眼泪冲走，那样会让我们错过有利的复仇时机。正如在一切事物中一样，战争是解决问题最强大的力量。我们若立刻结束会议现在就去追赶，或许还有指望追上我们的仇敌。因为他们知道我们没有准备，就不会抓紧时间跑路，一定会随意而行。但是，如果我们一味哀叹，或者像女人那样号啕大哭，那我们的拖延就等于给了他们逃跑的时间，我们就只应该受到嘲笑，甚至受到这些毛头小子的讽刺。我的意见是，必须尽快地去捉拿他们，而这些青年盗贼被一经拿到，就立即刺死，有些人还应当受到凌辱。这样，对他们的惩罚也会转嫁到他们的家属身上，让他们的家人也和恰瑞克勒斯一样遭受痛苦的折磨。就是说，我们可以借此事件去挑动色萨利人对那些已经逃离的人的不满，这是很容易做到的。比如禁止他们和他们的后代到这里的使者馆中参加任何活动，再比如禁止他们在此地举行的纪念阿喀琉斯之子涅俄普托勒摩斯的葬礼上献祭品，同时判决将这些祭祀品收归公共国库等。’根据他们城市以前所订立的法令，这个提议马上被在场的人批准了。‘还有一件事，’赫格西亚斯继续说，‘如果你们喜欢，就让

① 源于希腊语动词ἡγέομαι，意谓“前驱者”“引路人”。

它在你们的声音中得到认可，那就是从此以后女祭司不能再把胜利的火炬颁给那些穿着盔甲奔跑得最快的人了。在我看来，这种亵渎神明的行为在泰阿格涅斯参加奔跑的时候就开始了，从他第一次见到她的时候起，可能他就想要强奸她了。因此，今后最好不要再发生类似的事情了。'[①] 在场所有的人的投票和表决通过之后，赫格西亚斯发出了出发的命令，用号角宣布了战争的开始，以便剧院里所有的松散人员立即进入战斗状态。听见号角的声音，每个人都从会场上跑了出来站成了军队的阵形，队伍里不仅有强壮的男人和其他能穿盔甲的人，甚至还有少年和一些稚气未脱的男孩，他们试图用良好的精神状态去弥补年龄的不足，并勇敢地要求去承担探险任务。许多女性的举止也比她们的天性所允许的更为刚强，她们随手抓起身边的任何东西做武器，然后和其他人一起徒劳地走着，直到发现自己在前进中被抛在了后面，才意识到自己的性别弱点。人们也会见到老年人在队伍中，他们虽然年龄已高但雄心不减，思想牵引着身体，热切地渴望着战斗。在他们看来，借口身体软弱也是一种耻辱。总之，这个城里所有的人，仿佛都被一种悲哀所感动，不等天亮，就一起追赶敌人去了。”

① 事实上，并无确凿证据表明，现实中阿耳忒弥斯的女祭司一定要像恰瑞克莉娅一样参加赛会。这可能仅仅是作者想要探究其原因的一种臆断。

第五卷

海盗船长

VOLUME FIVE

“德尔斐城的人就这样被鼓动起来了。我不知道他们最后做了什么，只知道他们的追赶给我们逃走创造了一个很好的机会。就在那天晚上的子夜时分，我带着这两个年轻人出了门，一起上了那艘腓尼基人的商船。因为规定的时间马上到了，这艘船正准备出发。当我们到达之前，船上的人看我们没来，他们正在着急。由于他们只答应等我一天一夜，腓尼基人想，即使现在起航，他们也算没有违背对我所起的誓。所以，当我们到达的时候，他们非常高兴地欢迎了我们，并且立刻把船划到深水里去了。起初他们用的是桨，但当一阵平静的微风从陆地上吹来，海浪悄悄地从我们的船底下吹拂的时候，他们微笑着看着船，挂起了船帆，开始了顺风航行。船像飞一样掠过海面，不久我们就经过了川流不息的克里萨湾，还有帕纳索斯的山麓、埃托利亚的岩石和卡吕冬的礁石，在日落时发现已经到了位于扎金索斯海中的一个名唤奥克塞莱的岛屿附近。但我为什么要告诉你这么多不合时宜的东西？为什么我忘记了自己和你的存在，没完没了地讲述我的故事，把你抛进一个无边的谈话的海洋？现在，还是让我们把故事的其余部分放下，先睡一会儿吧。克耐蒙，虽然你不厌倦地听着，努力地摆脱困意，但我想如果我再说下去，你也开始感到畏惧了吧，因为现在已经是深夜了。再者，我的孩子啊，年纪不饶人，再加上回忆我的愁苦，令我心里烦闷，也让我很困倦。”

“先停下吧！父亲，”克耐蒙说道，“尽管我不希望你停下来，即使你把你的故事再连续讲上几天几夜，我都不会打断你。你讲得是那么的愉快，那么的温文尔雅，真是妙不可言。但现在这所房子里起床的喧闹声已经有一段时间了，我也正因这喧闹声打扰我听故事而烦恼，强迫自己保持沉默。尽管我还有点儿没听够，有着继续听下去的强烈渴望，但还是先睡一会吧。”“我没听清楚你刚才说的是什么。”卡拉西里斯说道，“不是因为年龄大使我的听力变弱了——当然年纪大了，身体的很多部位，主要是耳朵，都有了许多毛病——也不是因为我的思绪完全被我叙述的故事占据了。而是我感到可能是外出的这所房子的主人瑙斯克拉斯回来了。”果真如此，他刚说完，这家的主人就进来了。卡拉西里斯一看到他，便叫道：“哎哟，我的天呀，你可回来了。你的事情进展得怎么样了？”瑙斯克拉斯快步地走到他面前说：“善良的卡拉西里斯呀，我清楚地知道你对我的行程很在意，在你的脑海中你几乎是和我一起在旅行。因为我已经在其他的时间里，在不同的礼仪中感受到了你的好意。我刚才进来的时候，也听见你们正在谈论这事儿。但是，先告诉我，这个陌生人是谁？”“他是个希腊人，”卡拉西里斯说，“以后你会知道更多关于他的情况。现在你快告诉我们，你获得了什么样的好运气，让我们也与你一同高兴高兴。”瑙斯克拉斯说：“等到早晨你就会听到详情了。你只要知道我已经找到了一个更好的忒斯蓓就可以了。现在我太困了，需要去睡觉，以消除我在旅行中殚精竭虑的思考所带给我的疲劳。”说完，他就去睡觉了。

但是，当克耐蒙听到“忒斯蓓”这个名字时，吓了一跳，感到了极度不安，所有的思绪都转回到了以往的事情上去了。在这晚上剩余的时间里，他带着悲伤持续不断地折磨着自己。卡拉西里斯虽然入睡得很快，但还是感觉到了克耐蒙神情的反常。于是，他支起胳膊肘，坐起来一点儿，问他为什么这么不安，是否丢掉了什么宝贵的东西，看起来好像快要发疯了。“难道我没有理由感到不安吗?”克耐蒙说，“我好像听到他说忒斯蓓还活着?”“忒斯蓓是谁?”卡拉西里斯问道，“你又是怎么认识她的?”克耐蒙说：“等我给你讲我的故事时，你是会听到所有这些事情的。但她怎么还能活着呢?我的确是亲眼看见了她被杀死的样子，还亲手把她埋葬在了那个海盗牧人的岛上了呀。”“快睡觉吧，”卡拉西里斯说，“我们不久就会知道这究竟是怎么回事儿的。”“我睡不着，”他说，“你可以安静，但就我而言，我不知道我是否还能活下去，除非我现在就出去，偷偷地弄清真相，看看瑙斯克拉斯是如何受骗的。据我所知，只有那些死去的埃及人才可以起死回生。”听到这些话，卡拉西里斯微微一笑，又睡着了。

克耐蒙悄悄地离开了房间。正如人们所预料的那样，下面的事情发生在了他的身上：他在黑暗中穿过了一间陌生的房子。天色虽然很暗，尽管如此他还是进行了仔细地寻找。现在除非他能搞清楚事件的每个部分，才能摆脱这个疑虑，因为他太害怕复活的忒斯蓓了。最后，他费了好大的劲，来到了一个和所住的地方完全不一样的房子前，在他来来回回地寻找中，似乎听到了一个女人的声音。这声音像春天里的夜莺①似的悲惨地哀鸣着，唱着悲伤的歌。女人的哀鸣声就仿佛有人拉着他的手一样，把他带到了一个房间的门前。他把耳朵贴在门上，听见一个女人在里面抱怨似的哭唱着：“我，可怜的而不幸的人，曾以为自己已经从盗贼的手中逃脱，也逃过了一直跟随着我的死亡之神。假如我能和最亲爱的朋友一起生活，虽然流浪在异乡，这对我来说也是最愉快的。但若和他在一起不被许可，那就没有什么比这更令人烦恼和难受的了。神从一开始就掌管我们

① 色雷斯国王忒柔斯（Tereus）娶妻普罗克涅（Prokne），之后却奸污了她的妹妹菲洛梅拉（Philomela）并割掉了后者的舌头。菲洛梅拉把这一经过编织在织物上，使普罗克涅知悉内情。为了复仇，她杀死了忒柔斯的儿子伊提斯（Itys），做成肉饼献给忒柔斯做晚餐。最后，普罗克涅与菲洛梅拉分别被神变成燕子和夜莺。

的事情，但只赐给我们极微小的快乐。然而它对此还不满足，又欺骗了我们。我原以为已经挣脱了束缚，但现在又被囚禁在监牢里。我以前生活在一个黑暗的孤岛上，现在的情况更糟。之所以会这样，是因为那既能安慰我，又愿意安慰我，减轻我痛苦的人，却被残暴地与我分离并强行把他从我身边带走了。昨天我住的客栈是个贼窝，那是什么地方，除了地狱还有比它更糟的地方吗？然而，有我亲爱的人和我在一起，就会使我很容易忍受。现在，他不知在哪儿正为活着的我哀悼，想象着我已经死了，为我流泪，为我哀号，好像我真的被杀死了一样。现在他离开了我，就等于我被剥夺了一切。他曾与我同甘共苦，并习惯与我分担这些灾难。现在只剩下我一个人了，好比一个可怜的囚犯。但我要反对命运的残酷裁决，我要活着，因为我希望我最亲爱的朋友也活着。我的心哪，你在哪里？你的命运是什么？你那自由的心灵，难道也被束缚了吗？难道你不是除了爱再不能忍受任何其他的奴役了吗？好吧，但你至少要保存自己的生命，然后再回来找你的忒斯蓓。不管你愿不愿意，都要叫着我的名字。”

克耐蒙起初认为屋子里的人与自己不相干，所以他听完前面那些话后，就不想再听下去了。但从这最后的几句话里，他断定这人就是忒斯蓓本人，这使他差一点儿昏倒在门口。费了好大劲儿他才恢复了勇气，唯恐被人看到——因为此时公鸡已经开始了第二次啼叫——他跌跌撞撞地往回跑，奔跑中不仅弄伤了脚指头，还有几次撞到墙上和门柱上，甚至他的头还撞到了挂在天花板上的传动装置上。费了好大的劲，他终于跑回了自己的住处，一下子扑倒在床上，浑身发抖，牙齿打战。事实上，若不是卡拉西里斯及时意识到了他的虚弱，全力去安慰他，设法使他恢复了理智，他也许会处于极度的危险之中。过了好一会儿，克耐蒙才清醒过来。卡拉西里斯连忙问他发生了什么事。“我完蛋了！”克耐蒙绝望地说，“那个极恶毒的忒斯蓓确实还活着。”说完他又晕了过去。卡拉西里斯又费了好大劲儿，才让他再次清醒过来。其实，这会儿，显然是某个神祇在戏弄克耐蒙——因为有的神祇就喜欢拿人类的生命开玩笑——这个神祇似乎不愿看到克耐蒙的平静和快乐，才把即将带来的快乐和痛苦混杂在一起放在了他的身上。神祇之所以这样做，或是出于自身的习惯，或因为人的本性中不容许有单一纯粹的快乐。结果是，克耐蒙的逃跑行为，使他错过了最令他向往的东西，错误地以为他最喜欢的东西是可怕的——他不知道，刚才他听到哭泣的声音不是忒斯蓓的，而是恰瑞克莉娅的。

事情原来是这样的。蒂亚米斯落入敌人手中之后并没有死，而是被投入了监牢；强盗所居住的岛屿被大火烧成了一片废墟，那些原来住在岛上的强盗们也都逃走了；克耐蒙和那个为蒂亚米斯拿盔甲盾牌的赛穆西斯，在一个早上划着船过湖去打探他们的首领被俘后的情况；这样，被大火烧后的岛上只剩下泰阿格涅斯和恰瑞克莉娅二人待在岛上的洞穴中。虽然他们眼下正处在极大的危险中，但二人能单独相处也被他们看作是最大的快乐——这是他们俩第一次单独在一起，并躲开了一切可能带来的麻烦和目光，因此他们深情地拥抱，尽情地亲吻，似乎把身边的一切都抛在了脑后，两个人好似变成了一个身体。尽管他们紧紧地抱在一起，却没有任何肉欲的冲动和过分的行为，只是以贞洁的爱的情感来满足自己，用欢乐的眼泪和纯洁的亲吻来缓和爱的饥渴。当然，恰瑞克莉娅一旦发现泰阿格涅斯不自觉地要越过得体的界限，想对她肆意妄为时，就会及时地制止他，甚至责备他，告诉他要遵守自己的誓言。而泰阿格涅斯也会很快收敛和改正自己的过火行为，控制住自己肉欲的冲动，使自己重新变得理智起来——尽管他很难控制自己的爱欲。长时间的缠绵之后，他们终于想到了当下必须要尽快离开这个已经烧毁的岛屿，而不能只沉溺于情感的满足。于是，泰阿格涅斯说道：“我的恰瑞克莉娅，我们当然有权彼此享受，做我俩所喜欢的事情。要知道，为了能像今天这样，我们曾经承担了多少困难和烦恼，我们又是多么希望得到希腊诸神的保佑啊。但是，世间的事情都是易变的，而且常常向不同的方向发展。所以要实现最终的愿望，我们今后可能还要遭受更多的磨难。既然我们此前已经和克耐蒙说好了，现在就得赶快到凯米斯小镇去与他汇合，不知道在那里我们还会遭遇什么样的事情。再说，在到达我们希望去的地方之前，还会有许多漫长而曲折的路要走，可能还会遇到各种危难。为此，现在让我们设计一些特殊的语言记号，这样，当遇到危险时，我们就可以在彼此的眼神和行为中知道对方想说什么或想做什么。假如我们碰巧分开了，也可以凭这些记号找到彼此。我的朋友之间曾流传着一句箴言：如果常存希望，便是长途旅行中的一大安慰。”

恰瑞克莉娅赞扬了他的想法。于是他们商定，如果二人被迫分开了，各自就要在经过的每一个著名的寺庙、雕像等建筑物上，留下记号。泰阿格涅斯要写上“皮西亚”，恰瑞克莉娅则写上“皮西娅”。在所遇到的十字路口的纪念碑或赫姆柱[①]上，还要再加上“已向右走”，或“向左走”，或“向某个城市、某个村庄或某处去了”的字样。假如他们各自改变了装束，那身上就不要做什么记号了，他们认为没有什么东西，包括时间，都不能模糊他们爱情的标记。但为了更保险些，恰瑞克莉娅还拿出她养父恰瑞克勒斯交给她的戒指给他看——这枚戒指就是她被遗弃时她妈妈给她带在身边的。泰阿格涅斯则给她看了自己膝盖上被野猪咬后留下的一道伤疤[②]。他们

① 赫尔墨斯是希腊神话中商人与旅者的保护神，在许多塑有他半身像的方尖碑上，上端通常饰以勃起的阳物。泰阿格涅斯与恰瑞克莉娅所刻“皮西亚”与“皮西娅”字样，镌于赫姆柱下端，两者为同一名词的阳性与阴性形式，以为彼此约定之佐证。

② 在这里，作者将泰阿格涅斯比作荷马史诗中的英雄奥德修斯（Odysseus）。据《奥德赛》（19.392–475）所载，奥德修斯的女仆欧律克莱娅（Eurykleia）在他远征特洛伊二十年漂泊返乡之后，正是通过一只为其猎杀的野猪给他留下的伤疤认出了他。

还进一步商定，代表她的符号是火炬，而代表他的符号则是一根棕榈枝[①]。为了确认他们的约定，两个人又紧紧地拥抱在一起，哭了起来。我想，他们不是用敬酒起誓，而是用接吻表达誓言。

做完了能想到的一切事情之后，他们就从洞穴里爬了出来。他们没有去寻找那些藏在洞里的宝物，因为他们认为这些被抢的财物是不洁净的。但属于他们自己的从德尔斐带来的东西以及盗贼们从他们那里抢走的东西，都被收集在一起带走了。恰瑞克莉娅还换了衣服，把项链、花环和神圣的长袍装进一个小包裹里，在这些贵重东西的上面，又放了些不值钱的物品，这样可以显得更隐蔽些。至于她的弓和箭袋，她把它们交给泰阿格涅斯，让他拿着，这对他来说是一种极其愉快的负担，因为这些都是有权管辖他的那个神祇[②]的武器。

他们来到了湖边，刚要上船，就看见一伙带着兵器的兵丁，正划着船到岛上来。看到这可怕的情景，他们非常沮丧，在惊愕中站了好一会儿。似乎是由于悲伤，他们对命运的伤害已经麻木了。最后，当这伙人快要靠岸的时候，恰瑞克莉娅主张他俩赶紧往后面退，赶快在这个已经烧毁了的强盗巢穴里找个角落躲起来，然后，抓住个机会再逃跑。可泰阿格涅斯却把她叫住了，对她说："我们还要逃避这无处不在的命运到几时呢？还是屈服于命运，不再承受随时可能袭击我们的暴力吧。除了徒劳无功的旅行和被放逐的生活，以及面对神持续不断的嘲弄，就算逃跑成功了，我们还能得到什么呢？难道你没看到命运是怎样让我们落入那些以抢劫为生的强盗的手里，并竭力把我们带到比以前在海上遇到的更大的危险中去的吗？不久前，这伙强盗为了我们和另一伙盗贼大打出手，他们打跑了盗贼，

① "火炬"与"棕榈枝"两物正是在泰阿格涅斯皮提娅赛会折冠、恰瑞克莉娅献出初吻之时双方所执，是他们爱之初体验的见证。

② 即"远射之神"阿波罗。

却把我们掳去，并让我们独自留在那里，还叫我们相信，我们可以去任何地方。现在命运又要把我们交给想杀害我们的这伙人手中。这场战争似乎就是命运为了消遣我们而发起的，可以说就是它在我们的生活中策划了这么一出悲剧。那么，我们为什么不把他们制作的这首悲怆的诗剧剪短，现在就把自己交给那些想杀死我们的人呢？以免偶然间出现的命运给我们的悲剧制定一个无法忍受的结局，那样我们只能被迫自杀了。”恰瑞克莉娅并不完全同意他说的话，虽然她认为泰阿格涅斯对命运指责是有道理的，但心甘情愿地把自己交到敌人手里则是没有智慧的。因为现在还不能确定，这些盗贼一旦抓住了他们，是要马上杀死他们，还是会遇到一位友好的神祇的保佑，使他们的苦难很快结束——这都是难以预测的。当然，最有可能出现的结果是，在他们自投罗网后，强盗们会让他们受到更残忍的监禁和侮辱。“若是出现后面这样的情况，”她说，“这比任何一种死亡都更令人痛心。如果屈服于这些野蛮人的伤害，我们将受到我所不愿想象的无耻对待。无论如何，还是让我们尽可能地避免再次被抓这样的事情发生吧。我们要用过去的经历来预测我们未来的希望，想想看，以往我们是如何从比这些更令人绝望的危险中被拯救出来的。”听了她说的这些话，泰阿格涅斯只好说：“那就照着你的意思去做吧。”于是她匆忙地走在前面，他则紧紧地跟着她，好像是被绑在了她身上似的。他们虽然走得很急促，但由于隐蔽得好，并没有被前面来的敌人发现。然而，他们只顾边走边防着面对着他们的敌人了，却忽略了在他俩后面登陆的另一队兵丁。结果，这群人把他们团团围住了。他俩惊恐地站在那儿，恰瑞克莉娅跑了过去紧紧抓住了泰阿格涅斯的左臂。她想，如果她非死不可，也要死在泰阿格涅斯的怀抱里。当那些已经上岸的人准备向他们射箭时，两个年轻人看到他们的举动心都碎了，泰阿格涅斯的右手不停地颤抖着。但屠杀并没有发生，因为即使是野蛮的手，似乎也敬畏美丽的人物，而一只残忍的眼睛也会因为可爱的外表而变得温柔。这些士兵抓住他俩并带到自己的首领那里，想把他们最好的战利品献给他。再说，他们也确实没有别的东西可以献给首领了，他们虽然全副武装，好像巨网般地围住那岛，但却什么有价值的东西都没有找到——这是因为在先前进行的争战中，除了那无人知道的洞穴之外，岛上所有的东西都被大火烧毁了。他们就这样被带到米特拉内斯上尉面前——他是伟大国王统治下埃及总督奥罗伦德达斯手下的头领，现在来到了这个岛上。就像前面提到的，他是被瑙斯克拉斯用一大笔钱雇来寻找忒斯蓓的。

当泰阿格涅斯和恰瑞克莉娅被带到他的面前时，他俩大声呼唤祈祷众神来拯救他们。这时，一个狡黠的商人模样的人走了过来，对着恰瑞克莉娅大声喊道："这就是我的那个被强盗牧民们抢走的忒斯蓓。因为你米特拉内斯上尉的帮助和诸神的护佑，现在，物归原主了。"然后，他假装很高兴地一把抓住了恰瑞克莉娅，用希腊语在她耳边悄悄说了几句话，以防止旁边的人听见。他告诉她，如果她想躲避危险，就说自己的名字叫忒斯蓓。这个策略果然起效了，因为恰瑞克莉娅一听到他说的是希腊语，就认定他在为她策划一件好事儿，就决定按照他的要求去做。因此，当米特拉内斯上尉问她叫什么名字时，她回答说："忒斯蓓"。接着，瑙斯克拉斯跑到米特拉内斯跟前，吻了吻他的面颊，并对他的好运气高声赞扬。这种赞扬的话弄得这个野蛮人沾沾自喜起来，自认为他就是这样能干的人，还认定这个女人就是忒斯蓓。不仅如此，他对这姑娘的美貌也感到非常惊奇，这种魅力甚至连她朴素的衣服都遮挡不住，好像月亮的光辉要从云中照出来似的。尽管他对姑娘的美也很垂涎，但商人这计划的迅速实施使他难以再改变主意，也没有机会让他后悔了。"好吧，"他怏怏地说，"现在姑娘已经找到了。既然她是你的忒斯蓓，就把她带走吧。"说完了这话，就把她交给商人瑙斯克拉斯。但上尉仍旧回头盯着她看——这清楚地表明，把姑娘交出去是他极不愿意的，只因为先前已经接受了丰厚的报酬，没办法才准许她离去的。“至于这个年轻人，”上尉指着泰阿格涅斯说，“不管他是谁，都要作为我们的抢掳物和我们一同回去，并且要在严密的看守下把他押送到巴比伦去。因为他的身体俊美，可以在国王的宴席上侍候宴饮。”做完这一切之后，兵丁们依次划船过河离开了。而只有恰瑞克莉娅一人被瑙斯克拉斯带着来到了凯米斯。

由于米特拉内斯上尉还要到他管辖的其他城镇去巡查，所以立刻派人押着泰阿格涅斯去了孟斐斯，他要把这个漂亮的年轻人交给自己的上司奥罗伦德达斯总督。同时还给总督写了一封信，信中这样写道：

> 米特拉内斯上尉致奥罗德伦达斯总督：
>
> 我敬献给你一个希腊美男子，他太出色了，不能只待在我的手下。从神的观点来看，他只能服侍在我们伟大的国王面前。请劳驾您把这珍贵的礼物转呈给我们的国王。这是一个在国王的宫廷里从来没有见过的漂亮的人，而且将来也不会再见到了。

这就是那封信的主要内容。但是，卡拉西里斯和克耐蒙希望尽快地详细知道事情的来龙去脉，于是在天亮前就去找瑙斯克拉斯，请求他快点儿说出事情的真相。于是瑙斯克拉斯便把一切都告诉了他们。他来到了那个曾经是强盗老巢的岛上，发现岛上已经一片荒芜，也没有见到任何人。后来他又是怎样机敏地用“忒斯蓓”的称呼代替了这个姑娘的名字，让米特拉内斯上尉信以为真的。而且，瑙斯克拉斯还告诉他们，这个姑娘绝不是忒斯蓓，如果他们见到她就能更快地认出她是谁——因为这两个姑娘之间有着不小的差别，就像女神和凡间的女人根本不一样。还说他带来的这个少女的美貌无人能比，想要用语言把它恰当地表达出来是不可能的。卡拉西里斯和克耐蒙听见瑙斯克拉斯这样说，就猜到了这女孩一定是恰瑞克莉娅——因为他们都知道她的美丽是无法用语言来表达的——便请求他立刻把她叫进来。就这样，少女被带了进来。只见她的目光低垂，眼睛瞅着地面。除了眼睛和眉毛这部分外，整个脸都蒙上了面纱。瑙斯克拉斯安慰她不要害怕，并叫她高兴起来。她微微地抬起了头，出乎意料地看见了卡拉西里斯和克耐蒙，而卡拉西里斯和克耐蒙也同时认出了她。就好像有人给了他们什么指令或手势一样，三个人几乎一齐惊叫了起来。若你们当时在场的话，可能听到最多的是这样的话——“哦，我的父亲。”“哦，我的女儿。”“哦，真的是恰瑞克莉娅，确实不是克耐蒙的忒斯蓓。”瑙斯克拉斯迷惑地看着卡拉西里斯，似乎已经忘记了自己。当卡拉西里斯哭泣着拥抱恰瑞克莉娅的时候，他只是吃惊地看着他们。因为他不知道这突如其来的相认场面是什么意思，只觉得仿佛是一出喜剧在上演。随即，卡拉西里斯也亲吻了他的脸颊，真诚地说道：“哦，最好的人呀，愿诸神满足你所有的欲望①，你找到了我一直在寻找的女儿，是你使我看到了我所能看到的最可爱的东西。啊，但是，我的女儿，泰阿格涅斯在哪里，他怎么没有和你在一起？”听到这个问话，她立即哭了起来，过了一会儿，才回答说：“把我交给这个人的那个强盗把他带走了。”然后，卡拉西里斯恳求瑙斯克拉斯快说出他所知道的关于泰阿格涅斯的一切，包括是谁把他带走的，要把他送到哪里去。瑙斯克拉斯把自己所知道的一切都告诉了他们，但并没有意识到这两个人就是老人经常谈论的希望能找到的正在过着悲惨流浪生活的孩子们。不过他又补充说，他现在说的这些关于泰阿格涅斯的信息用处不大，

① 此处化用了荷马史诗《奥德赛》(6.180) 中英雄奥德修斯对一位少女所言，“愿天神满足你的一切心愿，赐给你丈夫、家室和最美满的生活”。

因为把他抓走的那些人都是些卑鄙贪婪而又贫困的家伙，即使再给米特拉内斯上尉多一点儿的钱，他们也未必会放他走。因为把它献给波斯王，将会得到大笔的奖赏。“我有足够的钱。”恰瑞克莉娅轻声对卡拉西里斯说，“尽可能多地答应他。我身上带着你所知道的全部珠宝。”

卡拉西里斯听了这些话很高兴，但又担心瑙斯克拉斯会怀疑恰瑞克莉娅是否有足够的钱来赎回泰阿格涅斯，便说：“好人瑙斯克拉斯呀，聪明的人从不缺钱花，他会根据自己的能力来衡量自己的要求。换言之，他可以用金钱得到他认为有权得到的一切。因此，你只要告诉我，那个抓住泰阿格涅斯的人在什么地方就行。神祇的慷慨大方和宽宏大量不仅不会让我们缺少钱财，反而会给我们足够的东西来满足波斯人的贪欲。”对此，瑙斯克拉斯开着玩笑说：“如果你能先把此前我为你的女儿付的赎金还给我，我就相信真的有大笔财富突然降临到了你的身上，也可能是神赐给了你厚礼。你们知道商人和波斯人一样，都是见钱眼开的。这一点我知道得比你清楚。”卡拉西里斯说，“你会得到它的。这没有什么不礼貌的，你完全有理由要回你的钱。更何况还没等我们开口，你就先主动把女儿还给了我——其实我本应该先向你付钱，然后才能提出见我女儿的请求。”“我可没挑剔你这个！”瑙斯克拉斯说，“如果你愿意的话，现在还是让我们来向诸神祈祷吧。我要为你贡献牺牲，并求你赐予我福分。”“好了，我们都别那么彼此间没信任了。”卡拉西里斯说，“你说得对，现在是该去献祭了。你快去预备祭物吧，等各样东西都齐备了，我们就过去。”

瑙斯克拉斯照着他的话去做了。不一会儿，来了一个人，叫他们赶快过去。他们欢欢喜喜地出去——因为他们此时已经决定该怎么办了——和瑙斯克拉斯的其他客人一起去敬献公共的祭品。由于在人前公开为泰阿格涅斯去祈祷而感到羞愧，恰瑞克莉娅不想在此时抛头露面，但瑙斯克拉斯的女儿和其他女人则变着法地劝说她一起去。即便如此，大家也是费了好大劲儿才说服她同意去了。的确，如果在只有男人的献祭场合，让她同意当着众人的面去为泰阿格涅斯祈祷，不知道说服她会有多难。随即，他们一起来到赫耳墨斯神殿——瑙斯克拉斯之所以把祭品献给了赫耳墨斯，敬奉他甚至比其他的神更虔敬，是因为赫耳墨斯是最关心商人的神——献祭开始后，恰瑞克莉娅看上去有点心神不宁，她脸上的各种变化说明了这一点，快乐和痛苦的神情相继浮现出来。

当献祭之火还在坛上焚烧的时候，卡拉西里斯把手伸到了火里，好像是他从火里把东西拿了出来一样——其实这东西是早就放在手里攥着的，说："瑙斯克拉斯，这是由我代替神赐给你救助恰瑞克莉娅的酬谢。"说着，他送给他一枚昂贵的戒指，一枚好似从天上掉下来的珍贵东西。

这枚戒指上的环圈是用金银混合的材料做成的，上面镶嵌着一颗明亮的埃塞俄比亚紫水晶。[①] 这水晶大得像少女的眼睛，比伊比利亚[②]或不列颠的那两颗著名的宝石[③]还要漂亮很多——那两颗钻石只有淡红的色泽，就像玫瑰的花蕾被太阳晒破，花瓣凋落到叶子上一样——而卡拉西里斯给他的这颗埃塞俄比亚的紫水晶则色泽深红，就像春天里一朵盛开的纯洁的花。如果你拿着它转动，它就会反射出一束金光，这束光既不会伤人，也不会使视力变模糊，反而会使视力变得更好更清晰。它的自然品质也比那两颗西方的宝石强很多，虽然它没有显赫的名声。但事实上，在一切节日期间，人们都知道

① 尚无证据表明，埃塞俄比亚出产紫水晶。据普林尼（Pliny）《自然史》所载（37.121），最好的紫水晶产自印度。旧称伊比利亚（Iberia），即现代格鲁吉亚一带，也出产优质紫水晶。

② 伊比利亚（Iberia）属于现代格鲁吉亚一带，与属于现代西班牙与葡萄牙一带的东伊比利亚不是一个地方。

③ 尚无证据表明，当时不列颠地区出产名贵的宝石。

这枚戒指的贵重，因此绝不让那个佩戴着它的人喝醉，让他始终保持着清醒，以保证这枚戒指上的宝石的安全。应该说，印度和埃塞俄比亚所产的每一种紫水晶都具有这种品质，但这枚戒指上的宝石质量又确实在这些之上。这颗宝石的上面还有一幅天然形成的画，主要是人和动物的图案，其布局是以一个放羊的男孩为中心构成的。画中一个男孩坐在一个低矮的山坡上牧羊，他用牧笛的声音为他的羊群安排了好几个吃草的地方。这样，当男孩吹奏起他的乐器时，羊群就像被乐声控制着一样，停止进食。有人会看到这些羊身上都长着金色的羊毛，其实这并不是工匠的有意为之，而是因为紫水晶闪烁的红光才使得它们那么美丽。宝石的画面上，小羊羔们有的正在磐石上跳来跳去，有的围着牧人跳舞，小山顶好像成了牧人玩耍的地方。还有一些小羊正在紫色的火焰中玩耍，似乎它们在阳光的照耀下正用自己的蹄子敲打着岩石。还有一些年轻的小羊胆子更大，想要走出这个画面，但它们却被精巧的匠人所制作的镶嵌宝石的金环圈挡住了去路，那金圈就像一堵自然形成的墙，把它们和岩石一起圈在里面。要知道，这宝石上的画都是自然形成的，不是匠人画上去的，匠人只在宝石底下的四周做了一个金箍而已。这就说明匠人在这里显示出他想要的是自然本质的真实，他们认为把人工的作品雕刻到一块宝石上毫无价值。

这就是卡拉西里斯送给瑙斯克拉斯的那枚戒指。瑙斯克拉斯在看到戒指的一刹那简直惊呆了。他一方面惊奇的是戒指上面所镶嵌的宝石的非凡艺术价值，更令他兴奋的是这枚戒指真的比他身边所有的东西都值钱。于是他说：“好心的卡拉西里斯啊，当我向你索要你女儿的赎金时，那不过是开个玩笑而已，因为我已经决定把她无偿地还给你了。但就像埃及人常说的那样，‘切不可蔑视神明的厚礼’[1]，我

---

① 语出自荷马《伊利亚特》(3.65)，瑙斯克拉斯此言，貌似表明他认同希腊最伟大的诗人荷马来自埃及一说。

更愿意说服自己相信，这块神赐予我们的宝石是来自赫耳墨斯，按习俗来说，他是所有的神祇中最公平和亲切的神。他把这礼物通过火送给了你，大家都看到了，因为你是从一直燃烧的火焰中将它拿出来的。此外，我认为收下它也是最好的选择，因为这既不会损害给予者，也能使接受它的人变得富有。”瑙斯克拉斯说了这话后，就和大家一同去赴宴席去了。宴席的安排也非常符合规矩，妇女们在神殿里的一个角落里吃饭，而男人们则到了外面院子里就餐。当他们吃饱了，便把酒杯放到了桌上，男人们开始向酒神狄奥尼索斯敬酒，并唱起了歌颂他的赞美诗；而女人们则跳着自编的赞美谷神刻瑞斯的舞蹈。恰瑞克莉娅没有和大家去跳舞，而是悄悄地离开了。她要独自祈祷泰阿格涅斯平安无事并祈求他能够因为她的缘故保护好自己。

接下来，宴会的气氛变得越来越热烈，每个人都根据各自的兴趣找到了自己的位置。瑙斯克拉斯手拿一只盛满清水的杯子，说道：“我们以水代酒干一杯吧，善良的卡拉西里斯，如果你能以我们渴望听到的故事代替敬酒来回报我们，那将比喝掉这桌子上所有酒杯里的酒更让我们感到高兴。现在大家所见到的女客们的唱歌和跳舞，那不过是宴会的消遣。你若愿意把你所遇到的事情讲给我们听，就可以让我们的筵席更加丰盛，气氛也会更加快乐。可以说，你的故事将胜过一切舞蹈和音乐。正如我所知道的，你以前经常推迟讲述是因为你所遭遇的不幸压倒了你，但现在你不能再推辞了，因为没有比现在更好的机会去讲你的故事了。至于你的孩子们，你也不要担心，你的女儿在我们这儿是安全的，你的儿子在诸神的保佑下也很快就会被找到。所以，你若再不讲，那可要惹我生气了。”克耐蒙接过瑙斯克拉斯的话头也说道：“诸神赐福于你的心灵。既然你带来了各种各样的音乐人参加这次盛宴，那就不能忽略他们。只让他们和那些粗鲁的人在一起，也是不合适的。他们也渴望听到更神秘的事情，体验到神圣的快乐。再者，我想你很了解众神的本性，他们让赫耳墨斯和狄奥尼索斯连在一起[1]，会给你的盛宴更多地增添谈话的愉悦感。因此，尽管我有正当的理由对献祭中其他奢侈程序感到惊奇，但我认为一个人在宴会上给赫耳墨斯献上一个故事，会比做其他的献祭更讨他的欢心。”卡拉西里斯同意了大家的要求，因为他觉得，自己要讲的故事，既能给克耐蒙带来快乐，又会赢得瑙斯克拉斯的欢心，还能给大家带来乐趣，何乐而不为呢。于是他简要地复述了以前对克耐蒙讲过的主要内容，并把他认为瑙斯克拉斯不需要知道的事情省略了过去。也就是说，他之所以还要重复讲一下，主要是因为那些还没有讲出来的事情，都是建立在此前讲述的基础之上的。

他用这样的方式开始了他的讲述[2]。“我们三人上了腓尼基人的船，从德尔斐启航。开始一段时间，船航行得非常顺利，劲风从后面吹鼓着船帆，非常符合我们的愿望。但当航行到了卡吕冬海岬[3]以后，大麻烦就来了。因为我们所经过的这片海域，波涛翻滚，极其令人不安和烦恼。”克耐蒙听了这话，一方面希望他们不要经过这片危险的海域，另一方面又想知道他是否了解那个地方波涛汹涌的原因。卡拉西里斯告诉他：“爱奥尼亚海巨大而宽广，然而过了克里萨湾[4]之后，到这里就变成了一个狭窄的水域，海水就像倒进了一个漏斗一样。急速的水流冲向爱琴海要与之汇合，结果在行进途中又被伯罗奔尼撒半岛的地峡阻挡，也许这些受到众神旨意被安放在这里的山陵，是为了防止海水暴力泛滥到海洋对岸的土地上。所以看起

---

① 在晚期古代，赫耳墨斯也被视为善辩之神。而狄奥尼索斯是酒神。二者结合在一起的意思是说喝了酒之后更适于讲故事。

② 以下叙述仿拟了荷马史诗《奥德赛》（8. 499ff.）中的歌者德摩多科斯（Demodokos）所述希腊英雄在攻陷特洛伊之后还乡的经历。

③ 现代苏格兰的古名，为科林斯湾入海口的最窄处。

④ 严格说来，克里萨湾是科林斯湾的一个分支，即前述的基拉哈湾。

来，急速冲下来的海水被推向海岸，从而使得堆积在大海的这一部分的水比在其他任何地方的都要多，又因为这些水流受到阻挡后又反冲回来，就使得这片海域开始沸腾，海水急剧上升，并通过猛烈的相互碰撞形成强大的巨浪。”在场所有的人都同意和称赞这一推理，并宣称这种解释是正确的。卡拉西里斯又继续讲他的故事：“当我们经过了这片海域，在已经看不到一连串起伏不平的岛屿之后，我们远远地看到了扎金索斯岛①，它像一片乌云黑压压地出现在我们的眼前。要知道，只要航船过了扎金索斯岛，我们以后的航程就较为顺利了。这时船长下令落下几片船帆。当我们问他为什么要这么做的时候，他回答说海上起了大风，落下几片船帆会使航行更容易。‘因为，’船长解释道，‘如果我们继续满帆航行，将有很大的危险，那样我们很可能会在黑暗中快速航行时撞上隐藏在海底的尖锐岩石。因此，让船整夜躺在海面上乘风徐行到明天早晨，就能绕过扎金索斯岛，这才是明智的。’船长虽然这样说了，瑙斯克拉斯啊，但我们却没有听他的话，仍旧继续满帆航行。结果海底的礁石损坏了我们的船。没有办法，当早晨的太阳一出来，我们只好被迫在扎金索斯岛的港口抛锚了。住在离城市不远的那些港口附近的岛民们，蜂拥来看我们，仿佛在看一种奇怪的景象。他们赞美这艘漂亮的大船，说它看起来是那么俊美和高大，又说他们终于见识了腓尼基人造船的优秀工艺。可以说，这个失误，也算不幸中的万幸，因为在昴宿七星沉落之前，② 换句话说，在冬天不能航行的季节马上到来的时候，我们总算有了一个落脚的地点。

“我们船上的其他伙伴们，甚至在系好缆绳之前，就离开了船，匆匆忙忙地把货物运往扎金索斯城去贩售了。但是我——偶然从船

① 扎金索斯岛位于爱奥尼亚群岛最南端，在伯罗奔尼撒半岛西海岸之外。

② 就天象学而论，昴宿七星最亮的时候正是地中海最适合航行的季节；而到了10月底之后，昴宿七星因移动到地平线之下而显得晦暗不明，成为冬季暴雨时节开始、航海活动休止的标志。

长那儿听说他们要在那儿过冬——便决定要远离他们去找个住处，一是为了避开船上那些粗鲁的水手们，另外也是为了让这年轻的一对儿今后逃走更方便。为此，我下船后沿着海岸走了一段路，看见一个老渔夫，正坐在家门前补他的那张已经破了的渔网。于是，我便走过去对他说：‘好人啊，诸神保佑你。请你告诉我，一个外乡人可以在什么地方租到房屋或找到地方借宿？’他回答说：‘就这儿吧，在海岬旁边。这张渔网昨天就是在那里被缠住了，现在已是破洞百出。’我说：‘您可别开玩笑了。如果您愿意租给我们房子住，或者推荐我们到别的地方去住，就是对我们最大的恩惠了。’他回答说：‘噢，不是我，我当时没有和他们一起在船上。神是禁止蒂勒赫努斯犯下这样严重差错的，或者他的年龄也不允许他们受到伤害。这是我的伙伴们的错，他们一点儿都不了解海上的岩石，他们应该在撒网之前先了解一下那里的地形海况。’此刻我才察觉到老人有点儿耳背，便大声对他喊道：‘诸神保佑你，先生，请告诉我在哪儿可以找到一家客栈。’他说：‘神同样回报你，如果你愿意，欢迎你与我同住。除非你确实是那种追求奢华住处的人，并带着一大批的仆人。’我说：‘我还有两个孩子，加上我共三人。’他回答说：‘你这倒是一个很好的比例。但你会发现，我们家人口的比例则不太合理。因为我家比你家多了一个人。和我住在一起的是两个小儿子——我的大儿子已经结婚，住在自己的房子里——第四个人是我孩子们的保姆。由于他们的母亲不久前去世了，保姆现在负责照顾他们。所以，好心的人，你们就来我这儿住吧。不要疑虑了，我为你们的到来感到高兴，因为一听你说话，就知道你是个绅士。’我和他商量好了后，不久就带着泰阿格涅斯和恰瑞克莉娅过来了。老人——他的名字叫蒂勒赫努斯——很高兴地招待了我们，并让我们住在他房子里比较暖和的地方。说实话，那个冬天我们在这儿过得很好。白天我们常常在一起商量一些事情。晚上睡觉的时候，恰瑞克莉娅和那个保姆单独睡一个房间，我和泰阿格涅斯则睡在另一个房间里，而蒂勒赫努斯和他的孩子们就在客厅里休息。大家都在一张桌子上吃饭，我们自费支付三个人所需的食物和其他东西的费用，蒂勒赫努斯则给他的客人们提供了大量他在海里钓到的鱼。这些鱼是他独自垂钓的，有时我们会在闲暇时去帮助他。因为他在一年四季都有各种各样的打鱼方法，而且这地方的鱼很多，撒网也很方便，所以收获颇多。但许多人都把他从技能中获得的收益归功于运气。

“然而这样平静的生活并没有持续多久。常言道：‘厄运总是结伴而行。’[1] 即使在这个孤寂偏僻的地方，恰瑞克莉娅的美貌也激起了骚动。和我们一起航行的那个在皮提娅赛会中获得优胜的年轻商人，总是单独来找我，对我纠缠不休，这令我很烦恼。他恳求我，好像我是恰瑞克莉娅的父亲一样，要我同意把她嫁给他做妻子。他大谈特谈自己，告诉我他的血统有多高贵，还不停地炫耀他的财富，说我们乘坐的这艘船就是他的，船上大部分的货物以及黄金、贵重的宝石和丝绸也是他的。他还补充说，他最近取得的胜利使他的荣誉和名声有了很大的提高，认为自己做一千件事情都不如这场胜利来得实惠。我为自己找借口说我们现在很穷，还告诉他我绝不会把女儿嫁给一个住在远离埃及的异乡人。‘别说了，老爹，’他说，‘我认为这姑娘本身就是一件价值连城的嫁妆，即使是世界上所有的财富都抵不上她的美丽。至于说到国家，就更没问题了，我可以改换成你们的国籍。我决定，从现在起我不去迦太基了，随便你们要往哪里去，我都跟着走。’当我看到这个腓尼基青年商人不肯放弃自己的目标，而且决心越来越坚定，甚至对我每天的拖延都忍不住要发脾气的时候，我担心他在岛上会用武力攻击我们。于是，我决定用甜言蜜语来拖延这件事，于是答应他，等我们到埃及后，必定成全他的一切愿望。

① 此处用典语出不明。

“我用这些办法刚刚使他平静下来以后，就像俗语所说的那样，‘忧患的波浪接连涌来’①。不久之后的一天，老渔夫蒂勒赫努斯悄悄地把带我到弯弯曲曲的海岸边上一个秘密的地方，对我说：‘卡拉西里斯，我以海神波塞冬和其他所有的神发誓，我爱你，好像你一直就是我的哥哥，你的孩子也是我孩子一样。但我要告诉你一件事儿，这件事是专门针对你们的，也是让人极其痛苦和令人不快的事情。我不能再瞒着你了，因为再瞒着你是不合情理的。既然我们都住在一所房子里，所以必须让你知道这件事儿。你知道吗？有一艘海盗船正在觊觎你们所乘坐的那艘腓尼基人的船，这艘海盗船就秘密地隐藏在我说的那个海岬的下面。他们每天都派人去探听你们的船会在什么时候启航。所以，你自己要当心，留心你该怎么做，因为他们那种惯有的野蛮行为对你们是不利的，或者更确切地说，是对你的女儿不利的。’我大吃一惊，忙说道：‘诸神啊，对于这个消息，我要向你表示感谢。这种感谢也是你应得的！但你又是怎么知道这件事的呢，蒂勒赫努斯？’他说：‘由于我的捕鱼手艺，使我认识了这些海盗。每当我给他们送鱼的时候，我从他们那里得到的价格都比从其他人那里得到的要高。因此，昨天，正当我在那边的悬崖上修补我的渔网时，那个海盗船的船长走过来问我，是否听说过腓尼基人打算什么时候离开港口。’当我觉察到他谈话中的微妙之处时，就回答他：‘特拉基努斯②，我实在不能肯定地告诉你具体的时间，但我想，明年开春，他们就要起航了。’他问：‘那住在你家里的那个少女是否也和他们一同走呢？’我说：‘这我可不知道。但你为什么要问这个？’‘我非常喜欢她。’他回答说，‘我没有什么理智，虽说我只见过她一次，但我不知道此前是否见过比她更漂亮的女人。

① 疑此处作者化用了欧里庇得斯（Euripides）悲剧《伊翁》（*Ion*）（927）的典故：“忧患的波浪刚从我心里落下去一点，另一个悲浪又从后艄向我冲来。”

② 海盗船长的名字，此名有“粗野”“野蛮”“残忍”之意。

是的，我曾经抓住过许多女人，其中有的也非常漂亮，但和她相比，简直是天上地下。’我想最好能引诱他把所制定的秘密计划都告诉我。于是便对他说：‘你为什么要和腓尼基人去战斗，而不是在他们离开之前就不流血地把她从我的房子里抢出来呢？’‘即使是海盗，’他回答说，‘对他们熟悉的人也要彬彬有礼。所以，我因为你的缘故不能这样做。假如我把她从你家里抢走并带她离开这个城市，那就会连累你们。这样的话，你接待过的客人就要来找你要人了，因为她是在你的手上被抢走的。还有，我必须用一次行动做成两件事儿，一件是获得船上的财物，另一件是和少女结婚。若我选择从陆路走，必然会丢掉财物。再者，如果抢劫这样的事情发生在离城市这么近的地方，那将是非常危险的，因为抢劫和强奸很容易被人们察觉而遭到追赶。’老渔夫蒂勒赫努斯最后说：‘我大大称赞了一番海盗船长特拉基努斯的智慧，然后就离开了他。现在我来告诉你这些坏蛋为你所设下的圈套，就是衷心地希望你能想出办法来救你和你的孩子。’

“听了这些话，我心情很沉重地离开了他，想了很多。直到那个求婚的青年商人偶然遇见我，谈起和婚姻有关的一些事情时，才给了我下一步如何行动找到了一个巧妙的开端。我向他隐瞒了蒂勒赫努斯告诉我的那些信息，只把那些有利于我计划的东西告诉了他：这地方有一个人，是我们所不能抵挡的，而这个人正计划要用强迫的手段将少女从我这里夺走。我对他说：‘我更愿意把她嫁给你，既因为我了解你，也因为你的财富丰厚。更重要的是，你曾经答应过我们，如果你和她结婚了，就会住在我们的国家里。所以，如果你要得到她，就要想办法让我们赶快离开这里，免得以后难以脱身，或者遭受一些违背我们意愿的痛苦。’他听了我的话之后非常高兴，马上说：‘父亲，这是一个好主意。’他过来吻了我，还询问我什么时候离开最好。尽管当时不是适宜航行的季节，但我还是建议尽可能快的到别的港口去躲避敌人的计谋，并在那里等待春季的好天气到来。我说：‘如果你愿意听我的话，我们明天夜里就出发。’他答应一定按我说的去做，就走了。我回到家里，没有把这件事告诉蒂勒赫努斯，而是对我的孩子们说，今天晚上必须到船上去。他们对突然发生这件事多少有些惊讶，便询问这样做的理由。但我没有过多的解释，只说现在必须这样去做，这对我们很有好处，原因以后再告诉他们。

“我们吃了一顿简单的晚餐，就上床睡觉了。这时一个老人在我的睡梦中出现了：他的身体虽然已经干枯，但从他的束腰外衣里露出来的大腿却显示他年轻时是一个有力量的人。他头上戴着一顶帽子，从表情来看，又是一个聪明而狡黠的人。他的一条腿有点瘸，乍看起来似乎还有一处伤疤。[1] 接着，他走到我跟前，带着嘲弄的微笑对我说：‘我的好先生，所有乘船经过凯法莱尼亚岛的人都看着我的房子，认为我的名声是一件了不起的大事。只有你一个人不尊重我，还嘲笑我。甚至当住在那里的人都向我致敬的时候，你虽然离我住的地方很近，却不来向我问安。因为这件事，不久你将会受到惩罚，你会像我一样要经历在海上和陆地上的各种危险磨难。至于你所带着的那个女子，我以我妻子的名义告诉她，我的妻子向她致意：因为她把自己的贞操看得比世上的任何东西都重要，这预示着她将有一个幸福美满的结局。’我被眼前的景象吓得从床上惊跳起来。和我同住在一间屋子里的泰阿格涅斯被惊醒了，便问什么事让我如此惊恐。我只能掩饰地回答说：‘我差点忘了船就要出港了，一想到这事儿就稀里糊涂地被惊醒了。所以，赶紧收拾好你的东西，我现在去叫恰瑞克莉娅，我们必须马上出发。’我刚给恰瑞克莉娅发

---

① 这段描述包含了多处荷马史诗中的典故。睡梦中的老人为奥德修斯。雅典娜在他历经千辛万苦回到故乡伊萨卡（Ithaka）后，将其伪装成一个垂垂老者，但强有力的大腿，尤其是腿上那处因野猪造成的伤疤暴露了他的身份。详见荷马史诗《奥德赛》（13. 398；18. 66；19. 392）。

出消息，她就过来了，蒂勒赫努斯也来了，当他看到这朵玫瑰（恰瑞克莉娅）也在时，就问我打算做什么。我说：‘无论我们现在做什么，都是在听从你的劝告，我们现在就要离开那些会伤害我们的人。愿诸神保佑你平安，因为你在我们中间做了正直诚实的人。我还要请求你做最后一件事儿。现在到伊萨卡岛去，为我们向奥德修斯献祭，祈求他平息对我们的愤怒。因为刚才我睡着的时候，他来到我的床前对我说，他非常生气，好像他被我轻视和蔑视了似的。所以你要去代替我献祭给他，请求他的原谅。’蒂勒赫努斯答应了我，并把我们送到船上。分别时他哭得很伤心，并向神灵祈祷，希望神能按照我们心中的愿望保佑我们航行顺利。

“简而言之，当启明星闪烁在头顶上的时候，我们已经航行在大海中间了。水手们起初很不情愿，但最终被这个年轻的提尔商人说服了。他告诉大家，这是为了躲避要抢劫他们的海盗而逃跑的。他本想用这话儿当成谎话欺骗他们，却不知道自己说的正是真话。冬天的狂风和恶劣的天气直接和我们作对，海浪汹涌翻腾，甚至在一场突如其来的暴风雨中，我们的船差一点儿被抛入海底。最后，我们失去了一只操舵桨①，桅杆上的大部分横梁木也被折断了。经历了千难万险，总算到达了克里特岛的某一个海角。上岛后，我们想在岛上多住几天，既为了修理一下我们的船，也要招募补充一些船上缺少的人力。做完这些后，我们决定在月亮与太阳会合出现后的第一天继续航行。这一天，春天的风从西边吹来，我们一出发，就被风吹着走了一天一夜。船长指挥着商船向非洲海岸快速驶去。他告诉我们说，如果风继续这样刮下去，我们的船就可以笔直地朝前航行，那样就能直接越过开阔的海面，到达非洲的目的地。他还告诉我们，说他由于一直怀疑后面跟着的那艘三桅帆船可能是海盗的，所以他要设法抓紧时间尽快到达非大陆或某个港口。船长说：‘自从

① 古代航船使用双船舵（*pedalia*），即操舵桨。

我们的船驶离了克里特海岬，这艘船就一直跟着我们。从开船时起，它就没有一刻离开过我们的航道，并一个劲儿地追赶我们的船，好像与我们去同一个地方一样。我已经注意到，当我有意使我们的船偏离正确的航线时，它也跟着这样做了。’听到船长说的这些话，有些人感到很有道理，就劝其他的人做好防御的准备；但也有一些人不以为然。他们认为，按照惯例，在大海中较小的船就应该跟随较大的船只航行，因为大船有更多的航海经验。就在双方为这些事情争论不休的时候，也正是陆地上的农夫开始从耕地的犁杖上卸下耕牛的黄昏时分，一直猛烈吹拂的海风逐渐平息下来，又过了一会儿，几乎变成了微风。对我们这样的大船来说，这样的微风只能让船只摇晃而不能对船的前行有任何助益。最后，海风彻底停止了。如果说在夕阳西下的时候，它就像接到了必须离开的命令，倒不如说——我可以更肯定地说——风停了就是老天在帮助跟在我们后面的那艘船去做他们想要做的事情。因为只要有风，跟在我们后面的那艘三桅帆船就会远远落在我们的商船后面——我们的商船的船帆很大，也很多，能接受到更多的风，自然会使船航行的速度更快。但是，当大海平静下来，我们不得不去用桨划船时，那三桅帆船的航行速度快得就无法形容了。我想，尽管此时我们船上的每一个人都在用力划桨，但行进的速度仍然很慢。而对方只是一艘小船，船小体轻，所以同样是划桨，那小船对划手们的努力所做出的回报一定是更快的。

“当海盗们的船靠近我们的时候，和我们一起上船的一个扎金索斯人喊道：‘我们完蛋了，伙伴们。这是一艘海盗船，我认得这是特拉基努斯和他的帆船。’听到这个消息，船上的人都骚动起来了，就好似在风平浪静的天气里到处充满了暴风雨将要到来的气息一样。船上到处都是吵闹、悲叹和跑上跑下的声音。有些人逃到船的底舱试图躲藏，有些人站在舱口处互相鼓励着要去战斗，还有些人认为最好赶快跳到大船携带的小舢板上逃走。到最后，还是眼前的危险止住了大家的慌乱。因为人们知道，等海盗攻上我们商船的时候，每个人都必然会被戴上枷锁。在这期间，我一直在恰瑞克莉娅和泰阿格涅斯身旁转来转去，而泰阿格涅斯则强烈渴望去战斗，甚至到了几乎忍不住的程度。恰瑞克莉娅则鼓励他说，她不会因为死亡而与他分离，她也会用同样的剑和同样的创伤来分享他的命运。就我而言，当我意识到这是特拉基努斯和他所统领的海盗来攻击我们时，我却想到了一些可能对我们来说有利的情况，随后发生的事情也确实如此：因为当海盗们靠近我们的船时，他们虽然在船的四周横冲直撞，但并没有投掷飞镖，而是绕过我们，试图阻止我们的船前进。他们的目的是想尽一切办法把船弄到手中，而不是想要一场战斗和杀戮。简而言之，他们就像围困城镇的人一样，想以投降为条件夺取这艘船。'你们这些不幸的人，为什么这么愚蠢？'他们喊叫着，'为什么要奋起反抗这种远远超过你们的不可战胜的力量，从而换取你们必然的毁灭呢？如果你们愿意放弃船只的话，我们将友好地对待你们，现在就允许你们乘坐小舢板离开，这样可以挽救你们的性命。'这就是他们提出的条件。我们船上的人在没有遇到过真正的危险，也没有品尝过战争的血腥的时候，都是顽强的，因此他们明确地表示绝不会离开。但当一个比其他人更勇敢的海盗跳上了我们的船，用剑杀死了他遇到的人，用行动告诉了他们战争通常是由杀戮和死亡构成的真谛之后，加之其余的海盗都跟着蜂拥地跳上船来，船上的腓尼基人这才感到后悔了。他们俯伏在地，高喊饶命，祈求宽恕，并表示让他们做什么就做什么。此时海盗们已经准备开始对这些俘虏进行疯狂地杀戮了——因为看到鲜血是激起愤怒的巨大诱因——然而与他们所有人的希望相反，强盗头子特拉基努斯却命令饶恕了他们。虽然他不准手下的人杀死船上的水手，但提出的条件却是非常残酷的——对于真正的野蛮战争来说，所有以和平名义的停战都是虚伪的，因为休战比战争带来的灾祸更不能忍受——他吩咐将每个人都关到船的底舱去，并且下去时除了身上所穿的那件衣服外，不许携带任何东西，凡违反这命令的，必定要被处死。腓尼基人似乎把生命看得比什么都重要①，尽管船上的货物寄托了他们全部的希望，但还是急忙服从了，好像一无所有反倒成了桩好买卖，人人都想先保住自己的性命。我们三人也准备服从他们的命令，这时特拉基努斯来了，他把手按在恰瑞克莉娅肩上，对她说：'亲爱的，这场战争虽然与你无关，但却是为你而起的。自你从扎金索斯起航以来，我就一直跟着你，为了你，我才在海上冒了这个险。所以你不要害怕，放宽心，要知道，你必将成为我这一切财富的女主人。'听到他说的这些话后，恰瑞克莉娅——因为她是一个非常谨慎的姑娘，在对付这些事情方面已经很有经验，加之也是多少听从了我的劝告——便把脸上所有的愁容都移开，勉强挤出一个迷人的微笑，说道：'我感谢诸神赐给了你一颗心，使你能比别人更温柔地对待我们。但如果你真的希望我能得到很好的安慰，作为你的善意，你还要救救我的哥哥和我的父亲，不要让他们离开这艘船。假如他们俩被迫和我分开，那我也就不活了。'在说着这些话时，她还俯伏在他的脚前，紧紧地抱住了他的双腿。特拉基努斯对她的表现很满意，但仍然有意地拖延答应她的请求。最后，他被她的眼泪打动了，怜悯之心油然而生。看着她的美丽面容，他也不得不满足了她的愿望。他把这个少女扶了起来，说道：'我真心实意地把你的哥哥交还给你，因为我看出他是一个坚强的、有勇气的年轻人，说不定以后也可以为我们做好多事儿呢。至于那个老家伙，不过是个无利可图的累赘，既然你喜欢，就让他留下来伺候你吧。'

"当我们说着这些话和做着这些事情的时候，太阳正好落下了地

① 此处借用了欧里庇得斯悲剧《阿尔刻提斯》（301）中的用语："任何事物都没有生命宝贵。"

平线，把白天和夜晚之间的空间都变得漆黑了[①]。就在此时，可能既是因为时间的关系，也可能是因为命运的安排，大海突然变得波涛汹涌，狂风大作，巨大的海浪喧嚣声让人震耳欲聋。很快，一场猛烈的暴风雨向我们袭来，这可把海盗们吓坏了——因为他们都离开了自己的帆船，正忙着在我们的船上掠夺货物——他们根本不知道该如何驾驭这艘大船。因此，每个岗位都接到了极其草率的命令，每个人都开始做他以前从未做过的事情。有些人昏头昏脑地慌张地扯着船帆，另一些人笨手笨脚地拉动缆绳。一个无知的人在掌舵，另一个和他一样的'聪明的家伙'则在船的前甲板上指挥。可以说，此刻让我们陷入危险的不是暴风雨，因为它还不是很猛烈，而是'船长'的笨手笨脚。当天空还有一点光亮的时候，这家伙还能坚持着指挥，但是当天完全黑下来的时候，他就彻底放弃了自己的职责。现在我们已经处在溺水的危险之中，船几乎要沉没了。于是，一些海盗提议回到自己的船上去。然而一方面由于暴风雨的力量太强大了，根本去不了；另一方面也是因为特拉基努斯劝阻了他们。他告诉这些海盗，如果他们能保住这艘商船和船上所有的财富，就等于得到了六百艘他们原有的小帆船的回报。最后，他还命令割断了连接我们船和他们船之间的绳子。他告诉海盗们，说若不这样做，那将会给他们带来另一场风暴，现在最好是考虑一下他们以后的安全。为什么这么说呢？是因为他们若带着两艘船到其他地方去，都是一件很可疑的事，这样的情形一定会导致他们被官府的检察人员分头查问。这样，他们抢劫的罪行就会暴露。海盗们听后都认为，他讲得似乎很有道理。随后发生的一件事则使他获得了双倍的信任——这就是当他让人把牵引三桅帆船的缆绳砍断，任其漂走后，商船上

① 此处疑化用了埃斯库罗斯（Aeschylus）悲剧《奠酒人》（64ff.）中的典故："但是正义的天平在注视，有时候向着阳光下的人快速地降临了，有时候对拖延到白昼与黑夜之间的人施加苦难，有时候无所作为的夜晚就把人吞没了。"

的人感到暴风雨减弱了很多。然而，他们并没有真正脱离险境，商船仍然被汹涌的巨浪不停地抛来抛去，船的许多部分都被打坏或被卷入海中，他们仍然持续面临着各种各样的危险。

“这一夜终于挨过去了，到了第二天日落时分，我们的船被狂风吹到了埃及，偶然地在尼罗河上那个叫作赫拉克勒特河口的海滩上停住了。真是造化弄人，来到这里完全违背了我们的意愿。能在这里上岸，其他人虽然很高兴，我们却非常悲伤，并为我们逃跑不成而责怪大海。不仅如此，我们还指责大海不愿意让我们死在海中，又把我们送到了岸上，让我们在这里面临新的危险。现在，我们只能听任那些无法无天的海盗们意志摆布。同样，我也很容易就从这些坏蛋上岸之前所做的事情上猜测出他们接下来的意图。

“特拉基努斯借口要向波塞冬提供贡品，从船上拿来了泰尔酒和许多其他献祭用的东西，并派他的几个同伴带着一大笔钱到邻近的村子去买家畜。还叮嘱他们说，不管卖东西的人第一次要什么价，都不要还价，照数付给就是。这些人不久就带着一群猪羊回来了。那些在这里留守的人开始宰杀。他们剥了皮，点起了火，预备起了筵席。特拉基努斯此时则把我拉到一边，免得谈话有人听见，和我说：‘父亲，我决定今天就举行婚礼，娶你的女儿做妻子，我要把这个愉快的婚礼和我们对诸神庄严的献祭结合起来。假如我现在不告诉你我的决定，恐怕在献祭和宴会期间你会感到悲哀。同时，你也要提前将这件事告诉你的女儿，叫她放心大胆地享受快乐吧。我认为，把我的想法预先告诉你，是一件好事。其实，我并不需要得到你的同意——因为我有绝对的权力去做我想做的事——但我认为如果新娘先接受了她父亲的劝告，高兴地准备好一切，那就更幸运，也更得体了。’我装作很高兴的样子赞美了他的主意，并当着他的面，感谢了诸神让我的主人做我女儿的丈夫。然而在他离开之后，我开始思考接下来我要如何去做。想好后，我又返回特拉基努斯身边，恳求他把正要举行的婚礼搞得更庄重一些，还要他把这艘船布置成少女的新房，并且命令在结婚之前的这段时间里，任何人都不要进去打扰她，这样她就可以有空闲的时间准备好一切结婚用的东西，他也就可以更体面地迎娶一位新娘子了。我还和他说，她出身名门，家境殷实，而且最重要的是她要做的是特拉基努斯的妻子。假如因为时间和地点限制，不能让她把自己打扮得漂漂亮亮的，是不合规矩的。特拉基努斯听了非常高兴，真心实意地答应一定按我说的做。他吩咐手下的人把所需用的一切东西都给她拿过去，并严令不许任何人靠近那艘船。听到命令后，海盗们就照他所吩咐的去施行了。此外，他们还从船上搬来了桌子、凳子，拿来了杯子、地毯、绣花毯子、西顿[1]和泰尔的手工艺品以及其他用于筵席的器皿。这些东西都是此前他们既没有得到命令，也没有被人强迫，就作为战利品直接从商船上搬下来的——这些东西都是不同的主人们辛辛苦苦、勤俭节约聚集在一起的，但现在，命运已经让它们换了主人并成了海盗们丰盛宴席上使用的家什。

“我带着泰阿格涅斯一起来找恰瑞克莉娅，发现她正在哭泣。便对她说：‘女儿呀，这一切都没什么令人奇怪的，你哭个啥呀！这不都是我们以前就预料到的，难道还新鲜吗？’‘我在为一切将要到来的事情而哭泣，’她说，‘但最重要的是，我现在必须要知道，在特拉基努斯对我怀有可恨的善意的情况下我该怎么办，眼下的情况似乎给了他这种邪恶的善意以鼓励。因为意外的一次成功往往会使他更加放肆。现在我要告诉你们，特拉基努斯的邪恶之爱最终将会以悲哀而告终，因为我将用我的死来阻止婚礼的举行。正是因为一想到我的生命结束就是和你以及泰阿格涅斯的永远分离，才使我变得如此沉重和痛苦。’我说：‘你想得不无道理。的确如此，在祭祀完

① 典出《伊利亚特》（6.289）：帕里斯将海伦诱拐到特洛伊准备成婚之时，特洛伊的王后也拿出了西顿女人所织的做工精美的彩袍。

后，那个特拉基努斯确实打算把敬神的宴会变成你和他婚礼的婚宴，并且叫我这个作为你们父亲的人，预先告诉你结婚的事情。其实，特拉基努斯对你那种不合理的爱，此前在扎金索斯岛时老渔夫蒂勒赫努斯就已经警告过我了，只是我没有把这事儿提前告诉你[①]，一是怕这个坏消息吓到你，另外我也想用这个事情躲开海盗布下的罗网。但是，我的孩子们，要记住，上帝是不允许海盗与你结婚这种事情发生的。那么，既然我们现在正处于极度的危险之中，就让我们尝试一些大胆而勇敢的行动，直接面对巨大危险的挑战吧。假如运气好，我们将会过上自由而高尚的生活；如果我们失败了，那就把它看作是一个机会，像勇敢的人那样死得高尚。'

"他俩答应按照我所吩咐的去做，我也告诉了他们此后应当如何去行事，并让他们做了必要的准备。然后，我来到另一个海盗首领面前。这个家伙在这伙海盗中的地位排在特拉基努斯之后，是第二首领——我想起来了，他的名字叫佩洛霍斯[②]——说我有件对他有好处的事要告诉他。他同意了。于是我领他到了一个无人能听见我们说话的地方，对他说：'我的孩子，你要仔细听着，因为时间的短暂我不会说太久。长话短说吧，我的女儿爱上了你。这也难怪，任何女人都会屈服于更出色的男人。但现在她怀疑大头领正在筹备的宴会是为他自己与她结婚而举办的，因为当他命令她把自己打扮得漂漂亮亮的时候，他的意思似乎就是如此。所以你要想一想，怎样才能阻止他，然后你亲自把我的女儿带走。她已经发誓宁死也不嫁给特拉基努斯。'他说：'别担心。一段时间以来，我和那女孩的想法是一样的。我希望有个机会让我来处理这件事。除非特拉基努斯把她作为我在这场战斗中第一个登上商船的奖品给我，心甘情愿地允

① 此处化用了修昔底德（Thucydides）《伯罗奔尼撒战争史》中的用语："我们不用为那些尚未到来的痛苦而忍受折磨"。(2. 39. 4)

② 希腊语意为"可怖的"。

许我娶她，否则他的婚姻会很不幸。’当我听到他这样说了后，害怕再待下去被怀疑，就立即赶了回来，到我的孩子们身边安慰他们，并告诉他们我的方法是如何实施的。

“吃过晚饭不久，当我看到海盗们一个个喝得东倒西歪，正在肆无忌惮地喧哗打闹时，我对着佩洛霍斯耳朵悄悄地说——我在宴会时故意坐在他旁边——‘你看见过那个女孩打扮后有多漂亮吗？’他回答我说：‘还没有。’我说：‘那好吧，如果你现在偷偷地跑到船上去，就可以看到了。在那儿，你将看到似乎是阿耳忒弥斯本人坐在那里。但你也知道，特拉基努斯已经发布了不许上船的命令，所以你还是要小心谨慎，暂时不要冒险地去看她为妙，免得你为自己买了死亡的船票。’被我的激将法所鼓动，他没有耽搁，而是像有什么正经事似的，立即站起身来，然后，在人们不注意的时候偷偷地上了船。在船上，他隔着一段距离看见恰瑞克莉娅坐在那里，头戴月桂花冠，身穿金光闪闪的衣服——这是她从德尔斐带出来的。她此刻穿上它，或是要为她的胜利增光添彩，或者是要为她的葬礼增光添彩，或者是要为她的婚姻生活增光添彩——总之，佩洛霍斯一看到这情景，浑身上下如同有火在燃烧，占有的欲望和竞争意识把他搞得意乱情迷，他决定孤注一掷，铁了心要把这个女孩抢到手。当他从船上返回来的时候，从脸上就可以看出来，他显然带了一副想要闹事的表情。因为还没等坐下，他就喊道：‘我为什么不能得到奖赏，我们的头领为什么不把那个姑娘奖给第一个登上敌舰的我呢？’特拉基诺斯闻听此言，马上说道：‘你之前也没有说你要得到她呀。再说，我们得到的财物还没有进行分配呢。’他说：‘那好，我就要那个被俘虏的姑娘。’特拉基努斯则回答说：‘除了她，你可以拿走你想要的任何东西。’但佩洛霍斯说：‘那你就先取消或废除海盗法吧。因为这个法律规定，第一个登上敌人船只和在最危险地方战斗的人，可以优先选择他最喜欢的东西。’听到这些话，特拉基努斯生气地说：‘好先生，我没有触犯法律。但我更愿意相信另一种说法，那就是下属必须服从首领。就我个人而言，我非常爱这个少女，并打算娶她作为妻子。所以，我也明确地告诉你，就是因为我要娶她做妻子的缘故，也必须由我先来挑选。如果你不按照我说的去做，只要我把这个罐子扔过去，你就要后悔了。’听到这话，佩洛霍斯对旁边的人大声嚷道：‘你们看看，这就是我们拼命的结果。从今以后，按这个不讲理的法律，你们中间无论是谁都会被撇在应得的奖赏之外。’啊，瑙斯克拉斯，当时那是一种多么混乱的情景啊！你可以把这些突然来到海边的人比作因一场盲目而愚蠢的争吵把他们引上了火海的疯子，他们完全被酒精和愤怒情绪控制了。当时有的人站在特拉基努斯一边，有的人则站在佩洛霍斯一边。前者认为先选的荣誉必须给予大首领，而另一些人则说，海盗的法律和条例是不能违反的。最后，特拉基努斯猛地弯下腰，想拿一个罐子去打佩洛霍斯——但因为佩洛霍斯早就有了提防之心——他一下子就挡住了特拉基努斯的举动，并随即用匕首刺穿了他的胸膛。特拉基努斯立即倒地死了。这一下点燃了打斗之火，两伙人之间立即爆发了一场残酷的战斗，没有人置身事外。有些人是为了给首领复仇，另一些人是为了维护佩洛霍斯的权利。他们大喊大叫着，用石头、罐子、火把和桌子腿等东西疯狂地打在了一起。看到这种情况，我跑到了离打斗很远的地方，站在利勒山的山顶上看着他们，因为这里比较安全。但是泰阿格涅斯和恰瑞克莉娅二人，则按照我们事先的计划，也加入了战斗。泰阿格涅斯是随身带着一把利剑来到这里的，他加入了战斗的一方，凶猛得就像发狂了一样。而恰瑞克莉娅，当她看到战斗开始以后，便站在船上开始用她的弓发射箭矢，她射得如此之快，弹无虚发，以至于没有人能逃过她箭镞的射杀，除了她不向泰阿格涅斯放箭外，两伙人不管是谁，只要一被她瞄上，没有一个能逃脱的。同时，她把自己也隐藏得很好，别人根本看不见她，但她却很容易借助火光认出她的敌人。海盗们不知道这是怎么回事，有些人还以为是上天降下来的灾祸。到最后，海盗们都被杀死了，只剩下泰阿格涅斯与佩洛霍斯一对一进行搏斗了。佩洛霍斯是个粗壮的家伙，干过许多谋杀的勾当。因为这两个人已经打在了一起，所以恰瑞克莉娅的精准箭术也没有办法再使用了。虽然她很想帮助泰阿格涅斯，但又担心会发生意外。恰瑞克莉娅虽然帮不上忙，却一直情不自禁地鼓励着泰阿格涅斯，并不断地喊道：'我的心肝，拿出男子汉的气概来！'她的声音仿佛使他变得更坚强和勇敢，她的鼓励也好像是颁给这场战斗胜利者的奖品，泰阿格涅斯也的确用行动证明自己变得更勇猛了。决斗到最后，佩洛霍斯被打得几乎没有了反抗能力。虽然泰阿格涅斯也伤得很重，但他还是鼓起勇气，跳到了佩洛霍斯身旁，用剑猛地劈向他的头部。佩洛霍斯稍稍躲过了一下，利剑从他肩膀的肘关节处砍下，砍断了他的胳膊[①]。佩洛霍斯忍着疼痛，掉头就跑，泰阿格涅斯也随之追了过去。

"接下来发生的事情我就说不清楚了。只知道泰阿格涅斯又回来了——我没有亲眼看到他怎样回来的——因为我一直藏身在山上，加之又是晚上，根本看不清楚。再说我也不敢在漆黑的夜里，在一个充满敌人的地方贸然下山。但我想恰瑞克莉娅应该看得很清楚，因为天亮的时候，我发现泰阿格涅斯像个死人一样躺在那里，而恰瑞克莉娅则坐在他旁边哭着说要自杀。但她却一直没有松开他的手，似乎对他的生命还抱有一线希望。但是，我这个不幸的人，此时却既不能和他们说话，也不能前去了解事情的真相；既不能安慰他们的痛苦，也不能为他们做些力所能及的事。因为就在我天亮要下山去找他们的时候，却看见一伙埃及的强盗从一座山下来了，他们抓住了这对年轻人，并把他们和现场能找到的一切财物都带走了——

① 两人的这场对决几乎重演了《伊利亚特》（5. 79 ff.）中欧律皮洛斯（Eurypylos）击杀许普塞诺尔（Hypsenor）一幕。

看起来我们在海上遇到麻烦，在陆地上也会接踵而来——我只能徒劳地跟在他们的后面，悲叹着我和他们的命运。我想，既然我无法保护他们，那自己最好也不要落到他们的手中，这样我还有希望以后能找到机会帮助他们。于是，我隐藏着自己，悄悄地跟随在这些强盗的后面，想知道他们去了哪里。可我毕竟年老体迈，腿脚不济，不如埃及强盗们跑得快，不久就远远落在后面。现在，由于诸神的恩宠，瑙斯克拉斯，在你的帮助下，我才又找回了我的女儿。可以说，除了眼泪和无尽的悲伤外，我对她获救没有起到任何作用。”

讲述到这里，卡拉西里斯和在场的人都哭了。简而言之，这场宴会成了一种喜极而泣的场所，再加上酒精在某种程度上也能使人流泪。到最后，瑙斯克拉斯安慰卡拉西里斯说：“老爹呀，以后就会快乐了。你要高兴，因为你已经找回了你的女儿。只要再过一个晚上，你也能见到你的儿子了。明天早上我就去和米特拉内斯上尉谈谈，尽我们所能赎回善良的泰阿格涅斯。”卡拉西里斯回答说：“我真心实意地希望如此。”瑙斯克拉斯随即提议道：“现在该是结束我们宴会的时候了。请记住诸神的善意吧，让我们一起为他们提供感恩的祭品。”于是大家干了杯中的酒，宴会就结束了。在回去的路上，卡拉西里斯用眼睛去寻找恰瑞克莉娅，但却没有在往外走的人群中看到她。最后，他费了好大的劲，尤其是在听了一个女人的指点后，才在一座雕像前找到了她。不知是因为她祈祷的时间太长了，还是由于陷入了极度的悲伤，她紧紧地抱住神像的脚睡着了。他几乎哭了出来，低声地祈求诸神保佑她尽快得到自己的恋人，然后轻轻地把她叫醒，带她进了女人们住的房间。她对自己不知不觉就在神像前睡着的行为感到羞愧。然后，她和瑙斯克拉斯的女儿一起躺下，睁着眼睛想着自己的心事和以后可能还会发生的事情。

第六卷

贝萨的女巫

VOLUME SIX

安顿好一切后，卡拉西里斯和克耐蒙也回到了属于男人们的房间去休息了。但他们却感觉晚上剩下的时间过得非常慢。其实，时间过得并不慢，只是他们心中有事儿才感觉过得慢而已。实际上这天晚上已经没剩下多少时间了，因为他们大部分时间都是在宴会上听着这个长长的故事度过的。沉浸在这个故事中并没有让他们感到疲倦，所以，他们不等天亮就起来去找瑙斯克拉斯，请他立刻说出泰阿格涅斯现在在什么地方，并请求带着他们去找他。瑙斯克拉斯同意了，于是他们立刻起身出发了。恰瑞克莉娅也请求跟着他们一起去，但被强迫留了下来。瑙斯克拉斯告诉她，他们去的地方不会走得太远，很快就会把泰阿格涅斯带回来。

他们走了之后，恰瑞克莉娅一直在为他们的离去而悲伤，也为她所希望的人能回来而高兴的两种情绪之间起伏不定。卡拉西里斯等人一走出村子，就沿着尼罗河的河岸向前走去。突然，在他们面前一条鳄鱼从河岸的右边爬到另一边，并以最快的速度潜入水中。其他人对这景象无动于衷，因为对他们来说这很平常。但卡拉西里斯则预言，这意味着他们在旅途中会遇到一些阻碍。而克耐蒙则表现得极度恐慌，尽管他看得不是很清楚，也就是瞥了一眼，他还是吓得差点跑掉。卡拉西里斯看到瑙斯克拉斯在旁边正为克耐蒙的举动发笑，也说："克耐蒙，我以为你只是在夜里害怕，因为那时又吵又黑。但看来你在白天还不如晚上呢。你不仅害怕人的名字，而且害怕那些普通的生灵，其实每个人都知道它们并不可怕。”瑙斯克拉斯问道：“是什么神的名字，或者是什么上天的力量能让这个好人害怕成这样？”“不，”卡拉西里斯说，“倘若真的是一个神的名字或上天的某种力量，我也就无话可说了。这就是一个普通人的名字。可如果有人提起这个名字，他就会吓得发抖。更叫人惊奇的，这个名字又不是什么有名望，曾做出什么可怕行为而出名的男人的名字，而是一个女人的。这个女人就像他自己说的，还是个死人。就在昨天晚上，当你把我的恰瑞克莉娅从牧民强盗那里平安地带回家时，他听到了你提起这个人的名字时——我不知道为什么，也不知道是什么缘由——他害怕得几乎要死了，根本不让我睡觉，我费了好大的劲才把他救活。我想，假如现在这样做既不会使他伤心，也不会使他害怕的话，我就说出这个名字，好让你笑得更开心。”于是，他说出了“忒斯蓓”三个字。

当瑙斯克拉斯听到这个名字的时候，立即收起了笑容，站在那里沉默了很长一会儿。他的脑子里思考着克耐蒙和这个忒斯蓓究竟有什么关系，或者她是用什么方式伤害了他。看到这情形，克耐蒙则大笑着说：“你看，善良的卡拉西里斯，这个名字是多么有力量啊，它不仅使我感到羞愧和害怕，而且使我们的好朋友瑙斯克拉斯也感到了恐惧，从而使他的情绪发生了奇妙的变化。至于我，我现在笑是因为我知道她已经死了。但是，不久前还嘲笑别人的精力充沛的瑙斯克拉斯——”“够了，”瑙斯克拉斯打断他说，“你对我的报复难道还不够吗？克耐蒙。现在，我请你以好客和友谊之神的名义，以你在我的餐桌上尝过的善良之盐的名义告诉我，你说的这个‘忒斯蓓’是什么意思？你真的认识她吗，或是你只想吓唬我，或者是你在开玩笑？”这时，卡拉西里斯说：“现在该由你来给我们讲你的故事了，克耐蒙。你常常答应要和我交流，但却被不断发生的事情阻止了。现在你正好可以讲一讲，这既能让瑙斯克拉斯高兴，也能通过你的故事来消除我们旅途的寂寞和疲劳。”

克耐蒙同意了，并把他以前对泰阿格涅斯和恰瑞克莉娅说过的话，一五一十地告诉了他们：他出生在雅典，阿里斯蒂普斯是他父亲的名字，德梅内塔是他的继母。他还告诉他们德梅内塔对他怀有邪恶的爱，当她不能达到目的时，她是如何借助于忒斯蓓设下诡计陷害他，而忒斯蓓就是受她的唆使而这样做的。他还补充说，他是怎样被家乡的人驱逐出自己国家的，那么重的惩罚就仿佛他是一个弑君者。还说，当他住在埃伊纳岛的时候，他的一个朋友查理亚斯告诉他，德梅内塔已经用自己的方式死了，因为她也被这个忒斯蓓所欺骗了。在这之后，他又说安提克勒斯曾告诉过他，他的父亲是如何因被没收了财产而陷入苦难的——德梅内塔的亲戚们聚集在一起控告他父亲，并让人们相信他犯下的是一件谋杀罪。接着他还告诉他们，忒斯蓓是如何被她的情人，也是一个来自瑙克拉提斯的商人带着逃离雅典的。最后，他又说了他如何想与安提克勒斯航行到埃及去寻找忒斯蓓，如果他们能找到她，就会把她带回雅典，把他父亲从诽谤中解救出来，并让她得到惩罚。又说了他在被海盗掳去的途中所遭遇的许多不幸。最后又如何逃到埃及，被强盗般的放牧人掳去，并在那里结识了泰阿格涅斯和恰瑞克莉娅。他在这些讲述的上面又按顺序加上了忒斯蓓的死亡和其他一些东西，直到讲到卡拉西里斯和瑙斯克拉斯都熟悉的事情才停止。

故事的讲述结束后，瑙斯克拉斯的脑海里简直有成千上万的想法在翻腾，有时他真想告诉他们两人关于他自己与忒斯蓓之间的事情，但又决定拖延一会儿再说。最终，他费了好大的劲才管住了自己的嘴。部分的原因是他认为此时不说最好，部分原因也是一个偶然发生的事阻止了他讲述的渴望。就在他们走了大约七英里半的路程，快到米特拉内斯上尉居住的小镇时，遇见了一个和瑙斯克拉斯很熟的人。于是，瑙斯克拉斯便问他走得这么急急忙忙是要去哪儿。

这个人回答说："你是问我去哪儿吗，瑙斯克拉斯？好像你不知道在这个时候我该做什么似的。我所做的一切，不都是为了要成全凯米斯的伊希斯女祭司的诫命嘛。我为她耕耘土地，为她提供一切，为她日日夜夜不眠不休，尽管从我千辛万苦的生活中换来的只是悲伤和痛苦，但我从不拒绝伊希斯的任何命令。现在我拿着的这只尼罗河的火烈鸟，就是我亲爱的女主人吩咐我快点拿去献给伊希斯的。""你得到了一个多么温柔体贴的情人啊，"瑙斯克拉斯说，"好在她只命令你给她抓一只火烈鸟，而不是一只从埃塞俄比亚人或印第安人那里飞到我们这儿来的凤凰[①]，这是多么容易完成的事儿啊。"他说："她只不过是用她的方式，拿我和我的痛苦开玩笑罢了。好了，不说她了。现在请告诉我，你们这是要去哪里，去办什么事？"当瑙斯克拉斯告诉他要去见米特拉内斯上尉时，他说："那你们可是白费力气了，米特拉内斯上尉现在根本不在这里，昨天晚上他就率领军队去攻打住在贝萨村[②]的那些强盗牧民去了。因为这些人和他们的首领蒂亚米斯前几天从米特拉内斯上尉部下的手里抢走了一个漂亮的年轻人。这年轻人本来是米特拉内斯要押送到孟斐斯交给奥罗德伦达总督，并通过总督把他作为礼物献给伟大波斯王的。"这个人说了这番话就匆匆走了。走前还说："我必须赶紧去见伊希斯的祭司了，免得耽误的时间太长，成为我爱情上的障碍。就是现在，她也许正在用愤怒的眼睛寻找我。她很敏感，总是无端地辱骂我，责备我，无缘无故地挑我的毛病。"

起初，他们三个被这人所说的消息弄得不知所措，静静地站了好一会儿，一句话也说不出来——因为事情太出乎他们的意料，所

① 此处语带双关。希腊文中的 φοινικόπτερος 意为"有着火红双翼的"，指传说中的神鸟凤凰，每五百年在埃及出现一次。古典学家认为，它来自阿拉伯地区，一说源自印度。与凤凰相比，捕捉火烈鸟的差事无疑要简单得多。

② 虽然埃及南部有一个叫贝萨村的小镇，但却与作者在小说中叙述的地点毫不相关。

以他们都感到失望了。但到了最后，瑙斯克拉斯安慰他们说，不应该因当前的一次失望就变得绝望，因为这一次失望不会持续太久。现在他们最好还是先回到凯米斯镇去，到家后再好好商量一下这件事儿究竟该怎么办。然后再带着更好的装备去找泰阿格涅斯，无论他是和强盗牧人在一起，还是在别的什么地方，"信念之盾"[①]将会支撑着他们的重逢。他还说："刚刚发生的一切恰恰印证了神意的安排：这样一次与熟人的偶遇，正是给他们指明方向，那便是到哪里才能找到泰阿格涅斯。牧人的村庄正是他们的目标，通往村庄的路便是他们前行的方向。"这一席话说到了他们的心坎上。在我看来，他们乐于听从这一建议的原因在于，这些话使他们重新燃起了希望。克耐蒙也对卡拉西里斯耳语劝慰说，蒂亚米斯是不会难为泰阿格涅斯的。这样，大家都愿意先回来再作商议。

他们快回到家的时候，发现恰瑞克莉娅正站在门口，向远处张望，寻找他们的身影。当她看到泰阿格涅斯没有和他们在一起的时候，马上发出了一声痛苦的尖叫，并说道："就是你们这几个去的人独自回来的吗，父亲？毫无疑问，正如我所猜测的，泰阿格涅斯已经死了。所以我以万神的名义向你们祈求，你们有什么话就快点儿告诉我，不要再耽搁了。再耽搁会使我越发愁苦。迅速说出一件不幸的事儿是礼貌的做法，因为这会使人的头脑做好准备以抵抗邪恶的强大，以便能够很快压倒它带来的悲伤。"此刻，克耐蒙为了止住她极度的悲痛，便说："你这样讲话真的很丢脸，恰瑞克莉娅！我真的不知道你这是什么路数！无论什么时候，你总是把事情往最坏的状况想[②]，你说他死了，这样的话也太没谱了。后面的话你倒是说得很好。现在告诉你吧，泰阿格涅斯还活着。蒙神的恩典，他也一定

---

① 典出德摩斯梯尼（Demosthenes）《金冠辞》（*On the Crown* 97）。

② 此处化用了《伊利亚特》（1.106–8）中阿伽门农与卡尔卡斯（Kalchas）的对白："你这个报凶事的预言人从来没有对我报过好事，你心里喜欢预言坏事，好话你没有讲过，没有使它实现。"

会安然无恙地回来。”接着他简单扼要地告诉她，泰阿格涅斯现在和谁在一起。听到这些指责的话，卡拉西里斯对克耐蒙说：“从你说的话看来，克耐蒙，我可以肯定的是你从未坠入过爱河。若不然的话，你真该知道，在真诚相爱的人之间，即使是没有一点危险的事情，也是会让另一个担心不已的。要知道，对她所爱的人身上发生的事，除了亲眼所见的以外，她什么都不会相信。更别说在相爱的人心中，离别本身就会带来恐惧和忧伤。除此之外，还有另外一个原因，就是恋人们常常在内心中自我暗示，他们会永远在一起，不会分开，除非有某种残酷的障碍才能迫使他们分离。所以，克耐蒙，还是让我们宽恕恰瑞克莉娅吧，她确实患上了爱情的疾病。同时，也让我们进去好好地想一想，看有什么帮助她的最好的办法。”

说着，他拉着恰瑞克莉娅的手，带着一种父亲般的爱意把她送进了屋子。瑙斯克拉斯想到他们在烦恼之后，还要费神去准备一些东西，顺便也想让他们放松一下，以便振作精神，就安排了一顿比平时更加豪华的宴席。除了亲朋好友之外，他还单独安排了一桌，让自己的女儿和他们几个坐在一起，并把她打扮得比平时更时尚和高贵。当宴会快要结束的时候，瑙斯克拉斯想到他们已经吃饱了，就对他们说了如下一番话：“我的客人们——众神为我所说的话作见证——我非常高兴你们的到来。即使你们永远住在这里，把我的一切，甚至我最珍贵的财产，都据为己有，我也心甘情愿。我不把你们当作外人，而是把你们看作我的良朋密友。我所赠予你们的一切，绝对不会成为今后让你们偿还的负担。而且，只要我和你们在一起，我就时刻准备帮助你们。只要你们希望，我愿意尽我最大的力量去寻找你们的亲人。但你们都知道，我的生活是以商品交易为主业的，我甚至把它当作一个农场那样来精心经营。眼下，西风徐徐吹拂，适航的大幕缓缓拉开，带给了商船贸易者航海季到来的佳音。所以，此时商贸事业在召唤我必须前往希腊。倘若你们能对我和盘托出你们的计划，以便我能够依此筹划自己的事务，我将万分感激。”

听了这些话，卡拉西里斯停了一会儿，真诚地说道：“瑙斯克拉斯，你现在确实该去打点自己的贸易生意了。我们祝你旅途好运！愿赐人增益的赫耳墨斯，赐人航行顺畅的海神波塞冬与你为伴，做你的向导。愿他使每一个港口都成为你良好的停泊地，使每一个城市都容易进行贸易，让你的商品都流通无阻。我们在你们这里的时候，你给了我们慷慨大方的款待。现在我们也想走了，请让我们像有教养的人一样分别吧，这才遵守待客之理和友谊之道[①]。虽然离开你和你的家，让我们很难过。虽然你已经让我们把你的家当成了我们自己的家一样，但我们必须要去寻找我们最亲爱的人。这是恰瑞克莉娅的决心，也是我的决定。然而，克耐蒙究竟想做什么，是要和我们一起旅行，继续为我们带来欢乐，还是受命要做其他的事，就让他自己决定吧。”克耐蒙刚打算回答，可是话还没出口，就突然抽泣呜咽起来，滚烫的眼泪顺着他的脸颊流进嘴里。最后他终于清醒过来，用悲伤的声音说：“啊，人类的命运极不稳定，充满了各种各样的变化。命运啊，你在我身上和在其他人身上所表现出来的不幸是何其多呀！你把我的家族和我父亲的家都夺走了；你又把我从乡下、城里和我所喜爱的一切地方驱逐出去；你让我流浪到埃及——更不用说我在路上发生的种种灾祸了——你还把我交在那些残暴的牧人强盗手中。当然，在那里，你也给了我一线希望，使我认识了一些人，他们虽然处境艰难，但毕竟是真正的希腊人，我曾想过我的余生都要和这些人在一起度过。但命运啊，你现在似乎又要夺去我这唯一的指望，我的生命之花难道要转向枯萎吗？我该怎

① 这里的“待客之理”与荷马史诗《奥德赛》（15. 69ff.）中一段阐释遥相辉映：“凡事都应该做得恰好。要是客人不想走却催他上路，或者客人急着想走却留住他，这两种都同样不好；我们应该好好招待来客，可是当他想走的时候就应该送他上路。”

么办？我是否现在就该离开还没有找到泰阿格涅斯的恰瑞克莉娅？不，这是不能容忍的，而且我也不可能这样做。但若还是让我跟着她去找他，难道那真的是好的选择吗？如果我们确定能够找到他，那没啥说的，我们就不辞劳苦地去寻找，希望最终能有个幸福的结局。但如果将来的事情不能确定，我们也许会陷入更大的悲痛之中，那就难说我的旅行将会在哪里结束了。若不是这样，还有一种可能，假如我渴望得到你们和友谊之神的宽恕，我现在就提出要回到我的国家和我的亲人那里去的要求，这难道就是好的选择吗？我想，由于诸神的眷顾，现在他们已经给我提供了一个很好的机会，因为瑙斯克拉斯说他打算航行去希腊，我想跟他走，回到希腊去，以免我父亲在我不在的时候去世，那样我们的家就没有继承人了。接下来的一段时间里，我虽然将要穷乏度日，但所幸我这里还有一些积蓄——在我看来，这原本是很光彩的事——足够我花销的。因此，我若这么做了的话，恰瑞克莉娅，我要特别向你说声对不起，恳求你原谅我。但是……但是现在我还要祈求你给我这样的恩惠，渴望给我一次机会，让我先和你一起去贝萨村吧！我知道，尽管瑙斯克拉斯很忙，但我还是要请求他在这儿等我几天。恰瑞克莉娅，让我先把你送到泰阿格涅斯那里去，这样我也算是没有辜负他的委托，并很好地完成了他所托付的保护你的任务。做完这些事情后，我快马加鞭地赶回来，好和瑙斯克拉斯一起回希腊。看来我们这样分手的方式更好，这样我就会带着希望使自己今后能尽快好起来。要是我们万一在那里找不到他——但愿不会有这种情况——我以后也没有什么可自责的。再说，如果真的找不到他，我也不能丢下你一个人，我会留下来和你的好父亲卡拉西里斯一起好好地保护你。”

听到克耐蒙这样犹犹豫豫地表达，对他话中还没说出来的意思，恰瑞克莉娅已经感觉到了。因为她从近来的许多迹象中感觉到，克耐蒙好像爱上了瑙斯克拉斯的女儿——恋人的眼睛总是很快就能看出另一个人恋爱的迹象——此前克耐蒙曾经说过，瑙斯克拉斯正在策划一场婚姻，并以各种各样的方式试探自己。她由此想到，既然克耐蒙现在还没有从如何选择的疑虑中拿定主意，那她也只能给他这样含糊的回答："你喜欢怎么做就怎么做吧。克耐蒙，我衷心感谢你为我们所做的一切，并承认我欠了你的人情。至于将来，你可以不用再操心我的事了，也不必违背你的意愿在别人的事情上冒险。愿神保佑你回到你的国家、你的城市和你自己的家。但你不要忽视瑙斯克拉斯的事情，也不要拒绝他对你的提议。至于我和卡拉西里斯，我俩将与一切可能发生在我们身上的厄运作斗争，直到到达我们流浪的终点。虽然这一路上没有人与我们相随，但我相信神会成为我们最好的同伴。"瑙斯克拉斯接着说道："诸神是会陪伴恰瑞克莉娅去满足她心中愿望的，当她有疑问的时候会陪伴着她，并会答应让她寻回亲人，因为她具有高贵的勇气和卓越的智慧。至于你，克耐蒙，别再为你不能够带着忒斯蓓回到雅典而悲伤了。你看，站在这里的我，就是那个瑙克拉提斯的商人，即忒斯蓓的情人，是我用计策把她从雅典带出来的。现在，你不必哀叹自己的贫穷，也不必担心自己很快就会沦为乞丐。如果你听我的话，你马上会得到一大笔钱财。在我的指导下，你还将得到土地和家园。我的意思是，如果现在你打算结婚，同意娶一个妻子，那你马上就会得到我的女儿瑙斯克希莉雅，还有一大笔陪嫁的嫁妆。你若同意了，我也会认为自己得到了你的报答。我已经知道你来自什么样的家庭，有什么样的家庭背景。"听到这话，克耐蒙没有一点儿犹豫和耽搁，马上就答应了——他不仅得到了他想要得到的东西，而且得到的好处也远远超出了他的希望。他说："你答应我的一切，我全身心地接受。"一边说着，他一边向瑙斯克拉斯伸出手来。而瑙斯克拉斯立即把他的女儿交给了他，并宣布他的女儿和克耐蒙结成夫妻。随即，他命令家里的人唱起了结婚的歌，自己则先跳起舞来，还让人重新摆上了丰盛的宴席。在欢乐的气氛中，热热闹闹地举行了一场突然来临的婚礼。晚上，大家一起唱着欢乐的歌，跳着喜庆的舞蹈，跟在两个新人的后边，把他们送入了洞房。

整个夜晚，灯火通明，院子里到处都点燃了婚礼上用的火把。但是，在这喜庆的时刻，恰瑞克莉娅却离开了欢闹的人群，走进自己的房间，闩上房门，不让任何人打扰她。然后像疯了似的把头发披散开，并扯撕着自己的衣服哭了起来。她边哭边自言自语地说道："好吧，让我也按照神的方式跳舞吧，以表达对他掌管着我生命的敬意。让我以眼泪为神歌唱，以哀歌为他跳舞。愿火炬被投掷在地上，在黑暗中发出回响！愿漆黑的夜色统治着人间的游戏！神为我建造了一个多么美丽的婚礼殿堂啊！他为我准备了一张多么好的婚床啊！他把我一个人孤单地留在这里，没有新郎——他把我名义上的丈夫泰阿格涅斯残忍地夺走，让我成了一个名副其实的寡妇。唉嗨呀！现在，克耐蒙结婚了，但我的泰阿格涅斯却在异国他乡的土地上漂泊，也许已经成了一个被铁链锁着的囚犯。现在我只祈求他活着，对我来说，他活着就是幸福。我是多么的不幸啊，甚至直到昨晚还和我分享着一个床铺的瑙斯克希莉雅，现在有了丈夫，也和我分开了。当下，世界上只有恰瑞克莉娅是孤独和被遗弃的。我这并不是嫉妒他们的好运气，噢，神啊，天上的大能者，我祈祷祝福他们如愿以偿。神呀，我这样说只是在责怪自己的运数，而不是责备你待我不如待他们好。可你为什么要把我的悲剧拖得那么漫长，以致我们的命运完全成了你的喜怒无常心情的即兴表演呢？既然我已经知道了这些奥秘，那我为什么还要徒劳地抱怨你所降的灾祸呢，愿意的话其余的也按照你们神的旨意去实施吧。噢，泰阿格涅斯呀，如果你死了，我唯一的快乐想法是，我也肯定可以做到的是——我确信诸神不会让我失望——一定会在第一时间到哈得斯那里去找你。就在今天晚上的此时此刻，我要向你献上我誓言的证物。"——于是她就剪下了一绺头发并把它放在卧榻上[1]——“同时，也让这些从我眼睛中涌出的泪水，这些倾注着对你深深的爱的泪水，当作祭祀的美酒吧。”——然后她把泪水滴在她放在床上的头发上——“假如你现在是安全的，你就来和我睡在一起。我最亲爱的人啊，请出现在我的梦中。求你怜恤我，怜恤你的婢女，不要再用结婚之后才能和我睡在一起的借口来搪塞我。看哪，我现在就当你在这里看着我，我正在拥抱着你。”她说完这些话，便扑倒在床上，把脸埋在床铺中，紧紧地抱着双臂，痛苦地叹息着，可怜地哭泣着。一种麻木和昏迷的感觉像一团迷雾笼罩了她的理智，使她睡着了。这种状态一直控制着她，直到天明。

卡拉西里斯一直感到很奇怪，因为他从昨晚起就没见到恰瑞克莉娅，起床后也没有像往常那样看见她梳洗打扮，于是就去她的房间找她。到了门口，发现她的房门紧紧地关着，没有任何动静。于是便用力地敲门，还大声喊叫着她的名字，最后终于把她叫醒了。她听到这突然的呼叫感到很难为情，马上打开了房门，让老人进来。看见她的头发乱了，胸前的部分衣服也被撕破了，眼睛里也充满了泪水，他立刻明白了原因。于是把她领到了床前，叫她收拾一下自己，并给她披上一件外衣。然后，他才说道：“你不感觉到羞愧吗，恰瑞克莉娅？你这是在干什么呀？你为什么要不停地折磨自己？为什么总是无缘无故地让自己陷入烦恼的困境呢？如今我实在有点儿看不明白你了！在此之前我一直认为你是一个非常勇敢和极为端庄的人。难道你就不能停止这种奇怪的疯狂行为吗？难道你不知道你生来就是一个凡人吗？这就是说，既然是凡人，命运就决定着它是个不稳定的状态，而一个不稳定的东西，不是在任何光明的场合都能够弯曲成各种各样的形状吗？可怜我吧，我的女儿，别再这样了。

① 头发通常用作祭品献给亡灵，但在一些婚礼仪式上也时有出现。故而，恰瑞克莉娅此举包含着双重寓意。

即使你不是为了自己活着，你也要想一想还有渴望和你而不是和别的人在一起生活的泰阿格涅斯啊。你要知道，你活着就是他的最大愿望。”恰瑞克莉娅听到他这样说，脸都红了，不知道自己昨晚是怎么被这种恶劣的情绪控制的。她低头不语，沉默了好一会儿。在听见卡拉西里斯要她给一个为什么这么做的说法时，她才说道：“父亲呀，你有充分的理由责备我，但我想，我也许应该得到宽恕。并不是普通的感情或强烈的欲望，迫使我这个不快乐的生灵这样做的，使我伤心欲绝的恰恰是对一个男人冰清玉洁的爱情——尽管他从来没有碰过我——这个人就是泰阿格涅斯。因为他不在我身边，更使我害怕的是，我不知道他现在是否还活着。”“说到这事儿，”卡拉西里斯说，“你放心好了。你可以想着他是活着的。神的恩宠也总有一天会让他与你结合的。我们必须相信神的预言，也要相信昨天那个人告诉我们的消息。那个人说他在被押解去孟斐斯的途中让蒂亚米斯的人劫走了。如果泰阿格涅斯确实是被他劫走的，那就太好了。因为我和蒂亚米斯从前就相识，彼此间又极其熟识。所以我们不应该再耽搁了，应该马上就赶到贝萨村去。你到那儿去找泰阿格涅斯，我去找我的儿子。你又不是不清楚，蒂亚米斯是我的儿子。”[①] 听了这话，恰瑞克莉娅不仅没高兴，反而陷入了沉思。过了一会她才说道：“蒂亚米斯若真是你的儿子，那我的处境就比先前更糟了。”卡拉西里斯对她这样说感到非常惊讶，便问她为什么。她说：“你知道我是怎样沦为岛上那些强盗牧人的俘虏的吗？就是你的儿子抓的我和泰阿格涅斯。也就是在那儿，我天生的不幸的美貌使蒂亚米斯疯狂地爱上了我。更令人担心的是，假如过几天我们到了蒂亚米斯的地界，当遇到他的人盘查的时候，他若看见我，就会想起我就是那个用虚假的结婚许诺把他骗了，让他的美梦落空的女人。这样，他会抓住我，并用武力强迫我完成和他的婚礼。”“虽然神一定会禁止

① 此前卡拉西里斯曾在某一场合向恰瑞克莉娅提起过他有个儿子叫蒂亚米斯。

他这样做的，”卡拉西里斯说，“但如果他的欲望确实如此强烈，他还真的有可能做出这样的举动来。因为在这样的情形下，他是不会在意他父亲赞同与否，也不会再压抑他淫荡的欲望了。既然这样，那你为什么不能想出个办法来躲避你所害怕的事情呢？你一直很聪明机智，多次巧妙地对付过那些想要占有你的人。”恰瑞克莉娅听了这些话，有点高兴地回答说：“不管你说的这话是认真的还是开玩笑的，我很爱听。现在我要告诉你，泰阿格涅斯和我以前曾有过一个计划，尽管命运还没给我们机会付诸实施，但我希望这次能幸运地用上它。这计划就是：当初逃离强盗牧人那个荒岛的时候，我们决定换一身破衣服，像衣衫褴褛、脏兮兮的乞丐一样假装去村镇里乞讨，这样就可以打探我们需要的消息并躲避要抓我们的人。因此，如果你愿意，让我们去弄几件这样的衣服，也扮成乞丐。如此一来，即使我们在路上遇到蒂亚米斯的那些人，也不会给我们带来多么大的危险了。对乞丐来说，贫穷带来的是安全，它通常是怜悯而不是嫉妒的原因。此外，我们这样装扮还将更容易获得日常所需的食物。因为城镇里的商人通常把东西卖给那些需要的陌生人时，要的价格都很高，但他们会免费送给那些乞讨的人。”

卡拉西里斯称赞了她的计划，然后就急忙地离开了，他找到瑙斯克拉斯和克耐蒙，告诉了他们他俩要离开的决定。于是，第二天一早，卡拉西里斯和恰瑞克莉娅就上路了。他们既没有带着马——虽然有人给了他们一匹——也没有让任何外人陪着他们，只有瑙斯克拉斯和克耐蒙以及家里的一些人为他们送行。瑙斯克希莉雅也去了，是她请求父亲允许她这么做的。因为她对恰瑞克莉娅的爱比她在婚礼上的矜持稳重表现得更强烈。他们相互陪伴着走了差不多四分之三英里的路，就相互告别了。分别时，送行的人们流了许多眼泪，还祈求这次离别能给他们带来好运。克耐蒙还请求他俩原谅，因为他刚新婚不能和他们一起去。但他表示说，如果以后有机会的话，他是一定会来找他们的。彼此离开后，瑙斯克拉斯和克耐蒙等人返回了凯米斯小镇，而恰瑞克莉娅和卡拉西里斯则换上了此前准备好的那些难看的乞丐服装，开始去实施他们的计划。恰瑞克莉娅用泥巴和煤灰弄脏了自己的脸，并把一块肮脏的纱巾缠在头上，还让它的下摆垂在眼睛上，用丑陋的打扮掩饰其优雅的姿态。她腋下夹着一个包裹，表面上看里面放的是一些吃剩下的面包和碎肉。但实际上，在这些物品下面，放着她从德尔斐带来的圣衣、桂冠以及她母亲留给她的那些珍贵的物品。卡拉西里斯则拿着恰瑞克莉娅的箭袋，装着箭矢的箭袋被包裹在一块已经撕破了的不规则的皮子里，箭头朝下，被挎在肩上，以至于外人根本看不出这是什么东西。他还用破布包裹了她的弓——松开了弓的弦线让其笔直地立着——当拐杖，拄着它前行。如果看到有人来了，他会把自己的背弄得比他的年龄所要求的还要弯，还故意跛着一条腿，甚至有时还让恰瑞克莉娅牵着他的手往前走。在他们学会了扮演自己的角色后，就相互间开玩笑地说他们的服装多么合身，并恳求掌管他们命运的神祇满足于过去的一切，不要让他们的厄运再继续下去了。就这样，他们向贝萨村走去，迫切希望在那儿能顺利地找到泰阿格涅斯和蒂亚米斯。

但事与愿违，他们此行并没有达到预想的目的。在日落时分，当他们来到贝萨村附近的一个地方时，看到的却是一场大规模屠杀后的惨景：遍地是横七竖八的尸体，其中大部分是波斯人——这是从他们的盔甲上看出来的，也有一些是住在那里的本地人。他俩猜测这里不久前一定是发生过一场惨烈的战斗，但却不知道是哪一伙人和哪一伙人打的。他们在尸体周围搜寻，带着恐惧的心情查看是否有他们的朋友被杀害——尤其是做了最坏的打算，小心翼翼地辨认着是否有他们最爱的人的尸体。直到最后，他们看到了一个老妇人正趴在一个农民模样的尸体上大声地哭号。于是父女俩决定，去找她问一问情况。就这样，卡拉西里斯来到她的跟前，首先试图去安慰她，以抚平她心中的巨大悲痛，然后才问她这样哭泣是在为谁哀悼，这里发生了什么战斗——卡拉西里斯用的是埃及语和她说的。老妇人三言两语就把这里发生的一切都告诉了他们：这个死者是他的大儿子，她是在为自己的儿子悲伤；并说她也不想活了，就故意来到这些尸首前，想让那些手拿兵器的波斯士兵也把她杀死。她还说，她要用眼泪和哀号为他的儿子举行一个仪式。关于这场战斗，她是这样告诉他们的："有一个被波斯士兵抓住的陌生年轻人，身材魁梧，长得非常漂亮。他们要把他作为囚犯押送到孟斐斯去见伟大国王的副手奥罗德伦达总督。他们说，这是巡逻队的队长米特拉内斯上尉将其作为一份大礼送给总督并让他转送给国王的。但我们这个村子的人，"——她用手指了一下附近的一个村庄——"都说认识泰阿格涅斯，不认识的也假装说认识他，于是把这个年轻人从那些兵士的手中抢走了。当米特拉内斯上尉听到这个消息时，他非常生气——真是好借口——于是就在两天前，他率领军队来到了这里，要把这个年轻人抢回去，并要严厉地惩罚我们。这个村子里的人都是好战的主儿，靠掠夺为生，死亡被看得一文不值。因此，外人想从我们的手里，甚至从我们女人这拿走任何东西都是不可能的，为了战利品，在任何时候我们的丈夫和孩子都不惜拼命。所以，当他们确定米特拉内斯的军队要来打我们的时候，我们就在村外适当的地方设下了埋伏。当敌人进入伏击圈时，我们的人突然发动了进攻。一些人从前面攻击，另一些人从后面攻打，还有人在波斯人的背后大声喊叫。米特拉内斯上尉在和我们冲在最前面的人搏斗时被杀死了，他的大部分士兵也都命丧黄泉——因为他们被包围了，根本无法逃脱。当然，我们的一些人也丢掉了性命。因神的忿怒，我的大儿子就是死者之一。你看，他胸前就有一道波斯人留下的箭伤。他就这样被杀死了，我这不幸的生灵，悲伤至极。现在我还担心着我的另一个儿子，昨天他说还要和其余的人一起去攻击孟斐斯的居民。”听到这话，卡拉西里斯问她，他们为什么要进行攻打孟斐斯城这样冒险的行为。老妇人回答说，听她那还活着的小儿子说，他们现在面临着不小的危险，他们所拥有的一切都处于危险之中，因为他们杀死了波斯王的士兵和他军队的统领，必然会受到波斯人的血腥报复。现在波斯驻埃及总督奥罗德伦达在孟斐斯有一大群士兵，只要他一听到这个消息，就会前来包围这个村庄，通过毁灭所有的居民来报复这个伤害。因此，他们村子的人决定用一个更大的冒险来弥补这个巨大的危险。他们认为，必须出其不意去攻打孟斐斯，这样做就可以在奥罗德伦达总督率军队到来之前，先下手为强。如果他们突然出现并攻打孟斐斯，就可能在孟斐斯将总督杀死。假如总督不在那里，就像人们传说的那样，他正忙于与埃塞俄比亚的战争，那么，他们也会尽快迫使这座城市投降——那里已经没有了足够守卫的军队。这样，以后我们就可以平平安安地过日子了，也可以让蒂亚米斯首领得以恢复他的祭司职务——这职务是他弟弟用不义的强暴手段从他那里夺走的。如果他们所有的希望都破灭了，那么就决定都勇敢地去赴死，绝不让自己落在波斯人手中遭受其嘲笑和折磨。说完这些后，她问道：“外来的人哪，你们这是要往哪里去呢？”卡拉西里斯回答道：“我们想到村子里去。”她说：“你们来得可真不是时候，大家都不认识你们，跟我们这些留下来的人在一起，是不安全的。”“如果您愿意屈尊款待我们，”卡拉西里斯说，“我们就有希望不会受到伤害。”“现在不行，”她回答，“因为我必须在今天夜里举行一次献祭。但如果你能等待——不管你愿不愿意，可确实没有补救办法——你现在必须带这个姑娘到一个远离这些死尸的地方去过夜。到明天早上，我保证很好地招待你们，并做你们的担保人。”

老妇人说完就走了。卡拉西里斯把这一切都告诉了恰瑞克莉娅，并带着她离开了这里。他们来到附近的一座小山上。老人躺在地上并把她的箭袋枕在头下，恰瑞克莉娅用她的包裹代替凳子也坐了下来。一会儿月亮升了起来，由于是满月后的第二个夜晚，她的光亮使周围的一切都很亮堂。卡拉西里斯毕竟是个老人，加上旅途劳累，很快就睡着了。但是，由于忧虑不安，恰瑞克莉娅一点儿都睡不着。然而就是因为她没有睡，却在无意之中观看了一场埃及妇女们经常表演的那种邪恶而令人厌恶的巫术：大约夜半时分，那个老妇人又来到了他儿子的尸体旁边，她认为终于有了一个既不被人看见也不被任何人打扰的时间了。于是，她先挖了一条长方形的坑，并在坑的两边生了火，然后把儿子的尸体放在了里面。接着，从旁边一只三足器上取下第一只瓦罐，开始往坑中倒蜂蜜，又从另一个壶里倒出牛奶，从第三个壶里倒出了奠酒①。最后，她把一块生面团扔进坑边燃烧的火里，面团在火中变硬了，变得像个人一样，头上还戴着月桂和茴香编成的花环。做完这些后，她拿起一把插在死人盾牌中间的剑，呈现出一副仿佛酒醉狂乱的样子，并用古怪的语言向月亮做了许多祷告。随即，她砍断了自己的手臂，并用一根月桂树枝在燃烧的火上抛洒自己的鲜血。在做了许多稀奇古怪的事情之后，她对着死去儿子的尸体鞠了一躬，对着他耳边似乎说了些什么，试图把他唤醒，接着用魔法使尸体突然站了起来。恰瑞克莉娅一直在惊恐地注视着这一切，吓得浑身发抖。她被那奇妙的可怕景象弄得心烦意乱、六神无主，所以赶快叫醒了卡拉西里斯，也让他看着这怪异的一幕。他们隐藏在黑暗的角落里，谁也看不到他们，但是借着火光他们则很容易就看到老太婆所做的一切。加上离老太婆的距离又不太远，所以能听到她所说的话。老太婆问死尸：“你的兄弟，我

---

① 这一场景重现了荷马史诗《奥德赛》（11.24ff.）中奥德修斯召唤亡灵的一幕：“我从身旁拔出利剑，挖了一个一肘尺见方的坑，在坑的四周为所有死者奠酒；先用掺蜜的奶，然后是甜酒，最后用水，又在上面撒上雪白的大麦。”

的那个还活着的儿子，能不能安全地回来?”尸体没有回答，只是点点头——这给了他母亲一个渺茫的希望——随后又扑倒在地上。但老太婆又把它翻过来，看起来是在他耳边不停地更加认真地问这个问题，强迫他回答。不仅如此，她手里还拿着剑，时而跳到坑里，时而跳到火堆上。最后她把尸体立了起来，又问了同样的问题，并强迫他不要点头示意，而要亲口说出来。在这个过程中，恰瑞克莉娅恳求卡拉西里斯，让他走过去求求老妇人帮助问一下泰阿格涅斯的消息。但他不肯去，说这景象太可怕了，实在让人难以忍受。卡拉西里斯还对她说，做这样的事儿也不适合自己祭司的身份。因为按照当时的宗教规则，当遇到巫术和魔法等事情的时候，一个埃及神殿的祭司，既不能显出兴趣也不应出现在现场。因为祭司的先见之明是来自合法的祭祀和虔诚的祈祷，而巫师的知识则是从地上的死尸那里得到的。但是，在笔者看来，正是这样的机会让他看到了埃及妇女做巫术的场面。

就在卡拉西里斯说这话的时候，那个死人发出极其可怕的声音，声音很低，好像是从一个很深的空洞里传出来的:“妈妈，让我首先宽恕你，你已经违背自然本性，打破命运的法则，试图用咒语使那些被自然规定无法变动的东西活动起来。当然，即使是死了的人，只要有可能，也要去尊敬他们的父母。但是你却自己亲手毁了这种尊敬。你在邪恶中表现得贪得无厌，最初你做的不道德的事儿是用巫术让一具死尸站起来;但你仍不满足，还要强迫我说话，反而对我的葬礼毫不关心。为了满足你的个人需要，你这样做已经强行把我和其他伙伴的灵魂隔绝开来了。但即使如此，现在我仍忍不住要告诉你，你听着——你的小儿子决不能平平安安地回家，你自己也不能逃脱刀剑带来的死亡。你既然在这样的恶行中度过了一生，你也很快就会遭遇到所有这些恶行所规定的暴死。还有，你觉得自己现在是在隐秘地做着这件邪恶的事儿，是在偷偷地进行着这种神秘的仪式，但你根本没有想到，你已经把这种秘密暴露在别人面前，把死人的命运出卖给了他们。而且现在亲眼见到了这秘密的人中，有一位是祭司——这还是很不错的结果。因为他是一个有智慧的人，知道这样的事情不可泄漏出去，再说神也很喜爱他。现在他的两个儿子之间已经准备要进行一场血腥的肉搏战，如果能加快速度，他将能够调解他们之间的争端，促使二人和解。但偷窥的另一个人——这就糟糕了——是个少女——她几乎看见了你对我所做的一切事情，听见了我们所说过的每一句话。这是一个为了爱情而痛苦的女人。为了她所爱的人的缘故，几乎走遍了天涯海角。到最终，在经过无数的劳苦和数不清的危难之后，在那世界上最遥远的地方，她将和所爱的人一起生活在繁荣的王权国度里。”说完这话，尸体就倒了下去。

老妇人听见尸体说有陌生人在偷窥她的一举一动，愤怒极了，立即抓起一把剑，像个疯女人一样冲了过来。她认为偷窥的人一定藏在那些尸体中间，如果找到了就立即杀死他们。她想，正是这些狡诈的家伙在暗中监视了她，才使她的巫术没有成功。最后，由于她在尸体中寻找偷窥者时的一个疏忽，她被一根竖立着的长矛刺穿了腹部。这样，她死了，她儿子此前对她所说的话，立刻应验了。

第七卷

水性杨花的公主

卡拉西里斯和恰瑞克莉娅迅速逃离了这一危险恐怖的地方，因为他们既想快点摆脱目前的危险，又因为事先得到那死尸的预言促使他们加快了速度赶往孟斐斯。

就在次日的下午，他们来到孟斐斯城外——此时正是那个死人所预言的兄弟相残事件发生的时间——他们发现，城门已经关闭了。也就是说，当蒂亚米斯和他带领的人从贝萨村赶来之前，孟斐斯那些留守的士兵已把城门关上了。这是因为他们提前得到了一个曾在米特拉内斯上尉麾下服役，并从贝萨战场上逃脱的士兵关于敌人要来进攻的警告。就在城门关闭不久，蒂亚米斯和他所带领的队伍就到了孟斐斯城下。他先吩咐兵丁们把身穿的盔甲脱下来放在城墙的一边，因为在长途跋涉之后，他们需要休息一下。其实他已经打定主意要逐渐围攻而不是直接攻打孟斐斯城了。城里的居民们，在蒂亚米斯的队伍到来之前，是非常害怕的，但当他们从城墙上看到来的兵丁是那么少，就开始轻视和鄙视他们了。于是，他们聚集起守军中为数不多的弓箭手和骑兵，自己也拿起武器，热切地渴望立即冲出去把敌人打跑。但他们鲁莽的举动被一个聪明而高贵的老人制止了。他说，虽然总督正带着人驻扎在底比斯，指挥与埃塞俄比亚人的战斗，但这件事应该提交给他的妻子、波斯伟大国王的妹妹阿尔赛丝①，以征

---

① 一个最具代表性的波斯人名之一。中国史书中的“安息”国即为“Arsac”的音译，亦即西方史书中的“帕提亚”。

得她的同意。这样的话，士兵们可能会更愿意保卫这座城市。众人都认为他讲得很有道理，于是急忙向总督宫殿跑去了。总督虽然不在那里，可主要的行政官员们都在。

阿尔赛丝是个身材高挑的漂亮女人，有着能做任何事情的非凡智慧。由于出身高贵，加之是伟大的波斯王妹妹的原因，她欲望的胃口变得实在太大了——当然，她那不合法的放荡与无度的淫欲并不是没有受到人们的非议和责备。此外，当初蒂亚米斯被迫离开孟斐斯时，她在某种程度上也是造成他被放逐的推手之一。因为当初神把他的儿子之间将要发生争斗的预言送给卡拉西里斯之后，卡拉西里斯立刻从孟斐斯偷偷地离开了。由于人们找不到他，就以为他已经死了，于是就任命他的大儿子蒂亚米斯子承父业，担任了伊希斯神殿的祭司职务。当蒂亚米斯第一次主持献祭典礼时，阿尔赛丝看出这个年轻人不仅品行出色，而且正是处在最好的年龄阶段——可以说，他是人群里最英俊的男人，又穿着最好的衣服——于是，便向他投去许多放肆的目光和浅薄的表情。但蒂亚米斯对此不以为然，因为他本性诚实，从小就受过良好的教育——也许是他根本就没有注意到她玩的这些把戏，也许更没有想到她玩这个游戏有什么别的企图——总之，他一心只想着履行好自己奉献牺牲的职责。而他的弟弟佩托西里斯，之前就嫉妒他的哥哥当上了神殿祭司，现在又把阿尔赛丝对他的种种诱惑举动看得一清二楚，心里痛恨极了。他决定把她的这种非法诱惑当作一个好机会来结束他哥哥的生命。一天，他偷偷地来见阿尔赛丝的丈夫奥罗德伦达总督，添油加醋地讲了阿尔赛丝对蒂亚米斯的欲望，还造谣说，蒂亚米斯可能已经和她上床了。总督很轻易就相信了他说的话，因为他也早就对阿尔赛丝的不良品行产生了怀疑。然而，他并没有处罚她：或许是因为他不能单凭几句谣言就明确地给她定罪；或许他认为最好是把这事压下来，以表示他对王室血统的尊敬。但他却公开发出威胁，要严厉地惩罚蒂亚米斯，结果就找个理由把他放逐了，并让弟弟佩托西里斯接受了哥哥的全部财产和祭司职位。

当然，这些事情都是以前发生的。再说此时，大量的守军和民众涌向总督所住的宫殿，向阿尔赛丝报告并向她表明，敌人已经兵临城下，并恳求她立刻下命令让士兵们集合，准备战斗。可阿尔赛丝只是说，她已经知道了。还告诉大家，她是不会轻易下这样的命令的，因为她不知道究竟来了多少敌人，也不知道他们是谁，是从哪里来的，更不知道他们前来要干什么。因此，她建议最好先到城墙上去看看敌人的要求是什么，然后尽可能地满足他们的要求和提供一些方便，以便说服他们退兵。大家认为她说得很有道理，于是大家马上一起来到了城墙上。根据阿尔赛丝的命令，士兵们给她在城墙上搭起了一个紫色的丝绸帐篷，上面装饰着金色的饰物。她自己也穿了一件守护着全身的镀金盔甲，走到一个很高的座位上坐了下来。然后，她拿出了权杖，表示要先进行和平谈判，并命令敌人的首领立刻到城墙跟前来回话。在城外，泰阿格涅斯和蒂亚米斯被挑选出作为谈判的代表。随即他们二人只穿着盔甲，没戴头盔，走向前来并站在城墙下面。传令官站在城头对他们喊道："阿尔赛丝，首席总督奥罗德伦达的妻子，伟大的波斯国王的妹妹询问你们是谁，你们想要干什么，竟敢跑到这儿来胡闹。"他们回答说，来攻打他们的是贝萨村的人。蒂亚米斯还特别说了自己是谁，还讲了他被弟弟佩托西里斯诡诈欺骗和被奥罗德伦达总督冤枉，导致祭司资格被剥夺的事。又说，现在他和贝萨人一起来到这里，如果他能恢复神殿祭司的职位，那就是和平的来临，贝萨人就可以不动刀兵地返回自己的家园。如果不答应这个条件，他就打算把这件事交给战争和武力来裁决。

此时孟斐斯所有在场的人都认出了蒂亚米斯，并为听到的这些话感到不安，他们相信他所说的是真的。起初他们并不知道真相，现在则开始怀疑他突然被放逐的原因了。其实阿尔赛丝有很好的理由去接受蒂亚米斯的提议，如果她还记得过去的事情，就应该去报复佩托西里斯对她的欺骗和不真实的指控。可以说，正是他的不实指控，才使得她丈夫怀疑她做了卑鄙和非法的事情，并将蒂亚米斯无情地驱逐出了这个城市。但是，此时的阿尔赛丝却是他们当中最感到不安的一个，以至于她的思想像风暴一样汹涌澎湃，这在某种程度上使她六神无主，不知所措。一方面，她对佩托西里斯愤怒至极，不禁想到她该如何对以往所受的屈辱进行报复。另一方面，当她看到蒂亚米斯和泰阿格涅斯时，又对这两个人产生了不同的感情。一个是旧情人，使她回想起了过去的爱情，而另一个则使她有了新的更强烈的欲望。甚至于那些站在她身边的人都很清楚地看到了她内心的烦恼。然而，尽管如此，她停了一会儿就恢复了常态，就像一个从邪恶中恢复过来的人一样，她说："远道而来的好先生们，你们最好不要为了一伙盗贼的争吵而插手这场战争。这样的话，你们将把贝萨人和你们自己都带到危险的境地。我想，你们都是年轻漂亮、出身高贵的人，如果真的打起来，你们是无法承受我们军队的第一次进攻的。永远不要让伟大的波斯王的权威受到贬损，即使现在总督本人不在，你们也不能把他的剩余军队围困在这座城市里。但在我看来，我们根本不需要麻烦任何一方的士兵。因为这是私人间的反目，而不是公开的争吵，所以最好由当事人私下解决，以达到神所指定的结果。我认为这才是合理的。所以，我命令孟斐斯和贝萨在场的所有人都要安静，不要无缘无故冲动地参与其中，还是让这两个为争夺祭司职位的人来相互比试一下吧，现在担任这个职位的佩托西里斯必须参加这场决斗。"阿尔赛丝说完这些话，所有的孟斐斯人都大声欢呼叫好，称赞她的建议。一方面是因为他们已经开始怀疑佩托西里斯真的是那个害人的家伙，另一方面每个人也都乐于把迫在眉睫的危险让他一个人来背。但是，贝萨人起初并不同意这样做，主要是不愿意让他们的首领面对这样的危险。直到蒂亚米斯说服了他的士兵们，并告诉他们佩托西里斯只是个软弱无能的家伙，而自己由于从没有停止过锻炼，所以在决斗中，他会有很大的优势。我们可以认为，阿尔赛丝也是这么想的，她在提议佩托西里斯和他的哥哥蒂亚米斯两个人决斗时，就想到了蒂亚米斯一定会赢，因为他知道，哥哥要比弟弟强壮得多。这样，她也就能通过蒂亚米斯的手对佩托西里斯进行充分的报复了。

现实的情况是，她的命令被执行得比语言更快。蒂亚米斯急忙接受了她具有挑战性的建议，兴高采烈地穿上他所需要的盔甲。泰阿格涅斯一面鼓励他，一边为他戴上了头盔：这个头盔上面有一根非常漂亮的用金属做成的羽毛，因为镀金很好，所以只要有一点点儿晃动就闪烁金光。他还把盔甲其余的部分也都牢牢地系在了身上。至于佩托西里斯，则几乎是被强迫推出城门的。尽管此前他做了许多祈祷，恳求不要让他去决斗，但仍被命令去做他必须要做的事。虽然他手里拿着武器，但真的很胆怯。蒂亚米斯见了他这样，就大声说道："善良的泰阿格涅斯，你看见了吗？佩托西里斯正在恐惧和颤抖！"泰阿格涅斯回答道："我看得清楚极了。但对眼下这件事儿，你究竟该怎么办呢？你要知道，他可不是一个普通的敌人，而是你自己的亲兄弟呀。然而你必须和他去搏斗。""你说得对，"蒂亚米斯说，"我是这么想的。蒙神的恩惠，我只是想战胜他，而不是要杀死他。但愿诸神不要让我的仇恨和愤怒发展到不可控制的地步，以致我用自己兄弟的鲜血来报复过去他对我的伤害，或者去换取未来的荣誉。"泰阿格涅斯随之说道："你说的这些话真像一个高贵的人，也像一个完全理解自然力量的人。但是你要我做些什么来帮助你呢？"他回答说："至于这场战斗，它也许是微不足道的。然而，由于人类命运的多样性，往往带来的许多事情与我们的期望相反。如果我获得了胜利，你将与我一起骑马进城，与我平等地共享权力。

但如果有什么不是我们所希望的事情发生在我身上，那么你就要答应我，必须成为这些贝萨人的首领。因为这些人很爱戴你，所以你要一直活着，活到上帝为你安排一个更好结局的那一天。”

蒂亚米斯吩咐完了，他们二人满含泪水地相互拥抱和亲吻。泰阿格涅斯坐在了一边，想看看接下来将会发生什么事情。但他万万没有想到的是，他的这些举动恰恰给了阿尔赛丝一个全神贯注欣赏他的机会。她在城墙上反复地打量着他，让她的眼睛尽情享受她所渴望的快乐。再说战场上的情况。当蒂亚米斯与佩托西里斯刚照面，蒂亚米斯就冲了过来。佩托西里斯一看见他哥哥冲了过来，吓得掉头就往城门处跑，想再返回到城里去。但这是徒劳的，因为守城门的士兵根本就不让他进去了。这些守卫城门的人都还相互提醒着不要帮助他。看到这种情况，佩托西里斯立刻扔掉了手中的武器，撒腿就往外跑，转过城墙角，想以最快的速度逃离这个城市。蒂亚米斯紧跟着迅速地追了上去。泰阿格涅斯看到这一幕，也急忙跟着跑了过来。他既想快点儿见到蒂亚米斯，又急于想看到以后会发生什么。当然，他追过来的时候手中并没有拿着武器，他把自己的盾牌和长矛都放在了离阿尔赛丝坐着那地方不远的城墙下边了。他这样做是怕人们以为他是想过来帮助蒂亚米斯的。而这期间，阿尔赛丝的眼光一直注视他，并随着他身子的跑动而移动。蒂亚米斯在后面紧紧地追赶着佩托西里斯，虽然没有很快地抓住他，但也没有让他跑得更远。每次总是在快抓住他时，又让他跑了——因为蒂亚米斯一直穿着盔甲，而没穿盔甲的佩托西里斯则跑得要更快些——说话间他们已经绕着城墙追逐了两圈，当他们跑到第三圈的时候，蒂亚米斯赶了上来，并把他的长矛抵在弟弟的后背上，命令他不许再跑，否则将在全城人的面前痛打他一顿。因为此时城墙上的人们正在注视着这场搏斗并对输赢做着评判。[①] 然而，就在此时，某位神灵，或

① 这段情节化用了《伊利亚特》第 22 卷中阿喀琉斯追逐赫克托耳的情节。

者说是主宰人类事务的命运之神，为这出戏又增加了一个新的场面，仿佛在竞争中又开始了另一场悲剧。也就是说，就在那一天的那一时刻，仿佛是凭空出现的一样，卡拉西里斯成了这场比赛中的一个仲裁者，并不幸地目睹了两个儿子之间的殊死争斗。虽然他已经吃了不少苦头，也尝过各种捉弄，并被迫流亡他乡，四处漂泊。如果有可能的话，他多么想逃离这残酷的景象呀。但现在他却被命运所征服，不得不去亲自面对神谕曾警告过他的一切。因为他从过去得到的警告中知道，在远处相互追逐的人就是他的孩子们。因此，他用尽全身的力量，以自己的年龄所允许的速度，想在流血发生前赶到他们的面前。

他跑得飞快，一到他们跟前，就放声哭喊起来："我的儿子们呀，你们这是在干什么？你们为什么这么疯狂？"但兄弟俩并没认出这个人是他们的父亲，因为他还是那副乞丐似的打扮。哥儿俩的心思还集中在打斗上，所以没搭理他，就从他身边匆忙追赶着跑过去了，甚至还以为他是一个流浪汉，或者是一个神志不清的疯子。那些城墙上的人，有的诧异这个乞丐不顾及自己的安危，竟敢去追拿兵器的人。而其他的人则嘲笑他，说他就是个疯子。当老人看到他没有被儿子们认出来，就立即脱掉身上的破衣烂衫，松开用茅草绑着的头发，把肩挎手拎的东西扔在地上，以一个教士，一个祭司模样的形象站在了他的儿子们面前。他以恳求的态度向前弯下身子，伸出了双手，号啕大哭："孩子们呐，我是你们的爸爸卡拉西里斯呀。到此为止吧，克制住你们因之前的不幸所引起的愤怒。现在既然你们父亲来了，就应当顺从他的愿望。"兄弟俩一看到这个老人的真面目，开始感到了害怕，立即双双跪倒在他的膝前，拥抱着他，并仔细看着他，以确定那就是他们的父亲。当他们确认了那就是他，而不是幻影和异象，于是在各自的头脑中产生了各种不同的，甚至相反的一些想法。他们既为父亲的出现而高兴——父亲还活着，这完全出乎他们的意料。同时也因为让父亲发现了他们之间相互敌对的打斗感到愤懑和羞愧，更不知道这件事儿将来会发展成什么样的结果。这一幕也把城墙上看着的人惊呆了，他们什么也说不出来，什么也不能做，只是呆呆地站在那里，整个场面好似一出哑剧的场景——因为他们都不知道这出戏中穿插的这一个动作是什么意思。

其实，在卡拉西里斯冲进兄弟二人的追逐打斗的场所之前，恰瑞克莉娅是一直紧跟着他的。她从很远处就立刻认出了跟着蒂亚米斯跑过来的泰阿格涅斯——通常恋人的眼睛都是最尖的，尽管隔着好长一段路，但相爱的人会通过动作或姿势认出恋人。此时，她也仿佛被眼前的情景弄傻了一样，突然发了狂似的向泰阿格涅斯飞奔过来，一把搂住了他的胳膊，什么话也说不出来，只是一味地流泪和痛哭。而泰阿格涅斯猛一看到抱住他的这个人的黑乎乎的肮脏的脸，衣服也又脏又破，也以为她是城里的一个流浪汉，便一下子甩开了她，并吼叫着让她走开——因为他认出了卡拉西里斯并急着要去见他——看到她还纠缠着自己不让走，便伸手给了她一记耳光。这一掌似乎打醒了恰瑞克莉娅，她这才柔声对他说："皮西亚，你难道忘记火炬了吗？"听到这句话，泰阿格涅斯就像被飞镖刺穿了身体一样，刹那间明白了现在抱着他的人是谁了。因为他想起"皮西亚"和"火炬"是他和恰瑞克莉娅之间约定的暗号之一。此刻，他看到她正用目光坚定地注视着他，她眼睛里的光芒也令他豁然开朗，仿佛太阳从云层中出现了一般。他一下子便把她紧紧地抱在怀里。

闲话短说，城墙下发生的一幕被城墙上的人们看得一清二楚，但不同人的感觉却很不一样。有的人为泰阿格涅斯二人相聚高兴，有的人则对此感到很不开心。例如阿尔赛丝坐在城墙的椅子上，就感到浑身不舒服，并满怀嫉妒地望着恰瑞克莉娅。聚集在城墙上的那些人则对像舞台上那些常见的奇妙情节充满了兴趣：两兄弟之间的一场恶战就这样出人意料地结束了，难道这就是人们所认为的以流血结束的故事，却以悲剧开头，以喜剧结尾的吗？这就是开始时一个父亲看到他的全副武装的儿子们一对一地进行厮杀，并让他目睹自己孩子走向死亡，然而在结束时却让这一天成为爱与和平的日子，难道这就是他无法逃脱的命运安排吗？卡拉西里斯现在无疑是快乐的，因为他及时地完成了先前所决定的去阻止这样事情发生的任务。同样，在离家十年后，儿子们终于找到了他们的父亲。忆往昔，儿子们为了争夺他的祭司职位打得头破血流；看今朝，他们亲手为父亲戴上冠冕，恭请他重履圣职，簇拥着他入城。尽管父子三人的见面场景充满了戏剧性，也是人们关注的对象。然而出乎意料的是，在这部喜剧中扮演着恋人角色的泰阿格涅斯和恰瑞克莉娅却是人们谈论最多的话题。正是因为在城墙上那些看着他们的人彼此间的看法并不一致，所以才更受到人们的关注。也就是说，他俩的全部举动被全城的人看得比当时其他所有的风景都要多得多。

随后，一大群各个年龄段的人从城门里涌了出来，进入了城外的田野。那些已经成年的人都来到了蒂亚米斯面前——因为他们年纪相仿的原因，这些人都认识他，了解他。而那些心里怀着结婚愿望的优雅的少女们则成群结队地聚集在恰瑞克莉娅周围，走来走去。而那些老人和圣洁的人们则围住了卡拉西里斯，表达着他们的敬意。就这样，剑拔弩张的战场上突然出现了一种神圣而和谐的气氛。

而后，蒂亚米斯开始打发贝萨人返回家园，在感谢了他们在这次冲突中所付出的辛劳之后，他答应在下一个月圆之夜将给他们送去一百头牛、一千只羊和十箩筐钱。处理完这一切后，他开始扶着父亲进城，并让他走的时候靠在自己的肩膀上——他的父亲因为突然到来的喜悦而变得非常虚弱，几乎晕倒了——佩托西里斯也架起了父亲的另外一只胳膊。在儿子们的精心照料下，老人被带进了城内的伊希斯神殿。他们点燃火把，开始兴高采烈地用许多乐器演奏乐曲，那些精力充沛的年轻人也开始跳舞欢庆。在去神殿的路上，阿尔赛丝并没有独自走开，而是让自己的队伍威武而明智地跟随在大家的后面，也来到伊希斯神殿，并献上了贵重的巨大金链子。她虽然表面上做着和城里其他人同样的事，但实际上她的眼睛一直没有离开过泰阿格涅斯，甚至比其他任何人都更专注地注视着他。这倒不是说她对他有了坦率诚实的心，而是看上了他漂亮强壮的身体。当她看到泰阿格涅斯牵着恰瑞克莉娅的手，把她带到人群的另一边，以免她受到拥挤伤害时，阿尔赛丝就立刻产生一种强烈的嫉妒之情。卡拉西里斯进入圣殿之后，立即伏倒在地，紧紧抓住神像的双脚，并把脸贴在上面。他一动不动地跪在那里是如此的长久，以至于人们几乎认为他要死了。站在他身边的人不断地呼叫他，告诉他还有许多事情要做，他这才费力地站了起来，开始向女神伊希斯敬献祭酒，并进行了祈祷。然后从自己头上摘下祭司的冠冕，戴到了他的大儿子蒂亚米斯的头上。他告诉人们，他年事已高，身心俱疲，已经预感到自己的生命之火不会长久，熄灭也可能就在须臾之间。所以，按照习俗他把祭祀的职位传给他的长子。同时他也告诉大家，蒂亚米斯具有履行这一神圣职责所必需的一切品德。人们用大声呼喊表示非常赞成他所做的决定。仪式完成之后，卡拉西里斯和他的儿子们以及泰阿格涅斯、恰瑞克莉娅一起去了圣殿中祭司们所居住的地方。随后，卡拉西里斯静卧在床上，而百姓们都各归各家去了。

阿尔赛丝也茫然地离开了，但又几次三番地返回来，假装对祭祀神灵的事情很上心。在最后一次转身离开时，还尽可能长时间地转过身去瞧着泰阿格涅斯。然而，当她一回到自己的宫殿，就径直走到自己的床边，没有脱下身上穿得很讲究的衣服就直挺挺地躺在了床上。尽管她没有说话，一直压制着自己的欲望，然而她毕竟是一个淫荡的女人，当她一想到泰阿格涅斯那么漂亮出众，远远超过她以前所见过的一切男人的时候，就更加难以抑制自己占有他的欲望了。她就这样折腾了一夜，不断辗转反侧，痛哭流涕。有时会突然站起来，有时又靠在自己的胳膊肘上，有时几乎像疯了一样把所有的衣服都撕扯掉，然后又会突然倒在床上。有时候她会叫来侍女，但什么也不说就又把她打发走。简而言之，爱欲使她发疯了。如果不是她的管家和贴身保姆，一个名叫库柏勒的老妇人走进了她的房间，根本就没有人会看到她现在这疯狂的样子——库柏勒很清楚地看到了女主人的疯狂状态，这都是因为屋里点着的那盏灯——看到这个情形，库柏勒对她说："夫人，你这样该多羞愧呀！这是怎么回事？是有什么新的或奇怪的病使你痛苦吗？还是有什么人冒犯了我的心肝宝贝？有谁会如此的傲慢和疯狂，竟敢蔑视你的欲望和意志，而不是被你的美貌所迷惑？是谁把你的祝福当成了过眼云烟？告诉我究竟发生了什么事，我亲爱的女儿。因为还没有谁有那么坚强的心不被你讨人喜欢的诱惑所屈服。快告诉我吧，你会如愿以偿的。实际上你以前已经多次证明过这一点了。"

老女人说的这些话，还有其他的各种各样的阿谀奉承话使阿尔赛丝承认了她的痛苦。她停顿了一会儿，说了下面一番话："母亲呀，我承认此刻我比以前任何时候都受到了更严重的伤害。过去在类似的情况下，我曾多次得到了你的帮助，但我怀疑现在你的帮助难以让我取得同样的成功。就像今天在城墙前面进行的战斗，对所有其他的人来说都是没有流血的，是以和平为结局的。但对我来说，这却是一场更糟糕的争斗的开始。我宁愿承认自己失去的不是肢体或身体的其他部件，而是我的智慧和感觉，因为它让我看到了自己的不幸。也就是说，就在那兄弟俩追逐打斗时，有个陌生的年轻人跑到了蒂亚米斯的身边。妈妈，你很清楚地知道，我这里说的年轻人指的就是他。他的漂亮程度和其他男人的美貌相比可不是相差得一星半点儿，即使一个从来不懂得美貌是什么的乡巴佬也能看出他长得美奂绝伦，那就更不用说阅历如此丰富的你了。所以，亲爱的母亲，既然你现在已经知道了我为什么悲伤，那么，此刻就该是你用各种手段和老人的把戏来讨我喜欢的时候了。如果你希望你看着长大的女儿还能活着，那我只有得到他和享受他，否则没有办法能让我再活下去。”“我很了解这个年轻人。”老太婆说，“他胸膛宽阔，肩膀浑厚，脖子挺直，长得非常清秀。他身材魁梧，个子也比别人都高。用一句话说，他的优秀远远超过了其他所有的人。他的眼睛里有些火辣辣的东西，透露着勇敢坚定的神情，所以看起来很可爱。他的头发梳理得也很工整，还长着一把小小的黄色的胡子。就在昨天的战场上，有一个陌生的女人突然向他跑去，用双臂抱住他，紧紧地抓着他，不肯走开，并说要和他结婚——这不仅是不体面的，也是轻薄无礼的。你说的不就是这个男人吗，夫人?”“是的，就是他。”她回答道，“妈妈，你这么一说，恰好使我想起了那个无耻的婊子，她涂抹得那么‘漂亮’还以此为傲。不过，现在她一定比我高兴得多，因为她找到了这样一个好男人做情人。”老太婆听了微微一笑，说：“夫人，请您放心，不要再难过了。那个陌生人今天认为她很漂亮，但如果我能通过某种方式让他看到你和你的美丽容颜，他很快就会像谚语说的那样，把黄铜换成金子[①]，把那个现在如此自命不凡的妓女弃如敝履。”“如果你能做到这一点，我亲爱的库柏勒，”她说，“你会立刻治愈我的两处伤口——嫉妒和爱。一方面让我脱离嫉妒，另一方面叫我的爱情得到满足。”“如果我说能做到，”

① 典出荷马史诗《伊利亚特》（6. 234 ff.）格劳科斯（Glaukos）与狄俄墨德斯（Diomedes）之间不等价的武器交换：“克洛诺斯之子宙斯使格劳科斯失去了理智，他用金铠甲同提丢斯之子狄奥墨得斯交换铜甲，用一百头牛的高价换来九头牛的低价。”

她说，“我就一定会做到的。但在我开始去做这事儿之前，你要高兴点儿，放松些，不要绝望，要活在希望中。”

老妇人说完这些，便把灯拿走了，并关上了房门。天还没亮，她就叫来了王宫的一个宦官，并带着一个女仆，拿着献给女神的一些小蛋糕和其他必要的祭品，去了伊希斯的神殿。到了神殿的门口，她和守卫神殿的教堂司事说，她必须要为她的女主人阿尔赛丝贡献一些祭品，因为她的女主人晚上做了一些梦，心里很不安，希望能得到女神的安抚。但是守门人不让她进去，告诉她神殿里充满了悲伤的气息，并让她马上离开。守卫说：“神殿的老祭司卡拉西里斯在经历了漫长的旅行回来后，晚上和他的孩子们吃了一顿丰盛的晚餐，并沉浸在尽情的欢乐之中。宴会结束时，他斟上祭祀酒，虔诚地向女神做了祈祷之后，他告诉自己的孩子们，至少今晚还能见到他们的父亲。随后又嘱咐他们尽其所能，一定要好好照顾同他一起来的那两个年轻的希腊人，然后就上床睡觉去了。也许是由于他太高兴了，使其呼吸变得太松弛和太开放了，导致年老体弱的他承受不住这种兴奋；或者是诸神将他所渴望的一切都赐给他之后，使他再无牵挂了，因此到了公鸡鸣叫的时候，人们发现他已经停止了呼吸。由于他之前提醒过他的儿子们，所以大家一整夜都守候在他身边。我们现在正派人去把城里所有的祭司都召唤来，要按照我们国家的习俗为他举行悼念的仪式。正是这个原因，你们现在必须要离开这里。因为除了祭司以外，这段时间内任何人都不可以违法进入神殿，七日内也不可奉献其他的祭物。”“那么这段时间里，那几个陌生人将住在哪里呢？”库柏勒问道。教堂司事回答说：“新祭司蒂亚米斯已经吩咐在殿外为他们预备了房屋。你现在可以看到他们正走出来，并且遵照他的命令，是准时从神殿里搬出来的。”库柏勒把这当成一个让他们离开神殿的好机会，并以此作为她的计谋的开端。于是她说：“最优秀的教堂司事呀，你可以为我和这些陌生人都做件好事，尤其是为伟大波斯国王的妹妹阿尔赛丝做件好事。你原本就知道她对希腊人是多么地恩宠，又是多么有礼貌，渴望热情款待陌生人。请你告诉那两个年轻人，奉蒂亚米斯的命令，在我们的宫殿里已经为他们准备好了住处。”教堂司事也觉得这样做很好，他丝毫没怀疑这是库柏勒的阴谋诡计。他甚至想，如果这两个陌生人通过她的关系在王宫里找到了住处，那会给这他俩带来很大的快乐。为此，他也该向他请求这事的库柏勒致敬，因为这件事对任何人都有好处，而没有任何伤害或损害。于是，他马上来到泰阿格涅斯和恰瑞克莉娅跟前，看到两个人正在悲伤和痛苦地流泪。便说：“你们不必按照你们国家的法律和习俗去哭泣，你们的戒律也规定过不应哀悼其他民族的人。现在你们在为一个埃及祭司的死而哭泣哀号是不得体的。按我们的神圣教义要求，在他离开了我们之后，反而要求活着的人应该欢喜快乐。因为一个人的死亡，就像他获得了更好的地位和得到了更安静的休息一样。但你们哭泣确实也应该得到原谅，因为正如你们所说，你们失去了一位好父亲，一位保护人，一位你们把所有的希望都寄托在他身上的人。然而，你们也不应该完全绝望。蒂亚米斯不仅被他的父亲推荐接任他作祭司，而且出于对你们的善意，他也会给你们的生活以特别的关照。因此，蒂亚米斯给你们准备了一个很好的住处。这个住处适合于我们这个国家所有的富人居住，更不用说你们两个现在正处于困境和命运低潮中的陌生人了。所以，现在跟着这个女人走吧。”——他指了指库柏勒——“把她当作你们的母亲，接受她的款待。”

听到他这样说，泰阿格涅斯和恰瑞克莉娅都同意了。这既不是因为他们被这意想不到的灾难压垮了，也不是因为在这种情况下他们愿意以任何住处作为避难的场所，而是根本没多想。如果他们当时就怀疑这种借宿会给他们带来悲惨的、无法忍受的伤害，那他们可能会更加小心谨慎了。就是说，支配他们的命运实在是不可捉摸的，命运在使他们恢复了几个小时的精神，允许其享受一天的欢乐之后，突然又带来了新的悲哀，再一次使他们落入了敌人的手中。他们已经被命运牢牢地束缚住了，并在礼貌的款待下成为囚徒。然而他们却不知道接下来会发生什么，正是这种愚蠢和盲目使得在陌生国家里过着漂泊生活的他俩，眼睛上蒙上了一层阴影。

泰阿格涅斯和恰瑞克莉娅跟着库柏勒来到总督的府邸。他们穿过宫殿华丽的入口，进入庭院中。这宫殿比一般私人的住宅更宽大，更高耸。威严的拱门前配备了王子的卫队，门柱上镌刻着华丽的刻纹。看到这座宫殿是如此的宏大华丽，他们感到疑惑和不安，因为这与他们目前的命运来说反差太大了。尽管如此，他们还是跟着库柏勒往里面走，库柏勒则变换着不同的方式反复地安慰他们，想叫他俩高兴起来。她称他们为“我的孩子”或“亲爱的孩子”，还保证他们会有极好的运气。最后，她把他们带到远离庭院嘈杂声的一个偏僻的房间里——这房间是老妇人库柏勒自己的住房。二人坐下后，再没有其他的人进来，只有老妇人独自坐在他们旁边。她说：“我的孩子们，我知道你们现在忧伤和悲痛的原因，那就是形同你们父亲的祭司卡拉西里斯死去了。好了，现在该说一说你们是谁，从哪儿来的了。我知道你们是希腊人，凭我的所见所闻，也可以猜出你们的出身很好。因为清秀的面容和如此优雅的体态是高贵血统的明显标志。请你们告诉我，你们住在希腊的哪个地区，哪座城市，你们是怎么到这儿来的。别担心，我问这些完全是为你们的利益着想，因为我要将这事告诉我的主人阿尔赛丝，目的是要让你们能以符合其地位所要求的体面方式进入她的视线。阿尔赛丝是波斯伟大国王的妹妹，也是奥罗德伦达总督的妻子。她喜爱希腊人，又喜爱一切俊美的人，对外人慷慨大方。你们现在就要把自己的故事讲给一个对你们来说并不陌生的女人听，因为我自己就是一个在莱斯博斯岛[①]出生的希腊人，也是被俘虏到这里来的。但我并不后悔，因为我在这里比在自己的国家还要幸运。我在一切事情上都侍奉我的女主人，可以说，除了呼吸和活着，没有我她是什么也不做的。我就是她的头脑，她的耳朵。简而言之，我就是她的一切。我把诚实善良的人介绍给她认识，并替她保守着一切秘密。”泰阿格涅斯把库柏勒的话和前一天阿尔赛丝的行为作了一番比较，想着她是怎样肆无忌惮地、目不转睛地看着他，甚至她的点头和手势都表明她不是一个贞洁的人。直觉告诉他，大事不妙。但就在他准备对老妇人说些什么的时候，恰瑞克莉娅在他耳边轻声说：“你说话的时候，我祈求你，就说我是你的妹妹。”

泰阿格涅斯明白了她的意思，就这样回答了老妇人：“老妈妈，您已经知道我们是希腊人了。你还应当知道，我们是兄妹，我们外出航行是为了寻找被海盗掠走的父母。然而我们比他们更倒霉，不仅没有找到，反而落在了野蛮人的手里。当我们所有的财富都被洗劫一空，甚至连命都要失掉的时候，由于神的善意，我们遇到了高贵的卡拉西里斯，并和他一起来到这里，打算在此处度过余生。但现在的我们，正如你所见，已经被众人抛弃，孤独地活在世上。我们像失去了亲生的父母一样失去了卡拉西里斯——他不是好像我们的父亲，他就是我们的父亲！这就是我们眼下的现状。对于你彬彬有礼的款待，我们向你表示衷心的感谢。如果你能给我们找一个地方住，不让别人打扰我们，那么你将给我们带来更多的快乐。你所说的让我们和阿尔赛丝熟悉起来，可我们的那种动荡的、没完没了被放逐的生活，并不能给她带来好运，所以不见也罢。因为你很清楚，友谊和熟悉应该是处于同等条件下的。”当他说出这些话的时

---

① 古希腊爱琴海中一岛屿名，作为爱琴海早期居民点之一，莱斯博斯岛历来都占有极为重要的战略与商业地位，曾先后依附于波斯、斯巴达、雅典和拜占庭。它也是擅长创作爱情诗的女诗人萨福的故乡。

候，库柏勒几乎无法控制自己了，她脸上的快乐表情表明，她很高兴听到“兄妹”的话，认为恰瑞克莉娅既然不是泰阿格涅斯的恋人，那就肯定不会妨碍阿尔赛丝与他之间快乐的性游戏。“啊，俊美的年轻人，”她说，“当你尝试过阿尔赛丝的风采后，你就不会这么说了。她顺应所有的命运，总是乐于帮助那些遭受不幸的人。虽然她是波斯人，但天性却愿意仿效希腊人，也非常乐意与那些来自希腊的人交往，并常为他们在交往中的举止感到非常高兴。为此，你们之间就应当彼此欢乐。这样，也会获得一个人所能得到的一切尊荣。你的妹妹也要与她熟悉和亲近。但是我必须告诉她，你们俩的名字都叫什么？”她听他们分别说了“泰阿格涅斯”和“恰瑞克莉娅”之后，就吩咐他俩先独自在这儿待一会儿，然后自己乐滋滋地跑出去找阿尔赛丝了。走前还吩咐内廷的看门人——这个看门人也是个老妇人——既不要让任何人进来，也不允许这两个年轻人到外面的任何地方去。“你的儿子阿契美尼斯来了也不让进吗？”守门人问道，“今天早晨你去了神殿以后不久，他也出门去治疗他那只还有些疼痛的眼睛去了。”“谁都不行！”库柏勒说，“即使是他来了，也不要开门。现在把门锁上，把钥匙带在你身上。若有人问钥匙在哪儿，你就说我把它拿走了。”

库柏勒走出门后，屋子里就只留下了泰阿格涅斯和恰瑞克莉娅。他们开始悲叹自己的命运，回忆起他们过去所经历的种种不幸，以至于不约而同地说着同样的话，怀着同样的心思哀哭着。她哭着说：“噢，泰阿格涅斯。”他也说：“噢，恰瑞克莉娅。”泰阿格涅斯：“我们这是什么样的命运呀！”恰瑞克莉娅也说：“我们这是什么样的遭遇！”一边说着一边拥抱在一起，他们哭了一会儿，又开始接吻。最后，当他们想到卡拉西里斯时，哭得更伤心了。尤其是恰瑞克莉娅哭得更加厉害，因为她曾经有很长一段时间与他在一起，更能深刻地体会到他的关爱和善意。所以她痛哭着、叫喊着：“啊，善良的卡拉西里斯，除了‘爸爸’这个称呼之外，我找不出最好的称谓来称呼你。我不知道我自己的生身父亲是谁，因为神已经把我和他联系的各条通道都切断了。卡拉西里斯，是你收养了我，使我成为你的孩子，唉！现如今我也被你抛弃了，那一直照管我，救助我，养育我的父亲没有了。神殿的祭司们不让我在他的尸体哭泣，而儿女为父亲哀哭则是埋葬死者惯常的做法。但毫无疑问，我的保护人和救助者——即使神祇拒绝，我也要称你为父亲——此时此刻，无论我身处何处，我都要用眼泪作祭酒，献上我的哀思，还要为你祭奉我自己的长发。”她边哭边说着，扯下一大把美丽的头发作为誓言的证明。泰阿格涅斯试图去安抚她，温柔地握着她的手。但她仍然感到悲哀，仍旧哭泣着说：“他死了，我活着还有什么意义呢？我还能看到什么样的希望！是他引领我通过陌生的土地，让我远离错误的延宕，让我了解了自己的亲生父母，还要带领着我返回自己的国家，并在逆境中给我安慰。不仅如此，他还在我们厄运临头的时候及时伸出援手，成为我们一切事情的主心骨。现在，卡拉西里斯已经离开我们两个，把一对痛苦的人留在了一片陌生的土地上，我们不知道如何去做才是最好的选择。从此之后，我们每一次陆地上的旅行，每一次水上航行都会被无知所阻挡。他是一个严肃而谦恭的人，一个有智慧的老人。可他现在却离开了我们，并没有看到他对我们的仁慈所产生的结果。”在她以这样或那样的方式哀叹的过程中，泰阿格涅斯有时也和她一起悲伤，有时则有意地克制着自己的悲痛，目的是能让恰瑞克莉娅减轻一些痛苦。

正在此时，老太婆库柏勒的儿子阿契美尼斯从外面回来了，他发现屋子的门是锁着的，便问看管房门的老妇人：“这里为什么要锁门？”当他听说这是他母亲吩咐的，就很想知道大白天锁门的原因。于是，他悄悄地走到房门口，听到了从里面传出的恰瑞克莉娅哀伤的哭声。然后他又弯下身子，透过门闩的缝隙往里看，看见了里面正在发生的一些事情。他又问看门的妇人："房间里都是些什么人？"她回答说："是两个陌生人，一个是男人，一个是少女，都是你母亲不久前带进来的。"他又在门前跪了下来往里瞅，想更清楚地看到他们长的模样。尽管他此前从来没有见过漂亮的恰瑞克莉娅，可只看了一眼，如惊鸿一瞥，就对她无与伦比的美貌感到非常惊异。他想，如果她没有这样难言的忧愁和沉重的烦恼，那又会是一个怎样的美人呀。正是带着这样的疑问，他心底产生了强烈的爱意。至于泰阿格涅斯，他也模模糊糊地觉得自己好像曾经在什么地方见过这个人。他正在想这事的时候，听见了他妈妈返回来的脚步声。库柏勒刚刚见过阿尔赛丝，并把这对年轻人的情况告诉了她。库柏勒对阿尔赛丝说，她为自己的好运气感到高兴，因为这种好运气本身就是用一千种手段和诡计也是得不到的。他还告诉女主人，现在那个女孩和阿尔赛丝所爱的情人都在她的房间里，想什么时候去看都是安全的。她说了许多这样的话，把阿尔赛丝的欲火再次点燃了。阿尔赛丝简直无法再克制自己，急于想见到泰阿格涅斯。但她只让自己开心了一会儿，就想到自己的眼睛因为缺少睡眠而肿胀起来了，她不希望泰阿格涅斯看到自己眼泡肿胀的样子。她认为过了这一天，就会恢复昔日的美丽，那时候去见他，效果会更好。阿尔赛丝就这样使自己快活起来，心里充满了欲望，希望尽快能在泰阿格涅斯身上如愿以偿。随后，她把一切该做的事情都安排好了，包括该如何款待这两个陌生人都列了一个日程。

当库柏勒进来的时候，看到她的儿子正在这里张望，就问道："你为什么对这儿这么好奇，我的孩子？""告诉我，"他说，"屋子里那两个陌生人是谁，来自哪个国家？""这不是你应该知道的事，"她回答说，"闭上你的嘴，不要将这里的事告诉任何人，尤其是不要告诉外人。这是我们女主人的命令。"遵照母亲的吩咐，他只好离开了。他暗暗思忖，那个男青年（泰阿格涅斯）留在这里一定是给阿尔赛丝夜间服务做准备的。他一边走，一边自言自语地说："这个年轻人不就是卫队长米特拉内斯上尉交给我，由我押送到孟斐斯交给奥罗德伦达总督，并让他献给伟大的波斯国王的那个男人吗？当时，我们押送的队伍受到了贝萨人的攻击，就在我的生命危在旦夕、自顾不暇的时候，不就是那些贝萨人从我手里把这个家伙抢走的吗？我还算幸运，因为所有押送他的人中，只有我一个人逃脱了。难道是我看错了？不对呀，我的眼睛现在已经好了，可以像过去那样看清东西了。若不是他又是谁呢？此外，我还听说蒂亚米斯一两天前已经回到这里来了，不仅与他弟弟进行了战斗，还恢复了他的祭司职务。从这些事情上看，这个男人肯定就是泰阿格涅斯。对，一定是他。"最后，他这样告诉自己：从现在起，对自己所知道的一切只字不提，还要时刻注意女主人阿尔赛丝对这些客人的态度。

库柏勒进屋后走到两个年轻人跟前，一眼就看出了他们悲伤的迹象。虽然他俩在听到她开门的声音时，已经试图调整了神情，以掩饰自己的悲伤，但老妇人仍然发现他们眼睛有哭过的痕迹。她高声叫道："我亲爱的孩子们，你们为什么要不合时宜地哭呢？你们应该庆幸和感谢自己的好运气，因为阿尔赛丝一心想着做一切你们所希望的好事。既然这样，你们明天到她的面前见她的时候，难道不应该表现出你们全部的礼貌和温柔吗？所以，现在你们必须停止这些愚蠢的、孩子气的流泪，要振作起来，好好打扮一下自己，在各方面都要按照阿尔赛丝所希望的那样去做。""一想到卡拉西里斯的死，"泰阿格涅斯说道，"就忍不住要流泪，因为我们失去了他给予的父亲般的慈爱。"老太婆回答说："那都是些把戏。再说，你的假父亲老卡拉西里斯现在已经屈服于自然和年龄的共同法则，到冥神那里报到去了，现在想他还有什么用。当前，你的一切，包括权力、财富、感情和茂盛青春的果实都取决于一个人，这就是阿尔赛丝。总而言之，想想你自己的命运，你就要去崇敬讨好阿尔赛丝。今后，你要去见她和怎么去见她，只能听从我的支配，这是她的命令。也就是说，今后她无论让你做任何事儿，你都要满足她。你要记住，她心高气傲，又有皇家公主的脾气，再加上青春的年龄和杰出的美貌，她所提出的任何要求是不愿意听到任何忤逆性的回答的。”听到这番话，泰阿格涅斯沉默不语，心里想，在这样的谈话中包含着一种非常粗野、令人讨厌和绝不能接受的东西。

不一会儿，进来了几个太监，手中端着的黄金盘子里，盛满了从王室餐桌上拿来的肉和食物，极其奢华。“作为第一次的款待，”他们说，“我们高贵的夫人把这些食物赐给你们，并向你们表达敬意。”他们放下盘子就立即退下去了。两个年轻人在库柏勒的命令下，勉强尝了一点儿摆在他们面前的东西，以免看起来对此是轻蔑的。顺便说一下，在接下来的几天里，每天晚上都是这样的饭菜。第二天清晨，大约在第一个时辰的时候，那几个太监又来见泰阿格涅斯，对他说：“你真是个有福的人，我们的女主人宣令接见你，我们奉命把你带到她的面前。所以，你赶紧去享受她只赐予极少数人且次数不多的幸福吧。”泰阿格涅斯呆立了一会儿，最后，就像被某种力量所牵引那样，站起来说道：“她给你们的命令是叫你们独自带我去呢，还是叫我和妹妹一起去呢？”他们回答说：“你必须一个人去，你的妹妹下次也要单独去。抓紧吧，现在有几个波斯贵族和她在一起——这是我们这里和男人单独谈话的一种习俗。而和女人单独谈话则需要另一种场合，所以这次你不能和她一起去。”听到这些话，泰阿格涅斯弯下腰，轻声地对恰瑞克莉娅说：“这显然不是一次诚实的交易，里面包含了太多的疑点。”但她回答他说，这是不可否认的，然而他必须去，还要装出一副心甘情愿的样子去。于是泰阿格涅斯跟随着这些人走了。在路上，这些人告诉他，觐见的人该如何和她说话，还说这里有下跪拜见她的规矩，让他遵守。然而，整个路上泰阿格涅斯没有说任何一句话。

当他走进了宫殿之后，看到阿尔赛丝坐在她的宝座上，身上穿着紫色和金色相间的华服，戴着珍贵的珠宝和华美的头冠，打扮得非常华贵，浑身上下，珠光宝气。坐在她旁边的是一些波斯人的地方行政官。泰阿格涅斯并没有任何的窘迫不安，反而是更多地激起了他抗拒波斯人的勇气和信心。他仿佛完全不用去想他曾经和恰瑞克莉娅谈过的关于崇敬和尊严的话题，就既没屈膝，也不跪倒，而是昂着头站在了她面前，说："有着皇族血统的阿尔赛丝，愿神庇护你！"在场的人因为他没有向她屈膝跪拜，生气地嘀咕着，说他是个鲁莽的、冒失的不懂规矩的人。听到大家的谈论，阿尔赛丝却微微一笑，替他的行为辩护道："原谅他吧。他是一个生在希腊的外来人，对我们的习俗一无所知。加之他的国家的习俗和我们不一样，完全不懂我们所赞美的仪式是什么。"说着，她还违背了那些站在她旁边的人的意愿，摘下了自己的帽子——这是波斯人向他们敬礼的人还礼的动作。她还通过翻译告诉他要高兴起来——因为她虽然懂得希腊语，却不会说——还对他说，你需要什么就提出来，她一定会满足他。于是便打发他回去了，并吩咐太监和差役们好好地伺候他。

在这个场合里，阿契美尼斯再次见到泰阿格涅斯，这也让他更清楚地想起了他是谁。尽管他对泰阿格涅斯所获得的荣耀的接待方式感到惊奇，也感到疑惑，然而他什么也没说，决定仍按照他最初的计划去做。至于阿尔赛丝，则按照她的习惯，随后为在场的波斯官员们举行了一场豪华的宴会——这不仅是因为她喜欢用华丽的外在仪式来表示对他们的尊敬，实际上让她真正高兴的事情是她同泰阿格涅斯已经有过交谈了。此后，她每天照常都把自己的一部分食物送去，而且还把西顿和吕底亚出产的各色珍贵的波斯地毯与精美的被褥也送给了他们。不仅如此，她还送给泰阿格涅斯一个男孩，并把一个女孩送给了恰瑞克莉娅，让这两个孩子分头去侍候他们——这两个孩子都出生在爱奥尼亚，年纪大约十四岁——此外，她不断敦促库柏勒抓紧去做泰阿格涅斯的工作，让他尽快同意和自己睡一觉，因为她不想再等待了。同时，她也想过各种办法试探泰阿格涅斯的心意。库柏勒并没有把阿尔赛丝的想法直接告诉泰阿格涅斯，而是通过各种各样的方式和途径，暗示他说她的女主人对他很友好。她不仅经常当着他的面称赞女主人的身材和美貌，而且在私下里告诉泰阿格涅斯，说她女主人被衣服遮住的部分更是美妙绝伦。她还称赞她的女主人风度多么优雅，对人多么和蔼可亲，从来也不忸怩作态。还说她很喜欢那些漂亮、健壮的年轻人，等等。事实上，她的每一次谈话都是在旁敲侧击，看看是否有可能让泰阿格涅斯和阿尔赛丝共赴巫山云雨。泰阿格涅斯在回复库柏勒的这些话的时候，总是把阿尔赛丝对希腊人的善意，她的友好态度以及诸如此类的东西，都称赞一番，并进一步表示衷心的感谢。但凡是一到实质性的地方，他就一概不提，仿佛压根儿不懂似的。因此，老妇人着急万分，伤心欲绝。每当她以为泰阿格涅斯明白她的意思时，但他就是不上她的套，使她的一切计划都难以实现。尤其是当知道阿尔赛丝再也不能忍耐下去，已经开始生气了的时候，老女仆就更焦急了。因为阿尔赛丝曾当面直截了当地告诉过她，现在她已经控制不住自己的情欲了，渴望快点实现自己的欲望。在这种情形下，库柏勒只好想尽办法，一次又一次地搪塞他的女主人，有时说这个年轻人虽然想去和她巫山云雨，但又感到害怕；有时又说他总是担心这样做会使其陷入这样或那样的不幸之中。

一晃时间已经过去了五六天了。在此期间，阿尔赛丝也曾经召见了恰瑞克莉娅一两次，并给了她体面的接待——她这样做的目的其实是要博得泰阿格涅斯的欢心。这天，感到了女主人越来越强的焦虑心情和愤怒的情绪，库柏勒只得硬着头皮再来做他们的工作。谈话中，她不得不把话对泰阿格涅斯说得更加明白，告诉他说她的女主人的爱是不讲虚套的，如果他能接受她的性爱要求，那可是一个千载难逢的好机会。“作为一个男人，你真是让人感到耻辱！”她叫道：“这是什么难办的事儿呀，让你这么犹豫不前！你怎么能舍弃爱情的机会！一个像你这样如此美貌的正值花样年华的青年人怎么会拒绝和一个女人同床共枕，像为自己守身似的。你也不想想和她上床会给你带来多少好处。尤其是她的丈夫又不在家，连她都敢无所畏惧去做她想要做的事情，而我——这个把她抚养长大并能为她保守一切秘密的人——则给你们的幽会提供了机会，那你还怕什么！你现在既没有未婚的配偶，也没有已婚的妻子来妨碍你，去和她做场爱又是多大个事儿呢？尽管这是许多有理智的人所鄙视的事情，然而，这样的事儿既对自己的家庭无害，又能够使自己得到很多资财，还能够让自己得到快乐，这是个多么大的赏赐呀，你何乐而不为呢。”说到后来，她的话中开始带上了威胁的成分：“像她这样上等社会的女人对其所渴望的男人是不会轻易放弃的，也是不会轻易屈服的。当她感到被欺骗时，就会产生极大的不满。她可以不需要任何理由，就会狠狠地惩罚那些违背她欲望的人，就好像他们对她犯下了天大的罪过一样。仔细想想吧，正如你所承认的，她是一个有王室血统的波斯人，有巨大的权威和权力，以至于她可以尊敬任何她想尊敬的人，也可以任意惩罚那些抵挡她的快乐和不受她控制的人。在这里你是个陌生人，没有任何人会帮助你。所以，还是去分享你和她的幸福吧。再说，她也是值得你尊敬的，她对你的爱是那样热烈，她也理应享受你的爱。你要小心因爱而生的忿怒，提防因轻蔑而来的报复。我曾认识许多人，他们后来都后悔吃了这样的亏。在这类龌龊的事情上，我比你的经验更丰富。我这个白头发的人曾参与过许多这样的事情，但我从来没有见过像你这样激烈抗拒和执拗的人。”然后，她转向恰瑞克莉娅——因为需要她的帮助，库柏勒才当着她的面，对泰阿格涅斯说出了前面这些话——对她说：“我的女儿，帮我劝劝你这个哥哥吧，我实在不知道该怎么说服他了。这也是为你们着想。你想想，他这样做，你们兄妹间的爱一点也不会减少，还会得到更多的荣誉，你们也将会变得很富有。同样，阿尔赛丝也会为你提供一桩美满的姻缘。这一切，甚至是那些身处幸福之中的人也是渴望得到的，更何况那些来自异国他乡的陌生人和那些现在明显处于巨大痛苦中的你们呢。”

恰瑞克莉娅皱着眉头，用燃烧着火一样的眼睛盯着她说：“这是一件好事儿。但愿善良的阿尔赛丝不管是有这种想法，或者说没有这种想法，她都得小心谨慎地驾驭它。如果真的像你说的，这样的欲望既然已经发生在她的身上，而且她已经被征服了。加上做这样的事情又真的没有任何危险的话，那我就亲自劝一劝泰阿格涅斯，让他不要拒绝这种行为。但令我担心的是，如果事情败露了，而总督又碰巧知道了这件可耻的事儿，那么泰阿格涅斯的所作所为必将会给他带来严重的伤害，而对阿尔赛丝也没有任何好处。”听到这话，库柏勒高兴得跳了起来，拥抱着并亲吻恰瑞克莉娅，说道：“我的女儿呀，你做得很好。你既怜悯了一个像你这样的可怜女人，又寻找到了保证你哥哥安全的途径。但你不必害怕这事儿会泄露出去，正如俗语所说的，就连太阳也不会知道。”泰阿格涅斯对老太婆说：“现在让我一个人待会儿吧，也给我点儿时间考虑一下。”于是，库柏勒乐呵呵地出去了。她刚一出门，恰瑞克莉娅就说道：“泰阿格涅斯，即使神赐给我们这样的运气，其中包含的不幸也比幸运多。然而，明智的人应该尽其所能地把自己的不幸转向更好的方向。我不知道你是否愿意去做这件事，倘若没有其他办法来保护我们，我也不会强烈地反对。你若去做的话——即使你认为这是一件肮脏的行为——那么你也只能假装表示同意。你要用花言巧语来满足这个野蛮女人的欲望，以此来平复她内心的冲动，用诺言来减轻她燃烧的激情，用拖延来切割她的欲求，以免得她在盛怒之下对我们要出什么残忍的手段。依靠神的恩惠，时间很可能为这一切提供一种补救办法。但无论如何，泰阿格涅斯，你要多加小心，不要让你的理性滑入行为本身的污秽。”泰阿格涅斯微微一笑，对她说：“我看你甚至处在困境中也不能避免嫉妒，这是女人的通病。不过你要确信，这样的事我连想都不会去想的。因为说得不诚实和做得不诚实，都是不诚实。此外，我认为，让阿尔赛丝绝望还会带来另一个好处，那就是她会彻底死心了，不再给我们添麻烦了。至于我为此会遭受什么样的残酷对待，随它去吧，命运和我自己的思想已经使我习惯去承受任何即将发生的事情。”恰瑞克莉娅说：“当心，你要谨慎，免得给我们带来更大的祸害。”说到这里，她闭上了嘴。

就在他俩商量这些事情的时候，库柏勒来到了阿尔赛丝跟前。这一步成功给了她很大的鼓励。她告诉女主人泰阿格涅斯已经给了她一些确切同意的表示。说完了这一切后，她又回到自己的住处去了。那天晚上睡觉时，她要求恰瑞克莉娅先和她躺在一张床上说会儿话。但她几乎没说别的，只是一味劝说恰瑞克莉娅要帮她把这件事办成。到了早晨，当她问泰阿格涅斯何时去见阿尔赛丝时，却遭到了他直截了当地拒绝，并告诉她，阿尔赛丝绝不会从他那里得到她想要的东西。听到这种回答后，库柏勒只能伤心地去找阿尔赛丝去了。当她报告了泰阿格涅斯的顽固态度之后，愤怒的阿尔赛丝命令卫士把她人头朝下地推了出去。老妇人库柏勒回到卧房，就开始在床上恼怒地折磨自己。她几乎足不出户，当她的儿子阿契美尼斯看到她伤心地哭泣时，便问道：“妈妈，究竟发生了什么不幸？是有什么坏消息让我们的女主人烦恼了？还是总督的军营传来了什么坏消息吗？难道是在战争中，埃塞俄比亚人占了我们主人奥罗德伦达的上风吗？”还问了其他许多类似的问题。“呸，”她白了儿子一眼，“你在胡咧咧些什么！”说完立即抬脚走开了。

但她的儿子却不让她独自离开，而是跟着她，并拉着她的手，恳求她说出悲伤的原因。于是她也拉起儿子的手，把他引到果园里一个没人的地方，才和他说："我的原则是绝不会把我自己的和我女主人的烦恼告诉别人。但看起来她是危险的，而我的生命也处于危险之中——因为我不知道阿尔赛丝的疯狂举动是否会先落在我的头上——我不得不告诉你，或许你能帮助我——帮助那个孕育了你，把你生到世上，用这对乳房哺育你的我。我们的女主人爱上了在我们家里的那个年轻人，那可不是一般意义上的爱，而是欲望使她快要发疯了。我和她都希望能加快速度促成他俩的结合，但白费力气了，我们所有的那些对陌生人的礼遇和无限的善意都被浪费了。这个年轻人完全像个不受控制的傻瓜，这个极其残忍的家伙拒绝按我们所希望的方向去做。既然这样，我想阿尔赛丝是活不下去了。而在她死之前，她一定会先杀了我。因为这个可恶的家伙用许诺骗了我，而我又用他的诺言欺骗了她。这就是我现在所处的境况。如果你能在这件事情上帮助我，就赶快伸手帮助我。如果不能，那就在你的母亲去世时，要确保她的死亡仪式如期举行。""妈妈，若帮了你，我该得到什么奖赏呢?"他接着说，"我知道，现在并不是夸耀自己能力的时候，也不是长篇大论去许诺帮助你的时候，因为你已经处于这样绝望的境地了。"库柏勒说："你若能帮助我们，你想要什么报酬就会给你什么。另外，阿尔赛丝因为我的缘故，已经把你任命为她举行宴会的主要斟酒人了，如果你心里还想要什么更高的职务，也告诉我。还有，你若真的能救得了她这个不幸的女人，你将会得到无数的财富。""妈妈，"他说，"其实你说的这些事儿我早就知道了，但我什么也没说，一直想看看下一步会有什么结果。我不看重荣誉，也不看重财富，但如果阿尔赛丝愿意把那个被称为泰阿格涅斯妹妹的姑娘嫁给我，我也就会如愿以偿了。因为我对这个姑娘的爱超过了一切女人。妈妈。既然我们的女主人从她自己的经历中知道爱是多么的痛苦，那么，她就有充分的理由去帮助这个患有同样疾病的我。作为回报，我会向她保证，她一定有得到这个男人的好运气。”“毫无疑问，”库柏勒说，“你为我们的女主人做了这么多，并救她于危难之中，我们的女主人一定会毫不迟疑地报答你的。此外，也许我就可以说服那个姑娘嫁给你，而不必去麻烦阿尔赛丝。但现在请告诉我，你将如何帮助我。”“具体怎么做，我是不会告诉你的，”他说，“除非我得到夫人誓言的保证。至于你，千万别去对那个女孩说什么，免得弄巧成拙，破坏了计划。因为我看得很清楚，她的品味很高。”库柏勒答应一定要满足他娶少女为妻的愿望后，就急忙跑到阿尔赛丝的房间，跪在她的膝前，请求她打起精神来。并说：“托上帝的恩惠，只要你让我的儿子阿契美尼斯来见你，一切就都会好起来的。”阿尔赛丝说：“如果你不想再次欺骗我的话，那就召唤他进来吧。”

阿契美尼斯走了进来。在库柏勒向女主人汇报事情的原委之后，阿尔赛丝信誓旦旦地表示，只要他能将她的这件事情办好，作为回报，她一定会将泰阿格涅斯的妹妹交到他的手上。听到阿尔赛丝这样说了，阿契美尼斯马上说道：“你该让泰阿格涅斯从现在开始安静点儿了。尽管他对自己的女主人表现得如此顽固和傲慢，但他毕竟是你的俘虏和奴隶。”阿尔赛丝马上反问道：“你说的这些话这是什么意思？”阿契美尼斯随即便为她道出了整个事件的原委：泰阿格涅斯是如何在战争中被俘，成了阶下囚的；米特拉内斯上尉又是如何决定送他到奥罗德伦达总督这里来，然后再让总督把他贡献给伟大的国王的。他自己又是如何受米特拉内斯上尉的差遣要把他押送到总督这里来；而在押解途中，他又是怎样因为遇到贝萨人和蒂亚米斯的攻击，而把泰阿格涅斯弄丢了，以及自己又是如何死里逃生的经过。最后，他还把米特拉内斯上尉给奥罗伦达总督的信拿出来给她看了。他说这些，就是要告诉阿尔赛丝，泰阿格涅斯是在战争中被俘的，根据战争法，被俘的人意味着已经不是自由人，而是一个奴隶。他既然是奴隶，就可以对他为所欲为了。并说，如果阿尔赛丝需要更多的证据，他还会强迫蒂亚米斯作为证人。听了这番话，阿尔赛丝恢复了一些希望。她没有耽搁，立即从房间里走出来，坐在她习惯坐的座位上，详细地倾听和判断着。随即，她命令把泰阿格涅斯带到了她的面前。泰阿格涅斯一被带到，她就迫不及待地问他是否认识站在附近的阿契美尼斯。泰阿格涅斯回答说认识。“你曾经做过他的囚犯吗？”她问。泰阿格涅斯也承认了。“那么，你也就是我的奴隶了。”她说，“无论你愿意不愿意，你都得服从我的意志，我要你干什么，你就必须干什么。至于你的妹妹，我已经把她许配给阿契美尼斯了，他是我家里的主要首领之一。我这么做，既是因为他母亲为我忠诚服务的缘故，也是因为他对我的善意。别让他们的婚礼推迟太久，我只给一天时间去准备丰盛的筵席所需的东西。”泰阿格涅斯听了这些话，虽然受到了严重的打击。但他决心不与她当面冲突，而是要避开她的锋芒，就像聪明的人躲避野兽的正面攻击一样。于是，他说：“夫人，感谢诸神，由于我们出身良好，即使在不幸中，被奴役也是我们的好运气。正是你而不是别人，对我们这些外国人和陌生人，表现出来了如此伟大的人性和良好的意愿。至于我的妹妹，虽然她不是囚犯，也不是奴隶，却愿意按照你的意思行事，听从你的吩咐。你认为怎样对她好，就怎样待她吧。”阿尔赛丝说：“那好，就让你先做我餐桌上的斟酒人吧。在婚礼上你要和我餐桌边上的那些侍应生坐在一起，去向阿契美尼斯学习如何斟酒。这样，你可以事先习惯一下以后该如何在国王的餐桌上服务。”

做完了这一切，他们就出去了。泰阿格涅斯心情沉重，边走边思考着最好的对策。而阿契美尼斯则心情大好，还用这样的话轻蔑地嘲笑他：“瞧，你们这些不久前还高傲自负的人，昂着头的自由人，自以为不屑于服从和崇拜阿尔赛丝的人，现在也得弯下腰来了，否则我就要用拳头教训你，让你知道自己的低贱身份。”当阿尔赛丝把所有的人都打发走以后，她对库柏勒说：“现在，库柏勒，泰阿格涅斯再也没有借口了。你去告诉那个骄傲的小家伙，他若受我的支配，满足我的愿望，就会得到自由，并有丰厚的财物。但是，如果他仍然有忤逆的想法，轻视他的情人，他就会明白他的情妇是会愤怒的。那样，他就会成为她所有奴隶中最低贱的一个，并会受到各种惩罚的折磨。”听到这些话，库柏勒找到泰阿格涅斯，传达了阿尔赛丝的命令，又加了一些她认为合适的言语来说服他。泰阿格涅斯要她等一会儿，然后把恰瑞克莉娅叫到旁边，低声地和她说：“现在，恰瑞克莉娅，我们彻底完蛋了。正如谚语所说，每根缆绳都断了，每一个希望之锚都失去了。在当下的患难中我们已经不是自由的人，又重新沦为了奴隶。”他又告诉她：“此后我们将受到野蛮人的嘲弄、责备与折磨。要么必须无条件地服从主人的命令，要么就会被列入死刑的名单。然而，如果阿尔赛丝没有答应把你嫁给阿契美尼斯——那个库柏勒的儿子，这一切还可以忍受。然而，她却做出这个最令人痛心的决定。其实要解决这个难题也很简单，要么你就坚决不答应嫁给他，要么嫁给他就别让我看到——只要给我一把剑或其他武器我就能解决这个问题。但是我们该怎么办呢？我们还能想出什么办法来终止我同阿尔赛丝的可恶行径还有你同阿契美尼斯的可耻婚姻呢？”“只要你答应和阿尔赛丝做那件事儿，”恰瑞克莉娅说，“就可以阻止与我有关的事情发生。”“嘘，嘘，”泰阿格涅斯，“你怎么能说出这样的话，但愿神不要让老天的怒气通过你来向我发作！我既然和你都从没有过肉体的接触，那我也绝不会和另外一个女人发生这种不正当的关系。绝不会！但此时我想我已经想到了一个补救的办法，因为切实的需要是各种改变的创造者。”说完，他走到库柏勒身边，对她说：“告诉你的女主人，我要和她单独谈谈，免得别人听见。”老妇人认为这就是她和阿尔赛丝渴望得到的结果，泰阿格涅斯现在终于屈服了。她急忙跑到阿尔赛丝那里告诉了她这个消息。老妇人接到的指令是：晚饭后把他带来。于是，库柏勒紧张而严厉地吩咐仆人们都要保持肃静，待在房间里不要乱动，以便让她的女主人好好休息，养足精神。

晚饭后，库柏勒悄悄地把泰阿格涅斯带来了。阿尔赛丝的整个住处及其周边的每个地方都很暗，只有她的房间里点着一盏灯。这样的环境足以让人做任何私密的事情。库柏勒把他带到房间之后就想退出去，但泰阿格涅斯阻止了她。然后对阿尔赛丝说："我的女主人，这次请让库柏勒待在这儿吧，因为我知道她是一个守信用的人，还是可以给我们提建议的人。"随之，他拉起阿尔赛丝的手说："主人呀，是我耽搁了你吩咐我做的事，然而我不是故意要违背你的意愿，而是为了我自己的安全。现在，既然命运仁慈地把我变成了你的奴隶，我已经做好了准备，完全听命于你的意愿。但我首先要请你答应我一件事儿，这件事儿并不是向你要那些你已经许诺给我的众多好处，而是请你立即中止恰瑞克莉娅和阿契美尼斯的婚礼。这不用多解释，因为把一个出身高贵的女人配给一个做下人的人为妻是不合适的。否则，我以太阳的名义向你发誓，也以最美丽的众神以及所有其他的众神的名义发誓，我决不做你想让我做的事。你若不取消这桩婚姻，那么在恰瑞克莉娅遭受任何暴力之前，你将看到我会首先杀死自己。"听到这样的话，阿尔赛丝则强硬地回答道："虽然我已经准备好把自己交到你手里了，但也别指望我会尽我所能地取悦你，来让你高兴。我已经发过誓要把你妹妹嫁给阿契美尼斯，这是绝不可能改变的。""那好吧，夫人，"他说，"你当然可以把我的妹妹嫁给他，但你没权利把我的妻子嫁给他吧。告诉你，她——恰瑞克莉娅——是我爱的人，是我的妻子，我知道你是不会让任何已经是妻子的人再去和他人结婚的。如果是你，你愿意吗？我想你也是不愿意的。"阿尔赛丝反问道："你说的这话是什么意思？""我说的是实话。"他回答道，"恰瑞克莉娅不是我的妹妹，而是我的妻子。既然这样，你也就不必遵守你的誓言了。如果你还不相信，愿意进一步证明的话，你可以为我和恰瑞克莉娅举办一场婚礼，这样的话，你就知道我说的不是假话了。”当阿尔赛丝听说恰瑞克莉娅是他的妻子时，就像自己被掐住了脖子一样，喘不过气来，这一消息使她陷入了极大的嫉妒之中。尽管如此，她还是说：“假如你能和我保持私情，那你的愿望也将得到满足，我将同意取消阿契美尼斯和恰瑞克莉娅的婚礼，再寻找另一个女人来安抚他。”泰阿格涅斯说：“那好吧，等你把这件事做完，我就履行我的诺言。”于是他弯下腰来亲吻了阿尔赛丝的手，而她则向前倾着身子亲吻了他的嘴。泰阿格涅斯就这样带着她的一个吻，走了出去。

他一出来就立即把所发生的一切都告诉了恰瑞克莉娅——当然，她听到其中一些情节（如亲吻）时也吃醋了。泰阿格涅斯还补充说，他做出的与之相会承诺的目的只有一个：一举多得。他还说：“现在，不管怎么说，阿契美尼斯的婚礼是泡汤了，阿尔赛丝的欲望也被延迟了。但最重要的是，从今往后，阿契美尼斯一定会怒火冲天，恨不得把一切都烤焦。这既是因为他被所希望的东西欺骗了，也是因为他将会看到我比他更受阿尔赛丝的青睐而产生妒忌。放心吧，他很快就会从他母亲那里知道这一切的。我当时把库柏勒留在那里就是为了让她听到我和阿尔赛丝所说的话，并希望她能把这一切都转告她的儿子。由于这些话只有我们三个人知道，所以我希望她成为我和阿尔赛丝之间亲密关系的见证人。尽管我想尽可能地在神面前做到无愧于心，但一个人在争取自由的过程中，还能凭借自己的智慧去掌握一下自己的生命进程，这也是很好的——哪怕这样的状态只有一会儿——别人也会对他产生好感。此外，我可以预期，阿契美尼斯必将亲手去报复阿尔赛丝，因为是她毁灭了他结婚的愿望。作为一个奴隶出身的人——因为服从的人几乎总是与那些掌握着权柄的压制他的人相对立——受了冤枉，被誓言欺骗，现在又看见别人比自己强，就更让他咽不下这口气了。加上他又掌握着阿尔赛丝所有的恶行和不良行为的证据，不需要像男人们生气时经常做的那样去编造任何针对她的理由，就更能置她于死地了。也就是说，他的复仇之手已准备就绪，即将实施，这是明摆着的事实。”总之，他不仅对恰瑞克莉娅清楚地说明了这一切，并坚信他们还有一线得救的希望。

第二天中午，按照阿尔赛丝的命令，阿契美尼斯带着泰阿格涅斯去宴会的餐桌侍候用餐。阿尔赛丝为了让他打扮得更漂亮些，还送给了他很多贵重的东西，如衣服、金链子、金手镯和其他珍贵的珠宝。泰阿格涅斯如她所愿将自己装扮一番，也说不清是欢喜还是厌恶。当宴会开始后，阿契美尼斯想教他如何侍候女主人时，他却跑到旁边一张放着许多餐具的桌子旁，拿起一个珍贵的高脚杯说："我不需要别人教我，只要我出于自己的意愿去服侍我的女主人就行了。我毫不在乎那些程序，事情就是这么简单。我的好朋友，你是因为命运的缘故把这种知识强加给了你，但我则是出于本性和机缘就知道该怎么去做。"然后，他轻轻地倒了杯酒，用指尖雅致地端着杯子，迈着轻盈而得体的步子，谦恭而又优雅地把它递给阿尔赛丝。这番操作把她身上的欲火烧得比以前更厉害了。她一面喝着酒，一面望着泰阿格涅斯。与其说她喝的是酒，不如说她喝的是对他的爱意。她并没有把那只高脚杯中的酒喝光，而是故意留了一点让泰阿格涅斯喝掉。而在另一边，阿契美尼斯则非常烦恼，心中充满了愤怒和嫉妒，以至于连阿尔赛丝都看出他在用鄙视的眼神看着泰阿格涅斯，并对站在旁边的人耳语着什么。晚餐结束后，泰阿格涅斯说道："我的主人，我请求您答应我一个请求，除了我以外，以后不要让任何穿着这样衣服的人为您服务了。"阿尔赛丝立刻答应了他的请求。当宴会结束后他穿着平常的衣服出去时，阿契美尼斯也跟了出来，开始责备他的鲁莽，并说他在宴会上的服务是多么幼稚，多么不得体，还说女主人气得对他翻了白眼，只因为他是个陌生人，又是个生手，才没当场惩罚他。“如果你继续这样放肆和粗鲁，”他警告说，“你会吃苦头的。我之所以告诉你这些，就因为我是你的朋友，也是你的骨肉至亲。你可能还不知道吧，你的女主人已经答应我娶你的妹妹了。就因为这个，我才没揍你。”他反复地这样说了许多。而在此期间，泰阿格涅斯的眼睛则一直盯着地面，仿佛没有听见他说的话。

泰阿格涅斯离开后，库柏勒来到了阿契美尼斯跟前——库柏勒是在急忙把女主人安顿上床睡下午觉后才过来的——看到自己儿子愁眉苦脸的样子，便问他是什么事情让他烦恼。“这个奇怪的年轻人，”他说道，“昨天和今天都在我的面前抢到了荣誉。他不知怎么溜进去当上了斟酒人。整个宴会只有他一个人在侍奉夫人，而让我们这些主要侍从去给站在她身旁的皇室成员递杯子，以致我们的尊荣全被藐视了，如今只剩下名义上的荣誉。他比我们这些人更受女主人的偏爱，与她有更多的默契，还被提升到更高的职位，这已经够糟糕的了。而当我们对自己的伤害保持沉默，尽力帮助他的时候，他还向我们这些给他打下手并帮助他做得更好的人表现出傲慢态度，不然也不会让我们如此痛苦。关于这些我们下次找个时间再谈吧。此刻，妈妈呀，我真想去看看我的妻子，我最甜蜜的恰瑞克莉娅。如果我能看到她，定会减轻我内心的悲伤。”“儿子，看什么妻子？”库柏勒说，“你似乎只是对那些鸡毛蒜皮的事儿恼火，却不知道关注更重要的事情。你现在已经不能和恰瑞克莉娅结婚了。”他马上叫了起来：“你说什么，妈妈？难道我配不上跟她结婚吗？你告诉我，那个和我竞争的人是谁？为什么会变成这样的结果？我祈求你快点儿告诉我。”“这都是因为我们的善意都被阿尔赛丝的非法行为利用了。”她回答道，“虽然我们做的一切更多的是为了她，而不是为了我们自己的安逸，但一旦她感到有利于自己目的的实现，就不顾我们了。我们曾尽其所能取悦她，把满足她的欲望看成胜过我们的生命的事。然而，当她的这位温柔善良的情人一走进她的房间，她就被他的模样征服了。于是她违背了自己的誓言，把恰瑞克莉娅还给了他。因为泰阿格涅斯发誓说那不是他的妹妹，而是他的妻子。”“她答应还给他了吗，妈妈？”他问。“是的，孩子。”库柏勒回答说，“这一切都是我在旁边亲耳听到的，她答应了他的要求，并打算这几天给他们举办一个豪华的婚礼。她还要让你娶个别的女人当老婆。”听到这些话，阿契美尼斯气得痛苦地呻吟，并击打着手掌说："我要让这场婚礼对他们所有人来说都是一个悲伤的仪式。妈妈，你要帮我拖延一段时间，我要先外出办一些事情。如果有人问起我的话，就说我在乡下病得很重。好哇，那位优雅的绅士把他的妹妹称为他的妻子，好像我不明白他这样做的目的似的，他无非是要剥夺我已经得到许诺的东西而已。就是现在他当着我们的面去拥抱她，与她亲嘴，甚至与她同床共寝，也不能证明她就是他的妻子而不是他的妹妹。绝不是！诸神和我同在，我要亲眼看到，他们的宗教是如何因他违背誓言而遭到亵渎的。”

说到这里，愤怒和嫉妒，爱欲和失望，让他火冒三丈——即使他不是野蛮人，这些事情也足以令他怒火熊熊燃烧了——他根本没有慎重地考虑他究竟打算要做什么和怎么做才合理合法，而是屈从于自己最初的冲动。就在当天晚上，他设法偷走了一匹亚美尼亚血统的骏马——总督是把它留作游行和检阅时使用的——然后骑着它去找正在底比斯的奥罗德伦达总督了。而总督此时正在底比斯城边集结他的军队，并为攻打菲莱城在准备各种各样的给养武器以及战争所需要的其他东西。

第八卷

恰瑞克莉娅的磨难

VOLUME EIGHT

埃塞俄比亚国王设计蒙骗了管辖埃及的波斯总督奥罗德伦达，获得了相互争夺的菲莱城[1]的一半，全城被征服也是指日可待了。这个快速发生的事件，把临时驻扎在底比斯的奥罗德伦达总督逼到了这样的地步：他不得不在缺少物资准备和深思熟虑的情况下匆忙地去进行远征。菲莱城坐落在离尼罗河岸边的大瀑布不远的地方，离赛耶尼城和象岛大约都是12英里半的距离。该城原本属于埃塞俄比亚，但由于埃及的流亡者曾经占领并居住在这个地方，所以它一直是埃塞俄比亚人和埃及人之间争端的起因。埃塞俄比亚人宣称他们的边界一直延伸到大瀑布，而埃及人则坚持“菲莱”是战争的战利品，因为他们的移民一直居住在那里。结果在很长一段时间内，这座城市时而被这一方统治，时而被另一方统治，该城的统治者总是由谁征服了它而决定。

在这个故事发生的时代，此城正由埃及人和盟友波斯人驻防。最初，埃塞俄比亚国王先派一个使者去了底比斯见奥罗德伦达总督，要求得到菲莱城和那里的翡翠矿。然而，尽管他派人去了很多次，并反复提出这个要求，但都被波斯人拒绝了。这次，埃塞俄比亚国王设下了一个计谋，他命令自己的使臣提前几天出发，而让一支他早就准备好的军队隐秘地跟在后面。他还放出风声让人们相信，似乎他是要进行另外一场战争而不是去攻打菲莱城。

① 实际上，所谓菲莱城是尼罗河中一岛屿的名称。

因此，当时谁也不知道他的军队究竟会去哪里。当埃塞俄比亚国王推断自己的使节已经到了菲莱城——使者们宣布说他是奉命前来求和的——而城中的居民们感到安全了，开始松懈起来，对战争的准备也开始粗心大意的时候，埃塞俄比亚的军队突然出现在菲莱的守城人面前并袭击了他们。这些守军根本抵挡不住数量庞大的敌手的进攻和他们攻城槌的威力，也就是两三天的工夫，波斯人就被彻底赶出去了，埃塞俄比亚人顺利地夺取了菲莱这座城市。既然没有遇到太大的抵抗，埃塞俄比亚人也就没有怎么伤害城中的居民。

正是由于出现了这个状况，所以当阿契美尼斯来到底比斯城总督大营的时候，发现奥罗德伦达总督很烦恼——总督已经从一个菲莱城里逃出来的人那里证实了所发生的事情。再加上阿契美尼斯没受到邀请就突然来了，总督也担心家里发生了什么事。因此，总督见到他之后，立刻问他，是否有什么不幸降临到阿尔赛丝或其他人身上。他回答说是出现了一些事情，但要私下向他汇报。总督让其他人退下之后，阿契美尼斯告诉他说，米特拉内斯上尉俘虏了泰阿格涅斯，还要派人把他送到孟斐斯交给总督，如果总督也觉得他好的话，就把他呈送到伟大的国王那里去——因为那少年配得上待在宫廷里，在餐桌上专门服侍伟大的国王。还说了米特拉内斯上尉如何被贝萨人杀死以及他自己是如何逃回孟斐斯的。在叙述中，又说了许多关于蒂亚米斯及其命运的内容。最后，他着重告诉了总督关于阿尔赛丝与泰阿格涅斯之间的苟且关系：这个小伙子是如何被带进王宫的，阿尔赛丝又是如何给予他荣誉以表示她的善意的，以及这个青年作为她的斟酒人所做的一切。还添油加醋地告诉总督，阿尔赛丝如何欲望膨胀，不顾皇家的体面，采用各种手法不断勾引泰阿格涅斯，虽然现在这个青年还没有就范，当下也还没有造成什么丑闻。但随着时间的推移和她用暴力手段的强迫，他俩勾搭在一起是早晚的事儿，而这样的事儿发生之后一定会弄得满城风雨，有损总督的名声。他还建议说，如果总督能马上派人把泰阿格涅斯从孟斐斯押到这里来，这就把阿尔赛丝欲望产生的根基铲除了。阿契美尼斯还说，正是因为他对总督大人的爱是如此之深，所以他不能隐瞒所知道的与总督的快乐相违背的事情。也正是这个原因，他才偷偷地跑来了，并且要尽快地把这件事情报告给他。

阿契美尼斯讲这些事情的目的就是要让奥罗德伦达生气，而此刻总督的确被彻底激怒了，他发誓一定要对阿尔赛丝和相关的人进行残酷的报复。接着阿契美尼斯又想在总督的心中激起一种新的欲望，就大谈特谈起恰瑞克莉娅来，并对她的美貌大加赞扬——这倒是她应得的——还说他从来没有见过这样美丽的人，以后也不会有了。"就算把你所有的妃嫔都数一遍，"他说，"不只是孟斐斯的，连那些跟随你到这里来的嫔妃都算在内，也不抵她一个人的美。"围绕她的美貌，阿契美尼斯还告诉了他许多别的事情。阿契美尼斯的计划是，如果奥罗德伦达总督激起了占有和玩弄恰瑞克莉娅的欲望，那他就马上赶回孟斐斯去面见恰瑞克莉娅，提前把这个消息透露给她。作为给她提供信息的代价，威逼她答应做自己的妻子以避免总督的玩弄。在阿契美尼斯不断的煽动下，此时总督确实已经火冒三丈，陷入了愤怒和欲望的陷阱。他立即喊来了巴戈阿斯[①]——他的一个最可靠的宦官——拨给了他五十名骑兵，让他们火速赶往孟斐斯。命令他无论在哪儿找到泰阿格涅斯和恰瑞克莉娅，都要迅速将他们带回来。为此，他以命令的方式给阿尔赛丝写了一封信：

奥罗德伦达总督致阿尔赛丝：

把泰阿格涅斯和恰瑞克莉娅兄妹，作为国王的奴隶交

① 据普林尼《自然史》（13.4.1）所载，这个名字实际上是"宦官"的同义语。在文学作品中，它也因此成为习见的宦官之名。

给我，交给你的主人。你最好心甘情愿这样做。如若不从，他们也会被带到我这里，而且还会坐实阿契美尼斯对你的指控。

同时，他也给管理孟斐斯总督宫殿的宦官长优发拉蒂斯写了一封信，信中这样写道：“关于你对我家管理疏忽的行为，我将以后再跟你算账。此刻，不管阿尔赛丝愿意或不愿意，你都要保证把那两个希腊俘虏交给巴戈阿斯，让他们被顺利带走，不能落下一个。否则，你该知道，我会命令人把你捆起来，活剥你的皮。”信上盖有总督自己的印章，以证明这两封信的真实性。巴戈阿斯一刻也不敢耽搁，立即开始去执行他的命令。处理完这一切后，奥罗德伦达便去参加与埃塞俄比亚人的战斗去了。但临走前，他命令阿契美尼斯跟着他一起上战场，还派人在暗中监视他，不让他离开。总督的目的是要等到他说的一切被证明是真实的时候，才会让他获得自由。

大约同样的时间，在孟斐斯也发生了很多事情。就在阿契美尼斯偷偷离开不久，蒂亚米斯作为大祭司以及这个城市的宗教首领，在指定的日期内完成了所有与卡拉西里斯葬礼有关的事情后，便询问起泰阿格涅斯和恰瑞克莉娅的情况。因为根据当时制定的条例，祭司有合法的权力去关注外来人的事务。由于都说不清他俩在哪里，他就开始到处寻找，终于打听到他们现在正住在总督的宫殿里。于是，蒂亚米斯急忙去找阿尔赛丝，和她说了许多他与他们之间的关系，尤其是他父亲卡拉西里斯临终前的嘱托，即命令为他们提供帮助，并保护他们不受伤害。他还对阿尔赛丝这些天来对这两个陌生人的招待表示了感谢——因为在那些日子里，除了祭司外，谁都不得在神殿里住宿——又说现在他想让那些被托付的人回到神殿去居住。听到这些话，阿尔赛丝回答道：“我对你真感到惊奇，你竟在用自己的口称赞我们仁慈和温情的同时，又马上谴责我们没礼貌。你的意思是，按理智的要求说我应该为他们提供帮助，可你的话里却让人觉得我要么不能，要么是不愿意为陌生人提供帮助。”“我的意思并不是这样，”蒂亚米斯说，“我知道他们在你这里会比在我家里住得更舒服。但是，他们出身良好，家境殷实，却命运多舛，又远离故土。所以，他们目前最关心的是能不能找到朋友，返回家园。在这一点上，我应该帮助他们，因为我的父亲把他未完成的工作留给了我，而且我和他们还有别的交情。”“你的嘴很会说。”阿尔赛丝说，“但别吵了，公正地说，理由似乎更多的是在我们这边。因为在所有权的问题上，主人的占有是一种比虚妄的意图更强大的东西。”蒂亚米斯听她这么说感到十分不解，就问：“你怎么就成了他们的主人呢？我乞求你明示一二。”“根据交战规则，”她说，“被俘虏的人自然就是奴隶。”蒂亚米斯马上就知道了她指的是米特拉内斯上尉被杀时发生的那件事儿，立刻反驳说：“但阿尔赛丝呀，现在没有战争，只有和平。在不同的条件下，一个人可以被叫作奴隶，也可以叫作自由人。前者是暴君的意志，后者是君主的命令。总之，像战争与和平一样，正义也不应根据它们的词义被简单看待，而是要通过那些使用它们的人的意图来看待其内涵和意义。如果你同意这一点，你将对公平做出更好的定义。至于诚实和图利的差别，这更没有什么好疑问的。那么，你如此疯狂地想要扣住这俩年轻的陌生人，这是为什么？难道说这其中有着什么不可告人的目的吗？”听了这话，阿尔赛丝再也忍不住自己的怒气了。当然，此刻这样的情绪出现在她的身上，并不奇怪，这是所有的情人都会有的。这样的人只有自以为他们的恶劣行径没有被人识破时，他们可能会脸红，害怕被人知道；但是一旦秘密被揭穿，他们也就毫无羞耻可言，就会肆无忌惮，破罐子破摔了。当下，阿尔赛丝的反应就是如此，好像罪恶意识已经开始控制她了。换言之，她认为蒂亚米斯已经怀疑或者知道她以前做的那些不可告人的事儿了，因此，她不顾蒂亚米斯祭司的地位和官职，也把自己作为女性应有的羞耻心抛到了一边，大声地喊叫道："你们这些人所做的杀死米特拉内斯的事，别以为我不知道，你必然要受到惩罚。在合适的时候，奥罗德伦达总督一定会报复那些杀死米特拉内斯和他同伴的强盗。至于那两个陌生人，我就是不放他们走。他们现在是我的奴隶，你能怎么着。再说用不了多久，他们就会按照波斯的习俗被送到我的哥哥，即伟大的国王那里去。因此，既然你愿意，那你就尽情地发挥你演说者的才能，继续自说自话吧。不必费心去定义什么公平、正义、荣誉和效用。你也别瞎操心别人的事儿，这里根本不需要你多嘴。你要称一称你自己的分量有几斤几两。现在，请立刻离开我的宫廷，而且要心甘情愿地离开。否则，如果你还不知趣，就会被打出去。"蒂亚米斯只好起身往外走，边走边呼吁众神作见证，并说这样的事儿是不会有好结果的。他还想要把这件事告诉城中的居民们，以求得他们帮助。但阿尔赛丝说："我才不在意你的祭司身份呢，因为爱情的神圣职责是追逐快乐，你能奈我何。"

随后，她回到自己的房间，派人去叫库柏勒来见她，好商量他们下一步该怎么办。由于阿契美尼斯这两天一直没有出现在她的视线里，此时她开始怀疑这家伙可能去找奥罗德伦达告状了——因为每当阿尔赛丝问起阿契美尼斯的时候，库柏勒总是找各种各样的借口为他辩解，让她相信他是去约会了而不是去见总督去了。尽管如此，深知库柏勒说谎本性的阿尔赛丝还是不相信她的话。可以说，随着时间的推移，她对库柏勒的信任完全丧失了。过了一小会儿，库柏勒进来之后，阿尔赛丝对她说道："库柏勒，我们现在该怎么办？有什么办法能把我从目前的危险中解救出来呢？现在我的欲望之火不仅一点也没减弱，而且还在这个年轻人身上找到了新的燃料，反而变得越来越强烈了。但他还是那样的残忍，仍不愿受我支配，甚至对我的态度也比以前更加恶劣了。以前他还温柔些，还会用花言巧语安慰我，现在却公然拒绝我的要求。让我更加担心的是——当然是怀疑——他可能也听说过阿契美尼斯的为人，因此他会比以往任何时候都更害怕与我苟且的行为暴露。除此之外，还有你的好儿子阿契美尼斯给我带来的新烦恼，他可能去找奥罗德伦达了，很可能在我丈夫面前说了很多关于我的坏话，而奥罗德伦达至少可以发现他的话并不完全是胡说八道。若他说这些话的时候我就在我丈夫眼前，就能化险为夷，因为我知道他经不起我的奉承话，还有从阿尔赛丝眼里流出的眼泪。因为妻子的拥抱、亲吻等爱抚和熟悉的表情有一种奇妙的魅力让她的丈夫相信她。但使我伤心的是，如果在我见到我的丈夫之前，甚至在我对泰阿格涅斯为所欲为之前，奥罗德伦达就相信了对我的指控，那我就会被责罚，甚至被处死。库柏勒啊，看起来我已经穷途末路了，现在就得想尽各种办法，把前面路上的每一块石头都搬走。但你要记住，如果我自己绝望了，走入了绝境，我也绝不会宽恕别人，而你将是第一个尝到本应该你儿子先要去尝的那个果实的人。至于你究竟会是什么样的结果，我也不想推测。”库柏勒回答道：“我的主人，你怀疑我儿子和我对你的忠诚，这是毫无根据的，你最终将会知道这是被误导了。再说，你以现在这种不作为的方式对待自己的爱情也是没有道理的，责任完全在你，可你为什么要责备我们这些没有过错的人呢？你不像女主人那样去命令、驱使那个青年人，而是像仆人那样奉承他，这在一开始的时候，也就是说当我们认为他意志薄弱，性情温和的时候有礼貌地去对待他，也许还可以。但现在当他如此坚决地抵抗爱他的人的时候，你就应该改变做法了。现在你就要通过鞭打和折磨让他知道你是主人，支配着他的生死。这样他才能心甘情愿地屈服于你。年轻人常常不听好言相劝，但当他们被暴力逼迫时，就会屈膝求饶，这一位也是这样的。人在遭受难以忍受的责罚时，就会做他在受宠的时候所不愿做的事了。”阿尔赛丝说：“嗯，你的话听起来还不错。但我又怎么能眼睁睁地看着他漂亮的身体被鞭打或受到其他方式的折磨呢?”“你也太慈悲了。”库柏勒说,“对他而言,一点点儿疼痛会使他得到更好的劝告;而对于你,一点点儿悲伤换取的是你的如愿以偿。现在,你不必再为该怎样对待他而自寻烦恼了,就把他交给优发拉蒂斯,命令他去惩罚他,就像惩罚其他罪犯一样。这样你就不会目睹使你痛苦的事情了——因为眼不见心不烦——然后,如果发现他改变了主意,我们再让他从受刑中解脱出来。”

阿尔赛丝被说服了——因为在恋人之间,当一方为爱而绝望的时候就已经没有了怜悯之心,就会对另一方进行疯狂的报复——于是她派人把宦官长叫来,命令他按照她们的计划去行事。优发拉蒂斯和所有宦官一样,都是妒忌心很强且变态的人。此外,他还曾因别的事情被泰阿格涅斯冒犯过。于是,他立刻给泰阿格涅斯戴上了镣铐,关进了一间黑屋子里,不断用饥饿和鞭子折磨他。泰阿格涅斯明明知道这是怎么回事儿,却还是装出一副一无所知的样子。当他被问到为什么会被这样对待时,优发拉蒂斯什么都不说。但他的苦难则与日俱增,也就是说,他所受到的折磨,比阿尔赛丝所希望的或命令的要厉害得多。在此期间,阿尔赛丝命令,除了库柏勒谁也不能去见他。而库柏勒每次来看他的时候,都装作是偷偷地来给他送饭,并说由于他们过去就认识了,所以她对他的不幸感到非常难过。其实她做的这一切,都是在试探他,看他在遭受了痛苦后的态度是否有所软化以及他现在究竟是怎么想的。他像个男子汉一样,经受住了一切考验。他的身体尽管受到了严酷的折磨,但他对贞洁的坚守却变得更加令人崇敬。甚至他本人对自己所受到的折磨也感到高兴——现在终于有机会显示他对恰瑞克莉娅的挚爱和忠诚了。他认为,只要她知道这些遭遇,就会认为他是一直把她当作自己的光明和生命来呼唤的,他是值得信赖的。几天过去了,库柏勒看到泰阿格涅斯所遭受的残酷折磨和他的坚强表现，与阿尔赛丝的设想完全相反了——阿尔赛丝是想让泰阿格涅斯轻微受点刑罚，促使他回心转意，而不是要将他拷打致死——开始意识到她的努力是徒劳无益的，也开始明白了自己正处于怎样的危险境地之中。于是她传话给优发拉蒂斯，让他进一步加重对泰阿格涅斯的拷打，看看在更重的刑罚之下能否让他回心转意。可以说，这几天库柏勒已经快绝望了。有时她担心，如果阿契美尼斯把这件事告诉了奥罗德伦达，她作为阿尔赛丝的帮凶无疑会遭到他无情的报复。有时她甚至还担心在此之前阿尔赛丝就会把她杀死，因为她没有完成她交给的任务。所以，最后她决意要一不做二不休，危难关头放手一搏：要么让阿尔赛丝得遂所愿，以化解女主人带给自己的威胁；要么一举除掉所有的知情者，毁灭整个事件的所有证据。正是怀着这样的想法，她走到阿尔赛丝面前说："女主人呀，我们白费力气了。这个固执的家伙什么也不改变，只是更加任性，嘴里总是喊着恰瑞克莉娅，还拿她的名字来安慰自己，仿佛这就是世界上他最心爱的东西似的。因此，如果你愿意，就像谚语所说的那样：那就抛下我们最后的锚①。既然恰瑞克莉娅挡了我们的道，那我们就必须让她消失。如果他知道她已经死了，很可能会改变主意。既然他所指望的她的爱没了，我们也就好实现自己的愿望了。"阿尔赛丝抓住她的话头——她以往就有的嫉妒被现在的愤怒刺激得更强烈了——马上说道："你确实给我出了个好主意。那我来亲自下令，把这个害人的丫头送到冥王哈得斯那里去。"库柏勒问她："在这样的关键时刻你想派谁去执行你的命令呢？尽管现在你大权在握，但不经波斯官长的审判，法律是不会允许你杀人的。在这种情况下你若想杀她，为了避免自己陷入巨大的麻烦和烦恼中，就要编造个罪名去控告这个女孩，我

---

① 当时一艘希腊船一般会有好几个锚，而最后一个锚只有在其他所有的锚都失灵的时候才会派上用场。因此，这句谚语道出了库柏勒将所有希望都寄托在这绝命一搏上了。

们还得拿出足够的证据来证明这个罪名是不可怀疑的。我想了个办法，如果你认为这个办法好的话——我愿意为你做任何事——我想用毒药来解决这个难题。把毒药巧妙地装在一个杯子里，在不注意的时候让她喝下去。这样我们就说她是自杀，以此来除掉我们对手的性命。”阿尔赛丝认可了这个计划，并吩咐她亲自付诸实施。

于是，这个可恶的女人立刻去见了恰瑞克莉娅。她发现这个女孩一直在悲痛地哭泣。因为在这段时间里，她一直没有再见过泰阿格涅斯，便怀疑他已经出事了。此时恰瑞克莉娅除了想着怎样设计一种死法外，别的什么都没想。虽然库柏勒用各种各样的谎话欺骗她，为她没有像往常那样在客厅里看见泰阿格涅斯找了各种各样的借口，但根本无法打消她的怀疑。现在看到她又在哭泣，就对她说："好姑娘，你难道就不能停止这样折磨自己，就任凭自己白白憔悴下去吗？等着吧，今天晚上泰阿格涅斯就会获得自由回到你身边来了。前些天我的女主人对他是有些生气，由于他在侍奉她就餐的时候犯了一些错，便吩咐把他关起来了。但她答应——部分原因也是在我的要求下——今天就释放他，并且还要按照这个国家的习俗，举行一场丰盛的宴会。所以，你振作起来吧，现在我们终于可以一起快乐地吃点儿东西了。”恰瑞克莉娅说："你撒谎成性，总是欺骗我，我才不相信你说的话呢。”库柏勒说，"我以众神之名向你起誓，你们的事儿今天一定都会了结了，你以后也不会再有麻烦了。只是你这么多天没吃东西，别在今晚之前饿死自己就行了。现在给你端来的这些食物，你先吃一点吧。”库柏勒费了好大劲，恰瑞克莉娅才同意吃点东西——这部分原因是库柏勒以神的名义所发的誓言，部分原因也是她有了说不定真的能见到泰阿格涅斯的侥幸心理，因为人的头脑很容易相信它热切渴望的东西——尽管恰瑞克莉娅毫不怀疑她仍然会像以前那样去骗她。于是二人一同坐下吃饭。当一个侍女给她们端来饮料时，库柏勒示意侍女把第一杯端给恰瑞克莉娅，然后她自己拿起另一杯喝了起来。没想到，当库柏勒刚喝完，就头晕目眩，开始剧烈地呕吐，浑身抽搐，以至于把杯中剩下的饮料都洒在了地上。她瞪着眼睛，凶狠地盯着女仆。恰瑞克莉娅惊恐万状，想去帮助她。其余的人也都来了。因为毒药的效力似乎比放出的箭还快，它的力量强大得足以立刻杀死一个年轻而强壮的小伙子，而在库柏勒干瘪的衰老身体里，它比我这个讲故事人说得还要快就达到了要害部位。痉挛一结束，她的四肢就不动了，浑身上下变得乌黑。老太婆就这样被毒死了。但我认为她的狡猾的头脑甚至比毒药更有害。因为即使在她要放弃自己的灵魂时，也没有忘记用狡猾的手段，部分是通过手势，部分是通过断断续续的临终遗言，指控是恰瑞克莉娅下毒害死了她。

老太婆刚咽气，恰瑞克莉娅就被在场的人绑了起来，并立刻被送到阿尔赛丝那里。阿尔赛丝问是不是她下的毒药，并威胁说，如果她不说实话，就用十分痛苦的手段折磨她。当时，所有的人都用奇怪的目光看着恰瑞克莉娅：她并不去辩解，也没露出胆怯的表情，只是微笑着，没有丝毫的卑躬屈膝。这或许是因为她根本不理会栽赃和诽谤，坚信自己是无辜的；或许就是觉得泰阿格涅斯反正已经不在人世，她也希望自己尽快死去，并认为把别人做过的事情揽在自己身上是一种好处。“快活的夫人，”她说，“如果泰阿格涅斯还活着，我就会说我没有犯下这桩谋杀案。但既然你的恶作剧已经把他害死了，那你不需要用任何手段来折磨我使我认罪了。我承认，是我杀了你的奶妈。你真该感谢她把你抚养得这么好，还教给你这么多能耐。现在就动手杀了我吧，因为再没有比这更令泰阿格涅斯高兴的事了——他也是凭良好的品行抵挡了你邪恶的诡计。”这些话简直把阿尔赛丝气疯了，并下命令殴打她，叫着说：“把这个婊子带走。把她的手脚都绑起来，也押到优发拉蒂斯那里去，就这样绑着让她和那个也处在同样困境中的漂亮情人在一起。等到了明天，她就会被波斯的官员判处死刑。”恰瑞克莉娅被带走以后，那个为库柏勒的端酒杯的侍女——她是两个爱奥尼亚人中的一个，最初是阿尔赛丝派来伺候这两个年轻人的——或者是出于对恰瑞克莉娅的善意，因为他们之间已经相识和熟悉；或者是被神的善良意志所感动，哭泣而悲叹地说：“啊，不幸的女人啊，她没有任何过错。”大家对她的话感到非常惊奇，强迫她把话中的意思讲清楚。然后她承认是她自己错把那杯有毒药的饮料递给了库柏勒，而那杯饮料正是库柏勒交给她，让她给恰瑞克莉娅的。这或许是当时她被下毒的事情弄得心烦意乱，或者是在库柏勒让她把那个杯子送给恰瑞克莉娅时吓懵了，总之是递错了杯子，把里面盛着毒药的那杯递给了老太太。听到她这样说，人们立刻把她带到阿尔赛丝面前。在场的所有人都认为恰瑞克莉娅是无辜的，应该无罪开释，女仆也说了同样的话。大家都认为这样做将是件快乐的好事——可能野蛮人也会怜悯温文尔雅的面容吧。但阿尔赛丝置若罔闻，只是命令把这个女仆也关进监狱，作为帮凶和同谋等待审判。

波斯的执法官们，他们的职责就是裁决争议和惩罚违反公共利益的罪行，他们被匆忙地请去参加第二天的审判。当他们来到法庭后，阿尔赛丝指责恰瑞克莉娅毒死了她的保姆，还一语双关地说，她把自己最珍视的人，也是最重要的人夺走了，[①] 其中夹杂着大量编造的谎言，并且在说的过程中还常常用眼泪去证实她说的话。她还对法官们说了她是如何款待恰瑞克莉娅的——虽然恰瑞克莉娅是一个陌生的人，但她始终给予了这个姑娘礼貌和热情的招待——而她现在不仅没有得到理应得到的感谢，而且还受到了她的伤害。简而言之，阿尔赛丝对她提出了严厉的指控。对阿尔赛丝的这些指控，恰瑞克莉娅没有反驳，反而说她讲的都是事实，并承认是她给库柏

① 这里既是指的库柏勒，也是说泰阿格涅斯。

勒下的毒。而且补充说，如果没有人阻止她，她也会毒死阿尔赛丝。不仅如此，恰瑞克莉娅还当众责骂了阿尔赛丝，并请法官快点宣判结果。恰瑞克莉娅之所以这样做，是因为昨天晚上她和泰阿格涅斯一起被关在监狱里时，她又把事情和他商量了一下，最后得出了一个结论：她不想再活下去了，愿意以任何一种她应该受到谴责的方式去死，以便尽快离开这充满了烦恼、无休止的漂泊和被残酷的命运所摆布的世界。最后，她以爱的姿态向泰阿格涅斯作了最后的告别，还把她随身带着的珠宝交给了他——这些珠宝本来是她偷偷带在身上的，她把它们一直绑在自己的贴身之处——她之所以都交给泰阿格涅斯，目的是让他用这些珠宝为她准备一个葬礼。所以，现在她才主动承认了对她的每一项指控，并且没有拒绝任何死亡的方式，她甚至还有意说出了许多她没有被指控的事情。法官们没有任何耽搁，立刻判处她像波斯罪犯那样，先遭受极其残酷的折磨然后再被处死。然而，由于被她的漂亮的容颜和超常的年轻姿态所感动，他们不久又改变主意，决定直接把她烧死。

传令官将她作为囚犯被烧死的判决令宣布后，她被刽子手带到城墙边上。立刻有一大群人跟着跑了出来。因为当她被带走的时候，有些人看到了她，还有些人听到了风声，所以消息很快传遍了全城，大家才都急急忙忙赶来了。阿尔赛丝也来了，从城墙上面往下看着。她认为，如果她不能满意地看着她死去，那是一种痛苦。刽子手们把一大堆木头堆在一起，然后把火种放了上去，火燃烧了起来。恰瑞克莉娅向那些押送她的人请求，给她一点儿时间说几句话，说完后她会自动走进火里去。她的请求被允许了，于是，她向着阳光照耀的天空举起双手，大声喊道："太阳神啊，大地女神啊，所有在天空、地上和地底下受祝福的神灵啊，看见一切被冤枉的，要为他们伸冤！我被指控的那件事儿，求你给我作见证，我是根本没有罪的。愿你把我温柔地呵护。我之所以甘愿赴死，是因为我不愿意再去承受无法忍受的痛苦。神灵呀，请赶快去惩罚那个无耻的阿尔赛丝吧，她玷污了自己，做了那么多肮脏的事情，她就是个妓女。而她做这一切是为了抢走我的丈夫。”听到她说的这些话，所有在场的人都大声喊叫起来。有些人想把死刑的执行推迟到下一次审判后，也有些人准备现在就把她带走离开。但是，恰瑞克莉娅阻止他们所有的努力，自己则安然自若地走进了熊熊燃烧的火堆中。

然而，奇迹发生了。她走入火堆，在燃烧的大火中间站了好一会儿，虽然四周都是炽热的火舌上下翻腾，但她却没有受到任何伤害。甚至当她主动往火焰靠近的时候，火焰都躲着她。以至于她漂亮的容颜在火光的映照下，显得更加美丽和圣洁，就像一个在火的圣殿里结婚的新娘一样。她竭力追逐着火焰，时而从这边进去，时而从那边进去，恨不得赶快死掉。但她的努力并没有效果，火总是退让着，像怕伤着她一样总是从她身边逃开。她心里很纳闷，不知道这是什么意思。那些刽子手们则不断地向火堆中扔着木头和芦苇——是阿尔赛丝以点头相威胁，要他们必须这样做的——火苗尽管越烧越旺，但毫无效果，反而使围观的人更加惶恐不安，以为她得到了上天的帮助。便大声地喊起来：“这个女人是洁净的，她是无罪的。”众人边喊着，边来到了火堆边，想把这个受折磨的少女拉到一旁去。第一个这样做的人是蒂亚米斯——他听见城里喧嚷的声音，知道会有不好的事情发生，此时也来到了现场——他鼓励人们帮助她。大家也很想搭救她，却都不敢走进火堆，只能大声喊着让她自己走出来。最后，恰瑞克莉娅看见了这一切，觉得是众神在保佑她，认为自己最好不要辜负神的圣意，也不要轻视神的恩惠，就从火里跳了出来。人们欢呼雀跃，感谢诸神。但此时的阿尔赛丝则被愤怒冲昏了头脑，跳下了城墙，带着一大群卫士和波斯的其他贵族们，从一个后门冲了出来。她把自己的手按在恰瑞克莉娅身上，冷酷地看着人们，说道：“你们要解救一个粗鄙的女人，难道不感到羞耻吗？她是一个女巫，是一个杀人犯。她做了邪恶的事，自己也承认了。你们这样帮助一个邪恶的婊子，就是在违背波斯的法律，也是在忤逆国王本人、他的总督、贵族和法官。你们都被她骗了，你们认为她今天没有被烧死，是因为诸神的帮助。其实只要用脑子想想，就会明白，这难道不是她行巫术的明证吗？能抵挡住火的如此巨大的威力，这难道不是她使用的诡计吗？如果你们愿意，下一次审判时你们都可以到法院去旁听，因为它是对大家开放的。你们会听见她亲口认罪，也会被那些知道她罪行的人证明她有罪，因为我现在已经把那些证人关在了监狱里。”

随后，她命令卫兵们在人群中清理出一条通道来，亲自揪着恰瑞克莉娅的脖领子把她拖走了。围观的人中有些人很生气，心里想反抗；有些人让步了，他们在某种程度上被阿尔赛丝编造的故事蒙蔽了双眼；但大多数人是害怕阿尔赛丝的权力和她的淫威。于是，恰瑞克莉娅又被送到了优发拉蒂斯那里看管，等着下一次审判。这次她被戴上了更沉重的枷锁，遭受了更多的折磨。在这种逆境中，她最大的快乐就是她有时间把自己的事情讲给泰阿格涅斯听。这还真得感谢阿尔赛丝的“发明”，她以为让两个年轻人关在一起，就能使他们更加烦恼，因为他们会看到彼此间的痛苦与悲伤。在她的认知中，一个情人面对他朋友的痛苦会比对自己的痛苦感到更加难以忍受。不过这对恰瑞克莉娅和泰阿格涅斯倒算是一种安慰。他们认为，彼此都遭受着同样的折磨更有好处。如果哪一个比另一个受的折磨少，那反倒认为自己被阿尔赛丝征服了，在爱情上要比对方软弱得多。此外，他们在一起，还可以互相鼓励，以勇敢的方式承担任何命运的降临，不去拒绝任何可能导致他们更加贞洁和使信仰更加坚定的考验。他们喜欢谈论这样的问题，甚至每天都会谈论到深夜——最后，观念和观点的一致性使他们再也不需要再进行交谈了——他们已经尽可能地满足了彼此在这个问题上交流的愿望。后来，他俩开始谈论在火刑场上所发生的奇迹。泰阿格涅斯把她获得的恩惠归功于神的仁慈，是上帝把她从阿尔赛丝不公正的诽谤中拯救出来，并用此方式证明她无罪。恰瑞克莉娅却对此看法有些不同意。“因为”，她说，“这种奇怪的拯救方式可以被认为是来自上帝，你说的这一点是没错的。但是，被那些超越了我们所能承受的痛苦和灾难所折磨，是一个被上帝所苦或被神不悦的人的一个标记。莫非这是一个神圣的奥秘：上帝把人放置在极度的危险和苦难之中，当所有的希望都过去时，才发现得到了拯救。”[①] 当她说了这些话以后，泰阿格涅斯劝她要知足，认为坚持虔诚的思想甚至要比贞洁还重要。刚说到这里，恰瑞克莉娅突然喊道：“诸神保佑我们！现在我想起了昨天晚上我做的一个梦，或者说在睡梦中出现了一个清醒的景象。尽管我不知道是怎么回事，我之前确实把它忘记了。在我的梦中，高贵的卡拉西里斯走到我的面前，向我念了几句诗。这一场景或许是在我睡梦中出现的，或许就是我清晰地看见的。这个梦是什么意思呢？梦中出现的诗句是这样说的：

凭借宝石潘塔贝的力量
让对火的恐惧消失吧。
尽管看起来很奇怪，
这对命运三女神来说很简单。

泰阿格涅斯听到这些话，也像被圣灵感动了，如同被一根锁链猛然拽了下一样，纵身跳了起来，随即说道：“诸神啊，请善待我们吧。我现在似乎也成了一个诗人。我也记得我梦中有一个像卡拉西里斯，或者以卡拉西里斯的形状出现的神，似乎也对我说过类似的话：

① 这段两个人的对话中，明显看出两个人对得救思想的不同理解——汉译者注。

明天你要和少女①在一起
逃脱阿尔赛丝的魔掌，
很快就和她一起被带进
埃塞俄比亚的土地。

“现在我似乎能猜出这个神谕所表达的意思了。这里所说的‘埃塞俄比亚的土地’似乎指的是地下的冥府。‘和姑娘住在一起’的意思是说和冥后佩尔塞弗涅住在一起；‘逃脱阿尔赛丝的魔掌’意味着我们的灵魂和肉体的分离。但是你的诗里却有许多矛盾之处，这到底是什么意思呢？因为‘潘塔贝’的意思是‘所有的恐惧’，但它又叫你不要怕火。”听到这些话，恰瑞克莉娅说：“我亲爱的心肝泰阿格涅斯啊，由于我们长期以来处在灾难中形成的惯性，使你把一切都往更糟的方面去想。因为人们通常会根据自己的想法去解释那些降临到自己身上的事情。我认为你的预言中预示着比你想象中更好的运气。也许诗句中那个少女指的是我，那么，这个神谕就是在向我保证，在你从阿尔赛丝的枷锁中解救出来之后，你将和我一起前往我的祖国埃塞俄比亚。如何做到这一点，我们不得而知。但神的所作所为并非不可思议的，也不是不可能的。而赐给我们这些神谕的人，也必定能看见这一结果的实现。关于我的那则神谕，其中‘对火的恐惧消失’，现在已经实现了。你看，我这个似乎毫无生存希望的人，现在不是还活着吗。你是知道的，我身上一直带着一些贵重的宝石。这些宝石，泰阿格涅斯啊，它们都来自印度和埃塞俄比亚，非常珍贵，具有巨大价值。那可是我妈妈把我送人时放在我身上的。其中有一枚戒指就是我父亲在婚礼上送给我母亲的，为的是确保她的安全。在这枚戒指上所镶嵌的那颗宝石，就叫潘塔贝，

① 谷物女神得墨忒耳（Demeter）的女儿，被冥王哈得斯掳走后成了冥后。而“佩尔塞弗涅”又有“少女/处女”之义，故泰阿格涅斯如此释梦。

在它的某个地方还写着神圣的文字。这颗宝石既是以后她寻找我最重要信物，也是保我安全的护身符——尽管我以前不知道，但现在我终于明白了。我一直把它和其他东西藏在身上，如果以后他们要寻找我，这些东西对证明我出身是非常必要的，那样我就得救了。但如果我死去了，这些东西在我被埋葬时会成为最后的饰品和陪葬品。总而言之，那枚戒指上的宝石潘塔贝有一种神圣的功效，它能抵挡火，使那些拥有它的人永远不会因火而受到伤害。也许是出于众神的旨意，正是它在那场燃烧的大火中保护了我。我知道我这样想是有道理的，善良的卡拉西里斯也曾暗示过我，而同样的文字也写在那条布带子上——那条带子是和我一起出现在众人面前的，而此刻正系在我的身上。”听她说完了这番话，泰阿格涅斯对她说：“你的解释可能是对的，因为你确实逃过了火中一劫。但是，我们又上哪儿能找到第二个潘塔贝来帮助我们摆脱明天的危险呢？虽然它能避火，但若用别的方式，如刀砍、用绳子勒毙等办法处死我们，那它就无能为力了。在我看来，最邪恶的阿尔赛丝眼下正在设计一种报复我们的新方式。尽管如此，我倒真的希望她能用同一种方式把我们俩同时处死。在当下的状态下，我们实在不应该再称死亡为悲剧，而应称它是远离一切烦恼的安息。”“请你放心吧！”恰瑞克莉娅说，“我们还有另一个潘塔贝，那就是今晚上所得到的神谕中对咱俩的承诺。让我们相信神吧，如果我们得救了，我们就会得到更多的快乐。如果需要去死的话，我们也会带着更美好的思想死去。”他们就这样度过了这段时光。虽然有时悲恸哭泣，但更多的是为了对方而不是为了自己的命运而哭泣。他们相互做了最后的诀别，并对着神灵发誓，他们对爱情的信念至死不渝。

与此同时，被总督派来的巴戈阿斯和五十名骑兵，在深夜时分回到了孟斐斯。这时城里所有的人都睡着了。他们叫醒了城门的守卫，告诉他们自己是谁。当他们被认出来并被放入城里后，就悄悄地快速去了总督的府邸。巴戈阿斯先让他的骑兵包围了那座房子，以免万一有人抵挡，就可以随时制服他们。而他自己则从一个隐蔽的门走了进去——那个门是大多数人都不知道的——他费了好大的劲才把那扇细长的门敲开，告诉同伴他要找的人就住在上面，并吩咐他们不要出声。然后他就急忙去了宦官长优发拉蒂斯所住的房间——他以前常去优发拉蒂斯的住所，对去那儿的路很熟悉。尽管夜色深沉，没有一点月光，他也很容易就摸到了他的床边。此刻优发拉蒂斯睡在床上，鼾声正浓。由于在睡梦中突然被叫醒，优发拉蒂斯嘴里嘟囔着，发出了不愉快的声音，问是谁在这里。巴戈阿斯平静地说："是我。别大声说话，赶快叫人把灯拿来。"优发拉蒂斯叫来一个侍候他的孩子，吩咐他拿一盏灯来，还要他不要吵醒别人。孩子把灯放在灯台上，就出去了。优发拉蒂斯这才问道："你意外的到来意味着什么？带来了什么消息？""我用不着说太多的话，"巴戈阿斯答道，"请你阅读这些文字并检查封印上的标记，以确信这封信是由奥罗德伦达总督亲自发出的。你要遵行他的命令，以黑夜和敏捷为同盟，这件事儿不要让任何人知道。同时你必须考虑一下，把他的命令透露给阿尔赛丝对你是否有好处。"优发拉蒂斯一读完这封信，就说："我绝对保守秘密。但这样做阿尔赛丝无论如何都不会高兴的，因为这样一来她就处在了极大的危险中。再说，她现在正发着高烧躺在床上。我想，这可能是众神对她昨天所做的事儿的惩罚。别说她现在高烧不退，生还希望很小，即使她身体健康，我也不愿把这封信交给她。现在对她而言，她宁愿自己死去，宁愿把我们都杀死，也不愿把这两个年轻人交给别人。你来得正是时候，快把他们带走吧，并尽你所能去帮助他们。也求你怜恤他们吧，他们在危难之中，已经遭受了千百种痛苦。此前对他们的拷打折磨虽然违背我的意愿，但这是阿尔赛丝的命令，我也没有办法，只能执行。更何况这两个年轻人出身高贵，我的经验告诉我，他们在各方面都很优秀。”

于是优发拉蒂斯领他去了监狱。当巴戈阿斯看到两个年轻的囚犯时，发现他们尽管饱受痛苦的折磨，已经非常憔悴，但他们的高大身材和出众的美貌仍然让他感到惊奇。看到这些人进来，泰阿格涅斯和恰瑞克莉娅最初有点沮丧，感觉这是他们所期待的最后时刻的来临，认为巴戈阿斯在夜深人静的时候到来，是给他们做最后的致命审判。但是他们很快就振作起来，感觉好像一切都即将解脱了，又有些高兴，并对在场的人显露出明显的幸福表情。优发拉蒂斯走近他们，伸手去抓一直束缚着他们锁链时，泰阿格涅斯喊道：“啊，好样的阿尔赛丝，她想利用黑夜来隐藏她的罪行。即使这些恶行是偷偷摸摸发生的，正义之眼也能迅速地谴责和揭露一切恶行。你们既然是遵照命令来杀我们的，那个命令你们的人无论是让你们用火、用水、还是用刀剑，都没关系，我们只要求让我俩一起死，在同一时间用同一种方式去一同迎接死亡。”恰瑞克莉娅也提出了类似的请求。宦官长多多少少地听懂了他们所讲的话，流下了眼泪，但没说什么，就牵着锁链把他们都拉了出去。

一行人悄无声息地离开了总督府，优发拉蒂斯则被命令留下了。巴戈阿斯和跟在他后面的马兵，卸下了泰阿格涅斯和恰瑞克莉娅身上戴的绝大部分镣铐，只留下了一些必要的刑具，以便让他们在路上轻松些。随后，巴戈阿斯让他俩骑上马，并让他们骑行在众多士兵中间，然后以最快的速度向坐落在底比斯城的总督大营奔去。他们骑行了一整夜，直到第二天白天又过了三个小时都没有下马。这时天气太热了，太阳的高温已经让人无法忍受——此时正是埃及的夏季——加之缺乏睡眠，每个人都已筋疲力尽。但最重要的是，他们看到恰瑞克莉娅已经骑得疲惫不堪，于是决定停下来休息一会儿，让马儿吃点草料，也让少女休息一下。这地方是尼罗河岸边的一座小山丘，河水不是笔直地从那里流过的，而是呈半圆形围着小山流淌着，所以这里更像一个小岛。被水环绕的地方长满了茂盛的牧草，非常适合牛和马吃。此外，它还被茂盛的鳄梨树、无花果树①以及尼罗河沿岸常见的其他树所遮蔽。巴戈阿斯和他的同伴们下了马，用树木代替了帐篷，自己吃了些肉，也让泰阿格涅斯和恰瑞克莉娅吃了一些。起初，他们不愿意接受，并说吃东西对那些马上就要被杀死的人是没有用的。但巴戈阿斯在某种程度上强迫他们吃了一些，并告诉他们，他俩想错了，他们是要被带到奥罗德伦达总督那里去，而不是上刑场。

炎热的一天过去了，太阳已经从西边照到他们这里了。正当巴戈阿斯等人准备再次骑马前行时，这时从后面追来了一个骑马的人，他因为骑得太快几乎喘不过气来，他的马也出了太多的汗，几乎使骑手已经难以再骑在它的身上了。他下了马之后，悄悄地对巴戈阿斯说了几句话，然后就站着不动了。巴戈阿斯低了一会头，似乎在思考那个人告诉他的话，后来便对泰阿格涅斯和恰瑞克莉娅说："陌生人啊，打起精神来吧，你的敌人已经替你们报了仇。告诉你们吧，阿尔赛丝死了。当她听说你们走了，就把自己挂在了缢索上。② 这是她自己的意愿，可以说，正是她的自杀阻止了必定会发生在她身上的惩罚，因为她不可能逃脱奥罗德伦达总督和国王的惩处：由于她的失贞，或者被处死，或者将终生蒙羞。这就是刚才优发拉蒂斯派人送来的信息。所以，高兴起来吧，年轻人。你们没有受到任何伤害，而伤害你们的人却死了，这难道不值得高兴吗？"巴戈阿斯用希腊语对他们这样说。尽管他的希腊语说得磕磕巴巴，还有许多错误的语法，但他仍然愿意亲口告诉他们这个消息。巴戈阿斯之所以这

① 塞奥弗拉斯托斯（Theophrastos）的《植物考》（*Inquiry into Plants* 4. 2. 1）称，鳄梨树和无花果树为埃及独有的植物。

② 典出欧里庇得斯悲剧《希波吕托斯》（*Hippolytos* 802）中淮德拉（Phaidra）勾引继子希波吕托斯的图谋被发现后羞愤自尽。原文作"她挂在了缢索上"，这里的缢索即自尽所用的活套。

么做，部分是他自己也很开心，因为那个阿尔赛丝活着的时候简直就像个暴君，以致他对她那些乖戾的行为一直心怀不满；还有部分原因是他也想安慰这两个年轻人并让他俩高兴起来，以便让他能平安地把这两个年轻人带回去。若他俩能平安地到达底比斯，那么他一定会获得奥罗德伦达总督进一步的器重：一方面这个男子的美貌会使王宫里所有的大臣都黯然失色，总督在国王面前将更有面子。另一方面，阿尔赛丝死后，总督也会很高兴能有恰瑞克莉娅这样美丽非凡的姑娘陪床伴寝。当然，听到这个消息最开心的是泰阿格涅斯和恰瑞克莉娅，他们从来没有想到自己的仇敌会死在自己的前头。他们再一次感谢诸神和正义，并且认为就算自己现在死了，那也是很大的快乐。

天快黑的时候，气温开始下降，这是赶路最好的时候，他们又出发了。大家又骑行了整整一夜，第二天早上，终于到达了底比斯城。他们未洗征尘，便去统帅大营见奥罗德伦达总督。然而他们的努力白费了。一个出来迎接的军士告诉他们说，总督当下已经不在底比斯了——前几天他接到了伟大波斯王的命令，让他尽可能地召集各地所有带武器的人们，包括那些驻守在底比斯要塞里的士兵，迅速去守卫赛耶尼城。因为此时的赛耶尼城几乎陷入了麻烦和混乱之中，人们担心这座城池很快就会被埃塞俄比亚人占领。确实，假如总督的行动再慢一步，而埃塞俄比亚军队行动再迅速一点儿的话，估计在消息传到底比斯之前，赛耶尼城就已经被埃塞俄比亚人攻占了。在这样的情况下，奥罗德伦达总督只好匆忙地带人去了赛耶尼城。听到这个消息，巴戈阿斯决定带着他们这些人立刻去与总督会合。然而，就在天色渐明，快要到达赛耶尼城的时候，他们突然与埃塞俄比亚人派出的侦察队伍遇到了。这是一群英勇强悍的埃塞俄比亚士兵，被派去乡村侦察敌情，以便让主力部队有安全的通道。但因为天色黑暗和对这个乡村区域的不熟悉，他们已经孤军误闯敌人设防的纵深区域了，没有办法，这些人只好整晚躲在河边的芦苇丛中，在那里隐藏起来，不敢睡觉，害怕被仇敌发现。就在天蒙蒙亮的时候，他们听见巴戈阿斯和他的骑兵经过的声音。这些埃塞俄比亚人见来的敌人不多，毫无防备地骑在马上，根本没发现有人埋伏在这里，加之天已经放亮了，于是就大喊一声，开始攻击他们。这突如其来的喊声惊动了巴戈阿斯和跟随他的骑兵，凭着这些人的肤色，他们就知道这些袭击者是埃塞俄比亚人。由于自己的人数无法和敌人的相比——埃塞俄比亚士兵大约有一千人——根本不能与敌人相抗衡，所以一见敌人冲了出来，巴戈阿斯他们这帮人打马就跑，甚至连敌人的脸都没看清。但也没有跑得太快，因为他们不想让敌人以为自己害怕了。开始时只有少数埃塞俄比亚人追赶他们，接着又有约二百名被称为穴居人[①]的士兵去增援——穴居人是生活在埃塞俄比亚一个偏僻部落的人的俗称，在阿拉伯半岛的边界靠务农为生。这些人天生就跑得快，腿脚敏捷，从不穿盔甲，在战斗中主要使用投石器袭击敌人，以求迅速杀死对手。如果他们觉得自己打不过对方，就会逃跑。在他们逃跑时，对手绝不会去追赶，因为都知道他们跑得很快，然后会迅速藏在各个角落里出其不意地杀死追赶的人。现在增援的这些穴居人虽然徒步，却很快追上了骑马的人，并用投石器打伤了好几个。但追了一会儿，他们发现同伴们渐渐都回去了，这些穴居人也不愿意再追了。波斯人发现这种状况，就认为人数多也没有什么了不起，于是又反过来又去追杀这些埃塞俄比亚人，看到敌人向后跑了，他们掉转马头开始以尽可能快的速度向前骑行，并放开了马的缰绳，还不断地鞭策着他们的马。看到他们来了，那些埃塞俄比亚人掉头又追了上来，一下子把巴戈阿斯的人都打散了。有些人跑远了，还有一些波斯士兵逃到尼罗河的转弯处，

① “穴居人”为各种穴居部落的通称，也特指居于埃及南部海岸的一个民族，但小说中的描述只见诸文学虚构，而非历史本真。

趴在河堤下的芦苇丛中作为躲避敌人的藏身之处。然而巴戈阿斯却被穴居人抓住了，因为他在逃跑时所骑的马被绊了一下，使他掉下马来，摔伤了腿。泰阿格涅斯和恰瑞克莉娅看到巴戈阿斯落马负伤了，便去救他，结果也被抓住了——他俩认为此时不救巴戈阿斯是可耻的，因为一路上得到过他好意的照顾——和巴戈阿斯一同被抓的，还有其他一些人，有的人是因为逃不掉了，也有些人是甘心投降的。面对这种情况，泰阿格涅斯对恰瑞克莉娅说："看起来我们去埃塞俄比亚的梦想要实现了。这些人是埃塞俄比亚人，我们注定要作为囚犯而被带进他们的国土。目前最好的办法是屈服。我认为，即使把我们托付给不确定的命运，这也比把我们交到奥罗德伦达总督的手里要好得多，危险也要小得多。"恰瑞克莉娅明白，她是被命运之手牵着走的，神谕也暗示她要抱着希望，要把埃塞俄比亚人当成朋友而不是敌人。但她并没有和泰阿格涅斯说自己的想法，只是告诉他说她对现在的状况很满足。那些埃塞俄比亚的兵丁凭着巴戈阿斯的脸，就认出他是个太监。于是便问他说，这两个手无寸铁并戴着锁链的是什么人，为什么他们会那么美丽和高贵。为了能够进行交流，埃塞俄比亚人还叫来了他们伙伴中的一个埃及人和一个能说波斯话的人来，认为他们可以理解两者中的任何一种语言——当时的巡防队员和侦察兵都必须接受这样的训练，即他们必须学会当地居民和敌人的语言，以便能更好地理解他们为什么被派遣以及能更好地完成所执行的任务——泰阿格涅斯经过日积月累也已经学会了一点儿埃及语，能用埃及语回答一些简短的问题。他告诉这些士兵，巴戈阿斯是波斯总督的主要仆人，而他们自己则是希腊人，最初是被波斯人俘虏的，但现在则是由于好运气被埃塞俄比亚人抓住了。这些埃塞俄比亚人决定不杀死他们，而是把他们作为俘虏看押起来。他们盘算，作为第一批战利品，要把这些波斯敌人所拥有的最珍贵的宝石献给他们的国王。对巴戈阿斯，他们认为也有用处，以后可以为他们的主人服务。当时的人们都知道，在波斯的宫廷里，太监是国王的耳目，他们既没有子女，也没有亲属，头脑里只有服从，只会无条件地依赖和听命于自己的主人。至于那两个年轻人，他们认为更是一件很好的礼物，可以伺候国王，为他的宫廷增添光彩。于是先让他们两个人骑上马被押走了。由于巴戈阿斯受了伤，其他被俘的人都用锁链锁住了，不能快走，只好让他们跟在后面慢行。

事情到此，不仅不是尾声，而且只不过才是一出戏的序幕。那两个被俘虏的年轻人，刚才还怕被当场处死，现在命运则发生了改变。与其说他俩是被押走了，不如说是被护送走了。而负责押送他们的那些人，不久后就要成为他们的臣民和卫兵——这就是他们将面临的处境。

第九卷

王者的舞台

VOLUME NINE

这时，埃塞俄比亚军队就像已经张开了网一样，使得赛耶尼城的处境极度危险。奥罗德伦达总督听说埃塞俄比亚人已离开大瀑布，并快要到达该城附近，于是抢先进了城，紧紧关闭了城门，并把投石器和其他武器布置在城墙上，等着看他的敌人下一步会怎么做。埃塞俄比亚国王希达斯庇斯从前方回来的密探那里听说，波斯人正在往城里撤退，就急令追击他们，希望能在城外打上一仗。但还是晚了一步，只好让自己的军队驻扎在城市周围，把城市包围起来。由于他和军队来得突然，根本没有遇到任何冲突，仿佛是他坐在那里正在玩一场游戏一样，轻易地就把当地很多还没有来得及进城的百姓都捉住了，无数的人、武器和牲畜挤满了他的军队驻扎的平地上。

这时，他派出去的探子们找到他，把捉到的俘虏带到了他的面前。国王很高兴地望着这对年轻恋人，心里莫名地涌起了一股强烈而深厚的感情，感到他俩就像自己孩子一样——虽然他当时并不知道这就是他的孩子。让他感到特别庆幸的是，当他俩被抓住的时候，只是被戴上了手铐，而不是被杀死。“很好的兆头，”他说道，“战争刚刚开始，诸神就用锁链把我们的敌人送来了。由于这是第一批俘虏，按照古老的埃塞俄比亚的法律，在我们取得胜利后，第一个被抓到的俘虏将作为祭品献给诸神。”在奖赏了那些探子之后，他命人把这青年男女和其他囚犯送上了后面跟着的行李车上，又派了能说他们语言的人为他们站岗放哨，并吩咐看守们要善待他们，使他们衣食无忧。他还特别叮嘱卫兵，在战争结束前，为祭祀所预备的贡品应当好好保存，要让他们远离各种各样的污秽。他还让人把他们的脚镣换成了金链——在其他国家，铁链是用来束缚人的，而在埃塞俄比亚，则是用金链来服务神。士兵按照国王的命令，给他们取下了先前所戴的铁锁链，换上了金脚镣。这样的改变使他们的行动变得轻松了很多，日子也过得舒服了些。看到这些，泰阿格涅斯笑了起来，说道："我的天哪，这小小的变化是什么意思？幸运确实眷顾了我们，我们的铁镣换成了金镣，看来我们在监牢里也是富有的。因为我们戴着金锁链，所以也成了有价值的人。"恰瑞克莉娅虽然也笑了，但她更希望把自己的思绪引到别的事情上去，这使她想起了神谕，让她有了更美好的希望。

一切准备就绪之后，希达斯庇斯亲自指挥了对赛耶尼城的进攻。他原本指望他的大军一开打，就把城镇、城墙和一切要塞都打下来。但战斗的结果是，他的军队被抵抗者击退了。城里防守的波斯人勇敢地顶住了敌手的进攻，并且不断地大骂和嘲笑他们，这使得埃塞俄比亚人更加愤怒。城里的守军决定坚持到底，不向他屈服，这使埃塞俄比亚国王非常生气。他决定不把时间浪费在人员伤亡较大的攻坚战上，也不想尝试进行突然袭击，打那种让敌人逃跑的击溃战，而是要在短时间内进行一场伟大的、不可战胜的围攻，以彻底摧毁这座城镇。因此他设计了一个新的计划。

他把围城的队伍分成几部分。让一部分人去挖渠道。他把每十名士兵组成一组，每隔十码放一组人，有人挖沟，有人把沙砾搬走，要他们在城墙边上挖一条又深又宽的壕沟，一直挖到地势较高的尼罗河边。有人可能会把这条沟比作一条长河，因为它总计有一百英尺宽。同时，他又派大量的士兵环绕着城墙，并与之平行再筑起一堵墙来。因为埃塞俄比亚的军队人数众多，守军没有人敢出城去拦阻或破坏这一工作，从而使这两大工程在城墙脚下顺利地推进着。尽管城内的守军用投石器和其他的武器攻击他们，但没有任何作用，因为希达斯庇斯安排的两堵墙之间的距离可以有效地保护那些挖沟和筑墙的人，难以使他们被发射的石块击中。在众多士兵的努力下，这项工作很快就被完成了。因他此前曾命令在壕沟靠近尼罗河边预留了一百英尺宽的地方，现在他下令把这条水沟挖通，把尼罗河里的水放进去。由于河水是从高处流入低处的，再加上尼罗河是宽阔的，而进入的通道则是人工完成的窄沟，这样，当尼罗河的水流入人工河道之后，像脱缰的野马，极其湍急，发出了巨大的声响。即使在很远地方的人们，都能听见这巨大的轰鸣声。那些守卫赛耶尼城的人，此刻才明白他们将要遭遇的危险。因为埃塞俄比亚国王的意思是让他们的城镇被水和墙围困住，这样一方面可以防止城里的人逃脱。另外一方面，也让他们知道等待是没有任何安全可言的，围困一久，就会弹尽粮绝，只能投降。看到这个情况，城里的人们也做出适当的改变来应对这种状况。首先，他们用麻草和沥青把城门缝堵上，然后对城墙的基础部分进行了加固。很多人争先恐后地搬来了泥土、石头、木材以及所有他们需要的东西。没有人休息，即使是妇女、儿童，甚至老人都在努力工作，因为死亡的危险拒绝了任何不干活的借口。强壮的年轻人和战士们被派去对付敌人进行地下作业。他们先在城墙内约五码远的地方挖了一个深坑，并在里面打下了坚实的基础。然后，一部分人用火把照着向前挖掘，后面的人则把前面的人挖的土带走，堆在他们城市花园所在的地方。他们就这样做着自己的工作，一直挖到对面敌人修的那堵墙下。他们认为，若外面的水进了城之后，就把冲进来的水引导进他们挖的这个洞里，那么，冲进来的水就会顺着这个通道再返回尼罗河中。尽管他们拼尽全力去工作，但危险还是来得太快了。尼罗河水从长长的沟渠中奔流而下，以极快的速度流入城墙边，受到城墙的阻挡后，马上爬上河岸，开始四处奔流，很快就淹没了两堵墙之间的所有空间，使其变成了一片沼泽。这样，赛耶尼城立刻变成了被大水围困的一座孤岛，成了一座坐落在水中的城市。它的四面被水环绕，城墙不断地遭受着洪水的波浪冲击。虽然城镇的城墙经受住了第一天洪水的冲刷。但是，随着水位不断上涨、水面越来越高，夏天的高温在肥沃的黑色土地上造成的裂缝开始向下渗水，水不断渗透到城墙的地基上，然后城墙上面的砖石开始摇晃，城垛也出现了颤抖，好像马上就要倒塌了。这种危急的情况很快就惊动了附近守卫的兵士们。

下午黄昏时分，两座塔楼之间的一段城墙还是坍塌了下来，幸运的是倒下来的部分并没有淹没到水平面以下，因此还没让洪水进城，但也就差几英寸了，很可能马上就会泛滥成灾，淹没全城。城中各个角落都发出了可怜的哭泣声，有的人向老天高举双手，向众神求救。现在，他们所剩下的唯一希望就是要谦恭地请求奥罗德伦达总督派使者到希达斯庇斯那里去求和。总督同意了大家的请求——即使现在这种请求违背他的意愿，他也只能服从命运的安排了。然而，这样被水包围着，他也不知道如何把信使送到敌人那里去，直到有人想出了一个办法，那就是让他写封信，并把信捆在石头上，用投石机扔过去，这就不用派人去给仇敌送信了。总督同意了这个方法，也向水的波浪发出谦卑的祈祷。但他们的努力还是白费了，因为投石器的力量并不能把石头扔过那个空间，而是让其落入了水中。他们又以同样的方式投了一次，还是失败了——就像所有的弓箭手和投石者一样，心强却命不强，虽然他们热衷于超越对方，并要为自己的生命而战，但无奈的是器物不从人愿。最后，他们只好向站在城外土丘上的敌人士兵挥手呐喊，用手势尽量说明他们的困境和这些投掷意味着什么。有时他们伸出双手，掌心朝上，像个乞求者；有时他们把双手放在背后，表示他们已经准备好接受枷锁，成为奴隶。希达斯庇斯发现他们渴望怜悯，而自己也恰好准备给予这些人以仁慈——主动屈服的敌人会使一个好人变得慷慨。但这一刻他还不能确定敌人的投降是真还是假，所以决心要考验他们一下。他让人拉来一艘早已经准备好的原来属于河上居民的船，并把船拖上来放到新形成的湖水里。又从手下的士兵中挑选了十个人，给他们配备了弓箭手和披甲，告诉他们该说什么，然后让他们划船到波斯人那里去。这些士兵全副武装，做好了随时战斗的准备，以防止镇里的人试图做任何他们不希望发生的事情。这确实是一个奇怪的景象：从远处看，好像一艘船正在习惯了犁的土地上航行，从一堵墙边走到另一堵墙边，水手们似乎在干燥的土地上练习划船的技巧。虽然战争的艺术总能产生新奇的东西，但最奇怪的还是它发明了让船上的人与站在地上的人并肩作战，即海陆两军联合作战的新战法。城墙上的人们，看到载满武装人员的船只驶近那部分倒塌的城墙，便怀疑那些来给他们带来安全的人是来进攻的——因为在极端情况下，每件事都是猜疑和恐惧的根源，特别是在他们因为目前的危险而充满了恐惧和沮丧的时候——于是开始向小船上的人投掷石块和射箭。尽管他们扔石头和射箭的时候，不是要伤害他们，只是为了不让他们着陆。人们在绝望时就是这样处理的，把一切做法都看作是可以延迟死亡的收获。船上的埃塞俄比亚人也射击了，但更确切地说，当时他们也没有明白波斯人的心思。他们的还击立刻杀死了两三个波斯人，还使一些人受了重伤，并从城墙上摔了下来，栽进水里。虽然一方想独善其身，只是为了阻挡他们靠岸，但另一方的人则是愤怒地反击。如果不是赛耶尼城的某位老绅士站在城墙上对大家说了一番话，双方的战斗将会变得更加激烈。老绅士对大家喊道：“啊，你们这些被恐惧冲昏头脑的愚蠢的人啊，我们为什么要避开那些自己以前谦卑地祈求帮助的人呢？如果他们是我们的朋友，就会给我们带来和平，那么他们就是我们的救星；但如果他们打算像敌人一样行事，即使这几个人登陆了，不是也很容易被我们征服吗？可在没有清楚他们来意的情况下，我们就开始杀伤他们，又有什么益处呢？当下我们面临的无论是水路还是陆路，都黑云笼罩。我们为什么不让他们过来，听一听他们有什么话要说呢？”众人都认为他说得非常好，总督也称赞了他。于是，他们就从城墙的倒塌处站了起来，放下了武器，让开了路。

当两个塔楼之间没有了守军的时候，城里的人举着旗子向他们发出了登陆的信号。于是埃塞俄比亚人开始向他们靠近，并从他们停船的平台上，向被包围的那些赛耶尼人发表了演说：“尔等在这里的波斯人和赛耶尼人听着，整个埃塞俄比亚东方和西方的国王，[①] 现在也是你们的国王希达斯庇斯，既知道如何去征服他的敌手，同时他的天性也倾向于仁慈地对待那些谦恭的请求怜悯的人。他断定胜利是他的战士们英勇作战的结果，而怜悯则是他自己富有同情心的表现。所以，虽然他已经把你们的生命握在手中，或赐予，或夺走，全凭他的一句话。但现在，既然你们已经表现出了足够的谦卑，他就要把你们从那已知的、必然失败的惩罚中拯救出来，并允许你们随意提出你们想要的和平条件。因为他不想在这种情况下充当暴君的角色，而是要把人的命运治理得从此再无嫉妒。”听了这些话，赛耶尼人立即给出了他们的回答，说他们愿意把自己的子女和妻子都交给埃塞俄比亚国王，让他按自己所喜欢的方式去对待他们。如果能让他们活下去，他们也要把这座城市交出来。现在这座城市已经陷入了绝境，到了即将被毁灭的边缘，只有天神和希达斯庇斯国王才能阻止它的陷落。奥罗德伦达总督也从他的角度宣布，他将放弃战争开始时所要求的一切，并将菲莱城和翡翠矿无条件交给埃塞俄

---

① 在《奥德修纪》第 1 卷中分出东、西埃塞俄比亚人。埃斯库罗斯在《求援女》中把埃塞俄比亚人的区域扩大到印度。希罗多德又分出鬈发的埃塞俄比亚人（黑人）和直头发的埃塞俄比亚人（土著印度人）。

比亚人。但同时他也请求国王对他不要太苛刻，即不要逼迫他和他的军队投降。如果希达斯庇斯愿意保持应有的礼貌，那就允许他和他的士兵们安静地离开这里去象岛。因为这既不会造成任何新的伤害，也不会引起进一步的冲突。否则，他宁愿现在死去，也不愿再活下去，因为背叛了他的军队必然会受到波斯国王的谴责。甚至不只是受到谴责，也许是被凌辱后再处死。与其如此，还不如现在就杀死他，他此刻只想要一种简单而平常的死亡。

当他这样说过之后，他还要求埃塞俄比亚人返回时，能在他们的船上带上两个波斯人，让他们去给自己和其他的撤退队伍探路。并且说如果赛耶尼镇上的人也愿意让他们走，那他将会毫不耽搁地立刻带领自己的人离开。埃塞俄比亚的使者听到这些回答，就带着那两个波斯人回来了，并向希达斯庇斯讲述了他们是如何快速完成这个任务的。国王微微一笑，责怪奥罗德伦达的愚蠢。因为作为一个男人，他不是凭自己的力量，而是屈服于别人的力量而做决定，无疑是个傻瓜。再者，无论是生存还是死亡，他都应该在谈判中力争得到更好的条件。“可他只想带着自己的人走，这事儿做得可太愚蠢了，”他说，“为了一个人的愚蠢行为而毁掉城里这么多的人，这是不可取的。奥罗德伦达只想让他那些人离开去象岛，仿佛他并不在乎是否能够承受他所做出让步的那些条款。”说完，国王放走了那两个波斯人。随后，在他自己的队伍当中，指派一些人在尼罗河水进入他们挖的沟渠的地方去建造一条拦水坝，以阻挡尼罗河水的进入；又指派另一些人在河的下边凿开缺口，以便使已经流进来的河水尽快泄出。这样，赛耶尼城外的水就会逐渐流干，地面可能很快会变得干燥和坚硬，人就可以在上面行走了。

得到这样命令的人，立刻动手去做了，但只挖了一点儿，就因天色渐晚，只能到第二天再继续进行了。与此同时，城里有些人在危急的情况下还没有绝望，一直在寻找各种途径进行自救。有的人趁着夜色的掩护，在靠近城墙的地下往外挖出一条准备逃跑的地道。他们估量着距离与方向，有时也用绳子量着尺寸，还有人则根据地道挖掘的进度把火炬依次放在地道的墙壁上为工作的人照明。可以说，这件事他们做得很容易，因为当城墙倒塌的时候，许多叠压在一起的石头移位了。在他们竭尽全力的努力下，很快就挖到了埃塞俄比亚人开掘泄水口的地方。但是，就在他们认为自己快要成功的时候，大约在午夜时分，一声巨响，地道突然崩塌了。崩塌的原因，要么是地面的土堆得太松，不够结实，当它的下部分被水彻底泡湿时，基础就垮了；要么是那些挖地道的人掏空了地下的土，导致了塌陷，而塌陷的土又塞满了他们刚挖出来的空间；要么就是那些埃塞俄比亚人天黑前已经挖出了部分缺口，在他们停下来一段时间后，水就顺着这个缺口流了进来，一旦它冲破了原有的堤坝，水就会变得越来越深，水的重量将它压塌了；要么也可以认为这就是神的旨意。总之，不管是什么原因，这塌陷的声音是如此的巨大和可怕，以至于埃塞俄比亚和赛耶尼双方的人都认为城墙全部坍塌了。有些住在房子里的人把自己紧紧关在里面，以为这才是安全的，并安慰自己明天早晨就知道是什么事了。但也有些市民绕着城墙转了一圈，看到一切如常，便以为是敌人那里出的事儿。直到早晨，地道的坍塌口被发现，人们才消除了所有的疑虑。不仅如此，他们还看到城外两堵墙之间的积水也少了许多。此时，埃塞俄比亚人修筑的拦水坝也在加紧进行。他们先把一个个沉重的木桩，一排排地打进水里做成加固桩，然后扔进去成捆的树枝、茅草和成篮子的泥土——这些是成千上万的人用船沿着河岸运来的——最后，堤坝修成了，拦住了河水的进入。而泄水口的开通，也使积存的水流走了。这样一来的结果是，在很长一段时间里，交战的双方谁也到不了谁那里去。虽然地面上覆盖着厚厚的泥土，在表面看起来好像很干燥，但下面却是很厚的稀泥，这对双方的战士和马匹来说，都是陷阱。

他们双方就这样过了两三天。在这期间，赛耶尼城的居民们打开城门以示和平，埃塞俄比亚人则放下了手中的武器。由于大量稀泥的存在，双方也都不用再相互保持警惕了。也就是说，虽然他们不能聚在一起谈判，但还是无形中达成了休战协议。在这几天里，城里的人们抓住机会，开始欢庆埃及人最伟大的节日——尼罗河节。尼罗河节的时间正好是在仲夏期间洪水泛滥的时候，比其他的节日更受到重视。这是由于埃及这个地方非常干旱，没有来自空中的云和雨，年年都是如此，而尼罗河的泛滥就好像下雨一样，浇灌了埃及的土地——这是埃及老百姓的共同看法。因此，埃及人把尼罗河当作神，也是诸神中最大的神之一，与天并列，更受尊奉。他们之所以给尼罗河如此神圣的荣誉，这是与埃及人的哲学思想分不开的：他们认为潮湿和干燥的结合是人类生命起源且得以延续的根本原因。湿气就来自尼罗河，干旱则来自大地。湿和干这两种元素相互依赖，不可分离，一个在哪里，另一个也必定同时在哪里——这已经是人所共知的常识。而埃及的祭司们则说尼罗河是女神伊希斯和大神奥西里斯结合的产物，二者可以互用各自的名字，是一名双指。因此，女神渴望奥西里斯的陪伴，当他和她在一起时，她会感到快乐；而当他离开时，她会感到悲伤而流泪。而让他俩分离的提丰是她的敌人①。祭司们讲这个故事，也在说明尼罗河的起源是由两种要素相交构成的，当然，精通神学的人不会向世俗者透漏其中的奥秘，而只是以寓言的形式教导他们。那些渴望知道教义中这一奥秘的人，也只能在圣殿中接受真理光明的启迪。在这个时候，让我们借着神的恩典，把这些话说出来就够了。至于那些天大的秘密，就让它们荣耀地沉默吧，天机不可泄露。

现在还是让我们把在赛耶尼城所发生的事件有条不紊地讲述下

① 据信，杀死奥西里斯的提丰，被认为是沙漠中的太阳和干旱。

去为好。当尼罗河节到来的时候，城里的居民们开始宰杀牲畜作为祭品，虽然他们的身体被当前面临的危险所累，但他们的思想却尽可能地保持着对神的虔诚。然而，狡猾的奥罗德伦达总督则等待着赛耶尼本地人宴会后酣睡时刻的到来。他想在城里人都熟睡后偷偷地把他的波斯军队转移出去，为此他事先已经秘密地给手下的人发出预告，告诉了他们在什么时间行动以及从哪个门出城。他还命令手下的军官们把马匹和牛羊等都留下，不要让这些牲畜陷在泥里成为阻碍。他还严令在行动中不要发出声响，以防止被敌人发现。同时要求每个士兵除了带着甲胄和兵器外，必须在腋下拿着一块木板。当波斯士兵们按照命令在约定好的时间聚集在城门口时，他让每个人把带来的木板依次放到泥地上，即后边的人把木板交给前面走的人，走一步扔一块，使木板互相连接在一起，像搭成了一座桥一样。就这样，他指挥他的军队迅速而不费力地越过泥沼地。当他们到达干燥的陆地时，又偷偷地越过埃塞俄比亚人驻扎的地方。埃塞俄比亚人没有任何察觉——没有人守夜，大家都睡得鼾声震天——然后，他们以呼吸所允许的最快速度赶往了象岛。一到岛上，此前从赛耶尼城派来的两个波斯人正等着他们的到来，就像他所安排的那样，当他们听到口令时，就义无反顾地打开了岛上围墙的大门。

直到白天来临的时候，那些赛耶尼居民才知道他们的波斯守军已经逃走了。先是每个人都发现那个住在自己家里的波斯人不见了，随后大家看到了他们在镇子前搭的“桥”。这让城市里的人再次陷入恐慌之中，并担心埃塞俄比亚人对自己又一次背叛进行严厉惩罚——在埃塞俄比亚人表现得如此仁慈之后，他们还如此地背信弃义，放波斯人逃跑了。因此，他们决定每个人都要出城，去臣服于埃塞俄比亚人，并且发誓他们对波斯人逃走事情确实不知情，并认为这样也许可以再次打动埃塞俄比亚人的怜悯之心。随后，城里各个年龄段的埃及人都聚在一处，手中拿着树枝以表明他们的卑微和谦恭；他们还点燃了蜡烛和火把，带着他们所有的圣像，以象征和平。就这样，他们越过了这座桥来见埃塞俄比亚人了。在还有一段距离的地方，众人谦恭地停下脚步，弯下双膝跪在地上。忽然间人群中发出一片凄厉的哀哭，低声下气地请求原谅他们的过错。他们还把自己的婴孩放在面前的地上，请求埃塞俄比亚随便处置这些婴儿——他们想要以这样的方式来唤起埃塞俄比亚人的怜悯之心——因为这些孩子是他们当中最无辜、也最不应该受到惩罚的那部分人。孩子们也许是被父母的哭声吓着了，他们虽然不懂发生了什么事儿，可却相继离开了那些生养他们的亲人，向埃塞俄比亚人爬去，边爬着还边发出口齿不清的声音。看到这个场景，任何一个人都会同情他们，仿佛命运已经向他们暗示，他们应该作为哀求者而被允许平安离开。希达斯庇斯国王看到这一切，恻隐之心油然而生，他认为这些可怜的赛耶尼人比以前更应该得到怜悯。于是，他立刻派人去了解他们想要什么，并询问为什么只有他们独自出来，而没有见到波斯人。他们把一切情况都告诉了他：关于波斯人的逃跑，自己的清白，尼罗河节盛宴的举行以及侍奉神的活动等。还特别告诉他，波斯人是在宴会结束后趁他们睡着的时候偷偷溜走的。还说，即使事先知道他们逃跑的计划，也不可能阻止这支全副武装的部队，因为赛耶尼城里住的人根本就没有盔甲和武器。希达斯庇斯听了这番话，他怀疑——但这却是事实——奥罗德伦达的行为是有预谋的反叛。因此，他派人把赛耶尼城的祭司们单独叫出来，让他们对着带来祈求宽恕的圣像敬礼后，便询问他们，那些波斯人去了哪里，是否能把波斯人的计划告诉他。同时说，这是对他们最大的信任。这些人回答说，他们真的什么也不知道，但猜想波斯人可能到象岛去了，听说那里驻扎着波斯军队的精锐部分，而那个奥罗德伦达复仇的主要希望就寄托在那些全副武装的骑兵身上。赛耶尼祭司们说了这些后，话锋一转，就继续恳求埃塞俄比亚国王不要再生他们气了，还请他像进入自己的城市一样到他们的城里去。希达斯庇斯不愿自己冒险进城，于是他先派了两支全副武装的队伍去查看城中是否有埋伏，是否还有波斯人的预备部队准备孤注一掷。做了这些安排之后，他便用温和的语气告诉那些赛耶尼城的居民们现在回到城里去，自己会带着军队跟在后面。他想，如果城内真有波斯人向他进攻，他就接受挑战；如果波斯人拖延投降，他就攻击他们。

但就在他刚刚集合好自己的队伍，就接到了侦察兵的报告，说波斯人要从背后向他们发起进攻。原来事情是这样的：昨天在赛耶尼城，奥罗德伦达发现城内的埃及人和波斯人都被埃塞俄比亚人修建的水阵围住了，无奈之下，才向希达斯庇斯求和的。其实这是他的缓兵之计，假装要投降而已，目的是保证自己和波斯人的安全。他利用自己忠诚的许诺——此后他的行为说明他是一个最不忠实的人——骗取了埃塞俄比亚国王的信任。他安排的那两个波斯人与埃塞俄比亚人一起乘船越过泥塘，借口是让他们去象岛了解那里的波斯人的想法，看那里的人是否同意与希达斯庇斯达成和平协议。但实际上，他的目的一是想让这两个人先上象岛做好接应的准备；二是也想让他俩借进入国王军营的机会侦查一下埃塞俄比亚人是否已经做好了战斗的准备。所以，昨晚奥罗德伦达逃到象岛后，就立即命令他的主力军队集合，兵发赛耶尼城，想从背后偷袭埃塞俄比亚人。为此，他还亲率几个士兵提前出发来到了国王大军的营地附近，看到埃塞俄比亚人正要进城。于是，他决定把自己的计划立即付诸实施，从背后毫不迟疑地向敌人发起进攻。他把一切希望都寄托在了快速的行动上，企图在对手放松警惕时给其致命一击。

须臾间，他的军队就做好了战斗的准备，每个士兵都穿着银色镀金的盔甲，眼睛中都带着波斯人勇敢无畏的杀戮眼神。刚刚升起的太阳，照耀着波斯人，给他们的甲胄带来了闪亮美妙的光芒，而这光芒又反射到远处的人身上，使得整个时空都好像燃烧起了熊熊火焰。总督的右边站着由波斯人和米底人组成的队伍，这支队伍前面是全副盔甲武装的士兵，后面则是轻装的弓箭手——这些弓箭手可以射杀那些防守得更好的人。左边一队则由埃及人和利比亚人组成，分别是投石器者和弓箭手。他命令这一队人要不断地出击，不停地攻击侧翼的敌人。他自己则勇敢地坐在一辆刀轮毂战车上，亲自率领着中间一路人马。为了安全起见，他的战车左右两边都有手持长矛的精兵围着，而他乘坐的车前则是摆开阵形的、在多次与敌人生死战斗中得到他极度信任的全副武装的骑兵。这些骑兵是所有波斯战士中最勇敢的，他们被安置在其他战士的前面，就像一堵战无不胜的坚固的城墙。他们的武器装备样式是这样的：一个个被精选出来的力大无穷的小伙子，他们戴着用一块铁质材料做成的头盔，这头盔像面具一样紧实而合适，可以把戴着它的人的头部全部保护起来，只留下一个孔洞让他往外看。他们的右手都拿着比长矛枪还长的带尖的长棍，左手握着马的缰绳。他们身体的左边还挎着刀剑。这些骑兵的全身上下又都覆盖着锁子铠甲。这锁子铠甲是用手掌大小的铜片和铁片串联起来制成的，是按每个人的身材比例做的鳞状外衣——上一片的下边部分压着下一片的上边部分——由于这铠甲是分片制作的，在穿它的时候，只要把它们搭在身体的各个部位然后将各片连在一起，就可以毫不费力地穿好了。同样，它也不像其他铁制铠甲那样僵硬死板，所以穿着它的人很容易做出各种动作。它还有袖子和裤腿，穿上以后可以使人的脖子到膝盖都会被覆盖上。只是这种裤子必须从大腿中间剪开，这样穿它的人才能骑在马上。这就是他们身穿的甲胄。这样的铠甲能够挡开各角度射来的飞箭，也能抵挡各种各样的打击。他们的长筒靴子一直套在大腿的膝盖上，并把它系在上衣的下摆上。他们也以同样的方式装备了自己的马，在马的腿上绑上了金属的护链，并用一块铁质材料做的头罩护住马的头，而在马的背上和肚子下面，挂着一块厚布，上面缀有金属环可以将它紧紧系在一起。这样，它既能保护马，又根本不会因为它的松动而阻碍奔跑的速度。如果哪个小伙子被挑选出来，他就用这种方式穿上甲胄并被安置在马上——因为穿好后他自己上不了马，只能别人帮助他骑上去——他全身负载的重量限制了他的行动。当战斗打响后，帮助他骑上马的人只要把马的缰绳交给他，他用脚后跟一踢马，马和人就全速前进了，那么此时这个人就似乎成了一块铁或一把雕塑用的锤子。他的长棍的尖端挂在马的脖子上，而另一端搭在它的臀部上，这样在冲锋中它不仅不会碍事，而且还解放了骑马人的手，骑马人的手握着缰绳可以精确地引导马的前进方向。这样的装备加上马匹高速的奔跑，可以说势不可挡，甚至常常是一次攻击就可以把两个敌人贯穿在一起带走。奥罗德伦达总督就是派了这样一队骑兵当前锋，并和其他波斯军队去攻击他的敌人。他还让他的队伍一直背对着尼罗河。之所以如此，是因为他知道自己的军队在人数上远不如埃塞俄比亚人，所以他计划用河水代替城墙，替他的部队保证后面的安全，以防止被埃塞俄比亚人包围或从背后攻击。

希达斯庇斯国王也把他的军队带来了，他派了擅长用重剑并肩作战的麦罗埃士兵在右翼抗击波斯人和米底人。而派穴居人和那些被称为肉桂部落[1]的人，穿着轻便的盔甲，用灵巧的弓箭和敏捷的步伐，向左翼的敌人发起进攻。当他听说波斯人的中路是最强壮的，他也把大象组成的部队放在中间，自己则坐在了安放有塔尖形小房子的大象背上，并把布勒米耶人和赛里斯人[2]的披甲战士，都安排在中路。他还指示这些士兵在打仗的时候应该做什么和怎么去做。当

① 即现代的索马里（Somalia），据传，这里是肉桂的产地。

② 布勒米耶人是一个生活在埃及南部的游牧部落，在古典文学经常被描述为无头人。赛里斯人即希腊神话中所称的“中国人”。

战斗一打响，波斯人就吹响了号角，而埃塞俄比亚人也擂响了战鼓。奥罗德伦达大喊一声，带领着他的士兵开始了迅疾的冲锋。而希达斯庇斯则让他的队伍尽可能缓慢地一步一步向前。他这样做有自己的考虑：这意味着大象出发的地点离他们要交手的地方不太远，而敌人的骑兵则要奔跑很远的一段路，这会让敌人骑的马在真正攻击开始前就疲惫不堪。当两军接近时，布勒米耶士兵看见那些穿着铠甲的骑兵正在督促他们的战马冲锋，他们就按照希达斯庇斯的命令去做了。他们留下赛里斯人去保护国王所乘坐的大象，而自己则从队伍中冲出来去对抗骑兵。他们的人数是那么少，又是步行，却冲上前去对抗那么多全副武装的人，那些看见布勒米耶战士如此冲锋的人都以为他们疯了。见此，波斯人更加奋力地策马前进，比之前冲的速度更快了——他们认为敌人的冒失正是他们收获的机会，波斯人将在第一时间毫不费力地战胜埃塞俄比亚人。但是，就在两军的士兵将要碰在一块儿，波斯人的长矛马上就会刺穿对方身体的时候，那些无头人部落出身的所有战士，突然一起迅疾地伏下身子，单膝跪地，把头和肩膀缩了起来，从对方骑兵的马肚子下面钻了过去。除了他们的脚被疾驰的马蹄碰了一下外，没有受到其他任何伤害。然后他们做了一件奇怪而意想不到的事情，那就是当敌人的马从他们头上经过的时候，他们就用刀猛刺马的肚腹，以致许多骑在马上的人都摔了下来——因为马疼痛难忍，无法控制，就把骑在它们身上的人扔了出去。当波斯人成堆地摔倒在地上的时候，布勒米耶人就对准他们的大腿下面没有铠甲保护的部位猛刺。而波斯人的骑兵穿着的铠甲套实在太重了，没有别人帮助，他们根本动弹不了。那些逃过这一打击的其他波斯骑兵，转头又向赛里斯人发起了攻击。但是，他们一走近，就发现赛里斯人跟在大象后面，仿佛是跟在一座高塔或一座山的后面一样保护着自己，根本无法伤害到他们。倒是他们骑的马，因为从来没有见过如此巨大而奇怪的、又是突然出现的大象，害怕极了，不是掉头往回跑，就是躲到一边去了，这就使得波斯人的中路战阵被打破了。接下来就是一场惨烈的屠杀，几乎所有的波斯骑士都被杀死了。骑在大象上的埃塞俄比亚勇士——每只大象上各有六个人，每边各有两个人在战斗，后面的两个人做后备队——从大象背上的塔楼上，像从城堡里一样，坚定地向着目标射击，他们的箭矢对波斯人来说就像一片不祥的乌云。埃塞俄比亚人专门瞄准敌人的眼睛，好像他们射击的目的不是要敌人的命，而是在进行比赛，看谁是最好的弓箭手。他们射得箭无虚发，都击中了目标，仿佛敌人就是装箭矢的箭筒。那些还没死，只受到箭伤的人身上带着被射中的箭镞，在战场上惊慌失措地跑来跑去。然而任何一个人想躲开，基本是徒劳的，因为他们根本无法挣脱这个阵列的控制。奥罗德伦达总督的骑兵不断地摔倒在大象群中，惨死在那里：要么是掀翻在地后被大象践踏而死，要么是被布勒米耶人和赛里斯人杀死。由于他们是从大象后面冲出来的，敌人就像中了埋伏一样。也就是说，埃塞俄比亚人用箭射杀了一些人，当波斯士兵的马跌倒在地时，他们又近距离杀死了一些人。简而言之，那些侥幸逃出来的波斯人没有做成任何一件值得叙述的事，换言之，他们根本没有伤害到大象一点点儿——因为大象在战斗时全身也都覆盖着铁铠甲，即使不穿铠甲，大象那么厚的皮肤如同坚硬的鳞片，也没有任何矛或箭镞可以刺进去。最后，看到中路所有活着的士兵都被打散逃跑后，奥罗德伦达总督羞愧难当，也弃车骑上马，从尼斯逃跑了。

而奥罗德伦达总督所指挥的左翼的埃及人和利比亚人对中路的失败则一无所知，尽管他们所遭受的伤亡大得多，但仍然勇敢地坚持着。他们发现肉桂部落的兵卒们一直用奇怪的战法进行着攻击，全力地挤压他们，甚至把他们逼到不知道该怎么做的地步。当他们反击埃塞俄比亚军队时，追击他们的肉桂部落的士兵就会掉头逃跑。

但他们并不是溃逃，而是边跑边把他们的弓转到后面不断射箭。如果埃及人和利比亚人撤退了，肉桂部落的人就会紧紧地追击他们，或是用投石器，或是用浸泡过龙血毒的小箭，迅速地将他们杀死。这些肉桂士兵在射箭时还不断做着花样，更像是在玩耍，而不是在从事严肃的战斗。这些土著人的头上都戴着一个类似箭袋的圆形的花环，里面放满了箭矢。箭矢的羽毛朝里，箭头像太阳的光束一样露在外面。在小规模的战斗中，他们会从头上的花环中取出箭来，就如同从箭袋中取出箭来一样迅速。他们灵巧得好像赤身裸体的森林之神一样，不断地跳跃腾挪，向敌人射击。他们的箭杆上安装的不是铁箭头，而是从龙背上取下的骨头，用这样的骨头做成箭镞。制作完成后，他们还会尽可能地把它打磨锋利，并在箭头上磨出倒钩。这种箭矢也就是所谓的“裸骨箭”。

在一段时间内，埃及人还能够坚持着进行战斗，他们的盾牌也挡住了一部分箭镞的攻击。这些埃及人生性倔强，爱吹牛，有着男人的虚荣心——这与其说是优点，不如说是傲慢——他们不关心死亡，也许他们更害怕临阵逃脱将会受到的惩罚。但就是这样勇敢的人，当听说中路的主力和所盼望的骑兵都逃跑了，总督也溜之大吉了，他们也开始溃不成军地逃离战场。也就是说，他们这一路，这些曾经广受赞扬的米底人和波斯战士也没有取得任何值得吹嘘的功绩，他们只是对麦罗埃人造成了轻微的伤害，而自己则受到了更大的损失。国王希达斯庇斯从他所乘的大象背上看到了这一显著的胜利，就像从一座高山上看到的一样清晰。于是，他命令士兵们追捕残敌，并要求尽量不要杀人，要尽可能多地活捉他们，尤其是要活捉总督奥罗德伦达。士兵们充分执行了国王的命令。随后埃塞俄比亚人开始把主要战场引向左翼。在这条战线上，他们展开了纵深的队形，从侧翼迂回包抄，把波斯人的军队团团围在其中。他们根本无路可逃，只好涉险渡河。许多波斯战马、刀轮毂战车和全身甲胄士兵跌倒在河中，相互践踏，死伤无数。这时，波斯人才意识到，他们的总督在战斗中所采取的战术是非常愚蠢的，也是毫无意义的。最初，总督奥罗德伦达这样安排是怕他的敌手包围他，才让他的军队以尼罗河做他们后边的保护屏障，没想到这样做的结果是没有给他的士兵，尤其是他自己留下逃命的通道，到头来是聪明反被聪明误。河水的阻拦最后也让总督奥罗德伦达本人成为埃塞俄比亚人的俘虏。当时的情况是这样的：就在波斯人彻底被打败之时，一直被总督带在身边看管的库柏勒的儿子阿契美尼斯，不知从哪里得到了阿尔赛丝已死的消息，非常后悔自己此前在毫无证据的情况下就把阿尔赛丝的一切事情都告诉了总督。这样，总督会认为这是他为了得到恰瑞克莉娅而在设计陷害阿尔赛丝，必然要杀死他。于是，他心生毒计，想在混乱中杀死总督，以绝后患。在战场上，当阿契美尼斯看到总督正在逃命时，便悄悄地靠近了总督，趁其不备，抽刀便向他刺了过去。虽然没有一刀毙命，但总督也受了重伤。然而就在此时，他自己立即遭到了报应：一个埃塞俄比亚士兵，看到了这一幕，便用箭对准阿契美尼斯射去，一下子就把他射死了。这个士兵之所以这样做，一方面是他认出了总督，想到希达斯庇斯下达活捉的命令，不想让他被杀死；另一方面，这个士兵也感到自己被阿契美尼斯的行为冒犯了——在他看来，在逃避敌人追击的时候，一个人竟然如此地对待自己的同伴，并利用命运给他的机会去报复他的私人对手，是极其可耻的，也是不能饶恕的。

随后，那个埃塞俄比亚士兵把被他俘虏的奥罗德伦达总督带到了国王面前。希达斯庇斯看见总督伤口流着血，已经快要昏倒了，就让那些精通巫术的人，用咒语使他保持清醒。如果有可能的话，还希望能救他一命。接着，便用语言安慰他说：“朋友啊，我真的不想要你的性命。只有我的敌人想抵挡我的时候，那么，战胜勇猛的敌人才是我的光荣。然而，当他们被征服时，我就会显出自己的慷慨大度。但你为什么要采用欺诈的手段呢？”奥罗德伦达说：“诚然，我对你是使用了诈术。因为我们是敌人，兵不厌诈。但我对自己的国王却是忠诚的。”接着，希达斯庇斯又问他：“现在你已经被打败了，那么你认为波斯国王会给你什么样的惩罚？”奥罗德伦达回答说：“可能就像一个忠心耿耿的酋长失败后你对待他那样对待我吧。”“的确，”希达斯庇斯说，“如果他是一个真正的国王，而不是一个暴君，那么，他就会原谅你，并由此得到高度的赞美，说他是个仁慈的国君。他会渴望通过此事让自己的人懂得己所不欲勿施于人的真谛，并得到别人的赞同。这样，其他人也会努力效仿去做同样的事情。但是，反过来说，好先生，既然你说你是忠实的，但你承不承认你如此轻率地反对这么多人，难道这不是在冒险，是做了件傻事吗？”“也许我不傻，”奥罗德伦达回答说，“我思索过我作为总督的天性和责任。我天生就是一个勇敢的人，惩罚胆怯的士兵多于奖励勇敢的人。因此，我决定勇敢地面对危险，要么去赢得一场意想不到的伟大胜利——因为在战争中，机会是个伟大的魔术师——要么，就让生命离开我。这样，即使在战场上我被杀死了，我也可以说自己生前没有遗漏过任何应该做的事情。我想这应该是一个很好的申辩理由吧。”

希达斯庇斯听了他说的这些话，给了他高度的赞扬，并派人把他送到了赛耶尼城里，又吩咐外科医生为他治病。随之，他带着自己的队伍也进了城。城里各个阶层、各种年龄的人都走出门来迎接他，将花环和尼罗河边生长的花朵抛给他和他的士兵，并对他的辉煌胜利大加赞扬。他是骑着大象而不是坐着战车进入城里的，心里一直想着为诸神献祭和去做神圣的事儿。他还询问了尼罗河节日的起源以及在城里能不能看到其他值得看的东西。他们指给他看一口深井，这口井可以观察尼罗河水的流量。该井和孟斐斯的井一样，也是用光滑的石头均匀砌成的，井壁上刻有不同高度的线条。每当尼罗河的水通过泉眼注入井里之后，井水对这些刻线或裸露或覆盖，通过测量，就能清楚地告诉人们河水上涨或下降的情况。他们还把水井上面安放日晷的指针指给他看，告诉他在夏至的那一天，太阳正好在头顶上方，所以日晷的指针在中午时没有影子，同样的原因太阳也能直接照射在井底的水面上，这就是确定每年尼罗河节日到来的时间。但希达斯庇斯并不觉得这些有什么奇怪的，因为他在自己国家的麦罗埃等地区也见过这样的情景。于是他们又向他谈起埃及盛行的尼罗河节日庆典。他们赞美尼罗河，说她是太阳，是丰收的创造者，是上埃及的救星，也是下埃及的父亲和制造者①。河水每年的泛滥都会带来新的土地。希腊人称她为尼洛斯。她以夏天河水泛滥和秋天河水消退来记录一年的进程，以她所带来的花朵和小鳄鱼的出生来显示春天的来临。他们说那就是尼罗河的一年。他们还以她名字的字母所代表的数字说明这个观点：如果把她名字中的字母表达的数字加在一起，就是 365 天②，正好一年就有这么多日子。但是，听到他们把所种植的植物、花卉以及一些动物的特性都加到这上面时，希达斯庇斯说："这些故事不仅属于埃及，也属于埃塞俄比亚。既然是埃塞俄比亚把这条河送给了你们，而你们又认为这条河是神的造物和所有河流生物的生产者，你们就有充分的理由尊敬她，因为她是你们的众神之母。""我们尊敬她。"城里的祭司们齐声说，"此外还有一个原因，这是因为她把你作为一位救主和一位神送到这里来了。"

希达斯庇斯告诉他们，这样的赞美话最好不要说出来，还是藏在心里好。然后他就回自己的帐篷去了，并在那里与埃塞俄比亚的

---

① 荷鲁斯（Horos）是伊希斯的儿子，在他的父亲奥西里斯死后出生。因为尼罗河水的泛滥灌溉了原本干旱的土地，荷鲁斯被称为南方（上埃及）的救世主；又因下埃及是尼罗河河口的冲积泥沉积而成，他还被称为北方的创造者。

② 希腊字母既能表示字母又能表示数字。如果把尼罗河一词的希腊词源 Neilos 中每个字母所表达的数字加到一起（50+5+10+30+70+200），其数字之和刚好为 365。

首领和赛耶尼城的祭司们共进了晚餐。同时，他也让他的军队大开筵宴，宰杀了成群的牛、羊和猪等。还有许多酒——这些酒是那些赛耶尼城的商人半卖半送给他们的。次日，希达斯庇斯坐在他的王座上，将争战中所夺取的牛，马和别样的战利品，按功劳大小分给了他的兵丁。当那个抓住奥罗德伦达总督并将他带回来的士兵走上前来时，希达斯庇斯说："你想要什么？"他回答说："国王啊，我什么也不向你要，只要您愿意，您就把我所拥有的东西赏给我，我就满足了。我奉您的命令救了奥罗德伦达，那件东西就是我从他那里带回来的，我就想得到它。"说着，他把总督的短剑拿出来给国王看。这把短剑非常精美，上面镶嵌着价值连城的宝石。站在旁边的一些人看见了就大声说，这把短剑对一个普通人来说太贵重了，这件宝物更适合归国王所有。听到众人说的这些话，希达斯庇斯微笑着说："还是给他吧！不为贪婪所动容，而是将宝物视如粪土，我若没有如此伟大的头脑和胸襟，还怎么做国王呢？此外，战争法则也允许胜利者得到他在俘虏身上找到的任何东西。因此，我允许他保留他本可以偷偷藏起来的东西——如果他不说出来的话，可能我们永远不会知道他有这件宝贝。"

在他之后走上前来的是那些捉拿了泰阿格涅斯和恰瑞克莉娅的人。他们说："国王啊，我们的战利品既不是黄金，也不是宝石——这些东西在埃塞俄比亚根本不值钱，在王宫里被成堆地抛来抛去。我们为您带来的是一个年轻的男子和一个少女，他们是兄妹，出生在希腊。除了大人您之外，他们可能是世界上最高级和最美丽的生物。所以我们渴望得到他们。这样，我们也可以作为你的慷慨和赏赐的分享者。""我记得很清楚，"希达斯庇斯说，"当初你在混乱之时把他们带给我时，我只是漫不经心地看了他们一眼。所以，现在叫人立刻把他们和其他囚犯一起带过来。"一个人立即跑到辎重车队那里，告诉看守人马上把这些俘虏带去见国王。随即，他们被牵着从监禁的地方带了出来。泰阿格涅斯和恰瑞克莉娅问一个看守——这个看守的父亲是希腊人——这是要把他们带到什么地方去。这个看守回答说，希达斯庇斯国王将接见他们。他们一听到希达斯庇斯这个名字，就大声喊道："诸神保佑我们！"因为在此之前，他俩一直担心国王是另外一个人。为此，泰阿格涅斯对恰瑞克莉娅说："现在，我的心肝，你要把我们的事情告诉国王。因为你经常对我说，希达斯庇斯是你的父亲。"恰瑞克莉娅则回答道："亲爱的，做大事者必须要非常谨慎。因为有些事情的结局需要考虑非常复杂的情况，否则在事情开始之前诸神就会使我们处于麻烦之中。我们不能指望在片刻之间就能解决长久以来积存的问题，尤其是在要害的部分和主要的节点，我们必须要视情况而行动。我的意思是说，现在我的母亲佩西娜并不在这里，诸神保佑，我听说她还活着。假如没有她作证，又有谁会相信我们说的话呢？"泰阿格涅斯："但如果我们不快点说出自己的身世，可能会作为牺牲马上就被献祭，或者会作为俘虏被卖到异国他乡。这样一来，我们去埃塞俄比亚的机会不就被剥夺了吗？"恰瑞克莉娅说："这你倒不必过于担心。因为在此之前我已经听过好几次了，他们要把我们带到麦罗埃城去祭祀众神。因此，不要担心我们在到达那里之前就会被卖掉或被杀死。我们是被献给神的祭品，那么在祭神之前，那些敬虔的人也是不会允许这样的事情发生的。但是，如果我们过快地屈服于我们的喜悦心情，不仔细考虑如何讲述我们的故事，而这里又没有人知道和见证我们所说的一切，恐怕我们的讲述会激怒听我们说话的人，让他生气。也许他还会拿这件事来取笑我们，嘲笑我们这些被囚禁和被奴役的人竟然胆大妄为地说我们是国王的孩子。再说，我们也没有足够的论据来证明我们的说法。"泰阿格涅斯："你不是还有那些信物吗？我知道你有过一些能说明你身份的信物，并且一直保存在你的身上，这些东西将成为我们的证据，并能表明我们没有任何欺诈之心，也没说一句谎言。”“信物，”恰瑞克莉娅说，“对那些知道它们是我妈妈给我的真相的人来说是信物，而对于那些不了解它们，也不知道整个事情来龙去脉的人来说，它们不过是一笔财富。也许他们会认为这些财富是我们偷窃或抢劫来的，甚至还会以此为借口治罪于我们。也许希达斯庇斯应该能认出其中一些，但谁又能让他相信这些东西是佩西娜送给我的，是母亲送给女儿的呢。泰阿格涅斯啊，你要知道最可靠的信物，是一个母亲的天性，是由此而来所产生的受本性的某种秘密影响而出现的怜悯和爱。好了，先让我们忽略一下这个事儿吧，还是先把其余的事情想清楚，这不是更好吗？”

就在他们两个还在这样不停谈论着的时候，已不知不觉地被带到了国王面前。和他们一起被带过来的还有巴戈阿斯。国王一看见这对少女少男站在自己面前，就离开宝座站了起来，高声说道：“愿诸神怜悯我！”他这样说了一遍又一遍，使得身边的贵族大臣们都问他怎么了，是否有哪里不舒服。他回答说：“昨天晚上我梦到自己突然有了一个女儿，长得和这个女人一样高，也有着和她一样的外貌。虽然在此之前我没有把这个梦放在心上，但是现在我看到这个像她一样美貌的姑娘，我又记起来了。”他周围的大臣们都说，这是一种头脑中出现的幻象，常常预示着将要发生的事情。不过，眼下国王对这件事儿已不想再多说了，于是便问这两个年轻人是谁，是从哪里来的。恰瑞克莉娅保持沉默，泰阿格涅斯只说他们是兄妹，出生在希腊。“高贵的希腊啊，”国王喊道，“它始终在创造着善良诚实的生灵，现在又为我们提供了这些幸运的牺牲品，就让我们拿他们为胜利的荣耀而献祭吧。可梦中并没有说我有儿子呀？”他微笑着又对旁边的人接着说：“尽管这个少年，也就是这少女的兄弟，似乎也曾到我梦里来过，正如你们所说的，我好像在梦中也看见过他，可并没说他是我的儿子。”然后，他把头转向恰瑞克莉娅，用希腊语——因为说这种语言在埃塞俄比亚的修行者和贵族中是受尊敬的——问她："你这丫头，为什么不说话，怎么不回答我的问题呢?"听了这话，恰瑞克莉娅回答说："我现在不想回答。只有在众神的祭坛前，当我们知道自己要被送上祭坛的时刻，你才会知道我和我的父母都是何许人也。""他们在哪个国家?"希达斯庇斯再次问道。"他们就在这里。"她说，"或者说，当我们被当作祭品供奉的时候，他们一定会在那里。"这时，希达斯庇斯微笑着说："我在梦中也梦见我女儿的父母将从希腊来到麦罗埃。现在，先把这些人像以前一样带走并保护起来，以便用来为我们的祭品增添光彩。但那个站在旁边的好似宦官的人是谁呢?"旁边有一个人回答说，他确实是一个太监，名叫巴戈阿斯。于是国王说："让他和这些人一起去吧，不是让他作为祭祀品，而是让他去守卫和侍候这个女子，目的是保持她的贞洁，直到献祭的日子到来。要知道，太监本来就非常有嫉妒心，所以他可以阻止别人对那女孩做图谋不轨的事情。再者，由于他已经失去了性能力，所以也不可能强暴这个少女。"

说完这些话，他又把其余的囚犯按次序察看了一遍。其中有些生来就是奴隶的，就把他们送给了自己手下的人；有些出身高贵的，就把他们放走了。然后他挑选出了十个年轻的男子和十个少女[①]，他们都是青春美貌的靓男俊女，吩咐把他们和泰阿格涅斯还有恰瑞克莉娅一起带走。他答复完每个人的请求后，就让轿夫把奥罗德伦达总督抬到他面前，对他说："既然我现在已经达到了发动这场战争的目的，得到了菲莱城和翡翠矿，那么，我不会像许多人那样贪婪，也不会滥用我的运气去取得比这更多的东西。而且我也不希望借着这次胜利去建立一个疆域庞大的帝国，我只满足于大自然用大瀑布把埃及和埃塞俄比亚分开时所划定的疆界。现在我已经得到了我所

---

① 这里似乎是作者的失误，应该是九对青年男女，加上泰阿格涅斯和恰瑞克莉娅才是十对，这样才能与后边的数字对得上。

需要的东西，出于公正的考虑，我马上要返回自己的王国。至于你，如果你还能活过来，那就去管理你以前所有的一切吧。还要转告波斯国王，他的兄弟希达斯庇斯虽然在战争中打败了他的奥罗德伦达总督，但出于理智考虑，又把原来属于你的一切都还给了你，目的是渴望与波斯保持和平与友谊——希达斯庇斯认为这是人间最美好的事儿——如果你以后还想有任何复仇的企图的话，我是不会拒绝再次进行一场战争的。至于这些赛耶尼人，我免除了他们十年的贡物，但波斯人也免除了同样的份额。”

当他说这些话时，在场的市民和士兵们都向他表达感谢，并热烈地鼓掌，掌声是那么响亮，以至于很远的地方都能听到。奥罗德伦达总督也伸出双手，交织成十字的形状，跪倒在地，向他敬礼——这是波斯人对任何其他的国王都不会做的事儿。同时说道：“在场的各位啊，如果我承认把总督职位交给我的是我的国王，我就不应该违反我的国家的习俗去向敌手效忠。可如果我向世界上最公义的人顶礼膜拜，我也不认为自己做错了事。他本来可以杀死我，但却给了我一条活路；虽然他可以让我做他的奴隶，但他却又把总督的职位还给了我。所以我对埃塞俄比亚人和波斯人发誓，我若活着，必将保持永久的和平，并按照他吩咐的与赛耶尼人持续地和睦相处。即使有什么不幸的事情发生在我身上，那我也要祈祷诸神报答希达斯庇斯和他的家族，以及他的子孙后代对我所做的善事。”

第十卷

泰阿格涅斯和恰瑞克莉娅的婚礼

VOLUME TEN

关于在赛耶尼城所发生的事情，我就说这么多吧。在遭遇了如此巨大的危险之后，由于一个人的仁慈和公正，使事情的发展得到了如此好的反转。做完了这些事后，希达斯庇斯国王开始班师回朝。他让大部队走在前面，自己则跟着队伍向埃塞俄比亚进发。赛耶尼城的众人和所有的波斯士兵都为他送行，跟随他走了很远的路，并对他大加赞扬，为他的美德和健康不断祈祷。在班师的路上，他首先沿着尼罗河的河岸或在离河不远的地方走，随之来到大瀑布跟前，在为尼罗河和本地的其他神祇献祭之后，转身离开了尼罗河，穿过了埃及的中部地区。当到达菲莱城的时候，他让军队休息了两天以便恢复精神和力气，并派出许多出身低微的士兵，去加固该城的城墙并去建立要塞。他还挑选了两个优秀的骑兵，让他们带着自己的亲笔信先行一步，并且命令他们在沿路的各个城乡的驿站随时换马，歇马不歇人，尽快回到麦罗埃去，向那些修行的智者以及国王的顾问们宣布他取得胜利的消息。他的信是这样写的：

希达斯庇斯向神圣的议会致意。向你们通告，我战胜了波斯人。然而，我并不看重自己的成功，而是对捉摸不定的命运表示敬意。我也借着这封信，向你们这些圣洁的祭司表达敬意和赞美，是你们像以往多次做过的那样，提前将事物的真理告诉我。同时，我也祈求你们，并且尽可能地按我所吩咐你们的那样，赶快到神坛所在的地方去向诸神献祭，以便使埃塞俄比亚人更加蒙恩和喜悦。

他在给妻子佩西娜的信中又写道：

要知道，这是我们赢得胜利的日子，更会令你高兴的是我身体非常健康。所以，你要预备丰盛的食物并且速到城前的田野中去，向众神献感谢祭。你要把我们的信也给那些有智慧人看看，邀请他们一同出席，把这些丰盛的祭品献给我们的日神、月神和酒神狄奥尼索斯。

佩西娜读了这封信，立刻对身旁的人说道："这肯定是我昨晚做的梦应验了。在梦中我怀孕了，并生下了一个女儿，现在她长大了，马上就可以嫁人了。我猜想，这个梦的意思是，我怀孕的痛苦和生产的阵痛预示着在赛耶尼进行的战斗，而我女儿的出生则预示着胜利。所以你们赶快进城去，将这胜利的喜讯告诉城里的人们。"信使们立即按照她的吩咐去做了。他们把尼罗河里生长的荷花戴在头上，手里挥舞着棕榈枝，骑着马穿过城里的主要街道，大声地宣布着胜利的喜讯。其实，即使他们不说话，人们也能从他们身体的姿势和兴高采烈的动作中感到国王取得战争胜利的消息。刹那间整个麦罗埃城充满了欢乐的气氛，人们聚集在一起，到处欢歌笑语。家家户户从早到晚都在供奉牺牲，街道上、各部落也都举行献祭活动。寺庙里更是人头攒动。大家这样做，与其说是为胜利感到高兴，莫不如说是对希达斯庇斯安全归来感到开心。因为他的公正和礼貌赢得了臣民的心，他们像热爱父亲一样爱戴着他。

王后佩西娜让人准备了大群牛、马、羊、野驴以及狮身鹰面兽等各种各样的牲畜，并提前把它们送到神圣的祭祀场里去了。每一种动物都在专门的区域进行了宰杀，除了献给神的部分外，其他的就可以用来举行公众宴会了。然后她亲自去找了那些居住在潘神殿中的天衣派信徒，[①] 给他们看了希达斯庇斯的信，请求他们接受邀请，去满足国王的要求。还说，他们的出席，既可以为献祭仪式增光添彩，也会让她感到高兴。他们请她稍等片刻，然后众修行者一起到神殿里去祈祷，并向众神询问到底该不该去。过了一会儿，国王的参议长，也是修行者的首领西西米提勒斯回来了，对她说："我们会去参加的，佩西娜。因为诸神命令我们这样做。同时，诸神也预言了献祭的时候会有骚动事情的发生，但最终将有一个美好而愉快的结局。也就是说，命运将会使你一直寻找的，而且是从你身体中出现在世上的一部分显露出来——属于王国的这一部分已经消失很久了。"佩西娜并没有理解这个神谕是什么意思，只是回答道："只要你们出席，即使有可怕的事情发生也会改变的，并一定会以快乐收场。所以，我一听见希达斯庇斯就要回来了，就赶紧来告诉你们这个消息。但他究竟何时到，我还说不准。""你不必告诉我们他具体什么时候能回来，"西西米提勒斯说，"我们已经知道了，明天早晨他就会出现在这里。等一会儿从他给你的另一封信中，你就知道我们所言不虚。"确实如此。佩西娜离开不久，就在回王宫的路上，一个信使把国王的另一封信交给了她，信中说国王会在第二天早晨直接到那祭祀的地方去。于是她马上命令传令官把这一消息传播开来，并命令只有男人们才能去见国王，禁止女人前往——因为他们要祭祀的是最聪明、最纯洁的太阳神和月亮神，按当时的习俗，在祭祀这两位神祇时是不许女人在场的，主要是怕她们身体突然来了不洁之物，在不经意间玷污了祭祀的物品。但也不是所有的女人

① 埃塞俄比亚存在潘神崇拜传统已为古典作家们证实，此处理解为"潘神殿"或是"万神殿"（"潘"在希腊语中有"所有一切"之义）均可，但若与天衣派信徒相联系，作"潘神殿"解似乎更加合理，盖因潘神为希腊神话中的山林之神故。

都不能到场，在这样的祭祀大典中，只有一个女人可以出席，那就是月亮神的女祭司。按当地的风俗规定，国王是太阳神的祭司，而王后佩西娜则是月亮神的祭司。当然，明天恰瑞克莉娅也会出现在那里，不过她并不是作为观众，而是作为向月亮神奉献的祭祀品在场的。举行国家大祭的消息一传出去，城里立刻出现了一场大忙乱，人们根本不愿等到第二天早晨出发，而是当天晚上就开始渡过阿斯塔博拉河奔向了献祭的场所。有些人住在了桥旁，有些人则坐在芦苇制成的小船上，停在远处有许多高大芦苇的河边。这些小船很快很灵便，不仅是因为造船的材料独特，也是因为船的重量很轻，它们最多只能载两三个人。具体说，人们是把芦苇砍成两段，并分别用两部分用来制作小船的不同部位。

麦罗埃是埃塞俄比亚的主要城市，坐落在一个三角形的岛屿上，周围有可以通航的尼罗河、阿斯塔博拉河和阿萨索巴河。在这岛屿的最高处是尼罗河。当尼罗河的河水遇到岛屿阻挡后被分成了两条河流，分别环岛流淌，从而产生了它们各自的水系和河流的名字，然后在岛屿的尾部又汇合到尼罗河中。这个岛屿的面积非常大，几乎像一片广袤的大陆一样——大约有三百三十五英里长，六十五英里宽——岛上活动着各种各样的动物，尤其属大象最多。各种树木在岛上自由生长，不需要人去培育就能结出许多不同的果实。例如高大的棕榈树，树上生长着大量的棕榈果。还有长得很高的玉米和小麦，有些作物高到可以把一个骑在马上的人，甚至可以把一个人骑在骆驼上人隐藏起来。长在那里的芦苇，就像我们前面所说的，也极其高大茂盛。

人们在河边度过了一夜，当白昼来临，希达斯庇斯的身影出现的时候，大家大声欢呼着涌上前去迎接他，对着他像对着一个神祇一样高声呼喊赞美。修行者们则在神圣的祭坛前迎接他，向他伸出了双手，并用亲吻来表达欢迎之情。他们做完了这一切后，佩西娜在圣殿的门廊里迎接了她的夫君。众人都为他的胜利和安全返回而祈祷，并要用他们准备好的牺牲献祭诸神，以感谢神恩。国王和王后随后坐在为祭祀仪式专门建筑的行宫里。行宫建在一个高台上，是用新采伐的四根粗大的树干做成的。行宫的屋顶是圆形的，上面覆盖着许多最美丽的树枝，这些树枝都是刚从棕榈树上砍下来的。在行宫旁边的另一个高台上，立着一个神龛，里面供奉着本地神的神像和他们民族英雄们的画像。具体说来，他们是门农、珀耳修斯以及安德洛墨达等——埃塞俄比亚的历代君王们都认定这些神祇和英雄是他们宗族的祖先和首领。在那个供奉着神祇的高台下方一个稍低点儿的平台上，坐着那些受人敬重的修行者们。在国王和这些高贵的人的周围站着一群士兵，这些士兵端着盾牌，彼此相接，挡住了往前挤的群众。同时，在观众中间为献祭的人留出了一个空场，以免使献祭者在奉献牺牲的时候受到扰乱。国王希达斯庇斯三言两语地向人们宣布了他所取得的胜利以及他为了公众的利益所做的事情，然后命令祭司们开始献祭。

在这个地方一共修建了三座祭坛，其中相连的两座祭坛分别属于太阳神和月亮神。而第三座祭坛，即酒神狄奥尼索斯的祭坛，则建在稍远的地方。人们在酒神的祭坛上献祭各种各样的生物。我想，可能是酒神的神力遍及所有的人，这恰恰是他受每个人所喜欢的原因。在另外两座祭坛上，他们为太阳神奉献了四匹白马——马是最敏捷的生物，因此把马献给最迅捷的太阳神最为适当；给月亮女神奉献的是一对公牛——因为月亮离地球最近，送给她公牛是让她保护在土地上耕作的人。

就在献祭者们正做着这些事情的时候，突然从大量聚集的人群中间传来一阵混乱的叫喊声，有些人大声地喊叫道："快点儿让我们国家的仪式得到执行吧！""让我们按惯例为国家献上祭品吧！""把战争初熟的果实献给诸神吧！"希达斯庇斯知道这些叫喊的人是要求用活人来祭祀，以祭奠那些在国外战争中牺牲的人。于是，他向他们招了招手，并告诉他们，他会立即照他们的要求去做。于是便吩咐人将那些囚犯带出来。这些囚犯中间就有泰阿格涅斯和恰瑞克莉娅。此刻，他们身上的锁链被去掉了，头上都装饰着花环。这些被作为祭品的人心情都很沉重和恐惧，泰阿格涅斯也不例外——当然这是很有道理的，也是无须指责的。只有恰瑞克莉娅微笑着，带着愉快的神情走了过来，而且始终坚定地注视着王后佩西娜。王后也被姑娘的表现打动了，她痛苦地叹息着说："啊，我的丈夫啊，你竟挑选了这样一个姑娘做牺牲品！我不知道我此前是否曾经见过这样美丽的造物。你看她的肚腹多么结实，她的脸庞多么美丽！她是多么勇敢地在承受着这一不幸啊！由于她正处于人生花季的缘故，她是如此地打动了我的心！如果我和你的女儿还活着的话，她的年龄正好和我们的女儿一样大。我向神祈祷，我的丈夫啊，你应该用某种方法把她从危险中解救出来。如果她今后能在我的桌边服务、侍候我，我会感到极大的安慰。也许这个不幸的女人是个希腊人，不是埃及人，因为在埃及从来没有出现过这样美丽的造物。"国王回答说："她就是希腊人。至于她的父母是谁，她答应在被献祭之前指给我们看。虽然她要怎么做我还不知道，但她想逃脱这种被献祭的命运是不可能的。虽然我也很想释放她，因为我也被这个姑娘所感动了，对她也产生了怜悯之心。但你知道，按我们的法律规定，必须要把一个男人献给太阳，一个女人献给月亮。再说她是第一个被带到我这里来的囚犯，而拿第一个囚犯献祭又是我们国家的惯例，所以不会有任何理由将她宽恕。现在只有一件事儿必须要搞清楚，就是当她要被送上火堆焚烧的时候，看她是否还是处女。若她已经不是洁净的处女，根据法律的规定，就不能把她献祭给月亮女神，而只能献给酒神了——献给月亮女神的女人必须是纯洁的，对太阳神也是如此。但对于狄奥尼索斯来说，是不是处女就无关紧要了。现在我们要注意观察，如果她在被带到火里焚烧的时候，被发现有男人愿意陪伴她一同被烧死，就说明她已经不纯洁了，同样，把这样的女人再带到你的房间里做仆人，也就不体面了。”于是佩西娜说：“若只有这样她才能得救的话，那就让她去证明吧。可我认为，即使她已经不是处女，也该原谅她。因为如此漂亮的一个女孩子，孤身一人，在远离自己国家的地方经常被囚禁、不断经历战乱和流放，想要洁身自好也是很难的，她的美貌足以使她被强迫去做出失贞的事情。”

当佩西娜这样哭着说话的时候——虽然她不愿意让旁边的人看见——希达斯庇斯下令把圣火拿来。那些祭司们便从人群中挑选出一些年幼的孩子去取圣火——按当时的说法，只有年幼的孩子能接触圣火而不会受到伤害——圣火从圣殿中被拿了过来，放在了祭祀场地的中间。国王命令所有被带到祭祀场边的囚犯们去踩踏它。但当他们踏上这片火焰时，绝大多数囚犯的脚底都被灼伤或扎伤了——因为燃烧的火里还有许多尖锐的金属器物。验证过后，那些不纯洁的囚徒都被杀死并奉献给了狄奥尼索斯和其他的神祇，而只有两三个保持着童贞的希腊少女在烈火中安然无恙。

当泰阿格涅斯把脚踩在燃烧的火上的时候，如同前面那几个童贞少女一样在大火中也安然无恙。他的身体如此高挑，又那样的漂亮，况且他还很年轻，精力又充沛，还如此贞洁，没有跟任何女人发生过关系，这让在场的人感到十分惊奇。所以，他被选中做祭祀太阳神的祭品，也是理所当然的了。当他从火堆中出来后，便轻声对恰瑞克莉娅说：“难道在埃塞俄比亚，就是要把那些过着洁净生活的人当成牺牲品吗？守住贞节的人难道就要被杀掉吗？恰瑞克莉娅，为什么你现在还不亮出你自己的身份？你还想等着什么时候才去告诉他们真相呢？难道我们一直要被动地等着有人把我们的喉咙割断吗？我祈求你，快说出你的身世。也许你的身世被人知道后不仅能够救你，也可以救我。倘若救不了我，至少你自己可以脱离危险。能看到你得救，我也就死而无憾了。”她回答他说，时间确实已经到了关键的节点，他俩的全部命运转折点就在这六点到七点钟之间。然后，没有等人下命令或吩咐，她便把从德尔斐带来的那件“圣衣”穿在了身上——它被包在一个小包裹里一直随身带着——圣衣上缝着的金箔闪亮发光。随即她把头发披散开，就像被神的愤怒攫住了似的，毅然地跑着跳进火里，安然无恙地在火焰里站了好一会儿。在火焰的映衬下，她的美貌更加光彩夺目。现场的每个男人都对她的美丽感到惊奇，她的衣着和形象使人觉得她更像一个女神，而不像是凡间的女人。众人看见这一切，在惊讶中都大声地嘟囔着，却没有人能够说出一句完整、清楚的话。更令他们奇怪的是，尽管她比任何凡间的女人都漂亮，而且又处在最美好的青春时期，却一直保持着童贞。这样的情形，使得许多人都为她被选为献给女神的祭品即将烧死的命运感到悲伤。我猜想，即使他们非常迷信，但如果这些臣民知道她就是国王女儿的话，也会很乐意把她救出来的。在这些悲哀的人中，王后佩西娜是最悲伤的那个，她转过头去对希达斯庇斯说：“在这个不合时宜的时候，这个丫头还以处女自诩，该是多么不幸啊，现在她只能用死亡来换取她所有的赞美！你有什么办法能救救她吗，我的丈夫？”他不快地回答说：“你这纯粹是在徒劳无益地搅扰我，毫无用处地怜悯那命定不能得救的妇人。对诸神而言，正是因为她天性中具有伟大的美德，所以从一开始就注定属于神了。”然后他转向那些修行者们，对他们说：“正义的智者，既然一切都准备好了，为什么现在还不开始献祭呢？”为了不让老百姓听懂他说的话，西西米提勒斯用希腊语回答国王说：“诸神禁止做这样的祭祀！现在我们的眼睛和耳朵已经被这里发生的事儿玷污得太多了。我们现在要离开这里到神殿里去祈求神的旨意。因为我们是反对用活生生的男女进行这种可憎的祭祀的，我们认为神也不会赞成。

愿我们能终止一切以杀害生物尤其是以活人为代价的祭祀。在我们看来，用祷告加上熏香去祭祀神，就足够了。所以，你还是等一等再举行这污秽的祭祀仪式吧。国王就应当顺从民众的心愿，因为这是必要的，有时也是毫无疑问的。再说，虽然以往这样献祭是埃塞俄比亚古老的法律所允许的，但时代变了，法律也要随之改变。从现在起，你需要净化——也许你不愿意——然而，我们认为，这样残酷的祭祀品，是永远不能再使用了。我之所以这样说，是我们从诸神现在给予的种种迹象中猜出来的，例如，照耀着这些陌生人周围的光，就预示着某位神灵是他们的保护者。"

西西米提勒斯说了这话后，那些和他坐在一起的修行者也都站了起来，准备到神殿去询问神的旨意。但就在此时，恰瑞克莉娅从火里跳出来，跑向他们，并跪倒在地——尽管那些站在旁边的官员们试图阻止她——他们认为她的恳求不过是不想去死——随即说道："最有智慧的人们啊，请稍等片刻，我有事情要和国王和王后说，你们必须在听我说完后，给我一个公正的判决。我听说只有你们这样高贵的人才能进行最后的宣判，所以请你们耽搁一下，为这生死攸关的事情来断定一个是非。通过审判，你们将会知道，把我献给诸神是既不可能，也不公正的。"西西米提勒斯听了她说的话很高兴，于是就对国王说："国王啊，你听到这个陌生人的呼吁和要求了吗"希达斯庇斯微笑着说："这是怎样的一种审判方式呢？她有事情要和我说，可我又不是审判者，她和我说又有什么用处呢？这有什么公平的依据吗？"西西米提勒斯回答道："她所要说的，必须先让她都说出来。""如果国王站起来听一个囚犯的自辩和要求，"希达斯庇斯说，"这就不是法庭在审判，而是国王在审判了。她的这种要求不是让人感到有些蛮横无理吗？""公平和正义不逢迎荣誉和地位，"西西米提勒斯回答说，"对他们而言，能带来最公平和正义的只有国王。"希达斯庇斯立刻反驳说："我们的法律允许你们去评判国王和他臣民之间争执的是非，而不能判定国王和外国人或陌生人之间的争端。”西西米提勒斯则回答说：“聪明而谨慎的人从来不以外表或显像来判定正义，而是以公平来衡量。”“好吧，”希达斯庇斯说，“那就让她说吧，既然这能使你西西米提勒斯感到高兴。但很明显，她是不会说什么很中肯的话的，只会吐露一些愚蠢的言辞来拖延被献祭的时间，就像那些处于极度危险中的人通常会做的那样。”

恰瑞克莉娅本来就有一种勇敢的精神，相信自己能从这些危险中解脱出来。加上她听到西西米提勒斯这个名字时，就更加高兴了。因为在十七年前，就是他把恰瑞克莉娅带走，并亲手交给恰瑞克勒斯的——当时他只是一个普通的修行者，而现在他已经成为其他所有修行者的领袖。虽说此时恰瑞克莉娅已经记不得他的长相——她很小的时候就和他分开了，那时她才七岁——但幸运的是她还记得他的名字。她相信西西米提勒斯会成为她的辩护人，可以帮助她弄清楚自己的身世。于是她向苍天高举起自己的双手，为了让大家都能听得到，便大声说：“噢，太阳啊，我的祖先血统的肇始者，还有众神和英雄们，请你们为我作见证，我所说的一切都是真实的。在这种情况下，我也有许多公义的祈求，请你们帮助我。国王啊，我想问一下，难道埃塞俄比亚的法律真的就是这样规定的，一定要拿外邦人，或本国的人去献祭吗？”国王说：“不包括本国人，只有外邦人才能被作为祭品去献祭。”她说：“既然你这么说，那么，现在你该另找一个人去作牺牲品了。因为你马上会发现我是这个国家出生的一员，也是你的臣民。”听了这话，国王感到惊讶，便责骂她撒谎。“请温柔点儿，”恰瑞克莉娅接着说，“你若对这点儿小事儿都感到惊奇，那还有比这更大的事儿呢。我再告诉你，我不仅是咱们本国的人，也是有王室血脉的人。”希达斯庇斯认为她纯粹在胡说八道，便转过身去，似乎她的话根本不值得一听。“不，爸爸，”她说，“不要这样瞧不起你自己的女儿，不要这样拒绝她。”听见这个少女如此称呼他，国王不仅更鄙视她，而且非常生气了，认为这是巨大的嘲笑和不可容忍的无礼。于是大声叫道：“西西米提勒斯和你们其他人，你们还想让我忍耐她多久？这个少女难道是疯了吗？她想用大胆的谎言来避免自己的死亡。她装作是我的女儿，这多么像是喜剧里的一幕。你们知道，我从未幸运地有过孩子。他们虽然告诉过我，说我妻子曾经生过一个，但刚出生就死去了，我早就失去了她。所以，叫人快把她拉走，不要再让她耽搁献祭的事了。”“没有人能把我带走，”恰瑞克莉娅大声说，“除非法官下令。现在不是你在审判，而是在审判你。国王啊，也许法律容忍你杀死陌生人，但无论是现有法律还是自然法则都不允许你杀死自己的孩子。爸爸呀，即使你说不，诸神今天也会证明你就是我的父亲。国王啊，你知道，一切法律上的争论都特别注重两点：一是要凭笔录证明，二是要有见证人的见证。现在我把二者都带来了，并将出示给你看，以证明我就是你的女儿。作为我的证人，除了法官本人，我是不会让任何普通的人来承担这一职责的——因为法官的知识和见识是辩护人所能提供的最可靠的证据——我还要把写着我的事情以及和你有关的文字，都摊在你们面前，作为证据。”

说着，她解开了一直缠在身上那条写着字的带子，打开了它，并把它交给了王后佩西娜。王后接过后一看，马上惊讶得说不出话来。她和少女一起把写在带子上的文字看了好久。王后一方面害怕得浑身发抖，立刻出了一身冷汗，但另一方面她又为自己所看到的东西感到高兴。在这种特殊的场合，这个突如其来的状况发生得如此之快，也让她感到非常困惑和烦恼。此外，她还担心希达斯庇斯怀疑这件事儿，也许会生气，也许会惩罚她。而希达斯庇斯看见她这样忧虑和苦恼，就对她说：“夫人，你这是怎么了？难道这腰带上所写的东西，有什么让你担忧的吗？”她说：“我的陛下，我的丈夫，我没有什么可说的。你自己拿去读吧，它会把一切都告诉你的。”说着，她立刻把腰带递给了国王，然后垂着头，一声不吭地坐在那里。希达斯庇斯拿到腰带后，把那些修行者们叫了过来，和大家一起匆匆地扫过那些文字。在阅读的过程中，他自己非常惊讶，脑子中如有万马奔腾，各种想法不期而至，以至于他不时地低头看看那些字句，又不断抬头看看那个少女。同时他感到西西米提勒斯也极为惊讶。当他终于读完并知道了她是如何被遗弃的过程和原因之后，说道："我很清楚地记得，我的夫人是生过一个女儿。但人们告诉我说，她一出生就死了。现在我终于知道，正如佩西娜自己所说的那样，她并没有死，而是被送到国外去听从命运的摆布。但那把她带到埃及去的人又是谁呢？而那收养了她，救了她的性命，并把她抚养成人的又是谁呢？她都有过什么样的经历？她又是怎么被俘的？简而言之，我怎么能确定这个女孩就是我的女儿呢？怎么能证明我那被抛弃的孩子没有死呢？又有谁能证明不是有人利用这个信物进行诈骗呢？我非常害怕有什么恶灵用它的手段拿这个姑娘来戏弄我们，用这封信来模糊真相，从而利用我们要孩子的愿望使我们改变拿他们祭祀的主意。"

对于这些问题，西西米提勒斯回答说："我可以解决你的第一个疑问。我就是当初将她带到埃及去的那个人。当你派我去埃及当使节的时候，是我把她秘密地带到了那里。你知道我不会说谎，我认得出腰带上的笔迹。正如你所看到的，这是埃塞俄比亚皇家使用的文字。你还有更好的理由认识它，因为它是由佩西娜亲手写下的。不过，我还给了收养她的那个希腊人一些别的信物——那个人看上去是个善良诚实的人。"恰瑞克莉娅立刻接着说："这些东西也在我这里。"于是她拿出那些珠宝给他们看。看到这些，佩西娜比以前更加感到惊讶了。当希达斯庇斯问她这些东西都是什么，是否知道这些东西的用处时，她没有过多地回答，只是让他最好派人拿到王宫里对这些东西作进一步的检验。希达斯庇斯再次迷惘了。恰瑞克莉娅接着说："这是我母亲给我的戒指，但这枚戒指是你送给她的。"于是她给他看了那枚潘塔贝戒指。希达斯庇斯对它太熟悉了，正是他在结婚时把它送给了佩西娜。然而，到此时，他仍说："好姑娘，这些东西确实是我的，不过我还不能肯定，拿着这些信物的你是不是我的女儿。因为我不知道这是不是你从别处得到的。再说，在埃塞俄比亚，你的肤色是奇怪的，而类似的皮肤在这里是看不到的。"西西米提勒斯说："我把她抱走的时候，她的皮肤确实是白色的。再说，那孩子的年龄大小也与这女子的年龄相同。因为那个孩子被遗弃了整整十七年，而她现在也刚好十七岁；她的眼神也与当年的那个孩子惊人地相似；她的整个身段、她的美貌也是我再熟悉不过了；我敢肯定，我现在看到的她与我曾经熟悉的那个孩子毫无分别。"希达斯庇斯马上反驳道："西西米提勒斯，你说得可真好。你宁愿以辩护人的身份为她所说的辩护，可就是不愿超越其上进行公正的审判。但要注意，当你能排除下面这个疑问后，你就不会再有很难的问题需要回答了——这个问题也是我的夫人很难解释的问题——我们都是黑皮肤的埃塞俄比亚人，怎么可能生出一个白色皮肤的孩子呢？"西西米提勒斯在旁边看了看他，带着有点儿轻蔑的微笑说道："我不知道哪儿让你不舒服了，就这样莫名其妙地责备我的辩护。我认为我可以忽略你的指责，因为一个永远坚持正义的人，才是真正的法官。至于我为什么不能像替那姑娘那样来为你辩护呢？老天保佑，是因为我已经证明了你就是她的父亲。难道要我无视当初我在摇篮里为你保护下来的现在已经到了花季年华的这个孩子吗？总之，不管你怎么想我，我一点都不在乎。我活着，并不是要取悦于人，而是要叫自己的良心知足，要追求正义和公平。关于你问的她肤色的问题，腰带上的文字已经回答了你。因为佩西娜从安德洛墨达画像的形象中得到了神的启示，当你和她做爱的时候，她一直看着她。如果你想在这里得到充分满足的结果，那你就自己看看，你会发现绘画中的仙女安德洛墨达和这个少女的外貌一样，没有任何区别。”于是，仆人们被吩咐把画像拿了进来，当他们把它放在恰瑞克莉娅的旁边时，人们发出惊讶的喊声。大家都对这幅画与女孩的相似程度感到惊奇，还有人把这个故事讲给那些不知道的人听。在这些强有力的证据面前，希达斯庇斯自己也不能不再相信了，他高兴而又惊诧地站了好大一会儿。西西米提勒斯接着说：“当然，这里面还有一点是欠缺的，必须要再进一步得到证明。因为这关系到王座、王位的真正继承人以及最重要的真相的问题。现在请你把胳膊露出来，姑娘。我要看看在你的左胳膊肘部上方是否有个黑痣。在你的父母和亲友面前脱掉衣服没有什么不好意思的。”恰瑞克莉娅听从了劝告，露出了她的左臂，左臂上确实有一个黑檀木色的圆点长在她象牙似的皮肤上。此刻，佩西娜再也无法控制自己了。她从宝座上一跃而起，跑过来拥抱着她，痛快地哭了起来。她实在无法掩饰自己内心的无限喜悦，又哭又叨咕着，随即不由自主地倒在了坐在地上的恰瑞克莉娅的怀里。希达斯庇斯看到他的夫人如此悲伤，自己也好像受到了感染，心里涌起了怜悯之情。他看着正在发生的事情，忍住了眼泪，仿佛他的眼泪是盛在号角形的容器中的铁水。他心中充满了父亲般的慈爱和男子汉的气概，以至于两种情感紧紧地纠缠在一起。但最终本性战胜了一切，他不仅说服了自己他就是这个女孩的父亲，而且也像父亲一样被感动了。所以当他看到佩西娜倒下时，就立刻上前拥抱住了他的妻子和恰瑞克莉娅，以眼泪作为祭品，承认了他们之间的父女关系。

然而，他并没有忘记自己的职责和此刻必须要做的事情。他只是停了一会儿，看着那些和他一样被感动的人们。这些人都是既高兴而又怜悯地痛哭着，甚至没有听到大臣们要求保持肃静的喊叫。他伸出手来吩咐大家安静，等众人的情绪平复了之后，就说道：“在场的各位，你们所看到和听到的，与原有的希望全部相反，诸神已经宣布了我是一个父亲，而这个女孩就是我的女儿，这是由许多证据所证实了的。我也感谢你们和我的国家给我这么多的善意，这既让我的血脉有了延续，还让我有了被叫做父亲的欢乐——这两件事现在都因她的出现解决了——但我仍然准备代表你们把她献给诸神。我看到你们在哭泣，每个人都在感叹这个已被挑选出来要被送去献祭的可怜少女就要英年早逝，也可怜今后将没有人去继承我的王位。但即使你们说不，我也必须遵守我们国家的习俗，将她献祭。我宁愿首先考虑的是公众的事业，而不是我个人的利益。我不知道这是不是神祇的意思：首先把她交给我，然后再马上把她带走——就像他们在她刚出生时所做的那样，先给了我一个女儿，然后又马上让她离开，是不是现在当她被发现时又要重来一次——现在我把这个问题留给你们去斟酌，因为我也不能确定诸神是否愿意让她成为牺牲品。我也不知道诸神先把她放逐到天涯海角，然后在一个奇妙的机会让她成为一个囚犯重新来到我面前是什么意思。你们知道，当她是我的敌人的时候，我没有杀死她；当她成为我的俘虏的时候，我也没有侮辱她。但是现在，当她被证明是我女儿的时候，如果你愿意，我将毫不犹豫地牺牲她。我不会屈服于自己的感情，因为在别的父亲那里，这种行为也许应该得到宽恕。但我不会犹豫，也不会请求你们原谅我，并让你们在法律面前为我辩护。我也不会把本能的要求放在第一位，或者认为我可以采取其他方式来安抚诸神。假如你们受我影响，也像我一样难过，那么，我现在要求你们更多地考虑公共的利益而不是我的利益，更不要关心我的损失和同情可怜的佩西娜——尽管她现在刚见到自己的孩子又会马上失去她。所以，你们若愿意，就不要继续哭了，也不要徒劳地怜悯我了，让我们去献祭吧。至于你，我的女儿——现在，我是第一次，也是最后一次用这个可爱的词语称呼你——你的无与伦比的美貌是毫无用处的，你会发现你在自己父母的国家里所遭遇的不幸比在任何陌生的异邦所遭受的都要严重。你在别的国家是安全的，而在自己的国家却有死亡的危险。不要用悲哀的哭泣来搅扰我的心灵[①]，如果你还有曾经表现出勇敢和高贵的情操，现在就鼓起你的勇气来，跟随你这个既不能为你提供婚姻，也不能带你去任何奢华的凉亭睡觉的父亲走向祭坛，去准备献祭吧。他在你面前点燃的不是用于婚礼的蜡烛，而是那些指定用来献祭的灯火，现在就用你那无法形容的美丽作为祭品吧。众神啊，如果是爱的情感使我说了些不敬的或不虔诚的话，请你们宽容我——因为我既把这个姑娘叫作我的女儿，又准备亲手结束她的生命。”

说完，他拉着恰瑞克莉娅的手，仿佛要把她带到圣坛的柴堆前。但自己的心火却燃烧得更厉害了，他暗暗地祈祷刚才自己所说的话对众人不要产生任何影响。可就在此刻，全体埃塞俄比亚人都被感动了，突然异口同声地大声叫了起来，不让他们再往前走一步。大家呼喊着：“救救少女，救救王室，救救这个被众神所保佑的姑娘。我们感谢你，你为我们做了法律所要求的一切，我们知道你是我们的好国王。现在承认你是一个父亲吧，如果这样做有过错的话，也愿诸神宽恕我们。如果我们真的违背了众神不允许杀害她的意志，所犯的错误可能会更大。她是诸神所保佑的女人，没有谁有胆量敢去杀她。再说，在外邦人的眼中你都是他们的好父亲，那么在自己家里你也更应该是个好父亲。”大家又说了许许多多这样的话，最后为了表示确实要阻止他，大家一起走到了他的前面挡住了去路，不让他和女儿继续往前走，还说希望他改用其他的祭品来安抚诸神。希达斯庇斯对这件事的结果感到十分满意，没有费多少周章就接受了这个从心底就希望得到的提议，并允许人们向他祝福他的好运气。他看见众人欢欢喜喜地欢呼跳跃，认为他们已经自愿接受了这个结局。

---

① 这句话几乎一字不差地援引了《伊利亚特》（9.612）中阿喀琉斯对菲尼克斯（Phoenix）请求的回应：“请不要哭泣悲伤，扰乱我的心灵。”

然后，他们回到国王和王后所住的房间，国王站在离恰瑞克莉娅更近的地方，对她说："亲爱的女儿，你是我的孩子，这是被信物和聪明的西西米提勒斯所证明的，最重要的是，神的恩宠已经将它昭告天下。但那个一直陪伴着你，如今站在祭坛旁边要被献祭的人是谁呢？当你们在赛耶尼城第一次被带到我面前的时候，你为什么要称他是你的哥哥呢？我不认为他也会被证明是我的儿子，因为佩西娜除了你之外，不可能同时还有个儿子。"听了这话，恰瑞克莉娅红了脸，垂下了眼睛，说道："我说他是我的兄弟，这是假话。当时出于需要，我不得不找一个借口。他究竟是什么人，他自己比我能更好地告诉你。因为他是男人，比我这个女人更大胆，所以不会害怕说得更详细些。"希达斯庇斯搞不清她说的话的意思，便说："我的女儿呀，请原谅我，是因为我问了你一个少女不该回答的问题，使你难为情了吗？好了，你现在应该和你的妈妈一起坐在帐幕里。此刻她一定比生你的时候更喜欢你。你若不在她的面前，她现在一定会感到不安的。所以，你此刻应该在她面前安慰她并把你所经历的难言的事情都告诉她吧。现在我还要去料理一下祭祀的事情，还要再找出一个处女来——如果能找到的话——就可以让她与那少年一同献祭了。"

恰瑞克莉娅听到父亲说泰阿格涅斯还要被当成牺牲去献祭，愤怒得几乎要哭出声来。然而，她费了九牛二虎之力才把她那近乎疯狂的感情隐藏起来，认为此刻最好的办法是再一次巧妙地实现她的目标。于是说道："陛下，您不必再找别的女人了，因为众人已经通过赦免我，也把属于我的另一半牺牲赦免了。若有人坚持还要献祭，那你不但要寻找另外一个女人，还要寻找另外一个男人。如果你做不到再找出这么一对，那么你只能用我和他献祭。"国王说："神是不允许赦免你的另一半的。可你为什么要提出和他一同祭祀的要求？"她回答说："因为诸神已经安排好了，我必须与这个男人同生同死。”尚不了解真相的希达斯庇斯说：“女儿呀，我赞美你的仁慈，也赞美你怜悯这个希腊的陌生人。在你流浪的旅途中，你与他相识，他是你的同伴和难友，所以你渴望拯救他的生命，是可以理解的。但他确实不能从做牺牲的命运中解脱出来。若把他放了，那么我们国家世代流传下来的为胜利而用活人献祭的习俗就会被打破，这是完全不对的，何况这些百姓们也是不会甘心的。你要知道，他们是因为被神的仁慈所感动才对你发了怜悯之心。”恰瑞克莉娅马上说道：“噢，国王——也许我不能再称你为父亲了——如果神的仁慈拯救了我的身体，那么现在同样仁慈的神也可以拯救我的灵魂。因为命运之神洞晓我的灵魂。但是，假如命运女神不允许拯救我的灵魂，而必须要屠杀这个陌生人来做为这个祭坛的祭品，那就请你答应我一个请求：让我亲手杀了这个男孩。这样，我也能在刚毅的埃塞俄比亚人中间为自己赢得一个名声。哦，就用你的这把剑吧，这将是你所能给我的最伟大、最宝贵的东西。”

希达斯庇斯听后感到很困惑，便说：“我不明白你心里的这种矛盾是什么意思，你刚才还想保护和拯救这个异乡人，现在却要亲手杀死他，仿佛他是你的死敌。我也看不出，对于你这个年纪的人来说，这样的事能带来多大的光荣。再者，即使你想去杀人，这也是不可能的，因为这样的事只有太阳神和月亮神的祭司才可以做。即使是普通人，也不是所有的人都可以做的，只有那些有妻子的男人和有丈夫的女人才有这个资格。既然如此，你的童贞就阻止了你那奇怪的要求。”恰瑞克莉娅回答他的父亲：“你若这样说的话，那我就有资格去杀他了。因为我符合你所说的条件——我说的这些是真的。”随即，她在佩西娜的耳边说，“你用不着阻拦我了。如果你乐意的话，告诉你，我已经找到一个人去做我的另一半了。”“我当然愿意。”佩西娜高兴地说，“假如诸神同意，我将把你嫁给一个配得上你和我们的人。”接着，恰瑞克莉娅说得更明白了：“你不必替我选择别的男人了，那个人早已经被我选中了。”她正想更坦率地说出些什么的时候——因为她看到泰阿格涅斯现在的处境，让她放下了少女的矜持，变得更加大胆了——希达斯庇斯却不愿再听下去了，便说：“众神啊，你们似乎把恶与善混在一起，以这样或那样的方式来减少我这种没有料到的幸福。你给了我一个从没想过的女儿，可你在某种程度上却把她弄疯了。她把不是她兄弟的那个男人叫哥哥，我怎能不这样判断，说这种蠢话的人难道不是疯了吗？当有人问她这个陌生人是谁时，她开始时回答说不认识。然而，现在她却把她不认识的人当作朋友来拯救。而当她的要求被拒绝的时候，她又恳求把他作为最大的敌人要亲手杀死他。在她无法如愿以偿时——除了有丈夫的妇人以外，别人都不可这样做——她又说自己已经结婚了，但却没有提到丈夫是谁。要知道，火堆中的烈火已经证明她还是个处女，那她怎么可能会有丈夫呢？除非是偶然的情况在她身上发生了。因为对埃塞俄比亚人来说，烈火是对贞操最准确的审判。难道说又是什么恶灵在控制着她吗？当她踩在火焰上时，不仅让她安然无恙地从火堆中离开了，还假意给她恩典，让她成功地扮演了处女。除了她以外，我从来没见过谁能在一分钟内把同一个人从朋友变成她的敌人，从兄弟变成丈夫。所以，夫人，请你到帐篷里去，看能不能使她清醒过来。不管她是被哪个前来享受祭品的神祇弄疯了，还是被这意外的好运搞得欣喜过度变傻了，总之你要快点让她清醒过来，把有些事情问清楚。眼下我还要急着叫人去寻找另一个处女来代替她，而这个新找到的处女必须成为众神的祭品。同时，我马上还要去接见来自不同国家的使节，接受他们带来的礼物——这些国家的使者都是在我获胜后前来祝贺我的。”

国王说完这些话后，就回到祭坛边，坐在了中间的高位上，吩咐使臣们前来觐见，并让他们把带来的贺礼抬过来给他看。宫内大臣问他，是让所有的人聚集在一起来，还是按照次序让每个国家的使节一个个来。他说："按次序前来觐见吧，这样我好按照各人所应得的尊重程度去接待他们。""那么，"大臣说，"你哥哥的儿子梅洛依布斯是排在第一位的，他刚到，正等着卫兵叫他的名字。""你这个傻瓜，"希达斯庇斯说道，"为什么不第一时间把他到来的事情告诉我呢？你知道他现在已经不是使节，而是国王了。他是我的侄子，因我的哥哥最近去世了，我不仅把他安置在他们国家国王的宝座上，并通过过继的方式也使他成为我的王位继承人。""噢，国王，这一切我都知道。"宫廷大臣赫耳摩尼亚斯回答，"但我认为这事儿最好是等待合适的时机再禀报你为好，对宫内大臣来说，更重要的是先要把他接待照顾好。因此，我恳求你原谅，我知道这件事情重要，如果这件事情不紧急，我是没胆量冒昧地打断你与皇家贵妇们的愉快谈话的。""好吧，让他进来吧。"国王说。于是，宫廷大臣按吩咐出去了，并马上带着他说的那人回来了。

梅洛依布斯是个身材高大、举止得体的青年。虽然只有十七岁，但却比这里所有的人都长得高大健壮，还有一群清秀的好伙伴陪着他。埃塞俄比亚军队用充满钦佩和崇敬之情迎接了他。希达斯庇斯也没有坐在他的座位上不动，而是从王座上站起身来，以父亲般的慈爱拥抱了他，让他坐在自己的身边，并拉着他的右手说："我的儿子，你来得正是时候。你不仅要与我一同参加这场庄严的祭祀仪式来庆祝我所取得的伟大胜利，而且你还要得到一桩高贵的婚姻。你知道吗，我们的诸神和英雄们，我们种族的缔造者们，刚刚送给了我一个女儿。而我认为，她应该成为你的妻子。至于这其中的款曲，你以后是会知道的。现在请先告诉我，当了国王后，你希望为你统治下的人民做些什么。"梅洛依布斯一听到国王提起他结婚的事儿，既高兴又窘迫，一阵红晕，像余烬上的火焰涌上了他的面颊，好在他的黑色皮肤使人看不出来他脸红了。停顿了一会儿，他才说："父亲呀，其他的使者会把他们国家出产的最宝贵的东西送给您，以纪念您光荣的胜利。但我却认为，因为你在战斗中的英勇无畏，并以高尚的行为显示了卓越的男子汉气概，所以我要送给你一个能与你勇气相匹配的最好的礼物。我给你带来的礼物是一个人，他在流血的战争中表现非凡，技艺高超，勇武过人，以致无人能抵挡他。他极其彪悍，非常精通摔跤、投掷铅坠和各种各样的运动，并且战无不胜。”一边说着，一边挥手把那个人叫了出来。这是一个不再年轻的黑人勇士，他走了出来，向希达斯庇斯鞠躬致敬。这家伙的身材非常魁梧，就像一个粗犷的提坦巨人。当他弯腰亲吻国王的膝盖时，他的身材几乎和坐在高脚椅子上的国王一样高。做完这些礼节之后，他没等待命令下达，就脱下了衣服，赤身裸体地站在场地中间，向在场所有的人发出了挑战——不管是使用武器或赤手空拳。尽管他采用不同的方式，发出了各种各样的挑战言语，但好半天也没有人站出来迎战。于是国王对他说：“你可以从我们这里得到一个像你一样的礼物。”然后命令牵出一头巨大的老象来。当这头野兽被带出来的时候，这个人很高兴地接受了它。人们突然大笑起来，埃塞俄比亚人对国王的玩笑很满意，也为国王用这个笑话来反驳他的自吹自擂感到些许安慰。

在他之后进来的是赛里斯的使节，他们带来了两件衣服，一件是紫色的，另一件是白色的，这两件衣服都是由他们国家繁殖的蚕织成的。当看到自己的礼物被收下之后，他们就恳求国王释放他们那些被囚禁并被判有罪的同胞。而那些来自富庶的阿拉伯地区[1]的使臣进来后，献给国王的是芬芳的肉桂叶，还有生长在阿拉伯其他地区的价值连城的香料，以至于到处都弥漫着它们的香味。在他们之后进来的是穴居人，他们贡献的是金粉和一对套着金缰绳的狮身鹰

① 这里所谓“富庶的阿拉伯地区”大体相当于现在的亚丁湾（Aden）一带。人们普遍认为香料源于阿拉伯，但实际上，阿拉伯人只是将远东地区的香料运往地中海，通过香料贸易积累了大量财富。

首的格里风[1]。接着，布勒米耶人（俗称无头人）部落的使节进来了，他手里拿着一个花环盘绕的箭袋，里面装满了龙骨做成的箭矢，说道："国王啊，我们给您带来的礼物，其价值无法与其他礼物相比。但正如您自己所说，在河边与波斯人的战斗中，人们对它们的评价很好。"希达斯庇斯说："它比其他贵重的东西更有价值，这也是会被带到我们这里来的原因。"然后，国王吩咐他们说出自己的请求。他们希望减少每年的供奉，于是国王便把他们那地方的贡赋减少了十四年。

国王这样做的时候，几乎所有的使节都看到了。他们得到的奖励与他们所进贡的礼物一样好，甚至更好。最后进来的是奥克索米达人[2]的使臣。由于他们是埃塞俄比亚人的同盟者和联合体，不用向国王进贡，他们到来是为了和他一同分享欢乐的。尽管不用上贡，但也带来了礼物。在这些礼物中，有一种像骆驼一样高大的珍稀动物。它的肤色像豹子一样斑驳，后身像狮子一样下垂，而肩膀、前肢和胸脯却高高耸起，远远超过了四肢的比例。虽然身体的其他部分很大，但它的脖子又长又细，像一只天鹅的脖子。它的头长得像骆驼，身体大小是利比亚鸵鸟的两倍大。在它可怕的转动着的眼睛下面，仿佛被染成了红色。这个动物走路的样子，既不像地上的野兽，也不像水里的野兽，它的两腿同时向两边移动，而不是右腿和左腿依次前行，更不是前后的蹄子一个接一个地移动，而是半个身子都跟着移动。它是那么顺服，那么温顺，看守人就用一根小小的

---

① 狮身鹰首兽（Griffin）是一种传说中的生物。它拥有狮子的身体及鹰的头、喙和翅膀。因为狮子和鹰分别称雄于陆地和天空，狮身鹰首兽被认为是非常厉害的动物。在有文字记载之前狮身鹰首兽就已经出现在诗人们和老人们流传下来的传奇故事中。文献记载中的狮身鹰首兽最早出现于古阿卡得（巴比伦-亚述）神话中，在马尔都克斩杀妖兽因而封神的传说里，狮身鹰首兽就是他杀死的第三只巨兽。后来狮身鹰首兽的形象出现在希腊神话中，为众神之神宙斯、太阳神阿波罗以及复仇女神拉车。

② 即埃塞俄比亚北部山区城市阿克苏姆（Axum）一带的居民。在作者生活的年代，阿克苏姆十分重要，即便同麦罗埃相较也毫不逊色。

绳子牵着它，它就服从了他的意志，仿佛这根小细绳子是一条不能被打破的锁链一样。

这个野兽一被带进来，所有的人都惊呆了，根据它身体的主要部位的特点，他们立刻给它起了个名字叫长颈鹿。因为这个动物的出现，引起了众人的一阵混乱。本来在祭祀月亮的祭坛前已经站着作为牺牲品的两头公牛，在太阳的祭坛旁站着四匹白马，看到这个奇怪的动物出现，又急又怕，好像看见了什么鬼一样，立刻受惊了。两头公牛和一匹马，从牵着他们的人手中挣脱出来，以极快的速度撒腿就跑。但它们却无法突破军队的包围，因为所有拿盾牌的兵丁都把盾牌竖起来筑成了一道铁墙，挡住了它们的去路。这些受惊了的牛和马只能在其中跑来跑去，在它们经过的地方，不论是锅碗瓢盆，还是各种各样的活物，都被撞翻和践踏了。人们大声喊叫着，一部分人是出于害怕，另一部分人则是感到开心，还有其他一些人不得不眼睁睁地看着它们从自己的同伴身上碾过，把他们踩在脚下。佩西娜和恰瑞克莉娅在自己所住的帐篷里听到外面的嘈杂声，不知道发生了什么事儿，于是打开了布幔，想看看外面究竟出现了什么情况。

就在这危急的时刻，泰阿格涅斯，或是被激起了自己身上的大丈夫气概，或是来自上天的某种激励，当看到看守他的那些人也在四处奔逃，场面异常混乱和骚动的时候，突然站起身来——因为他一直跪在祭坛前，每一分钟都盼望着快点被杀死——拿起在祭坛上放着的很多劈柴棒中的一根，迅速跳上旁边还没有挣脱的那匹马的背上，抓住它的鬃毛而不是缰绳，用脚后跟和劈柴棒驱赶它去追赶那发疯的公牛。起初，每个人都以为泰阿格涅斯要利用这机会逃跑，一个个相互地喊叫着，不让他离开士兵的包围圈。但是从他接下来所做的事情中，人们知道了他的行为并不是为了逃避做牺牲而表现出的懦弱。泰阿格涅斯很快就追上了前面那头疯狂奔跑着的公牛。

起初，他从后面追赶着公牛，它走到哪里，他就追到哪里。在追逐中，他还要小心地避开牛的短角，免得自己受伤。然后，他让那头公牛熟悉了他的模样和他的行动之后，他骑着马在奔驰中逐渐靠近公牛的身边，两者靠得那么近，皮肤接触得那么紧，以致呼吸和汗水似乎都混合在了一起。狂奔中二者的步伐是那样地平衡和均匀，远处看着的人都以为牛和马的头连在一起了。众人称赞是天意让泰阿格涅斯不可思议地把一匹马和一头公牛套在一起。可就在人们惊奇地看着这一幕时，恰瑞克莉娅却浑身发抖，因为她不知道他想干什么，也害怕公牛会顶死他——那简直就像她自己被杀死一样。佩西娜看出了她的不安，就问她说："女儿啊，你怎么了？你似乎正在和这个陌生人经历同一个危险。说真的，我自己也多少有些感动，可怜他还这么年轻。我祈祷他能逃脱这种危险，千万别受伤，好完整地留下来作祭品。这样，敬神的事情才不至于不完美，我们对诸神服务的诚意也就不会忽视。""这真是个笑话！"恰瑞克莉娅说，"你希望他在与公牛搏斗中不要被杀死，那么在祭祀中他不是也活不成吗？妈妈呀，如果你能够去做点儿事，就请帮我一个忙，快救救这个人吧。"佩西娜并没有猜想到事情的真相，只是觉得自己对这个男孩有了些喜爱的感情，便说："你刚才不是听爸爸说过，要救他是不可能的。不过，你不要害怕告诉你的母亲，究竟你跟他熟悉到了什么程度，让你一直那么替他着急。尽管你替他求情是一个轻率的举动，这对一个少女来说是不体面的，但一个母亲的天性知道如何掩饰她女儿的弱点，一个女人也知道如何去掩饰另一个女人的困境，因为我们也许都有同样的感觉。"恰瑞克莉娅听了这些话，伤心地哭着说："在这一点上，我是最不快乐的。因为即使那些最有理智的人也不理解我的话。当我告诉他们我的烦恼时，他们认为我的故事毫无意义。所以，我现在不得不说出真相，并公开谴责自己。"

当她正要把她和泰阿格涅斯的关系告诉妈妈的时候，她的努力又一次被外面人们的喊叫声打断了。泰阿格涅斯让他的马全速奔跑，当马的胸部与公牛的头齐平之后，他从奔跑的马背上一跃而起，跳到公牛的上面，像个花环一样张开双臂，用双手紧紧抓住了公牛头上的双角，并让自己身体垂落在公牛的右肩上。他就这样被牛吊着往前走，并随着公牛的跳跃迅疾地移动着。最后，就当他感到自己已经筋疲力尽，肌肉也因过度劳累而发软时，恰好来到国王希达斯庇斯所坐着的地方。他把头侧向一边，把自己的脚用力抵着地，把腿别在牛腿前面，迫使疯狂奔跑的公牛突然停了下来。紧接着年轻人顺势借力，用劲猛地下压了一下牛头，牛立刻在空中翻了一个筋斗，两只牛角先牢牢地扎在地上，然后肚皮朝天，两脚向上翘着，一动不动地躺在了地上，似乎用它虚弱的身体宣告它已经被征服了。泰阿格涅斯用左手按着把它压在地上，同时把右手举向天空，愉快地望着希达斯庇斯和所有在场的人，微笑地邀请他们分享他的胜利。可以说，公牛的吼叫声代替了喇叭的鸣响宣告着他的英名。人们的喊叫声又重新回荡了起来，虽然大家没有说出什么赞美的话，但却张大了喉咙和嘴巴，对着天空发出好大一阵惊呼。遵照希达斯庇斯的命令，仆人们跑了过去，一些人把泰阿格涅斯带了过来，另一些人给牛角系上绳子，又牵着马，把它们重新拴在祭坛边上。希达斯庇斯本来想对泰阿格涅斯说点什么，但是在场的人们似乎对这个年轻人更感兴趣——自从他们见到他第一面以后，就对他怀有异乎寻常的好感，对他的力量感到钦佩。更奇怪的是，他们反而好像对梅洛依布斯的那个埃塞俄比亚勇士怀有莫名的怨恨。看到泰阿格涅斯如此勇敢，他们异口同声地喊道："让这个人与梅洛依布斯带来的那个家伙比一比，让那个接受了大象恩赐的人和这个战胜公牛的人进行一场竞争。"由于在场的人非常坚持这样做，所以希达斯庇斯只好同意了。于是，那个强壮的埃塞俄比亚人立刻被带了出来。他一出场就骄傲而凶狠地向四周看了看，用缓慢的脚步走着并摆动着他的胳膊肘，显出一副很狂妄无礼的样子。

当这个家伙走到国王的座位前面时，希达斯庇斯望着泰阿格涅斯，用希腊语对他说："异乡人，人们要你和这个家伙进行一场决斗。"泰阿格涅斯回答道："大家要我做什么，我就做什么。然而我们应该以什么样的方式来搏斗呢？"希达斯庇斯说："摔跤吧！"泰阿格涅斯："我们为什么不用剑搏斗呢？要么就让我在搏斗中获得胜利的光荣，要么让我在搏斗中被杀死。这样才会让直到现在还在隐瞒我身份的恰瑞克莉娅感到心满意足，或者说给了我最后向她告别的机会。""我不知道你提及恰瑞克莉娅是什么意思。"希达斯庇斯说，"但你们只能赤手空拳进行搏斗，不能用刀剑。因为在献祭的仪式进行之前，杀人流血是法律所不允许的。"这时，泰阿格涅斯意识到希达斯庇斯唯恐他在献祭之前被杀死，就说："你要把我当作献给神的祭品，那么他在搏斗中必然不敢全力以赴，所以，请你告诉他，不要让着我。"说完，他先拿起一些尘土扔到胳膊和肩膀上——因为他刚刚追逐过那头公牛，身上还流着汗，他要把粘在身上的东西都甩掉。随后，他伸出双臂，两脚站稳，双膝弯曲，背和脖子前倾，身体紧绷，等着对手的进攻。那个埃塞俄比亚人看见他这样，轻蔑地笑了起来。他比画着倨傲的手势，似乎在嘲笑他的对手。随后，他突然向前跑去，用胳膊肘撞了一下泰阿格涅斯的脖子，泰阿格涅斯痛得就像挨了一棍子似的。见状，这个埃塞俄比亚勇士退了回去，并愚蠢而自负地再次大笑起来。但他不知道泰阿格涅斯从小就是在摔跤运动中长大的，曾经在赫耳墨斯的艺术中受过彻底的训练。他之所以要先挨一下打，不过是要先试探一下对手的力量。看到这种情况，他认为最好先避其锋芒，不要直接去抵挡如此粗鲁的暴力打击，而要用技巧来欺骗对手。于是他弯下腰，装出一副非常痛苦的样子，并把另一边的脖子露了出来，好像等着另一次打击。果然，埃塞俄比亚人上当了。当他的拳头又打下来的时候，泰阿格涅斯脸朝下装出要被打倒的样子。这让这个埃塞俄比亚人更加勇气倍增，更小瞧了他的敌手。所以，当他再次不加考虑地冲上前来，准备再用肘击打他时，泰阿格涅斯在弯下腰躲避开他攻击的同时，突然用自己的右肘夹住他的左臂，借力使劲，猛地把他向前一拉，埃塞俄比亚人那徒劳的一击则使自己一下子就摔倒在了地上。接着，泰阿格涅斯把自己的胳膊从埃塞俄比亚人的腋窝下伸过去，用力将这家伙的一只手从他的大肚子上拉到背后，然后用脚后跟猛地踹了一下他的膝盖窝，迫使他跪倒在地。接着，泰阿格涅斯把腿分开跨坐在他身上，并用脚猛踢了对手拄着地的手腕。与此同时，他还翘起身子，两臂紧紧地抱住敌手前额，向后用力，迫使这个家伙不得不趴在地上。

看到这种情景，百姓们比先前更大声地喊起来，国王自己也坐不住了，他从座位上跳起来，说道："我们接下来必须要去做的事儿是多么的可恨啊！我们的律法逼迫我们要杀死的是个什么样的人呐。"尽管如此，他还是把泰阿格涅斯叫了过来，对他说："年轻的先生，除了你作为牺牲在被献祭前得到的这个桂冠，其他什么都没有了。那就戴上你刚才在搏斗中取得光荣胜利的冠冕吧。尽管这是一个无利可图的奖赏，而且又只能持续一天。你要清楚，现在我虽然不能把你从即将被献祭的命运中拯救出来，但我会尽我所能为你做一切不违反律法的事情，在你活着的时间里我都能叫你开心快乐。你想要什么，现在你只管说出来，我一定会满足你。"说完，他把一顶镶嵌着几颗宝石的金冠戴在了泰阿格涅斯的头上。在说这些话和做这些事情的时候，许多人都看到国王流泪了。

泰阿格涅斯回答说："根据你刚才答应的要满足我提出的一切要求的承诺，那就让我从你那里得到以下请求：如果没有办法让我逃脱这种作为牺牲的命运，就请你命令今天被发现是你女儿的那个人亲手杀死我吧。”希达斯庇斯像是被这句话刺了一下，想起了恰瑞克莉娅也曾提出过这样的请求。但在这个紧要的时刻，他却把它判断为无关紧要的事，粗略地想了一下，然后说：“异乡人啊，我建议你要求一件我能够办到的事儿吧，那样我一定会答应你。可我们的律法有明确规定，杀死祭祀者的女子必须有丈夫。恰瑞克莉娅并不符合这个要求。”泰阿格涅斯马上说：“恰瑞克莉娅有丈夫。”希达斯庇斯立即喊道：“这个男人真是疯了，真的已经该死了。他连起码的事实都不顾了，刚才恰瑞克莉娅从火中安然脱身已经证明，她是一个从来没有跟任何男人有过关系的未婚的姑娘，可你却说她有丈夫。除非她的丈夫指的是这儿的梅洛依布斯——我说不出你是怎么知道的——尽管我已经把她许配给他了，但她现在毕竟还不是她的丈夫。”泰阿格涅斯：“如果说我了解一点儿恰瑞克莉娅想法的话，还可以加一句，她不可能承认梅洛依布斯做她的丈夫。既然我是一个献给神的祭祀品，那么你就应该相信我的预言。”“好先生，”梅洛依布斯接茬道，“举办五脏祭祀，确实能占卜未来。不过这并不是在祭祀者还活着的时候，而是在被杀死和肢解以后，通过观察五脏六腑才能做到，所以你现在的预言毫无价值。因此，父亲，你说得很对，这个陌生人就是渴望死亡。你若愿意，现在可以叫人把他带到坛前去了，等你处理完剩下的事情，就把他献祭吧。”于是泰阿格涅斯被押送去了所指定的地方。

开始时恰瑞克莉娅对他取得胜利还感到些许安慰，希望他能有更好的运气。但当看到他被带走的时候，又陷入了悲伤之中。佩西娜想尽各种办法安慰她，并告诉她说，只要她把自己的故事剩余部分讲得更清楚些，这个年轻人还有得救的可能。恰瑞克莉娅知道时间不允许她再拖延下去了，便急忙向母亲讲出了他与泰阿格涅斯关系的主要事实真相。

接着，希达斯庇斯询问是否还有别的国家的使者前来。宫内大臣哈耳摩尼亚回答说："除了刚到的赛耶尼人，再没有别的使者了。赛耶尼使者带来了很多礼物和一封奥罗德伦达总督的信。""让他们进来吧。"希达斯庇斯吩咐道。于是，赛耶尼城的使者们被带了进来并呈上了一封信。他打开看了起来。那封信的内容如下：

> 埃塞俄比亚的温和而幸运的国王希达斯庇斯，波斯伟大国王的总督向你致意。你不仅在战争中战胜了我，而且在精神上更是征服了我。你的仁慈使我重新获得了总督的职位。现在，如果你能答应我一个小小的请求，凭你的仁慈，我认为这没有什么奇怪的。有一个从孟斐斯来的少女，碰巧在战斗中落入你的人的手中。那些跟她一起逃出来的人告诉我说，是你命令把她作为俘虏押送到埃塞俄比亚去的。这个小丫头，我请求你把她送还给我。一方面是因为我自己确实想得到她，我要把她安全妥善地保护起来。更重要的是为了她父亲的缘故。她的父亲为了寻找她走了很远的路，并在寻找她的途中被我驻扎在象岛上的士兵俘虏了。我是在那儿检视那些从战场上逃出来的人时看到他的，他恳求我并希望我能派人来请求您，请您宽宏大量地把他的女儿还给他。现在你会看到他正和我的使节一起到你这里来了。这个人单凭他的举止就能说明他是一个绅士，从他的相貌也可以看出他是配得上从你这里得到他想要的东西的人。国王啊，求求你让他高高兴兴地和他的女儿一起回到我这里来吧。因为他不仅是她名义上的父亲，而且也是一个真正的父亲。

当希达斯庇斯看完这封信后，就问这些前来的人中谁是来找女儿的。赛耶尼的使者便把一个老人指给了他。于是国王对老人说："陌生人，只要是奥罗德伦达总督提出要求，我都乐意效劳。我现在就命令把那十个被俘的少女带到这里来，请你辨认。我们已经知道其中一个肯定不属于你要找的，至于其他九个，你就把她们都看一看，如果在其中能找到你的女儿，就把她带回去吧。”老人跪了下来，吻了国王的脚，然后把那些带到他面前的女孩儿都仔仔细细地看了一遍，但却没有找到他要找的人。老人非常难过地说：“国王啊，这些都不是我要找的女儿。”“你已经知道，”希达斯庇斯说，“我不是没有善意。但如果你找不到你要找的人，那只能怪自己的运气不好了。我这里再也没有别的姑娘了，甚至在这附近，包括帐篷里也没有了。”

听到这话，老人拍着额头，哭了起来，然后抬起头看着周围的人群，突然好像疯了似的向前跑去。当他来到祭坛前，已经把身上穿的一件披风缠绕得像根绳子一样——因为他出来的时候偶然穿了件披风——一下子就套在泰阿格涅斯的脖子上，并大声地喊叫着以至于所有的人都听得见：“我可找到你了，我的仇敌！我可抓住你了，你这个害人的该受诅咒的家伙！”那些看守人想拦住老人并要把他拖开，但是他死也不肯松手。最后他终于说服了看守们，让人把他俩一起带到希达斯庇斯和议会长老们的面前。他在那里大声说道：“国王啊，就是这个人像一个盗贼一样偷走了我的女儿；就是这个家伙使我家中没有了孩子而凄凉无比；就是这个家伙把我最亲爱的心肝宝贝从阿波罗的祭坛上夺走了。然而，现在他却像个虔诚善良的人，坐在你们祭祀众神的祭坛前。”所有在场的人都被他的话震惊了。尽管大家都听不懂他说的话是什么意思，但对他的说法都感到十分惊诧。

看到出现了如此情况，希达斯庇斯立刻吩咐他，让他把话说得更明白些。说到这里，读者可能已经猜到了，这个老人就是恰瑞克勒斯。恰瑞克勒斯并没有当着大家的面说出恰瑞克莉娅的真实身份——主要是担心她在逃亡中已经失去了处女的贞洁，这样，以后万一见到了她真正的父母就不好交代了——所以，他只是简单地告诉大家，是什么样的恶行伤害了他：“国王啊，我有个女儿。她是那么的聪明，那么的美丽，只有当你亲眼看到她的时候，你才会相信我的话中没有一点诳言。她一直过着童贞的生活，是德尔斐神庙阿耳忒弥斯神的女祭司之一。而就是这个从色萨利来到我的故乡德尔斐的家伙，作为神圣大使馆的使节来参加节日盛典时，把我的女儿从阿波罗神殿拐走了。对此，我认为他的行为也得罪了你们，因为他也得罪了你们的太阳神阿波罗，并在阳光下玷污了他的圣殿。此外，他还有个同伙名叫卡拉西里斯，是一个来自埃及孟斐斯的假祭司，就是这个老东西帮助这个小家伙做了这件可耻和可憎的事情。此后，我一直寻找这两个人，力图追回我的女儿。为此，我曾借助他那些居住在奥埃塔山的同胞通缉这两个坏蛋。虽然没有找到，但那儿的人都同意，无论他们何时出现，都会作为全国人民的公敌被杀死。随后我又去了孟斐斯城——我有各种理由认为卡拉西里斯会去这个地方。但当我到了那里的时候，发现他已经死了——这也是他罪有应得。他的儿子蒂亚米斯把我女儿所经历的一切都告诉了我，尤其是告诉了我她是如何被送到赛耶尼城奥罗德伦达总督那儿去的过程。这样，我又去了赛耶尼城。到了那里才发现奥罗德伦达总督在象岛被您俘虏了。因此，此刻我才谦卑地到您这里来寻找我的女儿。如果你愿意接受总督代我向您提出的请求，就请你为我这个不幸的人做一件一个国王该做的事儿，把女儿还给我吧。”说到这里，他说不下去了，并用痛哭来证明他所说的都是真话。

希达斯庇斯把头转向泰阿格涅斯，对他说：“你对他指控的这件事有什么要说的？”泰阿格涅斯回答说：“他指控我的一切都是真实的。对他而言，我就是一个小偷，一个不义的人和强盗，但我的不义倒是为你做了一件好事，让你凭空得到了一个女儿。”希达斯庇斯说：“别狡辩了，还是快把不属于你的人还给人家吧。你要知道，你是要作为光荣的祭祀物奉献给神祇的，你的死并不是对你恶行的惩罚。所以，你要珍惜这一点。”“不，”泰阿格涅斯，“不仅犯了错误的人要偿还，而且得到好处的人也必须要偿还。你既得到了她，就必须将她归还给他，除非这个人也承认恰瑞克莉娅是你的女儿。”这个时候，已经没有人能克制自己的情绪了，到处都是一片混乱。然而，站在一边的西西米提勒斯却洞晓了他们所说的和所做的一切。他之所以一直没说话，是想等到神祇把一切清楚地显示出来之后再去说。也就是说，他一直等待着一个合适的机会。就是在这时，他走上前来，拥抱了恰瑞克勒斯，然后说：“你还记得我吗？是我亲自把她交到你的手上的。你的养女现在安然无恙，而且你会发现她就是你刚刚认识的国王的女儿。”就在此时，恰瑞克莉娅则像个疯女人似的，不顾性别的矜持，飞速地从帐篷里跑出来，跪下来并趴在恰瑞克勒斯的膝上，大声哭叫着说：“噢，我的父亲啊，你与那些生我的人同样爱着我的父亲啊，你对我恩重如山的父亲啊，现在请你对我那不近人情、偷偷出逃所犯的罪，想怎么报复就怎么报复吧！不要顾及别人的看法，也不用像别人那样去找什么借口！而我也不想用这是诸神的旨意来掩饰我们所犯的罪过。”然后，她讲述了他们离开他后的种种经历。至此，恰瑞克勒斯才了解了事情的全部真相，他不仅原谅了泰阿格涅斯，而且也理解了卡拉西里斯生前这样做的全部苦心。

目睹了现场发生的这一切，坐在国王一边的佩西娜也亲吻着希达斯庇斯，并对他说：“丈夫啊，要确信这一切都是真实的。那个年轻的希腊人也确实是你女儿的丈夫，刚才她私下里终于把她和他之间发生的全部故事都告诉了我。”站在旁边的人们高兴得手舞足蹈，大家都为所发生的事情欢欣鼓舞。他们并非什么都明白，只是从已经发生的事情中推断出了降临在恰瑞克莉娅身上的真相，也许他们是被众神的启示所感动而明白了其中的款曲，是众神的意愿把人间发生的一切变成一出舞台剧。在诸神导演的这幕大戏中，各种要素大相径庭，却又融汇无垠：喜悦与伤悲相谐，泪水同欢笑交织，惊悚转瞬为喜庆；有人破涕为笑，有人苦尽甘来；有人失而复得，也有人得而复失；而最终，眼看就要成为现实的血淋淋的人祭，却在倏忽间淡去了所有的污渍。

听到了王后说的话，希达斯庇斯对西西米提勒斯说："智慧的人哪，我们下面应该怎么做呢？取消给诸神献祭的活人祭品是一件不虔诚的事。然而，咱们若不能公正地把神赐给我们的人敬献上去，那么，我们必须考虑怎么做才是最好的。"为了能让大家都可以理解，西西米提勒斯就用埃塞俄比亚语，而不是希腊语说道："噢，国王呀，似乎太大的欢乐蒙蔽了人的眼睛，即使是最聪明的人也是如此。此前我们就告诉过你，众神并不喜欢你为他们准备的活人祭品。其实他们通过事实也已经在圣坛上宣告：快乐的恰瑞克莉娅是你的女儿，还把那个把她从小抚养大的人从希腊中部带到这里来了。众神也让那些站在祭坛前的马和牛感到恐惧和不安。这一切其实是在提醒我们从祖先那时延续下来的奉献牺牲的方式应该终止，不能继续下去了。虽然在这出喜剧的尾声和快乐的结局中，诸神并没有事先透露这个年轻的希腊人就是这个少女的丈夫，其实这是在考验我们。当下我们应当将众神所做的奇妙安排记在心里，并成为他们意志的助手。所以，还是快释放泰阿格涅斯吧，今后我们只需向诸神奉献符合公义的祭物，把用活着的男人和女人的献祭永远抛在脑后。"西西米提勒斯尽可能地大声说出了这番话，精通母语的希达斯庇斯也听懂了他话中暗含的意思。随后国王拉起泰阿格涅斯和恰瑞克莉娅的手，并对大家说："看起来这些事情都是由神的旨意所决定的，也是让神满意的。我想——既然是神的意愿，我们在这里还能有什么别的想法呢——与诸神作对是不好的。因此，我宣布，在这两个命中注定要结婚的人面前，也在你们这些表示赞成的人面前，我同意两个年轻人结婚，并希望他们在婚后的生活中彼此欢乐，生儿育女，共同提高和成长。倘若你们以为这样做是好的，就让这个判决在祭祀中应验吧。现在让我们一起去敬神吧。"军队的兵士们都鼓掌表示赞同——掌声标志着他们对这场婚姻很满意。

接着希达斯庇斯来到祭坛前，开始用酒水进行了祭祀。他说："啊，我们的主神太阳和月亮夫人，遵循你们的旨意，泰阿格涅斯和恰瑞克莉娅被宣布为夫妻，现在让他们向你们献祭，请务必接受他们奉献的诚意。"他一边这样说着，一边摘下自己的和佩西娜所戴的冠冕，把自己的戴在泰阿格涅斯的头上，把佩西娜的戴在了恰瑞克莉娅的头上。当这一切做完后，恰瑞克勒斯想起了他此前在德尔斐神殿得到的神谕：

> 当他们离开我的圣殿后，
> 带着福玻斯耀眼的光芒。
> 将劈波斩浪，到达被太阳晒黑的国度。
> 在那里她罕见的美德将得到高尚的生活的奖赏，
> 她暗淡的眉毛上面会戴上一顶雪白的王冠。

现在，诸神所应许的一切确实都应验了——他们从德尔斐逃出来后，最终来到炎热的埃塞俄比亚。他们还戴上了白色的王冠，并借着希达斯庇斯的批准和宣布，成为祭司并向神的祭坛献上了祭祀的物品而不是活人。仪式结束后，他们坐着由骏马拉着的战车离开了。第一辆车上坐着的是希达斯庇斯和泰阿格涅斯，第二辆坐着的是西西米提勒斯与恰瑞克勒斯，第三辆车由两头白色的公牛拉着，上面乘坐的是佩西娜和恰瑞克莉娅。众人怀着巨大的喜悦，举着燃烧的火把，弹奏着乐器跟在他们后面。他们进入了麦罗埃城，并在这座充满爱情气息的城市里，为两位新人举行了盛大而隆重的婚礼。

至此，赫利奥多罗斯所写的埃塞俄比亚的泰阿格涅斯和恰瑞克莉娅的冒险史就结束了。我，赫利奥多罗斯：一个埃墨萨城的腓尼基人，是狄奥多西的儿子，太阳神的后裔。

（全文完）

译名表

Achilles　阿喀琉斯
Adonis　阿多尼斯
Aegean　爱琴海
Agamemnon　阿伽门农
Akesinos　阿克希诺斯
Aiakos　埃阿科斯
Aigina　埃伊纳岛
Ainianes　埃尼亚人
Aitolia　埃托利亚
Alkamenes　阿尔卡米涅斯
Arkadia　阿卡迪亚
Andromeda　安德洛墨达
Antikles　安提克勒斯
Aphrodite　阿芙洛狄忒
Aristippos　阿里斯蒂普斯
Achaimenes　阿契美尼斯
Armenian　亚美尼亚
Arsake　阿尔赛丝
Arsinoe　阿尔希诺
Artemis　阿耳忒弥斯
Astaborrhas　阿斯塔博拉河
Asasobas　阿萨索巴河
Auxomitai　奥克索米达人
Bagoas　巴戈阿斯
Bessa　贝萨
Blemmyes　布勒米耶人
Cape Malea　马里亚海岬
Carthage　迦太基
Charikles　恰瑞克勒斯
Charikleia　恰瑞克莉娅
Charias　查理亚斯
Chemmis　凯米斯
Crete　克里特岛
Delos　提洛岛
Delphi　德尔斐
Demainete　德梅内塔
Deukalion　丢卡利翁
Elephantine　象岛

Ephesos 以弗所
Euphrates 优发拉蒂斯
Emesa 埃墨萨城
Gorgon 戈尔贡
Hades 哈得斯
Heliodoros 赫利奥多罗斯
Hermes 赫耳墨斯
Hermonias 赫耳摩尼亚斯
Hegesias 赫格西亚斯
Hellen 赫伦
Herakles 赫拉克勒斯
Hesiod 赫西俄德
Hippolytos 希波吕托斯
Horos 荷鲁斯
Hydaspes 希达斯庇斯
Hypata 海帕塔城
Iberia 伊比利亚
Ionian Sea 爱奥尼亚海
Isis 伊希斯
Ithaka 伊萨卡岛
Heracleotic 赫拉克勒斯海口
Kalasiris 卡拉西里斯
Kalydon 卡吕冬
Kastalia 卡斯塔里亚
Katadoupoi 卡塔杜帕城
Kephallenia 凯法莱尼亚岛
Kirrha 基哈海湾
Knemon 克耐蒙
Krisa 克里萨
Kirrhaia 基尔哈亚
Kronos 克洛诺斯
Kybele 库柏勒
Lapiths 拉庇泰人
Lesbos 莱斯博斯岛
Lokris 洛克里斯
Libya 利比亚
Lykourgos 来库古
Malis 马利斯
Medes 米底人
Memnon 门农
Memphis 孟斐斯
Menesthios 墨涅斯提奥斯
Meroe 麦罗埃
Meroebos 梅洛依布斯
Mitranes 米特拉内斯
Myrmidones 密耳弥多涅人
Naukratis 瑙克拉提斯
Nausikles 瑙希克勒斯
Neoptolemos 涅俄普托勒摩斯
Nereus 涅柔斯
Nile 尼罗河
Neilos 尼洛斯
Odysseus 奥德修斯
Oite 奥埃塔山
Ormenos 俄耳墨诺斯
Orestes 俄瑞斯忒斯
Oroondates 奥罗德伦达
Osiris 奥西里斯

Oxeiai　奥克塞莱

Pan　潘

Parnassos　帕纳索斯

Patroklos　帕特罗克洛斯

Peleus　佩琉斯

Pleiades　昴宿星团

Peloponnesian　伯罗奔尼撒半岛

Peloros　佩洛霍斯

Peiraeus　比雷埃夫斯

Persephone　佩尔塞弗涅

Perseus　珀耳修斯

Persinna　佩西娜

Peiraeus　比雷埃夫斯港

Petosiris　佩托西里斯

Pharos　法罗斯岛

Philai　菲莱城

Phoenicia　腓尼基

Phthia　弗提亚

Polydora　波吕多拉

Poseidon　波塞冬

Proteus　普罗透斯

Pyrrha　皮拉

Pytho　皮托

Rhodopis　洛多佩丝

Saturn　萨图恩

Seres　赛里斯人

Skamandros　斯卡曼德洛斯

Sidon　西顿

Siren　塞壬

Sisimithres　西西米提勒斯

Sparta　斯巴达

Spercheios　斯佩耳刻俄斯

Syene　赛耶尼城

Theagenes　泰阿格涅斯

Thebes　底比斯

Teledemos　泰莱迪摩斯

Thermouthis　赛穆西斯

Thessaly　色萨利人

Theodosios　狄奥多西

Thetis　忒提斯

Thisbe　忒斯蓓

Thracian　色雷斯人

Thyamis　蒂亚米斯

Trachinos　特拉基努斯

Typhon　提丰

Tyre　提尔

Tyrrhenos　蒂勒赫努斯

Zakynthos　扎金索斯

Zeus　宙斯

译后记

《埃塞俄比亚传奇》的汉译本付梓之际，心中的忐忑愈加强烈。一是因为笔者不懂希腊语，只好从英文本转译，这是否能够反映出赫利奥多罗斯小说原有的味道和精彩，实无把握。二是这部小说涉及大量的古典学、古代史乃至古典语文学等方面的知识，这对我一个出身于文学专业的人来说，实属勉为其难。三是自己没有经过翻译方面的专业训练，虽然在 2017 年曾试译出版了一本拜占庭史诗《狄吉尼斯·阿克里特：混血的边境之王》，但毕竟是边干边学，摸着石头过河的产物。唯一让我安心些许的是，这些翻译尝试对我所承担的国家重大课题的研究，有了文本方面更贴切的感受和领悟，促使我的研究在一定程度上更贴近了拜占庭文学的时代氛围和审美情趣。

本小说的翻译得到了很多人的支持和帮助。东北师范大学文学院杨丽娟教授、历史文化学院古典所的王绍辉副教授在古希腊语、拉丁语以及相关资料收集和历史知识订正等方面，都给予了大量的支持，这是我永远不会忘记的。他们虽然是我的学生，但在这方面又是我的先生。我还要感谢我现在的工作单位上海交通大学外国语学院的领导和同事们，是他们的包容、关心和信任，使我的翻译和研究工作能够不间断进行。北京大学出版社的张冰主任、朱丽娜编辑既是朋友，又是严师，她们的工作使译稿增色不少。我期待着方家批评！也期望着从希腊文直接翻译过来的这一文本尽快面世！愿中国的拜占庭文学的翻译和研究这朵小花能娇艳盛开！

刘建军

2024 年 5 月 1 日